学术顾问： 李济生　杨　苡　黄永玉　姜德明
钟叔河　郑　重

编辑小组： 陈子善　胡长青　李　辉　陈麦青
陆　灏　吕　浩　励　俊　凌　济
容　洁　容　仪

1954 年与黄永玉夫妇在北京

50 年代黄裳与女儿容洁

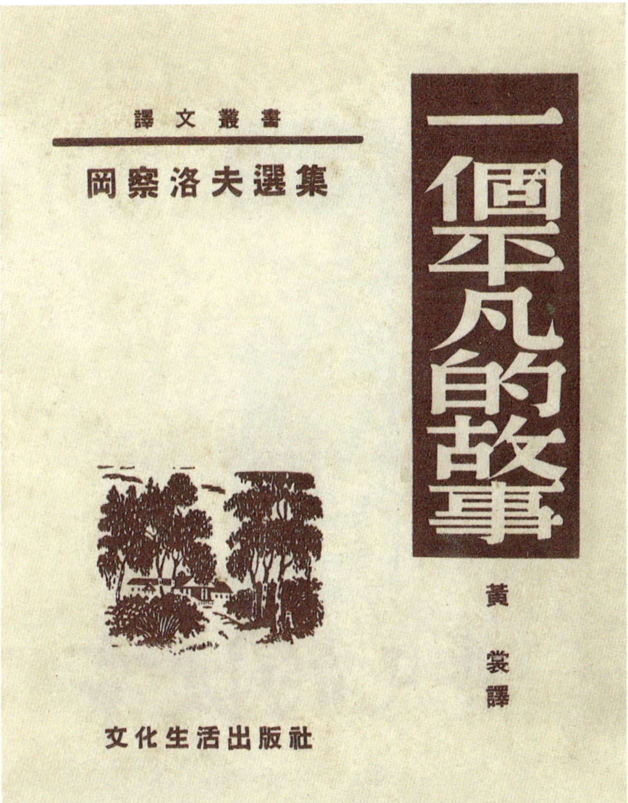

《一个平凡的故事》1949 年文化生活出版社初版封面

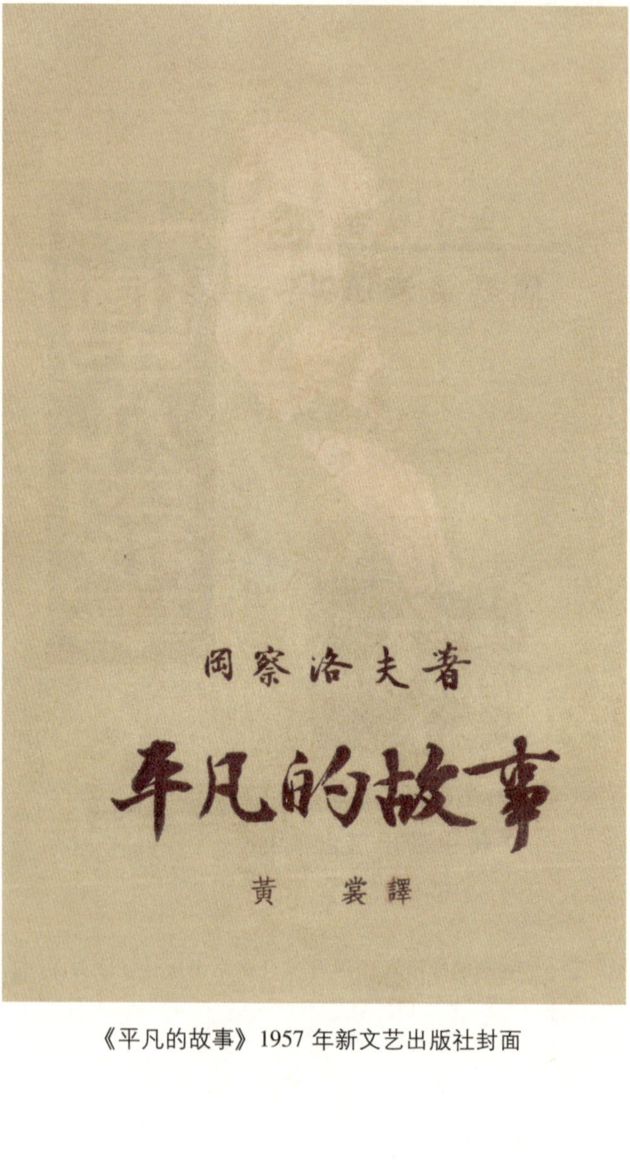

《平凡的故事》1957 年新文艺出版社封面

冈察洛夫像（拉乌洛夫绘）

平凡的故事

《平凡的故事》，俄国冈察洛夫著，长篇小说。据 William Heinemann 公司 1894 年出版的 Carnett 英译本译出。初译名《一个平凡的故事》，1949 年 9 月文化生活出版社初版，列为“译文丛书”之一。后据苏联国家文学书籍出版社的俄文原本全面校订，并增补英译本删去章节，译名改为《平凡的故事》，1954 年 11 月平明出版社新 1 版，列为“新译文丛刊”之一。1956 年9 月新文艺出版社新1 版。

据新文艺出版社 1957 年9 月新 1 版第 2 次印刷本编入。

目　录

第一部

第一章

一个夏日，在格拉契村一个中产地主安娜·巴甫洛芙娜的田庄里，全家上下，从女主人到家犬巴波斯，在破晓时就都已经起身了。

可是安娜·巴甫洛芙娜的独子，亚历山大·斐德里枢却依然沉酣于一个二十岁的青年的美梦里；家里其余的人都匆忙地跑来跑去。可是他们全都用脚尖走路轻声说话，这样才免得吵醒了小主人。假使有人弄出一点声响，或是说话的声音高了，安娜·巴甫洛芙娜就会像一匹被激怒了的母狮子似的马上跑出来，用了严厉的叱责或是恶毒的词句斥骂责罚这不当心的人，甚或当她的怒气和冲动都凑到一块的时候，就会更加上一拳。

在厨房里三个仆人忙着准备够十个人食用的午餐，虽然整个的家庭也不过只是安娜·巴甫洛芙娜和他的儿子亚历山大·斐德里枢两个人。车房里的人在洗刷车子和加着油。大家全都在忙着，用了全力工作得满脸是汗。巴波斯是唯一的一个无事可做的，可是即使如此它也都用了它自己的动作方式在这总动员中参加了一份。当一个男仆或车夫走近了它或是一个下女从它身边跑过时，它就摇着尾巴焦急地嗅着走过的人们，这时它的眼睛就好像是在发问："他们会不会告诉我为什么今天大家都这么忙？"

忙乱的原因是为了安娜·巴甫洛芙娜要送她的儿子到彼得堡去服务。或是，如她自己所解释，去见见世面，同时也表现一下他自己。在她这真是一个要命的日子！也就是为了这个她才显得如此哀毁而不快。在悲戚之中，她不时开口支使一下仆人，却总是说到一句话中间某一个字的地方就打住了，她的声音变了，要是来得及就转过身去，拭去她的眼泪，不然就让眼泪落入她亲手收拾的放进麻布衣袜去的萨申卡①的箱子里。

眼泪老早就壅在她的心里，又涌到了她的喉管，使她哽咽，准备着一下子爆发出来；可是她却总是保留着这些眼泪，等到分手的时候再用，不肯一滴滴的浪费掉。

不仅安娜·巴甫洛芙娜一个人是为将近的别离而伤心。萨申卡的仆人，叶夫赛，也异常伤心。他要随他的主人到彼得堡去的，不得不离开公馆里最温暖的角落，阿格拉芬娜房间中炉边的角落，她是安娜·巴甫洛芙娜的"管家大臣"，同时，在叶夫赛看来也是最重要的人，她掌管着仓库的钥匙。

炉子后面的屋子只能容下两把椅子和一张桌子，上面放着茶，咖啡和吃的。叶夫赛在炉子后面与阿格拉芬娜的心中是久已占得了一席地的了。另外一张椅子，她是留下来给自

① 萨申卡就是亚历山大。

己坐的。

叶夫赛与阿格拉芬娜的关系在公馆里是早已成为陈旧的故事的了。他们，像世界上每一个人一样，成了偶语与毁谤的话题，也像所有其余的人一样随即给忘掉了。即使是他们的女主人看见他们在一起也逐渐觉得习惯了，他们在一起过了整整十年快乐的日子。有多少人能在一生中计数出十年快乐日子的呢？可是现在分离即在目前了。再会了温暖的角落，再会了阿格拉芬娜·伊凡诺芙娜，再也不能玩牌了，再也没有咖啡、伏特加和白酒了——一切全都得再会了！

叶夫赛沉默地坐着，深深地叹着气。

阿格拉芬娜，脸上罩着一层霜，忙着她自己的职务。她用她自己的方式来表示她的忧愁。今天她倒茶时都生着大气，平日斟给女主人的第一碗浓茶今天给她倒掉了，任何人要享用它她好像都不能忍受似的。对于任何斥责她都木然，毫无所感。

她烧咖啡太久了，奶油也给烧焦了，杯子从她的手里滑了出来，她把托盘放在桌子上面的时候非碰一下不可，食橱和房门也非要砰的一声关上不可，她不曾流泪，可是转而对任何东西任何人都生着气。这个，可以算是她的脾气中的显著的特点。她平常很少有称心如意的时候，样样总不十分合她的胃口；对于每一件事她总是抱怨着的。可是在现在，对她有着重大的意义的一刹那，她的脾气算是发挥尽致了。她对待叶夫赛显着特别的不高兴。

“阿格拉芬娜·伊凡诺芙娜！”他用了一种悲伤抑塞的声

音说着，这跟他的高大粗壮的身体显得十分不称。

“咴，你为什么坐在那儿，你这个呆子?”她问，就好像他这是第一次坐在那个地方一样。“走开，我要拿一条毛巾。”

“啊，阿格拉芬娜·伊凡诺芙娜!”他懒懒地重复了一句，叹了一口气从他的座位上站了起来，等她拿去了毛巾以后马上又坐回去了。

“他除了哭泣以外什么都不会！这家伙简直是黏在这儿不动了。老天爷，这多么讨厌，简直就躲不掉他!”

她将汤匙丢在污水盆里弄出了很大的响声。

“阿格拉芬娜!”在另外一间房子里突然喊着，“你昏了头了！你不知道萨申卡在休息吗?你是想找打了，还是怎么着，是要跟你的情人作别了吧?”

“别动，你——要像死人一样地坐在那儿!”阿格拉芬娜像一条蛇一般嗞嗞地说着，用两只手擦着一只碗，好像想要把它弄成碎片似的。

“再会啦，再会啦，”叶夫赛说，长叹了一声，“这是最后一天了，阿格拉芬娜·伊凡诺芙娜!”

“谢天谢地！活该，不干我的事，这地方总该宽绰了。出去，人家简直插不下脚去；你的两只长腿把这儿都给塞满了!”

他碰了碰她的肩膀，可惹起了她怎样的一种反应来！他又叹了一口气，可是没有移动，他根本也就不必要移动；阿格拉芬娜也不是真想让他挪开。叶夫赛明白这个，所以并不觉得不安。

“我不知道什么人会补上我的缺?”他问话的时候往往要叹口气。

“鬼!”她粗暴地回答。

“上帝!只要不是普洛士加就好。可是谁来陪你玩牌呢?”

“就算是普洛士加罢,这又有什么关系?”她生气地问。

叶夫赛站了起来。

“别跟普洛士加玩牌,听我的话,不要罢。”他焦急地说,带着点胁迫的味儿。

“可是谁能拦我呢?你,请问,就是你这个呆鸟吗?”

“我的亲爱的,阿格拉芬娜·伊凡诺芙娜!”他开始恳求着,抱紧了她的腰,我应该这样说,他紧紧地抱住了她整个的腰身。

她对他的拥抱的反应是用肘尖在他的胸膛上顶了一下。

“我的亲爱的,阿格拉芬娜·伊凡诺芙娜!”他又重复了一句,“普洛士加会像我一样的爱你吗?看看他,他是多么不要脸的家伙;公馆里没有一个女人他不沾惹的。可是我——啊!在我你就是这世界上唯一的女人了。如果不是主人的意思的话——嗽!”

说到这里他哽咽了,两只手在空中摇摆着。

阿格拉芬娜再也忍不住了,她的悲痛终于化作眼泪迸发了出来。

“可是你还要离开我吗,你这天杀的?”她说,哭泣着。

“你这是唠叨些什么呀，你这傻瓜？我会跟普洛士加在一块儿！你还看不出他连说话都是莫名其妙的吗？他除了会用两只笨手来抱别人之外什么都不成的。”

“他真这么着来过吗？嗽，这个畜生！你也从来没有告诉过我！我得让他明白明白。”

“还是看我的罢！难道说在这公馆里就是我一个女人不成？我会跟普洛士加在一起！这是怎么说的！跟他坐在一起我都受不了，这个猪猡！你得时时提防着他，不然他就会暗地里说什么坏话；这你是不会注意的嘞，当然了！”

“要真的会有这种事的话，阿格拉芬娜·伊凡诺芙娜——那可就太糟了，你明白——还是让格里士加占了我这儿的位子好一点，至少他是一个规矩人而且做事也勤谨；他是从来不多嘴的——”

“我有一个主意了！”阿格拉芬娜扑到了他的身上，“你为什么拿别人向我身上栽，就好像我是和——和那个一样！去罢，我说，我是决不会去投进别人的怀里去的。只有跟你，你这个坏东西。这真让我没有好气，我真后悔。就是这个主意！”

“天可怜见你！我心里才算放下了一块石头！”叶夫赛喊了起来。

“你开心了！”她又尖叫了一声：“你还能有高兴的时候倒也真不容易——就这样一直快乐下去吧。”

她的嘴唇气得发白了。两个人都沉默下来。

“阿格拉芬娜·伊凡诺芙娜，”过了一会叶夫赛嗫嚅着说。

“呸，又是什么事?”

“怎么啦，我简直全忘了；这一整个早晨我还没有吃过一点东西呢。”

“啾，你就是为了这个。”

“我愁得吃不下东西了，亲爱的。”

她在食橱的底层里一块砂糖下面拿出了一杯伏特加和两大片面包火腿来。这都是用她自己的仔细的手老早给他预备了下来的。

她把面包扔给他，就和人难得扔给狗一块骨头一样。

有一块掉在地板上。

“这儿，现在，给你预备好了！是啊！给你的，看噎着你。嘘，别嚼得让满屋子人都听见!”

她装出一种厌恶的神情离开了他，可是他慢慢地就开始吃起来了，怀疑地望着阿格拉芬娜用一只手掩了嘴。

这时候马车夫和三匹马在门口出现了，马脖子上套着弓形的颈圈，在鞍子上系着的小铃，像醉汉的呓语似的响着。然后就被扔到门房里去了。它们被牵到马房门口的遮檐下去。他脱下了帽子，从帽子里掏出一条脏手巾来擦着脸上的汗。安娜·巴甫洛芙娜从窗子里看见了他，她的脸色变得苍白了。她的双膝在下面颤抖着，两臂无力地垂下来，虽然这些原是她早已料得到的事。她努力振作了一下，叫着阿格拉芬娜。

“悄没声地，踮着脚尖去看看萨申卡还睡着没有，”她说，“也许他要睡过头了，好宝贝，这是最末一天了；过了今儿我再也看不见他的一切了。可是慢着！你不能去。你准得会像一头牛似的闯进去的。还是我自己去罢。”

她就去了。

“去罢，现在，说来说去你还不是一条牛，我猜，”阿格拉芬娜跟自己叨唠着，“一条牛，正格的！多有这样几条牛你就开心了！”

亚历山大·斐德里枢自己碰上了走来的安娜·巴甫洛芙娜，他是一个在青春的峰顶上的漂亮的年轻人，健康而充满着精力。他快乐地向他的母亲道着早安。可是猛地看到了箱子和行李他好像受了很大的纷扰，沉默地走开到窗下去，开始用手指在窗玻璃上划着。过了一分钟，他就又跟他母亲谈起旅行的准备来，看来毫无心事，甚至颇为愉快的了。

“你怎么会睡到这样迟才起来，亲爱的？”安娜·巴甫洛芙娜说，“你的脸是不是有点肿了？让我拿玫瑰露来擦擦你的眼睛和脸庞。”

“不，我不要的，妈妈。”

“你想吃点什么早点心？先喝茶，还是咖啡呢？我都嘱咐过预备好了。我还预备了一点炸牛排和酸乳酪饼——你想吃什么？”

“吃什么在我都是一样的。”

安娜·巴甫洛芙娜继续整理着内衣，随即停下手来用了一种悲愁的眼色望着她的儿子。

“沙夏。”过了一会以后她说。

“您要什么，妈？”

她迟疑地不说话，好像怕着什么似的。

“你要到哪里去，我的亲爱的，还有你为什么要离开呢?”最后她低低地问着。

“怎样去，到哪儿去，妈?到彼得堡去——怎么啦?为什么要——”

“听我说，沙夏，”她非常激动地说，把她的手放在他的肩上，显然是想做一次最后的请求，“这还不算太迟，再想一想罢，不去了罢。”

“不去了！这又怎么可能呢?看，我的衣裳都装好了。”他说，简直不知道说什么好。

“你的衣服装好了么，可是瞧！——瞧！——这不是又拿出来了。”

她抱了三把，就把箱子里所有的东西都拿出来了。

“这是怎么说的，妈?我都准备好了——这么突然地就又变卦了——他们该怎么说哪?”

他看来烦扰不堪。

“我劝你别走并不是为了我自己，倒还是为了你。你为什么走呢?去寻求快乐。可是你在这儿就不快乐吗，我真不懂！你的妈妈不是一天到晚除了满足你别的都不管了吗?自然哪，在你现在这个岁数，单是母亲的爱不够让你快乐了：而我并不想望这个。好，你看看你的四周围，每一个人都非常希望使你快乐。还有玛利亚·卡尔波芙娜的女儿，松鲁希卡呢?瞧——你的脸红了，呵，我的亲爱的，她多么爱你呀——上帝保佑她！他们说她有三夜没有睡觉了！”

“瞧！妈！您这是在说些什么！她是那么——”

“是啊，是啊！虽然我没有瞧见。啊，还有哪，她把你的手绢拿去镶边去了。‘我不答应让任何别的人来镶的，’她这么说过，‘我得自己来。’你看。你还能希望什么别的呢？别走了！”

他静静地听着，低着头玩弄着睡衣上的流苏。

“你在彼得堡能找得到什么呢？”她接下去说，“你以为在那儿和在这里一样容易找事做吗？啾，我的亲爱的，天知道你会碰上些什么困难：你得挨冻受饿闹穷。什么地方都少不了坏人，可是好人就不那么容易碰见。要是说社会地位，随便在城里乡下，受人崇敬还不是一样的。就算你没有见过彼得堡的世面——你还是可以设想你自己在这个地方社会上是上流绅士的；任何事情都是一个样子的，我的亲爱的。你是个受过良好教育，斯文的，漂亮小伙子。我是一个老太婆了，在这个世界上给我留下来的唯一的快乐就是眼睛看着你。你会结婚，老天保佑你生个儿子，我能够照顾他们，而你可以无忧无虑地过日子，一种太平而安稳的日子，从不羡慕别人——可是在那里，也许事情不顺手——也许你会想起了我所说的话的。萨申卡！留下来罢！”

他咳嗽了一下，叹着气，什么话都没有说。

“瞧瞧这里，”她接下去，把朝向阳台的门打开，“你要离开这样的家你自己不后悔吗？”

阳台上传来了一阵清香。公馆左面就是花园，长满了菩提树，野玫瑰，花楸果，紫丁香丛，树丛中间是鲜丽的花畦，到处是穿进穿出的曲折的小道，远处是一池明静的湖水，给朝阳所照耀的一面发出金光来，像玻璃一样平，另一边则是深蓝色，好像天空倒影下来似的，轻轻地卷起了涟漪。还有一片圆圆的地方，那是飘拂着麦浪的田亩，围着一圈暗黑的森林。

安娜·巴甫洛芙娜，一只手遮在眼睛上挡着阳光，另一只手在向她的儿子指点着这个那个。

“瞧!”她说，“上帝给我们的土地装点得多么美丽呀！那面，只是从裸麦田里我们就可以收割四千蒲式耳了，此外还有小麦和荞麦哩，今年就只有荞麦不及去年好，看起来好像收成要差一点。还有森林呢！森林长得多好呀！想想上天的智慧是多么伟大！就只是我们份下的燃料就起码可以卖上足足一千了。此外还有猎物呢！而你也知道这些全是属于你的，我的宝贝；我只不过是你的管家罢了。看看那个湖，多伟大呀！简直是了不起的！那儿的鱼是一群一群的；我们现在只需要买鳣鱼就够了；鲥鱼，鲈鱼，桂鱼①简直都是一堆一堆的，我们自己是足够的了，就连奴仆们也都不缺乏。那边的草场上放着的是你的牛群马群。在这里只有你是一家之主，可是在彼得堡，我敢说，每一个人都会觉得他不比你差。可是你却要抛弃了这些丰足的家业而远行，甚至于你连远行的目的是什么都不知道——可能还许是去找倒霉。老天帮助你罢！留下来罢!”

---

① Gremille：一种淡水鱼，系鲈鱼属，鳞作刺状。

他沉默着不说话。

“你怎么言不入耳啊，”她说，“你呆呆地在看什么呀?”

他静静地满腹思虑地用手指向远方。安娜·巴甫洛芙娜瞧着，脸色变得惨白了。

田畦中的一条路像蛇似的蜿蜒着通到森林里面，这就是通往天国——彼得堡的路。

安娜·巴甫洛芙娜沉默了好一会，企图重新振作起来。

“事情也只好就是这样了!”她最后悲哀地说，“好，我的孩子，老天保佑你!既然你是这么急于要去，那就去吧。我也不反对。别等将来说都是你妈误了你的青春。”

可怜的妈妈!这就是对你的慈爱的全部报答了!难道这不是你所期望的吗?

呵，可是母亲们却并不是期望着报答的。母爱是没有理由，没有选择的力量的。如果你们成了大人物，重振家声，沾沾自喜，风采飘逸，你的名字在人们的嘴上传诵着，你的事业在世界上哄传，那时你的老娘快乐得连头都会摇动的，会哭着笑着，热心地长久地祷告着。可是做儿子的，有很多是如此的，却从未想到和母亲分享他的成功。假使你的思考力和神智都不健全，天生带着形体上的缺陷，病痛折磨着你的肉体和精神，从人群中间被踢了出来，使你无法立足——这时在你的母亲的心中还尽有容纳你的地方。她会将她的残废的孩子向怀中搂得更紧，她的祈祷也将更为长久与热烈的。

我们怎么可以因为亚历山大要决定离开家庭就骂他冷酷无情呢?他已经二十岁了。他从襁褓之日起，所看到的就全

是笑脸——他母亲娇养着他也就宠坏了他，就和母亲们总是要宠坏了她们的独生子一般；他坐摇篮的日子保姆们就都给他唱歌听，说他一生顺适绝不会遇见什么忧愁；他的老师都说他将来会做出一番事业。还有，不仅他家里的人捧他，连邻居的女孩子也都向他笑的；还有那个老猫，瓦士加，在全家中也只有对他显得最慈和。

忧愁，眼泪，烦恼——这些字眼在他都只是得诸传闻，就和我们对某些病症的知识一样，并没有真的看到过，只是知道这些是隐伏在什么地方的人类中间的而已。因此未来在他看来是一片彩虹的颜色。在远处有着什么东西在向他招手，可是到底是什么，他却又说不出来。诱人的妖魅他面前隐然可见，可是他总不可能靠近了来审视；他可以听见混杂的声音——忽而是欢乐的声音，忽而是爱恋的声音——所有这些都使他陷入一种甜蜜的不安里。

他的家庭很快地就使他感觉到太狭小了。人情，他的母亲的爱，他的保姆们和所有的家人的忠诚，他的柔软的床，精美的食物和咪咪叫着的猫——所有的这些舒适，在这种生活倾向中所极为宝贵的，他都会欢喜地拿来和充满了诱惑、奇异的魅力的不可知的东西来交换。即使是他对索菲亚的爱——一种玫瑰色的柔和的初恋——也不曾留住他。这种爱情对他又有什么意义呢？他梦想着一种壮伟的情感，这是可以获致伟大的成功可以克服任何困难而得到胜利的。他用一份小小的爱情爱着索菲亚同时却还期望着更大的。他也梦想着为国家服务的大事业。他学习得很多也很勤勉。在他的毕业证书上写着他谙习一打左右的科学部门，五六种语言，古代近代的都有。他尤为向往的是取得一个作家的头衔。他的诗曾经为他的同学们所崇拜。在他面前有不少条道路，看来一条胜过一条，他简直不能决定投向哪一条更好些。就只有那条唯一的平直的大路他看不见；如果他看到了的话，即使是现在，就在目前，他都可能不会离开的。

他又怎么可能留下来呢？他的母亲希望如此——这是很自然的，不过这是另外一件事了。在她的心中所有的情感都死去了，只剩下了一个——对她儿子的爱，对这最末的一个标的是紧紧地坚持了不放的。除去为他以外，她还剩下了什么？除了死以外就更没有别的了。如果没有了爱一个女人的心就不能存在，这原是久经公认了的事。

亚历山大固然是给娇养坏了的，可是却并不曾为他的家庭生活弄得没有了志气。他的先天的气质生得真好，他母亲的溺爱和周围人们的捧只影响了他的向善，早熟的觉醒，就譬如，他的同情心，养成了一种使他对任何人都极端信任的习惯。这个独特的事实也许就是养成他的雄心壮志的原动力，不过志向本身只是一种未经制作的塑模，全得看你将来要加进去的是怎样的东西。

说起来对他最危险的事还得算这个，他母亲对他全神贯注的爱护，不能给他一种对人生的真实的看法，更不能给他一种必将来临的奋斗的准备，这种奋斗是每一个人都会轮得到的。但是这就需要一个通人，一种清晰的头脑，和不为狭窄的乡园天地所障蔽的丰富的经验。于是就需要着这样的人，他能够克制自己不加以溺爱，不对他关怀到一刻都放不下心来的程度，不是大小问题都先替他安排好，即使在他的幼时也不为他流泪替他难过，这样才可以使他自己能感觉到困难的逼近，能用自己的力量去抵御，能计划自己的前程——一句话，能够了解他是一个人。可是安娜·巴甫洛芙娜又哪里明白这一套，更何况还要付诸实施，读者已经看到她是怎样的人了。还不高兴多知道一些她的事迹吗？

她早已忘却了她的孩子的自私了。亚历山大·斐德里枢发现她又重新替他整理衣服内衣装进箱子里去。在为这一次出门的准备与忙乱中间她已经全然忘记了她的悲痛。

“看着这里，萨申卡，好好看着我摆东西的地方，”她说，“在箱子底，所有的衣物的最下面，放着被单，一打。瞧瞧，单子上写得对不对？”

“对的，妈妈。”

“全都有你的名字，看见吗？亚·斐·亚，全都亏了我们亲爱的松鲁希卡。要是没有她这些笨家伙那里赶得完呢？还有什么呢？呵，枕头套。一个，两个，三个，四个——对啦，整个一打都在这儿。这里是你的衬衫，三打，多好的麻纱呀！瞧瞧——这是荷兰货——是我自己跑到店里去，跑到瓦西里·瓦西里枢那儿去买的；他把他三件最好的拿了出来。记住了，我的好孩子，每一次从洗衣店里拿回来的时候都得用单子对一对，这都是全新的。就是在彼得堡你也看不到多少这种衬衫的，他们很可能调包的；准有这种不老实的家伙，他们是天不怕地不怕的。短袜——二十二双。你知道我想出了什么主意？把你的装着钱的皮夹子放在一只短袜里。在到达彼得堡之前是用不着这钱的——就算是会出点什么乱子，他们会翻箱倒箧，可是他们绝找不到这个的。给你叔叔的信我也放在那里了，他一定会多高兴的呢！已经是十七年没有通消息了——这真是一段长日子呢。这里是你的领带，这儿是手绢，松鲁希卡那里还有半打。别把你的手绢撕破了，我的宝贝，这全是上好的白葛布做的。是我在米希夫那儿用二又四分之一卢布一码的价钱买来的。现在，就全是内衣了，还有你的衣服。可是叶夫赛到哪里去了？他怎么不来瞧着装箱？叶夫赛！”

叶夫赛懒懒地走进了屋子。

“您有什么吩咐？”用更懒的口吻发问。

“我有什么吩咐？”安娜·巴甫洛芙娜生气地重复了一遍，“我在这儿装箱子你为什么不在一边看着？在路上你要找什么东西的时候，你就去把箱子翻得一塌糊涂了。他就舍不得他的情人，这个宝贝！日子还长着呢！你有的是时候。在彼得堡你就是这样伺候主人吗？你小心点。瞧着这儿：这是一套好料子的燕尾服，看见了我放的地方了吗？还有你，萨申卡，当心这些衣裳，别每天都穿；这种布值十六卢布一码呢。去拜访贵客的时候才穿，别不管三七二十一地乱坐，跟你婶母一样，好像故意似的，从来不拣空沙发椅子坐，跑过去一屁股就坐下来，底下准会有什么人留下的帽子或者别的东西的，有一回她坐上了一碟子果酱——多丢人！你只有在不出去乱跑的时候可以穿这件外套。这儿是你的背心——一，二，三，四件。两条裤子。唉，这里的衣服够你穿三年的。呵！我真累了，没有弄错，整整一早晨我就没有住脚。你可以去啦，叶夫赛。让我们谈一谈别的。过一会客人们就来了，到那时候就没有空儿了。”她在沙发上坐了下来，让她的儿子坐在她的旁边。

“啊，沙夏，”静默了一会以后她说，“现在你是要到一个奇怪的地方去了。”

“一个奇怪的地方！彼得堡！您这是怎么说，妈。”

“别忙呵，别忙呵，听我要说些什么！只有上帝知道什么在那儿等着你，你会碰上些什么，好的还是坏的。我是相信他，天上的上帝，会保佑你的；而你，我的宝贝，千万别忘了他；记住，要是没有了信仰，任何地方，在任何情况下，是都不能得救的。你会在那儿得到一个好位置，和大人物们在一起——自然喽，我们不会比别人差的；你爸爸就是一个贵族，一个少校——这也一样，在上帝前面你得低首下心，运气好坏都得祈祷；别应了那句话——‘农夫们不听见打雷不在胸口画十字’。有那么一种人，他们走运的时候，连教堂都不进，可是等到碰上了烦恼的时候，他们就连一卢布一根的蜡烛也都肯买了，也肯帮助穷人了——这才真是造孽呢。说到穷人——别常在他们身上花钱，别拼命施舍。你为什么要花冤钱呢？他们拿到了钱就不再想着你了。他们会花了钱去喝酒，结果却取笑你。你有一副软心肠，我知道，我敢说，你是连一个十戈比的银币都肯扔出去的。不，这不需要，上帝会管的！你要不要到教堂里去？你每星期都去做弥撒吗？”

她叹了一口气。

亚历山大沉默着。他回忆当他在省会里住着在大学里读书时，他对上教堂并没有多大的兴趣，而在乡下时，他陪着妈妈去做弥撒也不过仅只为了取悦于她而已。他觉得说谎是可耻的。他的母亲对于他的沉默也很了解，就又叹了口气。

“好，我绝不强迫你，”她接下去，“你还是个孩子——怎么能够像我这老太婆一样地关心上帝的教堂呢？也许你的职务拖住了你，不然你就许是在谁家的公馆里待到很晚，弄得睡过了时候。上帝是会原谅你的年轻的。别烦恼，你还有个母亲，她是不会睡过了时候的。只要我身体里面还有一滴血，只要我眼睛里的泪水还不曾干，而上帝会宽恕我的罪恶时，就是我走不动，我爬也要在到教堂去的路上爬的。为了你我是会献出我最后一口呼吸，洒下我最后一滴眼泪来的，我的宝贝。我的祈祷可以给你赢得健康、地位、荣誉，和人与神的福祐。难道说他，我们的天父，对一个可怜的老妇人的祈祷会漠视不理吗？我自己是什么都不期望的。让他把我所有的一切都取去了吧，健康、生活、眼睛——只要他肯给你所有的幸福，快乐和好的——”

她说不下去了。眼泪开始从她的眼睛里流了下来。

亚历山大在座位里跳将起来。“妈”，他说。

“那里，坐下来，坐下来！”她答应着，马上擦去了她的眼泪，“我还有一大堆话要跟你说。我说什么好呢？我全给忘了。瞧我这是什么记性。呵，别忘记吃斋，我的宝贝。那是一件要紧的事！礼拜三和礼拜五，上帝还不会计较，可是四旬斋那天——上帝可不容了！瞧瞧密克海罗·密克海里奇，他以为自己不迷信，可是他遭到了什么报应呵？节日和斋日一样——他照旧大吃特吃，这真气得我连头发根都竖起来了。他施舍穷人，那自然是应该的，可是上帝会接受他这种仁慈吗？人家说有一回他给一个老头子一个金镑，他当然接了过来，可是转回身去就吐了一口吐沫。人家全都向他鞠躬，可是上帝明白当着他的面人家说什么话，可是背着他的时候，人们想到了他就会在身上画十字，好像他就是个魔鬼。”

亚历山大带着一份不安听着，不时从窗口里望着远远的大路。

她沉默了一会儿。

“第一要紧要注意你自己的身子，”她接下去，“要是你害了重病——上帝不许有这种事！——就写信。我得拼了老命赶到你那里来。在彼得堡谁能照顾你呢？哎，他们还会抓住你生病的机会来趁火打劫呢。天黑下来就别上街了，离着那些流氓远远的。节省你的钱——预备着窘迫的日子用。花钱得有个计算。钱哪——这种坏东西——什么好事坏事都是从它那儿生出来的。别浪费，别不必要地滥用钱。我每年寄给你两千五百卢布，不会有问题的。两千五百卢布不是一个小数目呀！别去买任何豪华的物品，一点都不许买，不过你自己应该有的东西却不必吝啬，你要是想吃什么好东西，不要心痛钱，别去纵酒，呵，它是人类的最大的敌人！还有，”说到这儿她压低了声音，“躲开女人远远的——我是知道她们的。天下真有这种不要脸的娘们，她们会缠到你的脖子上来，要是让她们看见这样一个——”她挚爱地望着她的儿子。

“够了，妈，该是我吃早点的时候了吧?”他问着，简直有点烦了。

“就是了——就是了——现在只有一句话。别把你的心放在别人妻子的身上。”她很快地说，“那真是一件最大的罪恶！‘别垂涎你的邻居的妻子’这话是写在圣经上的，如果那边有任何女人想要抓住你——就是说想要跟你结婚——上帝不许有这种事的——千万别考虑这种事！她们要是看见了你有钱而又漂亮的话，她们就准备了圈套给你上了。我敢说，在你的上司或者是别的出名的有钱的贵族那儿，他们都会拉拢你好给他们的女儿做媒。好，这种事也许真会有的，写信告诉我就是，我总得来看一看，看他们是不是随便塞一个女人给你，那种要不得的货色，老处女或是什么的。每个人都想跟你这样的人做朋友的。不过要是你自己爱上了她，而她又真正是一个好女孩子的话——那么，”说到这里她低下声去，“也就不必再考虑松鲁希卡了。”（这个老太太为了爱她的儿子，简直准备违背她自己的良心了。）“到底，玛利亚·卡尔波芙娜是在转什么念头呢?她的女儿配不上你。一个乡下姑娘！除她以外想抓住你的还有别人哪。”

“索菲亚——不，妈——我永远不会忘了她的。”亚历山大说。

“好，好，我的宝贝，没有关系，我只不过是提一句。照你现在的情形不必太急，常回家来，看上帝的意思——女孩子总是不缺乏的。要是你忘不了她的话——好，那么。可是——”

她想多说点什么，可是没有心情了；凑到了他耳朵旁边她轻轻地问：“你会惦记着——你的妈妈吗?”

“看您这是说到哪儿去了,”他插进来说，“请您喊他们把您预备好的吃的拿上来罢，煎蛋还是别的东西。忘掉这些，您哪，怎么会想到这上头来了？上帝不会罚我吗!”

“别说了，别说了，沙夏,”她很快地插进来，“你怎么会这么自己咒自己呀？不，不，不论怎样，要是真会有这种事，让我自己一个儿受罪吧。你年轻，你的生命刚才开始，你是会有朋友的，你会结婚的——在你一个少女会替代了你的母亲或者是任何人的地位的。不，上帝会像我一样地给你祝福的吗!”

她亲了一下他的前额于是结束了这一段训诲。

“为什么还没有人来呀?”她说，“玛利亚·卡尔波芙娜，安东·伊凡尼奇，牧师都还没有来。弥撒现在总已经完了吧，我想。呵，有什么人来了！我猜是安东·伊凡尼奇——是的，就是他；说着魔鬼——①”

谁不知道安东·伊凡尼奇呢？他是一个流浪的犹太人②。从很久以前，这种人就常常到处出现，一直没有绝种。这种人在希腊罗马的宴会上出现，并且一定尝过浪子回家以后快

① “说着魔鬼,魔鬼就到。”

② 流浪的犹太人——中世纪传说中一种终生游荡的犹太人命中注定永远漂泊。

乐的父亲宰的肥肥的小牛犊。

在俄国，他在我们中间以各种方式出现。现在所提到的一个有着二十个反复抵押着的农奴，他住在一间小屋里面，一种类似木头房子的奇怪的建筑，表面看起来，就像个仓库——大门隐藏在什么树后面，靠近篱笆的地方；不过十二年来他一直在宣称着在明春他即将建造一间新的屋子。他一向用不着在家里费心操劳家务，在他的相识的人中间，没有一个曾经在他家里吃过午饭晚饭或是喝过一杯茶，然而他自己，却起码在每一个相识者家里每年吃喝五十次。过去安东·伊凡尼奇走来走去总是穿着一条松松的长裤，和一件长垂的外套，现在在平常日子他穿一件紧身外套和长裤，在假日，穿一件大礼服——只有上帝了解那是一种什么剪裁。在外形上看来，他是胖胖的，因为他无忧无虑没有情感的波动，虽然他自己说起来他的整个的生命都献给了别人的苦难忧愁了，不过大家都知道别人的苦难忧愁不会使我们自己瘦削，这是一件每一个人都承认的事实。

老实说安东·伊凡尼奇对任何人都是没有用处的，但是没有一件仪式没有他参加，随便是一次婚礼，或是一场丧事，所有的正式午餐，晚宴，和家庭宴集他都参加；没有人一脚踏进不发现他已在座的。你也许会想，他真是很有用的人物，这里来点建议，那里解决点困难。一些也不！关于这些事情，没有一个人是曾经托付过他的，他什么都不懂，也不会做什么事，在法院里也不会奔走，也不能作一个中间人或调人，简直什么都做不来。

可是有时候人们又要委托他去访问或是替某人带问候给某人，这他从不辱命而且还得抓机会在那儿弄一顿早点吃，或是去报告某人，某一文件业经收到，但是文件的真实内容人们是不肯告诉他的；或者是带一罐蜂蜜或是一把种子到什么地方去，关照说“不要漏掉，不要糟蹋”或是在某人的生日去代人贺寿去。还有，有一种事不宜于交给仆人去做时，人们也派安东·伊凡尼奇去做。“我们不能打发配徒士加去呀，他准会弄错了的。不，还是让安东·伊凡尼奇去罢！派用人去是不行的，某某人会生气的，还是让安东·伊凡尼奇去好！”

因此万一在某次午餐或者晚餐桌上没有看到安东·伊凡尼奇的话，是没有一个人不感到奇怪的。“可是安东·伊凡尼奇到哪儿去了？”每个人都准会奇怪而发问的。“他是怎么回事？怎么他会不在这里？”于是午餐看来也就不复成为午餐了。这时候甚至会派出代表去探问，他到底出了什么事，没有生病吗？没有出门吗？要是他真的病了，人们就会像病了亲人似的不高兴起来。

安东·伊凡尼奇走了进来抓住了安娜·巴甫洛芙娜的手。

“您好，您好呀，安娜·巴甫洛芙娜老大娘！我十分荣幸有一件新闻向您致贺。”

“什么事呀，安东·伊凡尼奇？”安娜·巴甫洛芙娜问，自己从头到脚地看着。

“哎，门口有了一条小桥了不是！你准是刚才搭了起来的。哎，我听你说过的——车轮底下的桥板没有颤动？我一看，发现这是新搭的！”

他碰到了熟人，总是找一件事来恭贺他们一下，四旬斋，春天，秋天都是题目，假使，炎暑既逝，清霜始降，他就向他们祝贺这霜；假使是浓霜初解，他就向他们祝贺春和景明了。

这一次没有这一类适合的题目，可是他终于找到了话头。

“亚历山德娜·瓦西里耶芙娜，玛特兰娜·米哈伊洛芙娜和彼得·塞尔格伊奇都问你好。”他说。

“我从心底里谢谢你，安东·伊凡尼奇！他们的孩子们都好吗？”

“好的，全靠上帝的保佑。我带给你教堂里的祝福，那个好神父正在我后面。可是你知道了没有，太太，关于我们的好塞萌·阿尔希比奇的事？”

“怎么了？”安娜·巴甫洛芙娜问，惊惶地。

“呵，他已经永远离开我们了。”

“你别胡说，什么时候的事呀？”

“昨天早晨。晚上他们派人来通知我的。一个小孩子跑了来的。我马上赶了去通夜都没有睡。他们垂着手站着，一个劲地哭；我得安慰他们又得招呼一切；房里所有的人都十分悲伤，除了哭泣没有旁的了。我完全是孤独的。”

“慈悲的上帝，”安娜·巴甫洛芙娜说，摇着她的头，“这就是命！可是这是怎么会发生的呢？就是这个星期他还给我们带了问候来着呢。”

“是啊，太太——呵！可是他病了很久了，这个老头子岁数不小了，奇怪的是一直到现在他没有躺下来过。”

“岁数不小了？他只不过比我的可怜的丈夫大一岁而已。唉，上帝给他安息罢！”安娜·巴甫洛芙娜说，在她自己身上画着十字，“我只替可怜的费多霞·彼得罗芙娜难过，她给扔了下来手边带着小孩子，这真是一桩严重的事——五个，几乎全是小女儿。还有葬礼什么时候举行呀？”

“明天。”

“呵，每一颗心都有它独有的悲愁，安东·伊凡尼奇，这里，我在送我的孩子的行呢。”

“这是没办法的事，安娜·巴甫洛芙娜，我们早晚全得死去的。‘人就是为了悲苦而生的’，这句话是写在圣经上的。”

“唉，别因为一点点伤感就陪我一块儿发愁了罢，你就跟我们的家里的人一样地爱我们。”

“呵，安娜·巴甫洛芙娜！还有什么人能使我像爱你一样地爱呢？我有几个像你这样的朋友呢？你知道你是多么可爱。我有多少事要考虑，这就又使我记起了关于我的房子来了。就在昨天早上，我跟包工辩论了一早晨，可是没有一件事能使我们同意的。怎么样呢，我想，我非得搬到远处去住不可？什么，我想，离了我她行吗？她不再年轻了。为什么她得孤孤单单的呢！”

“上帝给你善报，安东·伊凡尼奇，因为你没有忘了我们！还有，瞧，只顾我自己了，我的头在天旋地转。我什么都想不到了，我的嗓子哭得都哑了。我请你随便吃点什么，你准是又疲倦又饿了。”

“我诚心地感谢你。我承认当我路过彼得·塞尔格伊奇家的时候，我进去坐了一下，陪他吃了一点东西。不过那没有关系。神父来了，让他来做祈祷罢。唉，他已经上了台阶了！”

牧师走了进来。玛利亚·卡尔波芙娜，同时，也跟她女儿一起来了，一个胖胖的面色很好的姑娘，带着微笑和一对含了泪水的眼睛。索菲亚的一双眼睛和整个的面部表情就像是在坦白地述说：“我要爱我丈夫不存二心，我要像一个丫头一样地嫁出去，处处顺从丈夫决不自以为比他多懂些什么；当然，妻子怎么能比丈夫知道得多呢？这简直是一种罪恶。我得勤于家务和缝纫，我得给他养半打小孩，喂他们奶，照顾他们，给他们穿着和做衣裳。”她的双颊的丰满和好颜色加上她胸部的美好的轮廓全都保证她是个宜男之相。可是她眼睛里面的泪水和凄楚的笑容这时却替她平添了不少风情。

开始他们先静听祈祷，安东·伊凡尼奇把家里的仆人也都叫了进来参加，点上了蜡烛，当牧师念完以后就从他那儿接过了书来，递给了执事，随后就将圣水倒进一只小瓶，放在他的袋里，说着，“这是为了阿格菲亚·尼基提希亚的。”他们在桌子旁边坐了下来。除了安东·伊凡尼奇和牧师，大家都一点也吃不下去，可是为了补偿这种缺陷，安东·伊凡尼奇为这荷马式的早餐尽了最大的任务。安娜·巴甫洛芙娜一直在暗泣和偷偷地擦着眼泪。

“别一直这个样子，太太，”安东·伊凡尼奇说，装出了一脸的悲哀，一面替他自己倒了点酒，“为什么呀，难道你是送他进枉死城去吗，你这么想吗？”接着他就喝了半杯酒，嘴唇响了响。

“好酒！多香呀！啊，太太，在这个地方随便哪家也找不出这种酒来了！”他十分高兴地说着。

“这酒也还不到三……年陈！”安娜·巴甫洛芙娜说，噎着气，“今……儿个——才为你开开的。”

“我看见你这个样子就难过，”安东·伊凡尼奇又开始说了，“我不知道你该怎么着才好。”

“可是只要想想，安东·伊凡尼奇，一个独养儿子，就要离开我再也看不见他了，我痛死了也没有人来埋我的。”

“你打算着什么呢？什么呀？我是个生客呢还是什么？为什么急着死呢？还是想法再结婚的好些罢——婚礼席上我非跳舞不可。可别再哭了。”

“我忍不住，安东·伊凡尼奇，我真的忍不住呀，我自己也不知道眼泪怎么会流出来的。”

“你弄得这么个年轻轻的人都不说话了！让他有他自己的自由，他会自己添上翅膀，以后他就该一鸣惊人了，在那里他是可以找到一个位置的。”

“你的话会应验的！怎么只吃那么一点点饼呢？再来一点。”

“好的，我再来一点；就是这一块。祝您健康，亚历山大·斐德里枢！一路平安，早早回家结婚！你为什么脸红呢，索菲亚·瓦西里耶芙娜？”

“我？——啾，我没有什么，我是这么——”

“呵，年轻人，年轻人——嘿！嘿！嘿！”

“跟你在一块儿谁都不会发愁的，安东·伊凡尼奇，”安娜·巴甫洛芙娜说，“你真懂怎样使人快乐。上帝给你健康！可是喝点酒吧。”

“我喝一点，太太，我准喝，在这样的饯别筵席上谁能不喝酒呢？”

早餐将近结束了。车夫早已预备好了车子。他们把车子拉到了台阶下面。仆人们一个跟一个地跑来跑去。一个拿了一只箱子，另一个拿着铺盖卷，第三个拿着个小包，一会就又跑回去拿别的东西去了。仆人们像围了糖浆的苍蝇一般围着行李车，每个人都想插一手。

“箱子就这么放着好了，”一个说，“装吃食的大篮子放在这里。”

“那么他们的腿放在哪儿呢？”另外一个回话说，“箱子最好竖放，这样我们可以把篮子放在边上。”

“箱子要是竖着摆，羽毛被可就要滚出来了；还是横着放好。还有什么呀？长筒靴子放进去了吗？”

“我不知道。谁放的呀？”

“我没有啊。去看看他们还在楼上没有？”

“你自己去看。”

“你为什么不去呢？我没有空！”

“这里，可别忘了这个。”一个女孩子叫着，她头上顶着一个小包。

“放在这里!”

“把这个给塞到箱子里去，末了还是给忘了。”另外一个跳到台阶上，拿着一把梳子一支发刷说着。

“这可往哪儿塞呢?”那个健壮的仆人向她生气地喊，“滚开，你没有看见箱子放在紧底下。”

“太太的吩咐，跟我一点也不相干!”

“好，放在这儿，看清楚了，我们可以放在边上的袋子里边。”

辕马不断地抬起头来摇着。铃声一次次尖锐地响着，提醒人们这是别离。可是挽马站着不动若有所思，它们低着头，好像是十分明了未来的旅途中所有的新奇事物，不时摇一下尾巴或是将嘴唇向辕马伸去。最后的一刻终于到了。又举行了一次小小的祈祷。

“坐下，坐下，大家都坐下!”还是安东 · 伊凡尼奇的命令。“坐下吧，亚历山大 · 斐德里枢；还有你，叶夫赛，坐下。坐下，坐下!”他自己只向椅子边碰了一下，“现在我们开始罢，借了上帝的名字。”

这时候安娜 · 巴甫洛芙娜忍不住了，吊在亚历山大的脖子上，大声地哭了起来。

“别了，别了，我的宝贝。”这是在她的啜泣声中可以听出来的字眼。“我还能再看见你吗?”别的就再也听不出来。这时候听见了另外的三马马车上的铃子的响声，三匹马拉了一辆四轮马车进了院子。

从车上跳下一个少年来，满身尘土，赶进了房内就扑向亚历山大的肩上去了。

“鲍斯比洛夫!”“阿都耶夫!”他们喊着，同时彼此拥抱了。

“你是从哪儿——怎么会——来的呢?”

“从家里来。我白天晚上地赶着，为了跟你道别。”

“朋友，朋友！真正的朋友!”阿都耶夫说，眼睛里含着泪，“赶一百六十俄里路来送别！啾，世界上到底还有友情的！终生的，不是吗!”亚历山大说，热情地握着他的朋友的手投到他的怀里去。

“至死不渝。”他一边回答一边更紧地握着亚历山大的手向他扑过来。

“给我写信!”

“好，你也要写。”

安娜·巴甫洛芙娜不知道怎样可以使鲍斯比洛夫告一段落。这场告别又给延迟了半小时。最后他们终于准备好了。

他们都步行着一直走到树林的地方。索菲亚和亚历山大找到了他们的机会，当他们穿过一段阴暗的地方时，他们拥抱了起来。

“沙夏，亲爱的沙夏!”“松尼希卡!”他们小声地说着，语声在一吻以后就听不见了。

“你在那边会忘了我吗?”她含了眼泪说着。

“啾，你多么不了解我！我要回来的；相信我，永远别同旁人……”

“快把这个拿起来，这里是我的头发和一个戒指。”

他赶紧把这两件东西放进袋里去。

安娜·巴甫洛芙娜和他的儿子跟鲍斯比洛夫在前面走，后面是玛利亚·卡尔波芙娜和她的女儿，牧师和安东·伊凡尼奇随在最后，马车走得有些远了，马夫控制不住驾车的马。仆人们在门口处围着叶夫赛。

“再会，叶夫赛·伊凡尼奇；再会，亲爱的，别忘了我们!”四围都是这种喊声。

“再会啦，弟兄们，别背地里念叨我的不好。”

“再会，叶夫苏希卡，再会，我的亲爱的，”他母亲紧紧地拥抱了他说，“这儿是给你的一个神像，这是我的祝福。别失了信仰，叶夫赛。别背叛基督！别让我咒你！别喝酒别偷摸，忠忠实实地好好伺候主人。再会，再会了!”

她用围裙盖了头走了开去。

“再会啦，妈。”叶夫赛懒懒地说。

一个十二岁的小女孩跑到他身边来。

“跟你的小妹妹告别呀!”一个老女人说。

“你是从哪儿来的呀?”叶夫赛说，亲着她，“好，再会啦，再会啦！快回小屋去罢，光着腿。”

阿格拉芬娜在最后面，不和别人站在一起。她的脸是苍白的。

“再会，阿格拉芬娜·伊凡诺芙娜!”叶夫赛说，缓慢地，提高了嗓音，把手伸向了她。

她让他拥抱她，可是对他的拥抱却没有反应，只是她的面部在抽搐着。

“这儿有一点东西给你！”她说，从她的围裙下面拿出了一个盛着什么东西的小袋子掷给了他，“好吧，你一定会跟彼得堡的女孩子一起出去的，在那个地方！”她说，向他白了一眼。在这一瞥之中她的全部烦恼与嫉妒是完全露了出来。

“我会跑出去，我？”叶夫赛说，“老天降罪，让我瞎了眼，让我跌到地里去，要是我在那里干这种事的话。”

“好啦，好啦！”阿格拉芬娜咕噜着，怀疑地，“可是你心里呀——呃！”

“呀，我差点儿给忘了！”叶夫赛说，从他的袋子里掏出了一叠满是油污的牌来，“做个纪念罢，阿格拉芬娜·伊凡诺芙娜，给你，你知道你在这里买不到的。”

她伸出了她的手来。

“给我，叶夫赛·伊凡尼奇！”普洛希卡在人群中叫出来。

“给你！我就是烧了也不能给你。”他把牌放进袋里去。

“可是给我呀，傻子！”阿格拉芬娜说。

“不，阿格拉芬娜·伊凡诺芙娜，你要怎么就怎么罢，我是不能给你的，你拿了跟他顽去。再会罢！”

他挥着手，四下里一眼也不看，就慢慢地向马车走去了，看来好像他能把亚历山大、车夫、马，和所有的东西都放在肩膀上扛了走一般。

“该死的！”阿格拉芬娜说，看着他，用围裙拭去了掉下来的眼泪。

在森林里车子停了一下。当安娜·巴甫洛芙娜啜泣着向

她的儿子道别的时候，安东·伊凡尼奇拍着一匹马的脖子，随着扭着它的鼻子把它前前后后地推搡着，马儿好像很有点不开心，嘶着露出了牙齿。

“给外马的肚带上紧了，”他向马夫说，“你瞧鞍子落在一边去了。”

马夫瞧了一下，马鞍还是在老地方，并不会离座位，只用鞭子将裂口处敲打平正了。

“好了，是上路的时候了，上帝保佑你们！”安东·伊凡尼奇说，“别难过了，安娜·巴甫洛芙娜！你也上车罢，亚历山大·斐德里枢，在日落前你得赶到希士柯呢，再会，再会啦！上帝会给你快乐，地位，荣誉，所有的好的愉快的东西，所有的财富和运气！现在，用了上帝的名字，把马赶起来罢，可是得瞅着你仔细赶这一段下坡路！”他向车夫加上了两句。

亚历山大坐进了车厢，啜泣起来，叶夫赛则走向了他的女主人，在她面前跪下来吻着她的手。她给了他一张五卢布的纸币。

“明白吗，叶夫赛，记住了，做一个好仆人，我就让阿格拉芬娜嫁给你，可是要不呀——”她再也说不下去了。叶夫赛走到车夫座上去。为长久的耽搁担着心的车夫现在好像也苏醒了转来；他抓起了帽子，在头上戴正了，拿起了缰绳；马儿向前轻轻一冲就起步了。他顺了次序一个一个地打着挽马，他们一跳一跳地就开始牵动，马车在通入树林的路上驶去了。送行的人群在灰尘当中静静不动地站着，一直等到马车的影子已经看不见了的时候。

第一个恢复原状的是安东·伊凡尼奇。

“好啦，现在我们得回家去啦。”他说。

亚历山大在马车上回望，一直等到什么都看不见了以后，就将脸埋在椅垫子里去了。

“别在我困恼的时候离开我，安东·伊凡尼奇，”安娜·巴甫洛芙娜说，“在这儿吃饭罢。”

“很好，太太，我准备好了。要是你不讨厌，我还准备在这儿吃晚饭呢。”

“好罢，你今儿晚上还可以在这里过夜的。”

“那怎么成？明天要举行葬礼呢。”

“噢，是了；好吧，我不留你了。替我向费多霞·彼得罗芙娜问候，跟她说，我从心底里替她的不幸难过。我得亲自去看她，可是，告诉她，上帝也没有让我舒服——我刚跟我的儿子作别。”

“我告诉她，我告诉她，我忘不了的。”

“呵，萨申卡，我的宝贝！”她四围望着咕噜着，“再也看不见他的什么了，他走了。”

阿都耶夫太太整日不说话地坐着，午饭晚饭什么都没吃。安东·伊凡尼奇高谈阔论吃了午饭又吃晚饭来弥补她的缺憾。

“他现在到了哪儿了，我的宝贝？”这是她不时说的仅有的一句话。

“这时候他准已经到了尼斐洼了。不，听我这是说些什么呀？——他还没有到尼斐洼呢，可是也没多远了；在那儿他可以喝茶。”安东·伊凡尼奇回答着。

“不，每天这时候他从不喝茶的。”

这样，安娜·巴甫洛芙娜的魂灵儿跟他在一起旅行了。这以后，当她估计他准已经到了彼得堡的时候，她一天到晚不是祈祷，就是用扑克牌占卜。要不就跟玛利亚·卡尔波芙娜谈论他。

可是他呢？

我们会在彼得堡再遇见他的。

第二章

彼得·伊凡尼奇·阿都耶夫，我们的主角的叔父，曾经，像他一样，在二十岁的时候给哥哥，亚历山大的父亲，送到彼得堡去，在那里一直住了十七年。自从他哥哥死后，他不曾跟家属通过消息，从那时起安娜·巴甫洛芙娜也不曾看到过关于他的任何东西，因为他将距离她的田庄不远地方的小产业也售去了。

他在彼得堡混成了一个有钱的人，而且似乎也不无良好的基础，他在一个有地位的人物下面做事，一个特任秘书，在钮孔里带了勋带，他在一条大街上有一所很好的房屋，有三个仆人和相等数目的马匹。他年纪并不老，正是所谓“正当盛年”——在三十五岁与四十岁之间。不过他不喜欢多谈自己的年龄，并不是由于浅薄的自尊心，而是出于那么一种从容的计算，就好像在人寿保险里把自己的生命保得贵些似的。至少，在他的举止行动中看不出他的隐瞒年龄是有取悦妇女的轻浮企图的。

他是一个高高的发育得很好的汉子，正常的宽面庞，肤色浅黑，风度飘洒而华贵，举止端庄却也可人——一个通常叫作 bel homme[①] 那样的人。

他的面部，同样地，表示着端庄——就是说，有控制自己的力量和能够不使面部成为自己感觉的反应。他以为这于自己于旁人都是不适当的，他在公众场所也就保持着这种态度。可是你并不能说他是木头脸；不，这只不过是沉静而已。有时候他显得有些疲劳——想必是工作繁重的结果。大家都当他是一个活动家和事业家。他常是穿得很讲究，有时甚至考求气派，不过总不肯过分了失掉身份。他的内衣是无疵可指的，他的双手丰满而白，带着长长的透明的指甲。

一个早晨，当他刚刚醒来按过了铃，他的仆人把三封信和早茶一起端了进来，还告诉他有一个自称亚历山大·斐德里柩·阿都耶夫称他——彼得·伊凡尼奇——叔叔的年轻人来过，说定十二点钟再来拜访，彼得·伊凡尼奇照例平静地听过了这一段新闻，只不过多少耸了耸耳朵，扬了扬睫毛。

“好的，你去罢。”他对仆人说。

这时他拿起一封信来，正要拆封，又停下来回忆着了。

“乡下来的一个侄子——好奇怪呀！”他低声地自言自语，“我还希望着那个地方的人都把我给忘了呢。不过，跟他们还有什么客气？我可以躲开他的。”

他又按了铃。

“那个年轻的先生再来的时候就向他说我到厂里去了，三

① 美男子。法文。

月以后才能回来。”

“是的，老爷，”仆人回说，“那些礼物可怎么办呢?”

“什么礼物?”

“一个人拿来的：这是女主人，他说，从乡下带来的礼物。”

“礼物?”

“是的，一桶蜂蜜，一袋干草莓。”

彼得·伊凡尼奇耸了耸肩膀。

“还有两件麻布和果子酱。”

“非常好的麻纱，我可以想象!”

“是的，麻纱是好的，吃食是糖渍的。”

“好，你可以去了，我就去看。”

他拿起了一封信，打了开来，把信大致地看了一下。倒正是粗大的斯拉夫字体，由上向下划上两根粗线代替字母 B，横的两根就代替了字母 K，没有标点。

阿都耶夫开始低声地念了起来。

“最尊敬的彼得·伊凡尼奇大人阁下，因为与令尊令堂有着很长久而亲密的交谊，而且在您的儿时也曾经经常陪了您玩耍过，在您家里也曾经常留饭，所以我怀抱着一种温暖的感情和热烈的期望，希望您还不曾忘记了这个老头子瓦西里·梯阿尼奇，我们这儿正用了全部的虔诚纪念着您和您的双亲并且祷告上帝——”

“胡说些什么？谁写来的信呢？”彼得·伊凡尼奇说，看着那签名，“瓦西里·查耶夏拉夫！查耶夏拉夫！——就是打死我也想他不起了。他想让我给他做什么事呢？”

他就又开始读下去。

“可是我向您提出的最卑微的请求与诉愿——别拒绝，小爹爹——在彼得堡的您，不像住在这一带的我们，当然是知道并且熟习一切的，而且任何事也都可以够得上的。有一件倒霉的官司缠住了我，已经是第七个年头了，我仍旧不能摆脱它。您还记得距离我的小村子二俄里的一片小树林罢？法院在动产公证登记证上搞错了，而我的对头，米底叶底夫，始终就抓住了这一点。这一点，照他说来，是假的，就尽够了。他将要不避艰险排除万难来抓住它。这个米底叶底夫，就是那个常常不获许可在你的别墅里捕鱼的那个家伙，已经过世的令尊就曾经将他赶走而且还使他难堪过，要在总督那儿控告他放肆的，可是您的心太好了——上帝祝他的冥福！——就放他过去了，其实对这种流氓，他是不应该放松的。帮帮我，小爹爹，彼得·伊凡尼奇，这件案子现在是弄到大理院里去了，我不知道是在哪一司里，在谁的手底下，不过也许，他们就要告诉你的。劳你的步去看一下秘书和参议员们，让他们照顾照顾我，请告诉他们，是由于错误，真的是由于动产公证登记证上的错误而使我受着痛苦，他们什么事都肯替你做的。你去的时候，顺便更麻烦你，替我弄一张升转证书[1]寄下。还有，小爹爹，彼得·伊凡尼奇，一件对您说来是极为重要的小事：对一个无辜而被迫害的人，请寄予心底的同情，赐予指示与帮助。在我们这里的省府里有一位顾问官，德洛柔夫，他有着不仅是人的，而简直是金子的心，要他出卖朋友他宁愿先去死，我在城里除了他的房子以外就别无住处了，我一进城，就一直走了去看他，在他那里我住上几个星期，就再也不想搬家了，吃饱喝足，从午饭后顽牌一直顽到深夜，而这样的一个人却被人家弃置不顾，没有升迁，而现在他们却在逼他呈递辞职书了。去看一下你那儿所有的显贵，我的亲爱的爹爹，提醒他们阿法纳西·伊凡尼奇是怎样的一个人，干事情——就得抓紧，告诉他们，他说他的被告发是出于捏造，是省长秘书的阴谋——他们会听你的话的，回信请由第一邮局寄我。还请你去看望一下我的旧同事克斯特雅克夫。我从一个到这儿来的彼得堡人那儿听说的，司徒丹青——你一定知道他的——住在配斯加，在那儿街上的小孩子会告诉你他的房子在哪里的；不要偷懒，关于他是否依然健在抑已亡故，是否健康，现作何事，还记得我否，回信请由原邮局寄我，可以和他认识交朋友——他真是个优秀的人物——心地坦白，又是多么有风趣的一个人，我再提一个请求用以结束此信——”

① 升转证书：原文是有着三个官衔的特许证书。

阿都耶夫停住不念，慢慢地将信扯成了四片扔到桌子下面的篮子里去，接着伸了个懒腰打了个呵欠。

他拿起了另一封信，又低声地读了起来。

“亲爱的弟兄，仁慈的先生，彼得·伊凡尼奇。”

“这是什么姊妹!”阿都耶夫说，看着那签名：“玛利亚·高尔巴托娃。”他脸朝着天花板，想起了什么来。“是啊，这是怎么回事呢?——有一点影子——对了，这就好——我哥哥是跟一个姓高尔巴托娃的结婚的，这是她的姊妹，是了——呵，我想起来了!”

他皱了皱眉开始读起来。

“虽然命运拆散了我们，或许，永远在我们之间存在着一条鸿沟，光阴似箭——”

他跳过去几行又念了下去：

“一直到我死的那天，我总记得靠近我们的小湖的那次一起的散步。那时你，不顾你的生命危险与健康，踏进没膝的湖水里，在芦苇丛中为我采来了几朵大黄花，从花茎中流出类似一种浆汁的液体来，沾污了我们的手，而您用帽子汲了水，为的是可以让我们洗手，当时这件事让我们笑了好久。呵，那天我是多么高兴呢！这朵花现在还保存在书里。”

阿都耶夫停了下来。分明这件事对他不太有趣；他十分怀疑地摇着他的头。

“留在您那里的小带子都还在吗？（他接着读下去，）那些您不顾我的千呼万喊从柜橱里抽出来的？”

“我抽去了一根带子！”他大声地说，深深地皱了眉。他静默着跳去几行再读：

“可是我命中注定要过一种独身的生活，而且我觉得非常幸运：没有人能阻止我回忆那些快乐的日子。”

“啊，这个老处女！”彼得·伊凡尼奇想。“她还想着那些黄花是不足为怪的！还有些什么呢？”

“你结婚了吗？挚爱的兄弟，是跟谁呢？谁是那个尚未卜面的亲爱的朋友，那位点缀着您的人生的旅途的亲爱的朋友是谁呢？告诉我她的名字。我要把她当作我自己的姊妹一般地爱着，我会祈祷，在我的梦中，她的影子和您的将结合在一起。如果，你还没有结婚，那么又是为了什么——坦白地写信告诉我；谁也不能从我这儿偷去您的秘密的，我要将它深藏在我的心底，要偷除非是连我的心一起偷了去。不要延迟，我切望读您的信，那么不可思议的——”

“不，你这信才是不可思议的呢！”彼得·伊凡尼奇想。“我不知道”（他读下去）

“我们的亲爱的萨申卡突然想要到这个大城去——幸运的孩子！他就会看到那些华美的房子和店铺，享受城市的繁华，把他所崇敬的叔父拥抱在怀里；可是我——我——这当儿却要为我自己快乐的日子的回忆而流泪。要是我知道了他就要动身，我会日夜工作给你绣一个坐垫的，绣上一个黑人和两条狗。你不会相信我看着那个花样的时候曾经哭了多少次，还有什么比友谊和忠诚再可贵的呢？现在我是怀着这么一种唯一的愿望，为了它我会呈献出我的时光；可是这儿我没有够好的毛线，因此我冒昧向你请求，亲爱的兄弟，照着我附上的样品给我寄一点来，第一流的商店里的顶好的英国毛线，越快越好。可是我这是在说些什么呢？攫住我的笔的是一种多么可怕的念头！也许你早就把我给忘记了，你又怎么会记起这个可怜的与世绝离只能以泪洗面的受难者呢？可是不！我不能把你想象成一个恶魔，跟所有的男人一样；不！我的心在向我诉说，在这个大城的浮华欢乐之中，你对我——对一切——还保留着你旧日的情感。这种想法对我的受苦的心是一种安慰。宽恕我，我不能再写下去，我的手发抖了。

你的至死不渝的，

玛利亚·高尔巴托娃

又——我的亲爱的兄弟，你没有好看的小书吗？如果你不需要就寄给我几本；在每一页里都会使我记起了你而哭泣的，或者在铺子里给我买几本新的，如果不贵的话，他们的都说萨珂士金先生和玛林斯基先生的著作都非常好——就是这个吧；我在报纸上也看到过这样的标题——论偏见，浦新先生的文章——请给我寄来——我忍受不了偏见。”

读完以后，阿都耶夫正要把这封信望那儿扔，可是他停了下来。

“不，”他想，“我得留着它，有的人是特别要收集这类信件的；有的还有着一整份，也许要借给什么人。”

他将信扔进挂在墙上的缀着珠边的篮子里，又拿起第三封信开始读了：

“亲爱的叔叔，彼得·伊凡尼奇，你还记得十七年前我们为你的离去而张罗准备的情形吗？现在我自己的孩子也走上这种同样的长途了。好好地照顾他，叔叔，他会使你忆起我亲爱的过世了的费多尔·伊凡尼奇。萨申卡简直是他父亲的影子。只有上帝知道送他到陌生地方去的我这做母亲的心里的痛楚。我的亲爱的叔叔，我把他一直送到你的身边，除了跟你在一起我不愿意让他住在任何地方——”

阿都耶夫又摇头了。

“傻老太婆！”他喃喃地说又接下去读：

“他也许因为没有经验，我敢说，在旅馆里寄宿，可是我知道他叔叔会为这个不高兴的，我就嘱咐他一直投奔你去。你看见他的时候该多高兴！别让他胡来，叔叔，好好地照顾他；我把他交到你的手里了。”

彼得·伊凡尼奇又停下来。

“要知道在那儿他只有您这一个亲人。”（他又接下去读）

“照顾他，别太放纵了他，可是也别对他太严了，要碰钉子也只有让他去碰陌生人的钉子，生人对他不会客气的，可是除了亲人以外就没有人爱抚他了，而他又是那么一个温柔可爱的孩子，你只要看见他就不想跟他分开了。再关照他要在那儿供职的衙门里的长官，额外好心地看顾我的萨申卡，他跟着我是娇养惯了的。别让他沾惹酒和牌。整夜里——我想你跟他会睡在一间房子里面的——萨申卡习惯地仰身睡觉，这样他就容易，亲亲的心，在睡眠中转侧呻吟，你必须轻轻唤醒他再划个十字，他马上就会好的，可是在夏天给他的嘴上盖上一张手帕，他总是张着嘴睡，而在一清早讨厌的苍蝇就要爬进那里去；还有，在金钱上也不要让他受窘。”

阿都耶夫皱了眉，可是当他再念下去时，他的脸上，就又很快地明朗起来了。

“可是我会寄来需用的款项的，而我刚刚给了他一千卢布在手里，只要别让他浪费掉就是，别让骗子勾上他，在您那京城里听说真有不少流氓和无耻的人的。还有，结末，谨恕不周，亲爱的叔叔——我简直完全对信札生疏。

我永远是，你的诚恳的尊敬你的嫂嫂，

A. 阿都耶娃

又：随信附上一些乡下土产——我们花园里出产的草莓，像泪珠一般莹洁的白蜂蜜，够做两打衬衫的麻布和一些家里食用的果酱。试试它们，你会觉得不错的，用完了以后我会再送些来。同时提防着叶夫赛一些：他是个沉默的人也不喝酒的，可是也许在京城里会惯坏了他，要是这种样子，你就得抽他一顿。”

彼得·伊凡尼奇把信从容地放在桌子上，更悠然地拿起了一根雪茄，在手里揉了一会以后就开始吸了，他对他嫂嫂玩的花样，他心里以为如此，考虑了好半日。他开始仔细分析他们跟他要的是什么花腔而他自己应该何以自处。

他将整个事件分析成下面的前提，他对他侄儿一些都不熟悉，因此也就一些都不用关心，于是他的良心也不会责成他要对侄儿负什么责任，事情应该根据理智和正义的法则来决定。他的弟兄结婚，享受婚姻生活的快乐——为什么他，彼得·伊凡尼奇，要对他哥哥的儿子负责而当牛马呢，他是不会享受到一点点婚姻生活的好处的呀？当然，这是一点都不值得的。

可是另一方面却有一点要注意的。做母亲的把她的儿子一直交给了他，要他看顾，全然不知他是否愿意负此责任，也全不知道他的境况是否能使他照应侄儿。当然，这是愚蠢的，若事实果真如此而他的侄儿是到了彼得堡，无人帮助，举目无亲，连介绍信都没有一封，年轻而毫无经验……弃之不顾是应该的吗，不加指导和劝告就把他扔进社会的人堆里，假使他出了什么乱子，他不要对良心负责吗？

阿都耶夫这时刚好回忆起十七年前，他的死去的哥哥和安娜·巴甫洛芙娜怎样将他送往彼得堡来，他们，当然一点也不能替他在彼得堡安排什么，他自己找到了路子……可是他却记得在离别之际她的眼泪，她的祝福，十分母性的，她的爱怜，她做的肉饼，最后是她的离别词："啊，等我们的萨申卡——当时仅是三岁的孩子——长大了，也许你，兄弟，会待他好的。"想到这里彼得·伊凡尼奇就站了起来快步走向前厅去了。

"瓦西里！"他说，"我侄子来的时候，别把他打发走，去看看这儿上面的房间租掉没有，那是不久以前出租的，如果还没有租掉，就说我自己要留下来用了。啊，礼物在这儿！嗯，我们怎么处置呢？”

“我们铺子里的人刚刚在他们搬礼物上楼的时候看过了，他问我们能不能将蜂蜜让给他。他说，‘出你好价钱’，草莓他也要……”

“好！就给他罢。那么，麻布怎么办呢？难道不能做椅子套吗？把麻布放开，再把果酱放开，‘我’，这都可以吃的——看起来不错呢。”

彼得 · 伊凡尼奇刚安排好要修胡子，亚历山大 · 斐德里枢来了，他刚想上来拥抱他的叔父，可是给后者的有力的手掌把他的年轻而柔软的手握住了，把他留在相当距离之外，佯做仔细打量，而实际上却更像是在防止这种冲动，仅许他握手罢了。

“你母亲信上写得不错，”他说，“你是我死去的哥哥的活影子，在街上我也会认出你来的。可是你比他还要漂亮些。那么，我不客气，还是继续刮胡子，你坐在对面朝着我，这样我可以看着你，我们谈谈。”

这样说着彼得 · 伊凡尼奇就继续做他的事，像面前并无别人一般，他开始在两颊涂上了肥皂，用舌头将腮部撑出来，先撑一边，然后再撑另一边。亚历山大为这种接待而感到尴尬了。他也不知道怎样开始谈话。他只好把他叔父的冷淡，不当做直接对他而发的。

“唉，你母亲好不好？很结实吗？我想她已经上了年纪了?”他的叔父问，一面在镜子前面做着种种的面孔。

“妈妈，谢谢上帝，身体很好。她问您好。还有，玛利亚·巴甫洛芙娜姨母也问您好。”亚历山大腼腆地说。“姨母让我拥抱你……”他站了起来走向他的叔父，想去亲他的面颊，或是头上，肩上，他所能接触到的他身上的任何一部分。

“现在应该是你姨母对她自己的岁数不再糊里糊涂的时候了，可是我看她简直就跟二十年前一样的蠢。”

受了窘的亚历山大退回自己的座位里。

“你接到了那封信，叔叔?”他说。

“嗯，我接到了的。”

“瓦西里·梯波维奇·查耶夏拉夫，”亚历山大开始说，“恳切地希望您打听和张罗他的案件。”

“是的，他写信给我来着。你们这些驴子居然还没有死光?”

亚历山大不知道想什么好——这个隐语弄得他完全惊慌失措了。

“请原谅我，叔叔，”他几乎是战栗地开始说。

“什么?”

“请原谅我耽搁在邮信驿站办公处里而没有一直来投奔你。我不知道您的住宅。”

“这有什么值得道歉的?你做得很合适。你的好母亲——上帝知道她是在想着什么。你怎么可以在没有弄清楚我能不能安置你以前就一直奔了来呢?我住的是单身人的宿舍，像你所看到的，只够一个人住的，一间厅堂，一间会客室，一间餐厅，一间书房，还有一间工作室，一间更衣室和一间盥洗室——没有一间可以空出来的房子。假使我来投奔你而你的情形是这样的话，我也应该这么办的，不过我已经在这里给你找到了一个住处了。”

“呵！亲爱的叔叔！”亚历山大说。“我应该怎样感谢你为我操的心呢？”

他再度从他的座位上跳了起来企图用语言和行动表示他的感谢。

“好好的，好好的，别碰我！”他叔叔说，“剃刀是很快的，我怕你自己给划破了，要不就是割了我自己。”

亚历山大看出来，即使费了种种努力，在今天想把他所崇敬的叔父亲热地拥抱一次是办不到的了，他只好把这企图留给将来的机会。

“这房子相当舒适，”彼得·伊凡尼奇开始说，“窗子里望出去差不多就对了墙壁，可是你当然不会永远要靠窗坐的；你在家的时候，大概总是在忙着什么事，没有空凭窗外望的。而且也并不贵——四十卢布一个月。还有一个套间留给你的用人。你一开头必须使自己习惯于独居生活，不用女仆，处理你自己的简单的家务，我是说家居食宿之类的琐事，干脆一句话，布置属于你自己的一个角落——un chez soi——像法国人所说的。在这里你可以招待你欢迎的客人。反正，要是我在家里吃饭，我是欢迎你来的，可是在旁的日子——在这里年轻人大概全是在饭馆里吃饭的——不过我倒劝你到外面去叫菜来吃，在家里你可以比较安静，用不着担心跟旁人发生冲突，呃？”

“我，叔叔，很感谢……”

“这有什么值得感谢的呢？你不是我的亲属吗？我只是尽我的责任罢了。好，现在我不陪你了，我要出门，我得上办公厅，同时我还有一个工厂。”

“我没知道你有一个工厂，叔叔。”

“有的，做玻璃跟磁器的，不过不是我独资开设的，我们一起一共有三位股东。”

“生意还好吧？”

“是的，相当好，我们的外销出路大约是在内地省份的市场里，最近两年，无论哪儿都能销！假使我们再有这么五年，就够好了。股东里有一个实在是不大可靠的——他除了花钱之外就什么都不干，不过我是知道怎样把他管得规规矩矩的，好，这会儿我不陪你了。现在你出去参观一下这个城市，溜达溜达，找个地方吃饭，晚上可回来跟我一块儿喝茶。我在家里等你，那时候我们可以谈谈，来！瓦西里，你带他到房里去帮忙把房间理好。”

“在彼得堡原来就是这么一套，”亚历山大想，当他在新居里面坐下来的时候。“要是我的亲叔叔还是这种样子的话，别人又该怎么样呢？”

年轻的阿都耶夫在房里踱来踱去陷于沉思。可是叶夫赛也在自言自语，一面整理着房间。

“这里的生活方式真是奇奇怪怪的，”他喃喃地说，在彼得·伊凡尼奇的厨房里面，“我听说这儿每月生一次火，仆人们要在别人那儿吃午饭。……嗷！上帝！这群人可真够小气！真够瞧的，可是还算是彼得堡人咧！在我们那里连每一条狗都有他自己舐的碟子的。”

亚历山大虽然沉默着，看来却像在分析叶夫赛的意见。他走到窗前凭窗望着外面一些水管子，房顶，和既黑又脏的砖房的侧面，和刚刚两星期以前他在乡下房子的窗外所见的比较一下。他的心沉下去了。

他出门走到了街上。一切是混乱，每一个人都向不同的方向跑着，忙着个人的私事，难得注意一下路过的行人。只除非为了避免彼此的相撞。他想起了自己的省城，在那里随便碰到了谁，总会引起自己的某些关心的。这里伊凡·伊凡尼奇会去拜望彼得·彼得维奇——城里的每一个人都会知道是为了什么。这里是玛利亚·玛梯诺芙娜做完了晚祷以后来了，而那儿则是阿凡纳西·赛维枢出去的钓鱼。那儿宪兵由总督那儿骑了马拼命地向医生那里急驰，于是每个人都会明白总督夫人的坐蓐期近了，虽然按照各种多事的女人和老太婆们的意见，预先晓得了这个是不应该的，每个人都会问“男的还是女的？”而太太们就全都做起适宜庆祝这场喜事的帽子来了。这里是马德威·马梯维奇，就要拿了粗粗的手杖从家里出来，在傍晚六点钟，于是每个人都知道他是要去做健身散步去了，不散步就会消化不良，而且他必然会在老顾问官的窗前停一下，他们也全知道后者在这时候照例是在喝他的茶。假使你碰到了一个人——不管是谁——总会鞠一个躬还交谈一两句话，即使有你不打招呼的人，至少你也会知道他是谁，到哪儿去和去做些什么，而在他的眼睛里也写着：我也知道你是谁，到哪儿去做什么的。万一有两个人相遇而彼此并不相识，他们必然会彼此注视，彼此的面部都做出询问的表情，他们兀立着四下看上两遍，他们回家以后就形容这个陌生人的服色与外形，推测和讨论继之而起，判断着他是谁又从哪儿来，有着什么目的之类的问题。可是在这里却难得有一瞥的机缘，他们在赶着路就好像彼此全是敌人一般。

开始的时候，亚历山大对碰到的每一个人都用了乡下人的好奇去注视，第一个服饰堂皇的人他不是认作一个总长，就是一个大使，或是一个著作家。"不是他吗?"他在想，"不是这个吗?"但是不久他就对这些感到讨厌了——总长们，大使们，作家们几乎他每走一步都碰得上。

他望着那些房子就变得越发沮丧了，他为那单调的石头的行列，有如一个挨一个伸出来的巨大的墓碑的整体弄得郁郁不欢。到这儿就会是街道的尽头了吧，那边就会有使我的眼目宽敞的处所了吧——他在想——也许是一座小山一片绿色，也许是一垛断垣。不，又来了一式一样的房子，同样的石头围墙和四排窗。那里街道到了尽头，却又阻挡了街道，一式的房屋又是一排。你向右看，向左看——四面八方围绕着你的是相同的一排排高大的队伍，房屋，房屋又是房屋，石头又是石头，全是一样而又一样的东西，没有瞭望的余地和出路，四面都封锁着。似乎人们的思想和情感也被封锁了。

一个乡下人对彼得堡的第一个印象是沉闷的。它是全然陌生而使人感到压抑，没有一个人注意他，在这里他会感到迷惘，即使是新奇的事物、形形色色和人群也不能使他快乐。他的那种乡下人的自私心会对他在这里看到而在家乡却从未见过的一切发生反感的。他沉思地怀想自己的城市，这是多么使人愉快的景色啊！一所有着尖顶和槐树庭园的房子。房顶上新添的建筑物，鸽子的窝——商人伊左民是一个真正的鸽子爱好者，这就是他决定在房顶上装了鸽笼的原因；每天清晨和黄昏，他总站在墙下带了帽头穿着长袍，手里拿着一端缚着块抹布的手杖，站在房顶上吹口哨，一边舞动着手杖。另外一所房子倒正像一座龛灯：四面的墙上一色都是窗子，平房顶；看起来好像随时都会有倾圮的可能。木板已经变成了这么一种浅灰色，住在这种房子里面是可怕的。可是在那里却住着人。屋主人有的时候，真的，瞅着倾斜的天花板摇头，自言自语地说，能维持到春天吗？也许！——后来就又说——可以继续住下去的，担心的倒不是自己而是钱，它的旁边耸立着一所医生的奇异的房子，好像一座岗亭。两翼呈半圆形地展开，全部隐藏在绿荫里面；下面的一座房子背向了街面，更下面的一座是被圈在二俄里长的围墙里面的，树梢上红艳的苹果从墙上向外窥探引诱着小孩子们。所有的房舍离开教堂都有相当的距离，教堂四周，茂草茁生在墓碑丛中。衙门就显然是衙门，闲人是不敢走近那附近去的。可是在这首都里，衙门与私宅却无法分辨，还有呢，说来真是可耻，就在这同一座建筑物里还开着铺子呢。还有，在小城里你只要走过两三条街就会呼吸到野外的新鲜空气，篱垣开始了，接着就是市场菜圃，和春稻的田野。还有的是宁静，不变的单纯——即使在街上和行人之中你也会看到同样的幸福的安谧！大家都自在地居住着，十分宽阔，没有人感到拥挤，连鸡雏都可以在街上跑来跑去，牛羊在吃着草，小孩子放着风筝。

可是在这儿……多么苦闷啊！一个外乡人是会怀念着那正对着自己窗户的围墙，积满灰尘的街道，摇晃着的木桥，酒店的幌子的。他绝不承认，伊沙基辅斯基礼拜堂比他的故乡的城镇中的礼拜堂更好更高大，或是贵族俱乐部比故乡的大厅更大些。遇上这种类似的比较，他总是愤愤地沉默着。甚至有时他还敢肯定地说，某种布匹或酒在他的故乡是来得更好、供应也更充足的。这里的大虾、蚌、小红鱼、洋货都是不值一顾的，他说，你们就这么随便地在外国人那里买进各色布匹和无谓的东西来，让他们来剥削，倒高高兴兴地做傻瓜！有时候他发现他家乡的鱼子、梨或是白面包更出色的时候，就会突然高兴起来："这个在你们这里是叫作梨的吗？"他说，"啊，在我们那儿，人们是不稀罕这个的！"

一个乡下人带了一封介绍信到一所公馆里去拜会是会感到更大的痛苦的。他满心以为将受到热诚的接待，为人看重，让他坐最舒适的椅子，样样都该是最好的；很技巧地探询他所最喜欢的菜肴；他将怎样为他们的殷勤招待而感到不安，结果他会怎样将所有的俗礼扔开一边去狂吻主人和主妇，用"你"来称呼他们，就好像彼此已经是二十年的朋友了；所有的人都一起饮酒，也许还会一起合唱……

哪里有这种事！他们难得看他一眼，皱了眉，推说事先已经有了约会，如果他们有正事商谈，那一定是约在一个既非午饭也非晚餐的时间的，对“小酌”的意义更是毫无所知——没有伏特加也没有小菜。主人从他的拥抱里退开来用一种奇特的眼色看着他的客人。他听见从隔壁传来了刀叉碰响的声音；他们原该邀他过去的，可是他们却要用巧妙的暗示设法把他打发出去……到处都是关紧了的门，到处都是门铃：简直就没完没了，还有那些冰凉的冷漠的面孔。可是在自己家乡里一个人尽可勇敢地走了进去；假使他们已经吃完了午饭，他们会陪客人再吃一顿；铜茶具从清晨到晚上一直放在桌子上，就是在店铺里也没有门铃的。他们拥抱、吻着每一个客人。在那儿一个邻舍是真正的一个邻舍，他们手牵手地住在一起，心碰着心；亲戚是那么像亲戚；为了一个他所亲近的人他是死都会去死的——啊！这真让人受不了！

亚历山大一直走到了海军大将广场左近，就呆呆地站在那里了。他在彼得大帝的铜像前面几乎站了一小时，可是他不像叶夫吉尼，心里充满了痛楚，倒是非常开心的。他注视着尼瓦河和沿河的建筑，他的眼睛发亮了。他猛然感到他对那些摇摇欲坠的小桥，小花园和倾圮了的墙垣的偏爱是可耻的了。他变得快乐而轻松，就连那些杂沓的人群在他的眼里也有了不同的意义。他的曾经一度为痛苦的印象所隐蔽了的希望也重新恢复了光明，看来一个新的生活已经向他张开了手臂，引诱着他走向什么不可知的事物。他的心猛烈地跳着。他梦想着圆满的成功，高远的志趣，沿了尼瓦斯基街高视阔步，将自己看作一个新世界的公民……他满带着一肚皮这种梦想回到了家里。

在晚上十一点钟，他的叔父来请他去吃茶了。

“我刚从戏院里回来，”他的叔父说，躺在沙发上。

“多可惜你当时没有告诉我，不然我会跟你一起去了。”

“我是坐在特厅里的。你要是去的话可坐在哪儿呢，坐在我的膝上吗？”彼得·伊凡尼奇说，“明天你自己去吧。”

“在那么些人当中只是自己一个人多闷呀，叔叔，没有一个人陪你谈论你的观感。”

“用不着！你还得学习思想，感受，就是说要学习独立生活；在目前这是必要的。可是你到戏院去之前可得穿得体面点。”

亚历山大看了看自己的衣服，对他叔叔的话，觉得很奇怪。“我要穿哪种衣服才算合适呢？”他想，“我有一件蓝上衣和一条蓝长裤。”

“我有不少衣服，叔叔，”他说，“珂尼斯坦做的。他是在我们省长那里做活的呢。”

“不管这些，反正这是不成的，一两天内我送你到我自己的裁缝那儿去，不过这还是小事。我们还有更要紧的事要谈。告诉我，你为什么到这里来？”

“我是来……住的。”

“来住？好，要是你明白那个字眼的意思的话，来吃，喝，睡觉，这都犯不上跑这么远的路：你在家里也可以的，可是在这里想照样吃饭睡觉可就不成，不过你要是另有所指的话就请你解释一下。”

“来享受一下生活，我是想说，”亚历山大补充着说，满

脸通红，“我对乡下厌倦了——无论什么总老是一个样子……”

“啊！原来是这么回事！什么，你是想在尼瓦斯基街上弄一层楼房，一部马车，交际交际，不时招待一下朋友吗?”

“可是那不得花一大笔钱吗?”亚历山大天真地问。

“你的母亲写信来说她给了你一千卢布，这不能算多，”彼得·伊凡尼奇说，“我的一个朋友前不多时来到这里，他，同样地，也是对乡下感到了厌倦的，他需要享受一下生活，因此他带来了五万卢布，以后每年也都要接到同样这么一笔钱。他自然可以在彼得堡享受一下，可是你——不！你不是为着这个来的。”

“照你的说法，叔叔，看起来我是自己也不知道我是为什么来的了。”

“差不多就是这样，这么说比较好，这是实话，不过我并不全然同意。你准备到这里来的时候，难道不曾想到过这个问题：我为什么要去呢?这倒不能说是多余的。”

“在我考虑这个问题之前，我的答案早已有了。”亚历山大自负地回答。

“那你为什么不说呢?是啊，为了什么呢?”

“我是被一种不可抑制的向往，一种想做一番大事业的渴望送上了征途的，在我身体里面燃烧着一种需要明了和实现的愿望……”

彼得·伊凡尼奇在沙发上少少欠伸了一下，把衔在嘴里的雪茄拿开来，耸起了耳朵。

“为了实践自己的凌云壮志——”

“你不做诗吗?”彼得·伊凡尼奇突然地问。

“是的,还有散文,也做的,叔叔,要不要我拿来?”

“不,不!——将来再说,我只不过问问。”

“又为了什么呢?”

“因为你的话说得那么……”

“难道不好吗?”

“不——也许挺不错,只不过有点特别。”

“我们的美学教授说起话来就是这个样子的,而他是被认为教授里边最有辩才的。”窘透了的亚历山大说。

“他这是指什么说的?”

“关于他的论题。”

“啊!”

“我应该怎么样讲话呢,叔叔?”

“还是简单点的好,像普通人一样,可别像一个美学讲师。无论如何你想立刻说清楚是不可能的,再过些时候你自己就会明白的。你,似乎是想说,我用在大学里学来的那一套术语给你的话转译一下,你是到这里来做一番事业弄一笔财富……是不是这样?”

“是的,叔叔,一番事业。”

“还有财富呢?”彼得·伊凡尼奇添上说,“不发财事业又算什么?这意思是很好的,只不过——你白来了。”

“为什么?我希望您这话不是根据了自己的经验说的!”亚历山大四面看了看说。

“我这话自有道理。当然我是闯出来的了，同时我的事业也很顺利。不过据我看——你跟我——中间是有很大的分别的。”

“我怎么也不敢跟您比。”

“倒不是指这个，也许你比我聪明十倍……可是你的本质，我想，是不适宜于新的一套的，而你在家里的那一套——嗷，嗷！你给你母亲娇纵坏了，你又怎么能经得起我所处的这种环境呢？你天生是一个空想家，而在这里是找不出一个空想家来的，像我们这种人是要到这里来工作来的。”

“也许我对某种工作是可以胜任的，假使你能给我你的经验和指教的话。”

“指教你——我就怕这个。我对你们这种乡下人的根性可不敢负责，事情搞糟了，你又得怪我，不过要让我告诉你我的意见我倒不反对，你听不听可以随便。可是不！我不想能成功。在乡下你们对人生是另有看法的，你们是怎么处理生活的呢？你们把恋爱友情，生活中的愉悦和幸福都混在一起了，照你们的想法生活只不过是包含了这些，哎哟哟！哭泣、抱怨，白嚼舌头可就是不做事……我怎么可以使你去掉这些呢？……可不容易。”

“我要试试看，叔叔，使我自己能够适应人生的意义。在目前，当看着那些堂皇的大厦，从远方给我们运来了珍品的船舶的时候，我早已想到了在这个时代中人类的成就，把握住了在思想指导下群众行动的重要性，并且准备献身于这个潮流了。”

在这一场独白中间，彼得·伊凡尼奇深思地抬起了眉毛盯着他的侄儿。后者于是停了下来。

“事实倒似乎简单，我想，”叔叔说，“可是这些乡下人哪——天知道他们的脑子里装了些什么念头……自然是思想指导下的行动啦！你留在乡下自然要比较好些。在那里你一定会生活得很美满，你一定是所有的人里面最聪明的，被人看作作家和雄辩家，你一定会虔信永不变的爱情与友谊，家族与幸福，你会结了婚在不知不觉中到达了老年，而且在你自己的方式之下会实实在在地过得非常快活，可是在我们的方式之下你是不会快乐的，在这里所有的这些看法是必须整个推翻的。”

“怎么，叔叔，莫非爱情和友谊——这些神圣而崇高的感情好像是偶然从天上掉下来似的！”

“什么？”

亚历山大没有作声。

“爱情和友谊掉到了地上！”

“啊，你怎么这么说呢？”

“难道在此地和乡下它还有什么不同吗？”

“在这里我们自然也有爱情和友谊的。——什么地方没有这种好事呢？只不过这和你家乡里的不同而已，过些时候你自己会明白的……不过最要紧的是你必须舍弃那些神圣和幸福的情感。单纯地看那些事实，这自然会好一些，你谈起话来也就会比较简洁了。反正这些都不关我的事。你来到了这里，不会再回去了。如果你找不到你所寻求的东西，那你只有怨你自己。我会告诉你在我想来什么好什么坏，至于怎么样做随你的便。我们得试一下——也许——你会做些什么的啊！你母亲要我供给你钱用……你明白我跟你说的那些话，别问我要钱，这往往会破坏了君子人之间的好好的感情的。无论如何，可是，别以为，我会拒绝你，不，万一一旦别无办法的时候，毫无希望了，就找我来。向叔父借钱总比找陌生人借好一些，至少，是不要利息的。不过为了别走上这条路，我会马上给你找到一个位子，这样你可以挣一点钱。好，再见吧。明天早晨再来，我们要谈谈怎样开始和先做些什么事。”

亚历山大·斐德里柩走回家去。

“啾，你不要吃点晚饭吗？”彼得·伊凡尼奇在他后面说。

“是的，叔叔——我要的——也许。”

“我什么也没有……”

亚历山大不响了。“为什么还要说这么一句亲切的话呢？”他想。

“我在家里不预备饭的，这时候铺子也都关门了，”他叔叔接下去说，“这第一下就给了你一个教训——你得习惯这个。在你们乡下人们随了太阳睡觉起身，要吃喝就吃喝，要是冷了，就在自己头上带上一顶带帽檐的帽子[①]，什么也不想知道，天亮了，就是白天，天黑了，就是夜晚。在你乡下的家里大家都睡觉的时候，我还坐着办事，到了月底每个人

① 带帽檐的帽子是可以拉下来连耳朵都遮没了的帽子。

都要结结他的账目。你在那里一年到头都能呼吸新鲜空气，可是在这里就是这点儿享受也都需要钱的，其余的一切也都如此。这情形是完全相反的！在这里有人甚至不吃晚饭，尤其是要他们自己掏腰包的时候，我也是这样的。这个，也许，对你是一种好处，你晚上用不着转侧呻吟，我也没有时间来给你画十字！”

“这种事倒是很容易就习惯了的，叔叔。”

“好，要真是这样的话。可是在你们中间任什么事都还是照着老谱的，我猜想你还可能在半夜里去找朋友，而他们会马上就给你预备晚饭吗？”

“什么，叔叔，我希望别在这种事上找我们的不是，俄罗斯人的美德——”

“得了！这算是哪门子美德？在你们那里，实在因为生活太无聊了，所以什么粗野的人都当成了好朋友——欢迎你来，尽量地吃吧，只要想法来打发我们的空闲日子，帮我们消磨时间，让我们来看看你，不管怎么说这总透着新鲜，我们绝不吝惜吃食，这又不花费我们什么。非常讨厌的美德！”

亚历山大上了床拼命揣摩他叔叔到底是怎样的一种人。全部的谈话他都记得：其中一大半他不能懂，其余的他也都不能相信。

“我的话说得不得体！”他想：“爱情和友谊并不是永远不灭的！自然我叔叔会笑我了。他们真是这么生活着的吗？除了天生的好口才，索菲亚还特别欣赏我哪一点呢？她的爱难道不是永恒的吗？还有难道他们这里真的不用晚餐吗？”

他在床上不安地翻覆了好一会，他的脑子里充满了不安的思虑，胃里空空的，他睡不着。

彼得·伊凡尼奇一天一天地逐渐满意起自己的侄儿来了。

“他是有机智的，”他对一位工厂里自己的同事说——“我无论如何也没有料到是个乡下孩子，我不邀他他从来不来见我，而且当他发现了他是 de trop① 时，他就一直走开去了，同时他也不曾要过钱，他是个文静的青年，他有他的特点……蹭上来吻你，说起话来像个学生，他总会慢慢去掉这种习惯的，还有他并不样样事情都寻到我头上，这可够多么好呢。”

“有财产吗?”那个人问。

“没有，有那么百来个农奴!”

“什么，假如有才干的话，他在这儿倒是合适的……您知道，您要开始轻松一下了，谢谢上帝!”

“不！哪里！他什么都不做，像这种愚蠢的热情无论到哪儿都是行不通的。啊，他跟这里的一套合不来，他能在什么地方找出路呢！他这一趟是白来了。可是，这是他自己的事……”

亚历山大认为爱他的叔叔是他的责任，可是对他的个性和思想方法却怎么也不能习惯。

“看来我的叔叔是个好心肠的人，”一天早晨他写信给鲍斯比洛夫说，“非常有才智，只是极为庸俗，永远缠在事务和

① 法文:多余的。

算计里。他的灵魂看来好像是和地面分不开，永远不会超升到远离了污秽的尘世的纯洁的太空里去的，而我们也永远不会——我猜想——在心灵里完全一致的。当我初来的时候，我悬想既是我的叔叔，他的心里总该有我，在这儿这个冰冷的世界中间，他会用全部的慈爱和友谊的温暖来照顾我，而且友谊，你知道，是所谓第二天意的。可是他却和这些人表现得没有什么两样。我原想和他一起过活，一分钟也不离开他，可是他是用什么来迎接我的呢？——冷漠的箴言，在他是称之为冷静的理智的劝告的，可是我倒情愿它并不理智，却充满了温暖的、心底里的关切。他并非真正的骄傲，可是他是一切真实情感表露的敌人。早晚饭我们都不在一起吃，也不一起外出。我到来之后他从不曾告诉过我他的现状和过去的经历，并且连到哪里去和去干什么，他的朋友，他的癖好和厌恶，怎样消磨时间这些，都不曾告诉过我。他从不特别生气，也没有深挚的感情，不忧虑，也不快乐。他的心对于爱情跟友谊的感受和对崇高的向往……是陌生的。你总是说了又说，好像是个热心启发人类的寓言家，几乎有些像我们伟大的、永远活在人们心里的伊凡·谢米尼奇了。您记得，当他在讲座上大声疾呼的时候，我们因为他的炯炯的目光和辞令却兴奋得战栗了。可是叔叔呢，他眉毛竖着在听，非常奇怪地望着，要不就简直都能把我给笑冷了那样地笑了起来，算了，别再启发了！我有时候觉得他就像普希金的恶魔……他不相信爱情和其他的东西，他说并没有快乐这种东西，没有人给过我们这个，生活不过是一个单纯的事件，它是平均地划分为善和恶，快乐、成功、健康、安适，与痛苦，失败、焦虑、病痛等等的，我们应该对一切都看得如此的单纯，不要把我们的头脑里装满了废物。你再猜猜什么是所谓废物？人类被创造的动机，人类奋斗的标的，这些问题在他看来都无关紧要，而且会遮蔽了我们对前途的瞻望，对事业的关心，这都是什么缘故。他谈话句句不离生意经！你简直分不清他是陷入了某种快乐中间还是沉迷于他的会计俗务里了，就是在戏院里他也是这种样子，对任何事物他都感不到有力的印象，看起来他也不喜欢艺术，这跟他的天性是不相容的，我想他连普希金都没有读过。”

彼得·伊凡尼奇突然在他侄儿的房间里出现，正撞上了他在写信。

“我来瞧瞧你在这里安置得怎么样了，”他叔叔说，“还有点事要谈一下。”

亚历山大跳了起来，很快地用他的手盖住了什么。

“掩盖它，掩盖你的秘密，”彼得·伊凡尼奇说，“我背过身子去。唉，放好了没有？那是什么东西掉出来了？这是什么？”

“那个——叔叔——嗷！没有什么。”亚历山大开始说，可是他变得困惑起来随即停住不响了。

“瞧着像一束头发！真是没有什么吗？来，我已经看到了一样，那么就把那另外藏在你手里的一样也给我看看吧。”

亚历山大，好像一个被揭发了的小学生，不情愿地张开了他的手掌露出了一个戒指。

“这是什么？你从哪里弄来的？”彼得·伊凡尼奇问。

“这个，叔叔，是没要紧的亲眷的一些要紧的纪念品。”

“什么——什么？把这纪念品递给我。”

“这是些表记……”

“我猜这是你从乡下带来的？”

“是索菲亚给的，叔叔，临别时的纪念品。”

“这就是了。你就带着它走了一千五百俄里？”

这位叔叔摇头了。

“你要是带一袋干草莓来比这个强多了，至少你可以在铺子里卖掉，可是这些表记……”

他仔细瞧着那头发，一下子又瞧起戒指来，他嗅了嗅头发，可是戒指却放在手里掂着。接着他从桌子上面拿了一张纸，把这两样纪念品包在里面，卷成了紧紧的一个小圆球，吧嚓一声它就到了窗户外面。

“叔叔！”亚历山大非常生气地尖叫，抓住他的手，但已太迟了，小球飞过邻居的屋顶角，落在运河里一艘装了砖瓦的驳船的边上，跳起来，落在河里了。

亚历山大沉默着，带着痛苦的责难的表示望着叔叔。

“叔叔！”他重复了一次。

“什么事？”

“您这种行为叫什么呢？”

“可以这么说，将一些无关紧要的纪念物和一些不必要留在房里的零碎的废物从窗口扔到了河里。”

“废物——这是废物？”

“唉，你把那当成了什么，你的心的一部分吗？我有事情来找他，猜猜看他是在忙着干吗，他坐在那儿在想一套毫无意义的东西！”

“莫非这对正事有什么妨碍吗，叔叔？”

“很有妨碍。时光过得很快，直至目前你还没有让我了解你的计划，你是真的要找一个政府里的差事还是已经另有了高就？你没有跟我提起过一个字，这可能是因为索菲亚和她的信物混在你的脑子里面的缘故。现在我想你一定是在给她写信，是不是？”

“是的，我刚开始写。”

“可是你已经给你母亲写过信了吗？”

“还没有，我想等明天写。”

“为什么要明天写？给你母亲写倒要等到明天，可是给索菲亚，你必须要在一个月中间忘掉的索菲亚，倒是今天就写了。”

“索菲亚吗！能忘记她吗？”

“你非要忘掉不可。我不把你的纪念品扔掉，你会有什么好处，请问？你会白白地再多想她一个月。我替你做了两件事。再过几年这些信物是会让你记起了自己的傻样，让你羞红了脸的。”

“对这么一种纯洁、崇高的记忆会羞红了脸？这说明了你不懂诗。”

“在愚蠢里面又有什么诗呢？举个例子说，在你姨母的信里有诗吗？黄的花，一个湖，一些神秘故事和别的什么。当我读那信的时候，真让我说不出来的难受！我几乎脸红了，不过我还没有改掉红脸的习惯。”

“这真可怕——可怕呀，叔叔！这一定是因为你从来没有恋爱过。”

“我永远吃不消那些信物。”

“这是多么枯燥的一种生活!”亚历山大十分激动地说，“得过且过，而不是生活！得过且过，没有鼓舞，没有眼泪没有爱……”

“还有，没有头发!”叔叔补充说。

“怎么您，叔叔，能这么冷酷地嘲笑世界上最好的事呢?要知道这是罪恶……爱……神圣的激情!”

“我明白这种神圣的爱情，在你这种年纪，你只要看见卷曲的头发，鞋子，一根吊袜带，或是碰一下手……你就会觉着全身一阵神圣而崇高的爱情的震颤，就让它去罢——这是另一件事……爱情就在你面前，这就更糟了；你不能离开它跑开是当然的，可是正经的事业却要离开你而跑掉了，要是你不专心致志的话。”

“可是爱情就不算是一件正经事吗?”

“不，这是一种有趣的娱乐，只是你不能陷溺得太深，否则就要变成荒唐了。这就是我为你担心的原因。”他的叔叔摇头了。

“我差不多已经给你找好了事，你真的要服务吗?”他说。

“啊，叔叔，我多么高兴!”

亚历山大奔过去在他叔叔的面颊上亲了一下。

“到底还是让他找到了机会！”他的叔父说，一面用手擦着脸，“我怎么会没有留神呢？好，现在你听着。告诉我，你懂些什么，你自己觉得最适宜于干什么？”

“我懂宗教法，民法，刑法，自然法，还有国际法，外交，政治经济，哲学，美学，考古学……”

“算了，算了！可是你能不能写流利的俄文？在目前这比什么都要紧。”

“这算得了什么，叔叔，我懂不懂写俄文！”亚历山大说着跑到了他的写字台旁边，开始从里面取出各种文件来，这当儿他叔父在桌上拾起了一封信开始读了起来。

亚历山大拿着文件走到桌边，看见了他的叔叔在读他的信。他的文件从他的手里落了下来。

“你在看什么，叔叔？”他惊惶地说。

“怎么，放在这儿的一封信，写给一个朋友的，一定是。对不起——我倒要瞧瞧你写得怎么样。”

“你已经看过了？”

“是，差不多了，还有两行——我就会看完的，怎么里边有什么吗？一定不会有什么秘密的罢，不然就绝不会这么摊在这儿了。”

“你现在对我该是怎么一种看法？”

“我觉得你写得挺不错，正确，流利。”

“这么你一定没有看出来里面写的是什么？”亚历山大焦急地问。

“不，我想我是全部都看了的，”彼得·伊凡尼奇说，看着这两页信纸，“一开头你描写彼得堡和你的印象，接着就谈到了我。”

“老天爷!”亚历山大叫了起来，用他的双手盖上了脸。

“呀，什么？怎么回事?”

“你的话居然还说得平平静静的？你没有生气？你不恨我?”

“不！这有什么值得大惊小怪的?”

“再说一遍，请让我定定心!”

“不，不，不。”

“我一点都不信，请您给我个证明，亲爱的叔叔……”

“你要怎么样?”

“请拥抱我。”

“很抱歉，我办不到。”

“有什么呢?”

“因为在理智的行动中间，这是没有意义的，或者用你的教授的话来说，意识并不驱使我这样做；假如你是女人——那就是另一回事了，在你们那儿，要毫无意义地这样做是出于另外一种动机的。”

“情感，叔叔，是应该表达出来的，它要求爆发，流露……”

“我是既不需要也不要求的，可是假使需要的话，我就抑制住它——我也劝你抑制。”

“为什么呢?”

“因为，以后，当你更仔细地瞧着你所拥抱的人的时候，不再为了自己的拥抱而脸红。”

“难道不会发生这种情况，叔叔，把人家推开以后，又后悔了？”

“会发生的，因此我从来不推开任何人。”

“这么说刚才您要是不推开我，可就怪了？”

“谁要是把你的胡说都记下来，那才真成了怪物，这样怪物可就要多得数不清了。”

“可是你要是看了关于你自己的沉痛的事实——还有这信又是什么人写的呀？是你的亲侄子写的！”

“你以为你写的是事实吗？”

“啾，叔叔！——当然，我错了——我要改的——原谅我罢。”

“你愿意我讲讲面对着你的是怎么一种事实吗？”

“你请吧。”

“那么就坐下来写。”

亚历山大抽出了一张纸，拿起了一支笔，这时彼得·伊凡尼奇，看着他读过了的那一封信，念着：“亲爱的朋友——写好了吗？”

“好啦。”

“彼得堡和我对它的印象我不向你描写了。”

“描写了。”亚历山大写完了以后说。

“很久以前彼得堡就已经被人仔细描写过了，至于那些没有描写过的你得自己来领略才成，我的印象反正对你是无用的。空费纸张和时间是没有用的。我还是描写一下我的叔父好一些，因为这对我自己有关。”

“于此颇感兴趣。”亚历山大念着。

“嗯，你这里写着，我是好心肠的也颇为聪明——可能我是如此的，也许不然；还是让我们折中一下罢，就写：我的叔父既不愚蠢也并非不仁慈，他盼着我好。”

“叔叔！我明白怎样感恩怎样领会的……”亚历山大说，站起来去吻他。

“虽然他没有盯住我。”彼得·伊凡尼奇接下去念着。亚历山大，这当儿还不会碰着他，很快地回到自己的位子上去了。

“可是他是盼望我好的，因为他没有理由或动机希望我遭殃，又因为我的母亲曾经为了我的缘故托付了他，她从前待他是不坏的。他说他并不爱我——挺合理的，在两星期中爱上任何人都是不可能的，而且迄今我还并不喜欢他，虽然我还不能肯定。”

“这怎么可能呢?”亚历山大说。

“写，写。可是我们刚开始彼此习惯。他甚至这样说过，没有爱也行。他并不从早到晚抱着同我坐在一起，因为这是太不必要了，而且他也并没有这时间。‘对所有的真实情感的表露是全部厌恶的。’——这句可以留下，这是好的。写下来了没有?”

“写下来了。”

“嗯，下面你写的是什么?‘庸俗气，魔鬼……’——写下来。”

“当亚历山大在写字的时候，彼得·伊凡尼奇从桌上拿起了那么一张纸，搓了起来，放到火里去，用它点着了雪茄，又扔进火里去，它就烧了起来了。”

“我的叔父既不是一个恶魔，也不是一个安琪儿，只不过是个一般的平常人，”他讲下去，“只是与你我不大一样。他的着想与看法都遵循着世上的常轨，他以为如果我们住在地上，那就不应该从地上飞到还不来过问我们的天上去，而应当从事于人类本分的事务。所以他就对所有世界上的事情加以分析，特别是关于人生，就照着它的原样，并不按照我们希望它变成的某种样式。他相信良善同时也相信邪恶，相信高贵，也相信下流。他还相信爱情和友谊，只不过他不以为它们是从天上掉下来的，不过他认为它们是与人们同在而且也是为了人们而存在的，同时它们也需要人加以了解，而事实上一般地讲来，一个人应该从事物的真实方面仔细地观察，而不应当给扯到莫明其妙的地方去。在君子人中间，他承认有情谊存在的可能，这经过频繁的交往和习惯就变成了友情。可是他也以为由于暌隔而使习惯丧失了力量，于是人们也就彼此相忘，而这无论在哪一方面看也都不成其为罪恶的。因为这个理由，他确信我们将要彼此遗忘。这在我看来——也许你也认为如此——颇为奇怪，不过他劝我们习惯于这种想法，这样我们两人都不会上当。至于爱情，他的看法是如此的，大略说来，他不相信永恒不变的爱情，正像他不相信鬼一样——他劝我们也不要去相信。总之，他劝我对这件事想得愈少愈好，我也同样地建议你如此。它，他说，要来时是不用邀请而自己就会来的，他说人生并不仅只包含了爱情，像所有其余的事物一般，都有它自己适宜的季节，但是把你整个的一生梦想做一种爱情就荒诞可笑了。那些寻求着爱情而离开它一分钟也不成的人们——是靠了心活着，却牺牲了头脑的。我的叔叔喜欢忙于事务，他也劝我如此，我也照样对你建议，我们是属于社会的，他说，社会需要着我们，当他忙碌的时候，他不忘记自己的兴趣，他的工作带来了金钱，而金钱则带来了他所喜爱的舒适，而这就是他所最喜爱的。此外，他大约有些计划，照着这些计划做他的继承人的不是我。我的叔叔并不终日想着他的公事和他的工厂，他能背得烂熟的也不只是一个普希金的作品——”

“你，叔叔?”受了惊愕的亚历山大说。

“是的，有一天你会明白的。再写:”

“在各种人类知识的门类中，凡是有值得注意的，他都利用了他所熟习的两种语言来研读，喜爱艺术，他收集了一份法兰德斯画派①的精品——这是他的嗜好——常去剧院，但是他并不心神恍惚，也不唉声叹气的，认为这都是幼稚，一个人必须能够控制自己，不强逼旁人接受自己的印象，因为没有人需要它。他不讲粗话，也劝我不讲，我也劝你不要讲。再会，别给我写信写得太勤，不要白白浪费时间。你的朋友某某。接着某月某日。”

“我怎么能寄出这样一封信呢?”亚历山大说，“‘别写得

① 在十五世纪到十七世纪间荷兰风俗画极盛的一派。

太勤’，这样写给一个跑了一百六十俄里专程来道别的人！‘我劝你如此，如此，如此。’他并不比我笨，他是第二名毕业的。”

“没有关系，照样寄出去，也许他会从里边学到点什么，这会指引他去做不少新的考虑，虽然你已经得了你的学位，你的教育却正刚刚开始呢。”

“我下不了决心，叔叔，去——”

“不关我自己的事，我向来是不干涉的，不过是你自己要求我为你做点事，我这才努力把你引上一条真实的道路，容易地迈出第一步去，可是你那么固执，好，随你的便吧，我只不过贡献我的意见给你。我并不强迫你，我到底还不是你的保姆。”

“原谅我，叔叔，我照你的话做。”亚历山大说，马上就封好了信。

封好了一封以后，他开始找另外的一封，给索菲亚的。他在桌子上找——不在那儿；桌子底下——也没有；在抽屉里找——又不在那里。

“你在找什么？”他的叔父说。

“我在找另一封信——给索菲亚的。”

“他的叔叔也开始四下寻找了。”

“可放在哪儿了？”彼得·伊凡尼奇说，“真的，我没扔到窗户外面去。”

“叔叔！你这是怎么搞的？你真的拿它点了雪茄了！”亚历山大十分痛苦地说，捡起了信纸的烧焦了的碎片。

“这可能吗?”他的叔父叫了起来,“我是怎么弄的?我没有留心,想想我竟然烧掉了这么一份宝贝。不过,你知道怎么样?照某种看法这真正是一件好事哪。”

“嗷,叔叔!好老天爷!随便怎么说这也不能算是一件好事呀,”亚历山大绝望地说。

“真的,我保证你这是一件好事,你赶不上这回邮递再给她写信了,再过一阵子你一定会心回意转,你将为你的新的工作而忙碌,那时候你就顾不上那个了,这样,你就少做了一件傻事。”

“可是她对我会怎样想呢?”

“哎,她爱怎么想就怎么想。并且我想这对她有好处。我想你是不会和她结婚的吧?她会想你是忘了她了。她自己也会忘记了你,而且在她的未来的丈夫面前也少了些羞红了脸的因素了,当她向他保证除他以外她没有爱过任何人的时候。”

“你是个怪人,叔叔!在你,像永恒这种事是不存在的,也没有神圣的信誓。生活是如此甜蜜,如此地充满了诱惑,和机智,它是像一个平静的,光亮的湖一样的。”

“那儿一定长着黄花,我想!”他叔父插进来说。

“像一个湖,”亚历山大继续下去,“它是充满了一些神秘的迷人的东西的,它里面蕴藏得多么丰富。”

“烂泥,亲爱的。”

“你怎么会把烂泥搅进来,叔叔,你为什么处处破坏而使一切的愉快、希望、欢乐都给消灭了呢——你为什么从黑暗方面来看呢?”

“我是从真实方面来看的。我也劝你别上当，这么着你就不会被拖进去了。照你的看法，在乡下，生活是甜蜜的，可是他们却一点都不懂——在那儿他们并不是人，而是安琪儿，就说查耶夏拉夫吧——一个高贵的家伙，你的姨母——一个崇高的敏感的灵魂，还有索菲亚，我猜，是跟你姨母一样的一个傻子，可是还有……”

“别再说了，叔叔!”亚历山大被逼急了说。

“更加上像你这种理想主义者，他们一向盲目地生活，是不是能从什么地方体会那种永恒的爱情与友谊。我已经说过了一百次，你是白来了!”

“她会向她的丈夫保证他从来不曾爱过任何别的人吗?”亚历山大几乎是自言自语地说。

“哎！你又回到这个旧题目上来了!”

“不，我觉得她会用可贵的坦白马上将我的信件给他，并且——”

“并且还有那些纪念物?”彼得·伊凡尼奇说。

“是呀，还有表示我们俩人关系的表记，她还要说，他是第一个挑动我的心弦的人，是他的名字使它们做了第一次的震动。”

他叔父的眉毛开始皱了起来，他的眼睛也睁得大大的。亚历山大停了下来。

“那么后来你为什么就不再挑动自己的心弦了呢?好，亲爱的，你的索菲亚无疑地是一个呆子，如果她做了那种傻事的话，我猜想她一定有一个母亲，或者是可以禁管她的那么一个人？”

“您，叔叔，诚心地管这种最神圣的情感冲动叫愚蠢，可是这是一种高贵的内心流露啊，可让我对您怎么想象呢？”

“你爱怎么想就怎么想吧。天知道她会使她的丈夫起怎样的猜疑；我敢说，婚姻都可能弄得破裂的，是为了什么呢？因为你采集了一些黄花凑在一起……不。事情不是那么样子搞的。好了，你既然可以用俄文写作，我们明天就一起到办公处去一次吧；我已经对以前的一位同事讲过了你，他现在是处里的主任了，他跟我说那边有一个空位子，我们不能错过机会。你在那一堆纸片里抽些什么呀？”

“我在大学里的笔记。让我读几页伊凡·西蒙尼支的希腊艺术的讲义给你听。”

他已经急忙开始在翻篇了。

“啾，请你，饶了我吧！”彼得·伊凡尼奇皱着眉说。“可是这是什么呢？”

“这是我的毕业论文。我很想给我的主管看看的，特别是这份我辛苦写成的一个计划。”

“啊！这种计划有的一千年前就已经实施了，不然就是全然不可能而无用的。”

“怎么您，叔叔！可是这个计划是给位名人看过的，一位热心教育的名人，为了这篇计划有一天他还请了我和一位大学校长去吃午饭呢。这是另外一个计划的初步。”

“还是上我那儿吃两顿午饭吧，那另一个计划可别再写了。”

“为什么?”

“是这样的，你现在不等写完什么好计划，可是时间倒白白浪费了。”

“什么，在听过了那么多讲义以后?”

“它们一度对你是有用的，不过现在你要明白，你必须观察，诵读，学习，照着吩咐去做事了。”

“那位主管又怎么能知道我的能力呢?”

“他很快就会清楚的，他的理解力是超等的。还有，你到底是愿意担任怎样一种职位的呢?”

“我不知道，叔叔，哪一类的——”

“职位方面包括了部长，”彼得·伊凡尼奇说，“副部长，次长，副次长，处长，组长，和他们的助手，各种特任官，够多了吧?”

亚历山大想了一会儿。他局促不安，不知道选择哪一种好了。

“唉，刚开始组长也就很不错了。”他说。

“是的，很不错了!”彼得·伊凡尼奇重复了一遍。

“我可以先对这种工作多了解一点，叔叔，然后过上两个月左右，我就很可能给升成处长了。”

他的叔父竖起了他的耳朵。

“当然，当然!”他说，“再过这么三个月就是一个次长，一年以后就是个部长，你说对不对?”

亚历山大脸上飞红哑口无言了。

“是处长告诉过你，我猜，出了什么空缺了?”停了一会以后他问。

“没有,”他的叔父回答，“他没有说过，不过这种事我们还是让他去管好了，我们一定会觉得挺困难的，你瞧，去挑个职位，不过他是知道派你什么职位的。别跟他提你在挑选职位时所感到的困难，关于你那个计划，一个字都别提。我不想劝你对这里的漂亮女孩子谈什么私情表记，她们会不知道怎么应付你好的！这对她们不免太高妙了，就连我了解起来还都觉得困难呢，她们会朝你做鬼脸儿的。”

当他叔父说话的时候，亚历山大在摆弄着手里边的一个纸包。

“你那儿拿着的是什么?”

亚历山大正在不耐烦地期待着这一个问题。

“这个——我早就想给你看的……是几篇诗；有一次好像你曾经表示过有兴趣的——”

“我简直一点都不记得了，似乎我没有表示有过一丁点儿兴趣。”

“你瞧，叔叔，我将办公厅生活当作一种枯燥的职业，在那里面没有灵魂的地位的，可是灵魂却又急需自我表现，急于分享洋溢的情感和其中所包含着的深思。”

“嗯，你说的是什么呢?”他叔叔不耐地问。

“我感到一种创作的冲动。”

“这是说，在公事之外你还希望有点别的事做做——举例说罢，翻译点什么？哎，这倒是十分了不起的；哪一类的工作呢，文学方面的吗?”

“是的，叔叔，我想问你，你有没有机会拿点东西去发表——”

“你自己觉得有才能吗？没有天才你固然也可以写点文章投稿，可是这又有什么用呢？假使你有天才的话，事情就两样了，你可以从事这种工作，你得多作你值得去做的事，而且还可以发财呢——这要比你的一百个农奴有价值得多了。”

“就连这个你也要用金钱来计量吗?”

“那你怎么说呢？读你的作品的人越多，你得到的钱就越多。”

“名誉！名誉！这才是诗人的真正的报酬呢。”

“名誉才不肯跟诗人们打交道呢，想名誉的人太多了。从前，常常是，就跟女人一样谁她都要献殷勤，可是现在，你看出来了吗?”

“在现在这种时候，根本就没有名誉这种东西。要不就是它藏起来了，——啊！声望倒是有的，可是名誉呀，你一点都听不见，也许它是用另外一种方式表现的，一个人的作品愈好，他赚的钱就愈多。谁要是写得不好——可也别生气。总之，在这些日子里，一个过得去的作家的生活也总是过得去的，他并不会住在一个亭子间里冻饿得都快死了，虽然在大街上人们也不会跟着他跑，伸出了指头来向他们指指点点，拿他当作小丑一样，他们明白，一个诗人不是一个天神而是一个人，他看，他走路，思想，还要做一些傻事正和别人一样；你怎么会这么个神气呢?”

“跟普通人一样——你底下还有什么要说的呢，叔叔？一个人怎么会说出这种话来？一个诗人身上是有一种特别的烙印的，是他有一种特出能力的奇异的表识。”

“是呀，在别人身上也是一样的——在数学家，钟表匠，甚至一个像我这种工业家的身上也一样的有。牛顿，谷腾堡①，瓦特这些人也是有天赋超特的能力的，跟莎士比亚，但丁，还有些其余的人一样。假使我能用某种特别方法将我们的巴尔哥洛夫的黏土改造得可以用来制瓷器，比了萨克森和色佛尔的还要好，你能认为这不是具有至高能力的表现吗？”

“你把艺术跟工业混为一谈了，叔叔。”

“绝对不然！艺术是一件事，工业是另一件事，可是创造天才是两者中间都会有的，同样，也许在两者中间都不存在。如果没有能力，一个工业家就是一个工业家，而不是一个创造者，同样地，诗人而无天才即非诗人，只不过是个押韵家而已……你在大学里没读过这个吗？请问你在那里学了些什么呀？”

这位叔叔开始有点埋怨起自己来，因为他竟然给牵入这种在他认为是平凡的真理的反复阐明之中了。

“这正像是一种‘真诚的情感的溢露’。”他沉思着，“给我看看你拿着的是什么？”他问，“诗吗？”

他的叔叔拿了一卷，开始念起第一篇来。

① Gutenberg（1397—1468），德国活版印刷发明家。

“何处愁云惨雾，
有时突然降临，
在作生命搏斗者的心上。

“拿个火来，亚历山大。

“使它充满了高度的激情。

“正当风狂雨暴
为何那惨怛的噩梦，
带着不可测的深愁
将内部的灵魂打击得冰冷。”

“跟前边四句一样，说得离了题了。”彼得·伊凡尼奇想，又念下去：

“有谁识破，为何，
流着冷泪
突然变得苍白的前额……

“怎么会这么写？前额流泪，我可没有见过。

“我们那时候发生了什么？
天边的静寂

这时给我们带来了恐怖与惊惧——

"'恐怖'跟'惊惧'是一而二二而一的咧。

"我抬头向天，冷月无声，

"月亮是少不了的，没有月亮可怎么说都不行！如果当时你又做梦又有个少女在身边——你可就该死了，那我可非同你断绝关系不可了。

"我向天上望着，月亮在那里，
沉默地浮游、照耀，
还在想象，这当中淹没了
时代的命定的秘密。

"不坏，再给我点个火……雪茄灭了。念到哪儿了——啊！

"在宇宙里星儿躲藏着，
在千变万化的光闪里战栗，
正像坚固的友情在一心一意
保持着阴险的沉默。
全世界都受着灾难的威胁，
万恶都在古怪地向我们预示，

像是毫不关心地摇晃着我们，
这中间有不稳定的安静，
这样的忧愁我无以为名。”

叔叔又深深地打了一个呵欠，继续念了下去：

“她走过去了，踪迹也飞掉了
就像飞过来的草原的风
从沙漠上吹掉了野兽的脚印

“嘿，真的那儿要是出现了野兽，可不大妙！这儿这个重点是干吗的？啊！这些是说的忧愁，那么下面该说快乐了……”

他开始用加快的调子念下去，几乎只有自己才能听得出来：

“可是有时候
我们这儿又出现了魔鬼
那时候一线活跃的欢欣
就给强制地压在了心底……
甜蜜地颤动的心……”

“这不算太坏也不能说好！”他读完了以后说，“别的人一开始还写不出这个来呢，你可以小试一下，写写，要是你喜欢诗的话，可以弄下去；可能才华会自己显露出来，那个时候就是另外一件事了。”

亚历山大异常沮丧了。他原来所期望着的批评，跟这个可大不相同。他把他的叔叔想作一个差不多没有灵魂的冷酷的人，这样才使自己多少安慰了一点。

“这儿是一篇席勒原作的译文。”他说。

“好，我来瞧。这么说你也学过外国语言？”

“我懂得法文，德文，和一点点英文。”

“我恭喜你，你早就应该告诉我的；你还真有不少值得佩服的本领。很久以前你和我谈过关于政治经济，哲学，考古学，天晓得还有些什么。可是顶要紧的东西倒一个字也没有提——你谦逊得不是地方。我可以马上就给你找点文学上的工作。”

“真的吗，叔叔？请允许我！——让我来拥抱你一下。”

“等我替你弄到了手的时候再说。”

“你不带一篇文章给我未来的上司去看看，好让他多了解些？”

“不，这用不着：万一有此必要，你自己拿去给他看吧，不过这大约是不必要的。你肯把你那些论文和文章送给我吗？”

“把这些东西送给你？——不成问题，叔叔，”亚历山大说，他叔叔提出了这种请求，使他颇觉得受宠若惊了，“要不要我把这些文章按照时间先后给您来个索引？”

“不，这用不着……谢谢你的礼物。叶夫赛！把这些纸张拿给瓦西里去。”

“为什么给瓦西里？这当然是要拿到你的书房去的。”

“他问我讨些纸去糊什么东西。”

“什么，叔叔？”亚历山大吓得叫起来，把这堆文件又一把抱了回去。

“你已经把它们送给我了，我要怎样处置你的礼物，跟你又有什么关系？”

“您一点都不爱惜……一点都不！”他失望地呻吟着，将他的讲义双手抱在胸前。

“亚历山大，听我说，”他的叔父说，一边把文件抢过来，“以后你就不会再脸红了，为了这个将来你还得谢谢我呢。”

亚历山大让讲义从他的手里面落了出来。

“这里，把它们拿开，叶夫赛，”彼得·伊凡尼奇说，“好啦，现在你的房间又整洁又漂亮了，没有乱七八糟的废料了，这全得看你是不是把房间塞满了毫无价值的鸡零狗碎，还是布置得有条有理。我们到工厂里去散一下步，散散心，呼吸一下新鲜空气，看看他们的工作情形。”

一天早晨，彼得·伊凡尼奇带了他的侄子到部里的办公厅去。当他自己和做处长的朋友谈话的时候，亚历山大就开始对他的新天地熟识起来。他耽于梦想种种计划，绞着脑汁思索可能提出来请他解决的国家大事，同时他还站在那儿四下打量着。

“正跟我叔叔的工厂一个样子，”最后他断定了，“跟那边完全一样，一个监工拿了一块原料，扔进了机器，转了起来，一、二、三——瞧呀，眼看着变出来一个圆锥体，一个椭圆体，或者是一个半圆体，接着就把它递给了另外一个人，他把它放进火里去烧，第三个人上了釉，第四个人雕上了花纹，于是就变成一个杯子，或者是一个花瓶，一个碟子了。而在这里，来了一个不相干的请求者，半弯着身子带着一脸可怜的笑容递上了一张纸——一个监工接了过来，只在纸上用笔划了一下，就递给了另一位，后者就将它扔进了成千累万的文件中间——可是它却迷失不了的；盖上了一个号码以后，它从二十只手中经过而毫无损伤，更滋生出来更多的同类的文件。第三个人为了点什么事，拿着它钻进柜橱里去，或者查阅着簿子，不然就翻阅旁的文件，对第四个人说了几句魔术似的话——后者就拿起了笔刷刷地写了起来，写完以后把这份沾着新味道的母件递给了第五个人，这人同样用笔刷刷地写了一通，于是就产生了新的胎儿，第五个人把它打扮打扮就再往下交，公文就这样地走着走着——永远失落不了；它的原呈递人都快死了，可是它则永世长存。最后当它给遮满了尘埃以后，他们才翻动一下，取出来加以考虑与推断。每一天，每一小时，今天，明天，时时刻刻，整整一辈子，这一部官僚制度的机器不停地，严肃地工作着，好像并没有一个人——而只是轮盘和弹簧……可是使这堆积如山的纸张得以推动而有生命的智慧在哪里呢？”亚历山大想，“是在书本中间，文件里面，还是在这些人的头脑里呢？”

还有，他在这里所看到的是些怎样的面孔呢，这些面孔看来不是街上走着的那些日光下面跑路人的面孔：一个人幻想着他们在这里降生，养育成人，将来也还是在这里死去。阿都耶夫留心地看着处长，像雷神周彼特一般，他开口了——一个胸间挂了铜号牌的信使[①]跑上前来，他伸出了拿着文件的手，就有十只手伸出来去接它。

“伊凡·伊凡尼奇！”他说。

伊凡·伊凡尼奇就从一个办公桌旁跳了起来，跑到周彼特那儿去，站在他面前，发抖。亚历山大感到有点恐惧，虽然他自己也说不出是为了什么。

“把我的鼻烟壶递给我！”

他恭顺地双手捧着打开了的鼻烟壶给他。

“现在考他一考！”处长指着阿都耶夫说。

“这就是要来考我的人了！”阿都耶夫想着，一面看着伊凡·伊凡尼奇的憔悴的样子和磨破了的袖子，“难道这个人能解决国家大事吗？”

“你有一只好手吗？”伊凡·伊凡尼奇问。

“手？”

“是的，是说书法，我想麻烦你抄一下那份文件。”

亚历山大听了这个请求吃了一惊，可是他照样做了。当伊凡·伊凡尼奇看了一下他所写的东西以后，做了一个鬼脸。

“字写得很坏。”他告诉了处长。处长也来看了。

“是的，这并不好，他不能写漂亮的抄件。好，先让他写

① 这里的原文是 Mercury，罗马神话中 Jove 的传信者。

一个时期的准假证罢，等他多少弄熟了以后，再让他去写票据，也许他能行，他在大学里受过教育的。”

很快地阿都耶夫也变成了这部机器里的一只弹簧。他写，写，无休止地写着，他开始怀疑早上又怎么可能再做别的事，可是他一想起了他的毕业论文，他脸红了。

“叔叔！”他想，“有一点你是正确的，残酷地正确，难道说什么事都是这样的吗？只有我自己保有那些灵感的想法，和对爱情、友谊、人群，还有我自己的那种温情的信赖，都可能是一种错误吗？这么一来，人生又算是怎么一回事呢？”

他伏在公文上面更潦草地乱涂一通，可是泪珠已经在他的睫毛上闪亮着了。

“幸运真的是在向你笑，”彼得·伊凡尼奇对他的侄儿说，“我刚出来做事时，在一个地方办了一年的公，没有薪水拿，可是你却马上就给安排到高薪阶层里去了，七百五十卢布加上奖金，一共有一千卢布了。一开始就这样真是太好了！处长很夸奖你，他只不过说你太不小心，有时候你忘了加上句号，还有的时候你会忘记了写下公函的摘由。千万要免掉这种作风；要紧的是注意你眼前的事物，别胡思乱想。”

叔叔用手向上指着。从这回起，他对待侄儿显得多亲热了一点。

“我的那位主任是多么好的人哪，叔叔！”有一天亚历山大说。

“你又怎么会知道这个的？”

“我跟他来往。他是这样一个上等人，纯洁的高贵的人，对下属也这么好，他是个，我想，意志坚强，性格铁硬的人。”

“你已经跟他混得挺熟了?”

“是的，自然啦。”

“你的主任有没有叫你每星期四到他家去?”

“是的，不错，每个星期四。我想他是对我有特别的好感。”

“副主任找你借钱过没有?”

“是的，叔叔，一点点。我一次把身边带着的二十五卢布给了他，他还要再借五十。”

“你已经给了他了！啊!”他叔叔生气地说，“关于这件事也有我的不是，没有能预先警告你；不过我总以为你不会这么幼稚，刚认识了两个星期就借钱给他的。现在这没有办法了，我们得分担这个错误，十二个半卢布你可以算到我的账上。”

“为什么，叔叔？他一定会还给我的。”

“你就别再想那个了！我知道他；我在这儿的时候，在他身上损失过一百卢布。他向任何人都借过钱。现在，如果他再向你借，就告诉他我请他记起他欠我的数目——他马上就不会再提了！可是，别再上主任那儿去了。”

“为什么，叔叔?”

“他是个赌棍，他会拉你跟另外两个和他一样的大好佬坐在一起，然后他们会串通了弄得你一个铜板也不剩的。”

“一个赌棍!”亚历山大说，有点迷惑了，“这可能吗?看起来他是一个多开诚布公的人啊。”

“可是你跟他说，做出谈天时偶然提到的样子，你所有的钱都由我保管，你再看他是怎么个开诚布公法，他还请不请你星期四到他家里去。”

亚历山大陷入沉思，他叔叔则摇着头。

“你还以为坐在你们旁边的那些都是天使呢！诚恳的谈吐，特殊的吸引力，自然了！这样看来，你就从未想到过他会是个恶棍？你真是白来了！”

有一天亚历山大刚刚醒来，叶夫赛给了他叔叔送来的一个大纸袋，和附着的一张便条。

“终于给你找到了一些文学上的工作了，”便条上这样写着，“我昨天遇见了一位熟人，一位记者；他给了你一些练习的工作。”

亚历山大打开纸袋的时候，他的手喜欢得发抖了。是一篇德文的原稿。

“这是什么呢——散文吗？”他说，“讲什么的？”

他读着纸幅上端用铅笔写的字。

“论肥料，我们的农业栏里的一篇文章，请即译出。”

他坐对了这篇文章郁郁不乐了好一会，接着慢慢地，叹了口气，拿起了笔开始翻译了。两天之内全文译好寄了出去。

“好极了，好极了！”过了几天彼得 · 伊凡尼奇说，“编辑人对它很满意，只是他觉得文体不太合乎规格，可是第一次是不能求全责备的。他希望认识你。明天晚上七点钟你去拜访他，他又准备好一篇文章了。”

“又是讲这个的吗，叔叔？”

“不，关于另外什么东西的；他告诉过我，可是我忘了——啾！是了——关于马铃薯糖汁的。你，亚历山大，应当可以说是，交了运了。我，终于，开始希望你一定会有所成就的；也许不久我就不会再向你说‘你为什么来?’了，一个月还没有过去，各方面的幸运却已经向你身上堆上来了。你衙门里的薪俸有一千卢布，编辑人又答应你四个印刷页每月致酬一百卢布；要知道这就是两千二百卢布了！不，我刚出来的时候还没有能够如此呢！”他说着，微微皱起了眉头，“写信告诉你母亲，你已经不愁衣食了，再告诉她这一切！我也要给她写信的，我要告诉她，为了报答她对我的恩谊，我为你已经尽了我的全力了。”

“妈妈一定要——十分感谢你的，叔叔，我也是如此。”亚历山大叹了口气说，不过这回他却并没有去拥抱他的叔父。

第三章

两年多以后。谁还能认得出这个衣饰入时举止娴雅的年轻人，就是我们那位乡下人呢？他变了很多，长成了大人。年轻的脸上的柔和的线条，他的皮肤的光泽与娇嫩，下颔的乳毛，全都消失了。他的举动中的羞涩与腼腆没有了。他的脸部已经成熟，形成一种外貌，这外貌又显示着个性。他脸上的红红白白的颜色不见了，好像是笼罩着一层轻微的给太阳晒出来的黑色。他的脸上的乳毛已经蜕变成轻轻的颊髭。他的轻缓的迟疑的脚步变成了整齐而坚定的步伐。他的嗓音增加了一些沉着的低音。从经过修改的图画，变成了一幅完整的画像。这孩子是变成大人了，在眼睛里闪烁着自信和勇敢的光芒——不是那种吆喝得一俄里外都能听见的勇敢，那种用蛮横的态度和眼色凌视一切，随便向过路的人说“留心，别碰着，别踩着脚，不然你明白吗？我就不客气！”的勇敢。不，我说的这些词儿，这种勇士是不但不肯舍弃反而要抓住不放的。

而真正的勇敢，倒要靠……前些日子亚历山大脸上的恍惚的神色，为一抹淡淡的忧郁的暗影所冲淡了，疑虑初度偷偷走进了他的心，或许这正是他叔父的几番教训，与亚历山大自己心目中的一切感受的无情的分析的揭露的唯一的后果。亚历山大终于学会了圆滑，这正是一个人待人处世的法宝。他不再见了任何人就上去拥抱，特别是自从他没有听叔父的警告，被一个善于装作真诚表露的人赢去了两次钱，而一个有着坚毅的性格和钢铁的意志的人，却从他那儿借了一笔数目可观的钱去之后。对于别的人和事，他也都用了同样的方针处理着，在某种场合，他发现人们怎样在窃笑他的幼稚的热情，给他取了个罗曼谛克的绰号。可是在另外的场合人们对他就很少注意，不参加大轮赢的赌局，因为他对任何人都ni chaud ni froid①。他从不请客吃饭，不备一部马车。起先亚历山大为存在于他的玫瑰色的好梦与现实之间的矛盾而伤心。他从未在头脑里自问：我有些什么作为，可以算是特出的呢，我跟普通人在哪一点上有着区别呢？我的勋名又在哪里，人们为什么要注意我呢？不过同时他的虚荣心也使他痛苦着。

这样，他逐渐承认了这种想法，很明显的，人生并非完全充满了玫瑰花，倒是有时荆棘刺痛了你，但并不严重，也不像他叔叔所形容的那样而已。同时他也开始学习控制自己，他并不常常显露自己的情感与冲动，更很少浮夸，至少在陌生人面前是如此的。

不过使彼得·伊凡尼奇还很痛苦的是，他还远远不能对人们内心的激动与骚乱的单纯的起因加以冷静的分析。对于

① 法文：既不温暖，也不冷酷。

揭开人们心底的秘密，他是连听都不愿听到的。

彼得·伊凡尼奇早上给了他一番训诫；亚历山大也诚恳地静静地听着，做出不知所措或沉思的样子，然后他就出门去了，等晚上回家的时候，他就变成了一个全然异样的人。这三天他像发狂一样——叔父的理论全丢到九霄云外去了。舞会场合里的诱惑与乌烟瘴气，音乐的紧张，裸露的肩膀，媚眼，玫瑰色的嘴唇的微笑，这些使他终夜不能入睡。一些场面光景在他面前浮动着，他用手臂紧紧挽着的纤腰，道别时，丢给他的长长懒懒的注视，跳华尔滋时使他为之销魂的热情的喘息，或是在窗口一片马济卡①乐声笼罩之下的轻轻的絮语，当眼波冒着火花的时候，舌头上说着的是天晓得的一些什么话。他的心在跳，他抽搐地颤抖着抱紧了枕头，很久地在床上翻来覆去。

“爱情在哪儿？哦，爱情，我多么焦急地盼着你！”他说，“爱情就会来的吗？什么时候这些神圣的时光才会来临呢？可喜的折磨，欢乐的震颤，泪珠——”所有这一切。

第二天他要去看他的叔叔。

“是怎样的一个舞会呀，叔叔，昨天晚上在萨里斯基家里举行的！”他说着，沉入了对舞会的回忆。

“好吗？”

“哦，美极了。”

“晚餐挺不错吧？”

① 一种波兰流行的舞曲。

“我一点都没有吃。”

“这是怎么回事？在你这种年纪，有筵席却不去吃！不过我看得出，你对我们的习惯已经全然接受了，甚至还超越了你所需要的限度。当时一切都很成功吗？服装，灯光？”

“是的。”

“人都很好吗？”

“啾，是的！很好的。那样的眼睛，那样的肩膀呀！”

“肩膀？谁的？”

“难道您要知道关于她们的事吗？”

“关于谁？”

“关于那些女孩子。”

“不，我并没有问到她们，可是这都是一样的——有很多出色的吗？”

“啾，很……但是可惜她们彼此全都差不多。在某种特殊的场合，如果有一位说什么话，做什么表情，你就会看到另外的人也是这样的一套，就好像在她们心里背诵出来的功课一般。她们中间只有一个——跟其余的有点两样……不过在其他方面，就没有一点特点和个性。她们的动作，外表——全部一模一样：你听不到真心的意见或感情的表露——这些全都给相同的表面涂饰，伪制掩盖起来了。看起来好像任何事物都不能使她们坦白。她们真可能被永远关锁起来不能外出和外人见面？事实岂竟真是如此，她们穿起胸衣，永远窒息了爱情的叹息和受苦的心的呻吟？感情竟不能得到自由吗？”

“一切都只有在她们的丈夫面前坦露，虽然她们会和你同样地想——至少是和你所说的相同——有一大部分是会做终身的老处女的。她们中间有的会笨得在时机未到之前，将应该隐匿的事物透露了出来——嗯！事后她们要用眼泪来偿付代价，这是一种折本的生意呀！”

“这也要算账吗，叔叔？……”

“到处都一样，我的亲爱的；谁要是不计算的人，俄国话就管他叫没计算的傻瓜。这是简单而明了的。”

“把心里崇高的感情冲动给抑制住！……”

“啊，我知道，你抑制不住的；你准备在街上，戏院里，扑上去，搂住朋友的脖子，哭泣起来。”

“又为什么是一个没计算的傻子呢，叔叔？你只应该这么说，他是个有强烈的激情的人，一个有这种情感的人，对任何高尚而光荣的事是都能够做的，而不会——”

“不能够计算，也就是说，反省。他还算是个伟大的人——你们这些有热烈的激情，伟大的情感的人呀！请问有多少是仅属于天生的气质的呢？喜不自胜，自然是喜欢得发狂的了，一个人在这些事情上是有失尊严的，没有一点值得自傲的。我们要问他能不能控制自己的情感，如果他知道怎样去做的话，他才能算是一个人。”

“照你的意见，情感是要像蒸汽一般地控制起来的，”亚历山大说，“偶尔放一点出去，接着就突然止住，一个活瓣开开关关。”

“是的，大自然给了人们一个这样的活瓣——并不是无意义的——这就是理智，而你是并不常常利用它的——多可惜！不过你还算是个好人！”

“不，叔叔，听你说话是不快活的，还是让我去跟那位刚从乡镇来的太太交际一下的好些。”

“跟哪一位？鲁拜茨基夫人？昨天她也在那儿吗？”

“是的，她跟我谈了半天关于你的事，又谈了些有关她自己的事务。”

“啊，是的！凑巧……”

叔叔从匣子里取出了一份文件：“把这份文件带给她，告诉她我是昨天刚刚在一个仅有的机会里，从衙门里拿到的；把这事详细地解释给她听，你当然是听见了我怎样跟那位官儿交涉来着的？”

“是的，我知道，我知道，我会解释的。”

亚历山大两手拿了这文件，塞进他的口袋里去。彼得·伊凡尼奇向他望着。

“可是你又怎么要跟她认识起来的呢？她，似乎，不十分有趣，鼻子上有一个疣子。”

“一个疣子？我不记得呀，你怎么会留神到的，叔叔？”

“就在她的鼻子上，而你却会没有看见！你想从她那儿得到些什么？”

“她是多么好和可敬的。”

“你真没有留神她鼻子上的疣子，反而发现了她的好脾气和高雅？真奇怪。可是慢一下——她倒的的确确有着一个女儿的——那个黑头发的小女孩子。啊！现在我不觉得奇怪了。这就是你没有留心她鼻子上的疣子的原因。”

两人都笑了。

“可是我这样地奇怪，叔叔，”亚历山大说，“你怎么会先注意那疣子而随后才发现了她的女儿。”

“把那文件还给我，我想你一到了她那里，一定会将你的全部情感发泄出来，而全然忘记了关掉活瓣，你会搞些小错误，忘记了告诉她你要解释的事的。”

“不，叔叔，我一点都不会搞错的。至于那文件，照你所希望的，我不想还掉，我现在就去。”于是他就从这屋子里面离去了。

一直到这时，一切都按照常轨地进行着。在衙门里，他们赏识了亚历山大的能干，给了他一个颇好的职位。伊凡·伊凡尼奇开始恭敬地把烟盒送到他跟前，同时觉得，他，跟其他大多数人一样，像他时常说的那样，工作以后，不上一年，就会超过他去，骑在他的脖子上面，他会一跳就升到科长，可是在那儿也许会升到副司长，像那个人一样，或许升到司长，像这一个人，渐渐地有了自己的工作经验——那一个和这一个——都要在他的领导之下。“啊，我为他们而工作！”他补充着说。而在杂志编辑部里，同样地，亚历山大也成为一个重要的人物。他从事于选择、译述和修改别人的文章，自己也写了各种有关农业的论文。在他自己看来，他的收入比了他所需要的多，可是在他叔叔看来，却仍不以为满足。可是他并不是永远为金钱工作的。他并未放弃获得另外更高的努力方向的自我慰安的信念。他的年轻的精力，比了一切都无愧色。他抓空儿睡觉，办公，写诗也写小说，还有历史随笔与传记。他的叔叔目前并不将他的文章看作他的了不起的事业，不过是默默地读着，接着嘴里低低的呼哨一声，或者说："是的！这要比你一向所写的好些。"有几篇文章用了别人的名字发表。亚历山大惊喜交集地听着朋友们的赞赏，他有不少这种朋友，在衙门里，糖食点心铺里和私宅里面。他最好的梦——在恋爱以后——实现了。未来给他以光明和如许成功的保证，似乎，不是完全一个普通的命运等待着他——像突然——

几个月过去了。人们很少看见亚历山大，他好像是失踪了。他也很少去看他的叔叔。后者以为他是太忙了，也没有去打扰他。可是杂志的编者有一天遇见了彼得·伊凡尼奇，抱怨着亚历山大拖延了论文。他叔叔答应一有机会就向他的侄儿询问这是什么原因。三天之后有了一个机会。一大早亚历山大像疯子似的跑到他叔父的公寓里去。从他的一举一动中间，都明白地看得出有着无尽的欢欣。

"您好，叔叔，啾，看见你我是多么高兴！"他说，要去拥抱他，可是他的叔父却从容地躲在桌子后面去了。

"您好，亚历山大！为什么这么些日子我们没有看见你？"

"我……一向在忙，叔叔；我从德国经济学家的著作中做着摘要的工作。"

"啊！既然如此，为什么那个编辑还跟我说了那些谎话呢？三天以前他告诉我，你什么事也没有替他做——这就是新闻道德！下次再碰着他我得让他明白一下……”

“不，你别跟他说什么，”亚历山大插嘴说，“我还没有把稿子寄给他，因此他才跟你讲话的。”

“你这是怎么回事呢？看你这脸高兴！他们给了你一个陪审官还是一个十字勋章？”

亚历山大摇着他的头。

“那么，钱吗？”

“不。”

“那么，你怎么像统帅似的神气呢？要是没有什么事，别来打扰我，坐下来写封信给莫斯科的商人多巴索夫，催他将应付的款项尽快寄了来。把他的信读一遍。哪儿去了？在这里。”

两人都沉默着，开始写了起来。

“我写好了！”几分钟以后亚历山大说。

“真精彩，你真是个好家伙！给我看。这是什么呢？你是给我写的信哪。‘彼得·伊凡尼奇！’他的名字是梯莫塞·倪可维支。怎么会五百二十卢布呢！五千二百！你这是怎么了，亚历山大？”

彼得·伊凡尼奇放下了笔，看着他的侄儿。他脸红了。

“你没有在我脸上看出什么来吗？”他问。

“看见的，有些呆相……慢点……你是在恋爱了。”彼得·伊凡尼奇说。

亚历山大沉默了。

“这么，是真的了？我猜对了！”

亚历山大带着胜利的笑容和快活的表情肯定地点头。

“这么，就是了！我怎么会没有能够立时猜出来呢？这就是你为什么变得懒惰的原因了，也就是我们到处都看不见你的道理了。萨里斯基和史嘉金们都缠着我问：‘亚历山大·斐德里枢哪儿去了？’原来他走得远远的——上了七重天了？”

彼得·伊凡尼奇又开始写起来。

“到娜亭卡·鲁拜茨卡雅那儿去！”亚历山大说。

“我没有问，”他的叔叔回答，“无论到谁那儿——都是奇蠢无比的。到哪一个鲁拜茨卡雅那儿去的？是有疣子的那个吗？”

“唉！叔叔！”亚历山大带着愤怒打断他说，“怎样的疣子？”

“就在鼻子上，你还没有看出来吗？”

“您完全弄错了。好像母亲的鼻子附近才有疣子。”

“反正，还不是一样。”

“全都一样！娜亭卡！这个安琪儿！您真的没有注意过她吗？一度见过——却没有注意！”

“可是她有什么特别不成？为什么要注意呢？难道说那疣子，你说，她倒没有吗？……”

“您就知道疣子！别糟蹋人，叔叔，你能说她跟这些世俗的、矫揉造作的玩偶一样吗？您向她的脸望望，多么沉静，那脸上有着多么深沉的思想！这不只是有感情的，这是个有思想的少女……一种深沉的性格。”

他的叔父在纸上用笔潦草地写字，但是亚历山大却说了下去：

“在她的谈吐里面，你听不到陈腐的滥调，她的见解发着多么明哲的智慧的光芒！感情中间有怎样的一种火焰！她对人生的了解多么深！你用你的看法使生活变得不愉快，可是娜亭卡又使我跟生活相安。”

亚历山大安静了一刹那就又完全恢复了对娜亭卡的幻想。于是他又开始了。

“当她抬起了眼睛，你立刻就可以看得出它们表露着的是一颗怎样的激情而温柔的心。还有她的声音，她的声音！里面包含着的是怎样的旋律，怎样的柔和！可是随了这声音吐露出一种真情的时候呀……在世界上没有比这个更幸福的了！叔叔！生活是一件多么愉快的事呀！我是怎样的幸福啊！”

他的眼泪开始流了出来，他投入了他叔父的怀抱，用尽了他的力气来拥抱他。

“亚历山大！”彼得·伊凡尼奇跳将起来喊着，“快把你的活瓣关将起来，你把你的蒸汽全给放出来了！你这个疯子！看看在一秒钟里面你干了些什么，只是两件笨事，你弄乱了我的头发，还打翻了墨水。我还以为你已经去掉那种习惯了呢。你很久没有这样了。为了上帝的缘故去照照镜子，哪儿还找得出比这更傻相？还不是一个白痴！”

“哈，哈，哈！我是快活的，叔叔！”

“这是显然的。”

“对不对？在我的眼睛里，我知道，骄傲在发着光。我向人群望着，就像只有英雄、诗人和钟情的人、互相恋爱的幸运的人才能那样望着的……”

“并且像疯子似的那样望着，也许还要更坏……好啦，这封信我现在可怎么办呢?”

“让——我来修改它，看不出来的。”亚历山大说。他扑到桌子旁边，震得直颤，开始修改，弄干净，擦，在信纸上擦出一个洞来。

他擦得桌子直摇晃，还震动了书架。书架上放着一个索福克里或厄斯启拉①的石膏胸像，震得这位悲剧诗人先是在他的活动的底座上前后摇晃了一两次，接着他就给摇出了书架，摔得粉碎了。

“你的第三件笨事，亚历山大!”彼得·伊凡尼奇说，拾起了碎片，“这要值五十卢布呢。”

“我要赔偿的，叔叔！唧！我要赔偿的，可是别埋怨我的情感，它是纯洁而高贵的，我幸运，幸运！上帝！生活多么甜呀!”

叔叔皱起眉来摇着头。

“什么时候你才能变得更聪明一些，亚历山大?天晓得你说的是些什么?”

他同时看着打碎了的胸像。

“我赔!”他说，“我赔!”“这应该是第四次愚蠢的举动

---

① 索福克里(Sophocles,496?—406 B. C.)和厄斯启拉(Aeschylus,525—456B. C.)都是希腊诗人。

了。你是想，我看得出来，谈谈你的快乐。唉，看起来这是没有办法避免的，那么就说罢，我给你一刻钟的时间，安静地坐着，别再犯第五次傻病，说吧，然后，在这一次傻病发完以后，你必须离开了，我没有闲工夫。好……你很快乐……怎么样？快点告诉我。”

“假如是这样，叔叔，那么这些事不是这样说的。”亚历山大带了一脸谦逊的笑说着。

“我正要替你做好准备，而你，我看，总要从前奏曲开始的。这就是说，谈话要延至整整一小时之久，我没有这么多时间，邮政局不会等待的。停止吧，最好让我自己来说。”

“你？这倒有趣了。”

“嗨！听着，这是十分有趣的！昨天你私下跟你的美人儿见面了吗？”

“您怎么知道的？”亚历山大热情地开始说，“您是暗地里派了人来监视我的吗？”

“怎么，为了你我还得出一份密探的薪水？你怎么知道我对你这么关心，你关我什么事呢？”

这些话是随伴着冰冷的眼色说出来的。

“可是你怎么会知道的？”亚历山大问着，向他叔叔走去。

“坐下，坐下，看在上帝的分上，别走近桌子，你会碰翻什么东西的。一切全写在你的脸上，我来念它出来。嗯，你曾经表叙了一番。”他说。

亚历山大脸羞红了，不声不响。很明显地，他叔叔又说对了。

“你们俩，照例，是非常愚蠢的。”彼得·伊凡尼奇说。

侄儿做了个不耐烦的表情。

“你们两个单独在一起时，总是先从什么无关紧要的小事开始谈起，也许是从一个刺绣的花样说起的吧，”叔叔接下去说，“你问她这是给谁做的。她回答，‘给妈妈或是姑姑’这一类的话，接着你就好像发疟疾似的颤抖起来了。”

“这可不是，叔叔，您没猜着，那并不是什么花样子，我们是在花园里面来着。”亚历山大突然说出来，又恢复了沉默。

“嗯，那么，你们是从花儿谈起来的，我想，”彼得·伊凡尼奇说，“也许是从一朵黄花谈起的，只要它能够引起话头，当时在你眼前的是什么东西，是无关紧要的，在这种场合，舌头尖上的话是并不十分现成的。你问她爱不爱花，她回答‘是的’。‘为什么？’你问。‘嗽，因为，’她说，接着你们俩就全静下来。因为你们要谈的是全然不同的事，于是谈话就没有继续下去。以后你们彼此对望，笑了，又脸红了。”

“嗽，叔叔！你这是怎么说！”亚历山大分明是有些尴尬了。

“后来，”铁面无情的叔叔接了下去，“你们开始转弯抹角地谈到了一个新的世界在向你们展开。她突然向你一望，好像她是听见了什么新鲜地意想不到的事；你，我推测，是已经丧失了机智，在迷惑着了，接着你就说，听不大清楚，现在你才明白了人生的价值，在你看见她以前——她是谁？玛利亚，还是谁？”

“娜亭卡。”

“你就早已在一场梦境里看见过她了，这样你就已经预料到了你们的遇合，有某些地方的相似，把你们拉拢在一起，于是你就将你的全部诗与散文献给了她一个人。还有，我猜想，你的双手一刻都没有安静过！无疑地你打翻了或者摔碎了什么东西。”

“叔叔！你准是偷听我们来着！”亚历山大不自觉地尖叫起来。

“是的，我是坐在那儿一丛矮树后面来着。要知道，我就为这个跟着你跑和偷听你们那些胡话的。”

“那怎么会让你全都晓得了的？”亚历山大怀疑地问。

“怪事，是不是？从亚当夏娃算下来，每个人全都是这么一套，只不过有一点点小变化。你是一个写文章的人，倒觉得这个奇怪吗？现在在三天之内，你一定会跟发疯了似的跳跳蹦蹦，看见了任何人都要去拥抱一下。看在上帝分上，可别跟我来。我劝你在房间里躲两天，在那儿畅快地放出这种蒸汽来。再跟叶夫赛编出一整套把戏来，谁也不会看见的。然后你再掉一下花样，那么你就会连什么接吻这样的花样都有了。”

“吻吧，娜亭卡！多么崇高、天堂的赏赐呀！”亚历山大喊着，差点儿哭出来了。

“天堂里的！”

“照您的意思，为什么应该是地上的、物质的呢?”

“嗯，你必须承认，接吻是一种电气作用，爱人们正如一对电池，都充电充得足足的，在接吻的时候电就放了出来，如果电全部都放完了——就得跟爱情道别了，接着的就是冷淡。”

“叔叔!”

“啊! 那么你以为怎样?”

“什么观点，什么概念呀!”

“呦，我忘了‘肉体关系的非肉体的象征’这句话，还着实地印在你的脑子里。你一定又要开始收集所有的无病呻吟的语句，整天把心思用在这上面，而工作却给你扔开不管了。”

亚历山大立刻将双手按在口袋上面。

“什么，已经有了吗? 这么着你是要一丝不差地，按照开天辟地以来男人们所做过的那一套做下去了的。”

“这么说，你也是干过这一套的了，叔叔?”

“是的，只不过比较更傻了一点。”

“更傻了点! 你说这是傻事就因为我的爱情比了你的更深刻，更强，为了我不把我的感情不当一回事，和你一样冷酷地将它弄成了笑谈，也没有揭开每一件神圣的秘密的面罩。”

“你的爱情跟别人的并没有不同，不更深刻，也不更强，而你也会将神圣的秘密的面罩给揭开来的，仅有的区别在此，你相信永恒而不变的爱，别的什么都不想，而这就是十分愚蠢的地方，你只是给你自己找来了多于你所需要的烦恼。”

“啾，这是可怕的，可怕的，您这样说，叔叔！我多少次答应自己，在您面前不要暴露心里的情感。”

“那你为什么不这样做呢？你就来——打搅我……”

“可是要知道，我只有您，叔叔，一个亲人，我这种满溢的感情，能找谁来替我分析呢？而您，就一点同情心都没有，一直把解剖刀刺进我心脏里最隐秘微妙的地方。”

“我倒并不是为了自己高兴才这样做的，是你自己要求我给你警告的。就有过好几次，我警告过你，提防干出愚蠢的事来！”

“不，叔叔，还是让我永远在您眼里做一个愚蠢的人好些，可是我却不能照这种样子来理解生活和人过活下去。这是痛苦的，忧闷的！要是在这样的条件下面，我就不需要生活，我不要生活了——您听见吗？我不要！”

“我听见的，可是让我怎么办呢？要知道，我是不能剥夺你的生命的。”

“呵！”亚历山大说，“你预言尽管预言，我是会得快乐的，我将要恋爱一次而持之终身的。”

“啾，不！我早就看透了，你在发作完了之前，还得把我的东西再弄坏一大批。不过这没有关系，爱情是爱情，没有人来妨害你；通常我们对于像你这种年纪的孩子的爱情是并不看得严重的，只要不太过于放任而荒废了正事，爱情是爱情，而事业是事业。”

“嗯，我现在正从德国人的著作里做着摘要的工作呢。”

“好了，好了，这一类的事你一点儿都没有做，你把你自己献给了‘温柔的情感’，编辑人要开除你了。”

“由他去！我不靠着他。眼前我会念念不忘于那点臭钱吗——在眼前，当——”

“要提起臭钱，自然是臭的！你最好在山里头给你自己造一间茅屋，靠面包和水活命，再唱着——

‘一间草屋你觉得寒怆，
在我却是天堂。’

只是在你一点臭钱都没有了以后，别来找我，我不会给你的——”

“我想我并没有常来麻烦你。”

“直到目前，我可以很感谢地说，你没有，只有在你扔开了工作的时候，才有这种可能的；恋爱也得花钱的，你要特别的漂亮，还有很多各式各样的开销。啾，在二十岁恋爱！多无聊，你高兴无聊也没有办法！这真是毫无意义的。”

“怎样的恋爱里面才有意义呢，叔叔？四十岁再恋爱？”

“我不知道在四十岁时恋爱是怎么个情形，不过在三十九岁时的恋爱——”

“就像你的这一种？”

“也许，像我这样。”

“那是，一点爱情也没有了。”

“怎见得？”

“你的意见是不是说你能够恋爱？”

“怎么不呢？我不是一个人吗，还是我已经八十岁了？只不过我要是恋爱的话，会恋爱得合理而已，我会自己反省，我不把东西打碎或弄翻。”

“合理的恋爱！一种自我反省的高级爱情！”亚历山大冷笑着说，“这种一时一刻都忘不了它自己的爱情。”

“如果这是生野的，直觉的，”彼得·伊凡尼奇插进来说，“它就不反省，可是合理的感情必须反省，如果它不，就不是爱情。”

“那么它算是什么呢？”

“卑鄙，就像你说的。”

“你——恋爱！”亚历山大说，怀疑地望着他的叔叔，“哈！哈！哈！”

彼得·伊凡尼奇默默地又继续写了起来。

“爱的是谁呢，叔叔？”亚历山大问。

“你想知道么？”

“要的。”

“我的未婚妻。”

“别……未婚妻！”亚历山大差点说不出这几个字来，他从他的座位上跳将起来，走到他叔父那里去。

“别再靠近，别再靠近，亚历山大，把汽门关起来！”彼得·伊凡尼奇说，看了他侄儿惊奇而圆睁的眼睛，就很快地把桌上一些小物件收集拢来——石膏胸像，人形，钟，还有墨水瓶。

“这么说，您是要结婚？”亚历山大那么惊讶地问。

“要的。”

“而你是如此地沉静！你还可以写信到莫斯科去，谈论题外的种种，到你的工厂里去办公，仍旧用那种地狱的冷静谈论着爱情！”

“地狱里的冷静！——这倒是桩新鲜事，人家说地狱里面热得很呢。可是你为什么这么奇怪地看着我？”

“你结婚。”

“这有什么值得惊奇的？”彼得·伊凡尼奇放下了笔问。

“怎么，自然喽。你结婚却一个字都不告诉我！”

“请原谅，我忘记了请求你的许可。”

“用不着请求许可，叔叔，可是我也应该知道的。亲叔叔要结婚，而我一点也不知道，也没有通知我。”

“怎么，我刚告诉了你。”

“你提了一下，因为它正巧。”

“我是想所有的举动都做得恰好。”

“不，你应该首先将你的快乐通知我；你知道，我多么爱你，我又将怎样来参与这件事……”

“任何事我都不喜欢别人参与，尤其是结婚。”

“你知道吗，叔叔？”亚历山大异常兴奋地说，“也许……不，我不能瞒着你。我不能那样，我得全讲出来。”

“嗽，亚历山大，我没有闲空，假使又得说上一大套的话，明天再讲成不成？”

“我只是想要告诉你，也许……不久我也要快快乐乐的像——”

“什么?”彼得·伊凡尼奇问，把他的耳朵竖起了一点儿，“这事有点稀奇。”

“啊！稀奇？那我就要让你不痛快了：我不告诉你。”

彼得·伊凡尼奇拿起了一个信封，毫不在意地将信装了进去，开始将它封了起来。

“我或者也要结婚了!”亚历山大对了他叔叔的耳朵说。

彼得·伊凡尼奇住手不再粘信封，而十分严重地向他望着了。

“关上你的汽门，亚历山大!”他说。

“你尽管说笑话，叔叔，你尽管说笑话，我是正正经经地说的，我要征询妈妈的同意。”

“你结婚?”

“为什么不呢?”

“在你这种年纪?”

“我二十三岁了。”

“这当然正是好时候！在你这种年纪，为什么除了农人之外，没有人要结婚呢，因为只有他们才需要有个人在他们家里做活。”

“可是如果我跟一个女孩子彼此相爱，而又有跟她结婚的可能，那么，依着你，我就不应该——”

“我不希望你在任何时候，跟一个与你相爱的女人结婚。”

“什么，叔叔？这真是一种新意见，我从来没有听见过。”

“难道你听见的还少吗?”

“我以为世界上不应该有没有爱情的婚姻。”

“婚姻是婚姻，爱情是爱情。”彼得·伊凡尼奇说。

“那么你是为了什么才结婚的呢？为了你自己的利益吗？”

“跟我自己的利益结婚，当然喽，虽然不是为了我自己的利益而结婚。利益不仅只是限制在金钱上。男人生来就要生活在女人中间，你也要开始打算，在女人中间挑选。”

“寻找，挑选！”亚历山大惊奇地说。

“是的，挑选。所以我不劝你在恋爱的时候结婚。要知道爱情只要一消失，就要变成不值一提的东西了。”

“这是一个天大的谎言和污蔑。”

“好了，现在说，你是不肯听的，过些日子你自己就会明白了，现在你只要把我的话记了下来就是；爱情是暂时的，我重复一次，而或许，在你看来是近于完美的理想的女人，她自己表现出来却是十分不完美的，而那时候就无法可想了。爱情把做妻子必需的德行的缺陷掩饰了。可是在挑选的时候，你在血液冷静的情况之下考虑，某个女人，是不是具有你希望能见诸你的太太身上的德行，于是你就占了最大的便宜。要是你找到了这样的一个女人，她一定会继续使你快乐，因为她能满足你的需要。这样她和你中间生长了亲密的联系，以后能使你们——”

“恋爱吗？”亚历山大问。

“是的……习惯。”

“结婚而没有迷恋，没有爱的诗意，没有热情，可怎么来考虑呢？”

“可是你结婚，如果不考虑、不问自己：为了什么？正好像你到这里来，也没有问过自己为什么一样。”

“那么您结婚就是为了自己的利益吗？”亚历山大问。

“附带利益。”彼得·伊凡尼奇说。

“这还不是一个样。”

“不，为利益就是说为了金钱而结婚——这是下贱的；可是结婚没有利益——那就是愚蠢！但是你现在完全不应该结婚。”

“什么时候我才应该结婚呢？等我老了的时候吗？为什么我要学这荒谬绝伦的榜样呢？”

“我的也在内吗？谢谢！”

“我并没有一点影射你的意思，叔叔，我是就一般情形来说的。你听见有一处在举行婚礼，你去看了，你所看见的是什么呢？一个刚在等待爱情的神奇的火炬，将她点成一朵奇花的可爱的纤弱的女孩子，突然间他们将她从她的玩偶、保姆、孩气的游戏与舞蹈中间拉了开来，如果仅是从这些中间拉开来的倒还算好，而时常他们并不顾及她的内心，而这却很可能不再是她自己的了，他们给她披上了纱，花边，戴上了花，全不顾及她的眼泪，苍白的面色，他们把她像一个牺牲者一般拉到了祭坛下边，安放在什么人的身边呢？在一个年纪大的人的身边，他往往是不好看的，早已荡尽了他的青春的精力的人了。他不是用带了情欲的目光注视着她，这是一种恶劣的事，就是冷静地从头至脚打量着她，分明自己打算着，‘你很美，是的，照我说，你的脑子里是充满了无意义的东西的，爱情和玫瑰花——我马上就得将这些傻事除掉，这全都是愚蠢！跟我一起你必须不叹气不做梦，把你自己引到更正常的路上去’，而更坏的是，他毁了她的幸福。最年轻他也已经三十岁了。他往往有着一个秃头，虽然我敢说，他的胸部上面是大抵挂了十字勋章或星徽的。而‘就是这个人’他们告诉她，这就是你要奉献你的全部青春珍宝给他的人，你的心的第一次悸动，第一声应诺，都是给他的，你的容颜，笑语，处女的抚爱，都是他的，你的一生都属于他。而围绕着的，挤在人群中的，却都是跟她同年而漂亮的孩子，他们才是应该站在新郎的位子上的呢。他们焦灼地望着这个可怜的牺牲者，看来好像是在说：‘啊，当我们的青春和健康消磨净尽的时候，当我们都秃了头的时候，我们就能结婚，也能同样获得这样一位美丽的花……’这真可怕！”

“唱高调，不好，亚历山大！”彼得·伊凡尼奇说，“你一直写了两年的关于肥料、马铃薯淀粉，和别的正经题目的文章，结果你谈起话来还是唱这种高调。为了上帝的缘故，别变成神经病罢。或者，至少，像你这样发着傻劲闷声不响，算了吧，你一点不讲正经话，不干正经事，老是出情形。”

“不过，叔叔，诗人的思想不都是孕育在神经质里的吗？”

“我不知道这是怎样孕育着的，可是我知道它是在脑子里经过了润饰之后，产生出来的，这就是它的沉思冥想的过程：只有经过了这过程以后它才是好的。嗯，照你的意思，”彼得·伊凡尼奇停了一下以后又接下去，“你要把这些可爱的产物献给什么人呢？”

“献给那些爱着他们的，还不会失去全盛的青春和美貌的，在他身上，在头部，在心里，到处看得出生命力的存在，眼睛里还放着光芒，面颊上还没有褪掉红晕，没失去鲜艳——健康的象征；不把好朋友引到生活的道路上去，而把充满了爱情的心带给她做礼物，在适当的时会能够了解并分享她的情感的人……”

“我敢说！你是要献给一个像你这样的好人的。假使我们是在‘森林草原’里居住着——而一个像你这样的人有着一个妻子——他所能获得的可就真不少！第一年他一定会神智失常，再下去他不是在暗中偷看，就要把侍女弄成他太太的吃醋的对手，因为这就是你所讲的那种自然的要求呀，要有变化，新奇——一套美丽的事物！这以后他的太太也注意到了她丈夫的这种戏弄，就也突然喜欢起盛装和化装舞会来。即以其道还诸其人之身……没有钱时，事情就更糟，他沦于乞讨了，‘我没有东西吃！’”

彼得·伊凡尼奇做了个可怜的脸色。

“‘我是个有老婆的人，’他说，”他接下去说，“‘我早已有了三个孩子，帮帮我，我养活不了他们，我是个穷人’……一个穷人！多丢人！不，我不希望你落入这两种情形之中的任何一种。”

“我是要落入快乐的丈夫那一类里去的，叔叔，而娜亭卡则将是快乐的妻子。我不要被迫地结婚，和大部分人结婚的情形一样，他们翻来覆去都说着一套话：‘我的青春逝去了，我已经厌倦了孤独，因此我必须结婚了！’我不能像那种样子！”

“你这是在说胡话，我的可爱的孩子。”

“你怎么知道?”

“因为你正是跟别的人们一样，而对于别的人们我却观察得很久了。来，告诉我，你为什么要结婚?”

“怎么，为什么，娜亭卡——我的妻！”亚历山大喊起来，双手盖住了脸。

“好啦，你瞧——你自己也不知道。”

“啾，我整个的心灵都浸在这个念头里了，你不知道我是多么爱她，叔叔！我爱她，像从来谁也没有过的那样爱着；我用了我的灵魂的全力——全部都给她。”

“真的吗，亚历山大，与其听你翻来覆去地说这种可笑的话，倒还不如让你对我骂一顿，或者不得已让你拥抱一下的好！这句话是怎样从你的舌尖滚出来的呢！‘没有任何人的恋爱前例可以相比！’”

彼得·伊凡尼奇耸了耸他的肩膀。

“为什么，你是说这是不可能的吗?”

“自然，当我想到你的恋爱的时候，我真以为这是可能的，不可能再有比这更愚蠢的恋爱了！”

“不过她说我们必须再等一年，我们还年轻，应该考验自己——整整一年——那时候——”

“一年！啊！这你应该早就告诉我的！”彼得·伊凡尼奇

插进来说，“她真的提出了这个条件？她是一个多么懂事的女孩子。她多大了？”

“十八。”

“你么，已经二十三岁了；好，我的朋友，她比你要二十三倍地懂事。我看得出她对整个问题有了解：她和你在一起，可以使她自己有消遣的机会，稍为调调情，高兴一下，这种小荡妇对这些事是有着一种直觉的！好啦，这样你是不会马上就结婚的了。我以为你是要直截了当，秘密地把一切都弄好了的呢。在你这种年纪，这种傻事往往会很快地做了出来，让人来不及干涉的，可是有一年的期限就是另外一说了；在这段日子里她会遗弃了你的。”

“她——遗弃，卖弄风骚，小荡妇，当然了！她，娜亭卡！哼，叔叔！对你终身相处的人，对你有着密切的关系的人，你所挚爱着的人，你哪儿来的这种恶毒的猜疑？”

“我曾经跟人们在一起相处过，我爱过一个女人。”

“她会欺骗我！那个安琪儿，那个诚挚的真正化身，一个女人，看起来是上帝第一次用所有的纯洁和光明创造的她——”

“到底是女人，大概要欺骗的！”

“您以后会对我说我要欺骗吗？”

“过些时——是的，你会的。”

“我！你所不熟悉的人，你可以凭高兴下结论，可是我——你把我判断作如此卑鄙是不是罪过？你把我当成个什么东西？”

“一个人。”

“人可并不全是一样的。你要明白我，不说笑话，用了全部的忠诚答应过永远爱她，我预备发誓来证明这件事。”

“我明白，我明白！普通人没有一个会怀疑他对女人的誓言的忠实性的，可是后来他就变了，变得冷了，连他自己也不知道是什么缘故。这不是有意的，这也谈不上卑鄙，谁都不能怨，是老天不允许有永恒的爱情存在。而那些相信永恒不变的爱情的人却和不相信的人一个样，只不过他们没有注意，也不愿意承认这个事实而已；我们已经超越了这些，他们说，我们不是人，而是安琪儿——愚蠢！”

“可是怎么又会有一些爱人们，夫妇们，彼此永久相爱而终生同居呢？”

“永久！如果一个人的爱情只延续两星期，我们叫他荡子，可是能延续两三年的——你马上就会断定这就是永久的了！只要想想爱情是由什么组成的，那你自己就明白这是不能永久的了！那种热情，那种感情中间的火和极度的兴奋，都使它不可能常此持续。爱人们，夫妇们，毕生住在一起——是实话！可是他们毕生都能彼此相爱吗？他们是永远处于初恋的情绪之中的吗？他们是每分钟都要待在一起，时常彼此注视，而彼此相看不厌的吗？到头来这些小习惯，常时的关注，在一起的渴望，眼泪，喜怒，全部的含情的眼波都变成了什么呢？丈夫们的冷酷和粗鲁已经成了一句惯语了。‘他们的爱情变成了友谊！’每个人都很严重地在说着。好了！这再不是爱！友谊！这又是什么友谊呢？一个丈夫和妻子，本来是为一般的利益，环境，一个命运连在一起的，就这样生活在一起，如果不是这样，那么他们就分开，去另结新欢——有的比其余的更快一些，这个就叫作薄幸！不过假使他们还在一起住下去，那是因为已经成了习惯的缘故，让我在你耳边轻轻地告诉你，这是比了任何一种爱情都要坚牢的，这可以称之为后天的；如果没有后天的爱情，人们就会终生为生离死别而忧伤，不过你可以看得出来，过了些时他们就会不觉得什么的了。还是这句永远说不完的话——永远！永远！——他们不加思索地喊着。"

"怎么回事，叔叔，你竟不为了自己而感到不安吗？推论起来你的太太也——愿恕我——该会遗弃你吗？"

"我想不至于。"

"多么自负呢？"

"这不是自负，而是估计。"

"又是估计！"

"好罢，如果你要考虑的话。"

"可是如果她跟别人有了爱情呢？"

"你一定不能让事情弄到这步田地的；不过即使她已经如此深入迷途，用一点小手腕也可以使她的感情冷静下来。"

"这可能吗？这是可以由你控制的吗？"

"很可能。"

"所有的被遗弃的丈夫全会这么做了，"亚历山大说，"如果真有什么办法的话。"

"并不是所有的做丈夫的人全相同的，我的亲爱的孩子：

有的对他们的妻子异常地冷淡，对于身边进行着的事，他们不加注意也不屑于注意，其余的自负非常，其实倒是些可怜人，他们不知道怎样办好。”

“你是怎样去办的呢？”

“这是我的秘密，你不能理解的，现在你正是昏头昏脑的呢。”

“我现在是幸运的，我感谢上帝，可是将来怎样，我不想知道。”

“你的上半句话说得多聪明，虽然不是你的爱人也要说这是有真实性的。可是下半句，抱歉，就一点都不合适。‘可是将来怎样，我不想知道。’这就是说不愿意考虑昨天怎样和今天怎样。既不了解，又不思索，也不准备，也不注意风往哪边吹！哎！这像什么话？”

“那么，照您的意思，怎么样呢？叔叔？最幸福的顷刻到来的时候，是应该用放大镜来看的。……”

“不，要用缩小镜，这样就不会被快乐弄昏变成了傻子，不会见人就上去拥抱。”

“或者在忧愁快来的时候，”亚历山大接着说，“那么也要用您的缩小镜来看它？”

“不，忧愁要用放大镜，当你想象烦恼比原来大两倍的时候，就比较容易忍受了。”

“为什么，”亚历山大愤怒地接着说，“要让我先用冷静的头脑消磨掉一切的快乐，不沉醉于它，却想着它要变化、消失吗？为什么悲伤还没有来的时候，我就先要为了它而苦恼呢?"

"这是为了，悲伤要来的时候，"叔叔打断了他的话头说，"你这样一想——悲伤是会过去的，就像现在、将来、在我，和其他的人身上的悲伤都过去了一样。我希望，这并不坏，而且是值得注意的；当你在生活里看到所有一切可能变化的时候，那么你就不再苦恼了；尽可能地沉静、冷静着吧。"

"那么，您的宁静的秘诀是什么呢!"亚历山大沉思着说。

彼得·伊凡尼奇沉默了，又写将起来。

"可是这算是什么生活呀!"亚历山大开始说，"不忘却你自己，得永远不断地思索——思索——不，我觉得不应该如此！我不希望照着你的冷酷地分析生活，不管以后有没有烦恼和危险，反正全是一样的！为什么我得事先考虑而毒害了——"

"怎么！我曾经不断地告诉过你这原因，可是他却总是又回到了这老地方来。别让我再对你的什么做令人不快的比拟了。因为如果你能预先看到了危险，障碍，麻烦，那么抵抗或忍受起来可以更容易些，你不会神智失常，你不会死，而当快乐来临时，你也不会手舞足蹈乱撞像座了——明白了吗？有人告诉他——这里是开始的情形，注意一下，好根据它来判断这件事的结局，可是他却遮起了眼睛转过了头，就好像碰见了什么妖怪似的，自顾像小孩子一样地活下去。你会这么说——日子一天一天地过去，就像人们坐在他们的茅屋的门口，用吃饭，跳舞，恋爱，和不变的友谊来打发日子。希望着黄金时代的永在！我早就告诉过你，照你这种想法，那最好是住在乡下，陪着你的乡下老婆和半打孩子，可是在这里，一个人必须从事于一种工作，这就是说你必须不断地考虑，和回忆昨天做过的事，今天在做些什么，因此才可以知道明天所要做的事——这就是说，你必须生活在对你自己和你的职业的一种毫不放松的控制之中。只有这样，我们才能达成一种实用的目的，因而……可是跟你辩论又有什么用——在你正昏头昏脑的当儿？呵！正是时候了。别再多说了，亚历山大，去吧，我不要听了，明天来跟我一起吃饭，有几位客人。”

“你的朋友们吗？”

“是的——可耐夫，史密诺夫，费多罗夫——你认识的，此外还有几位。”

“可耐夫，史密诺夫，费多罗夫！可是这几位就是仅有的跟你有商业来往的人了。”

“为什么，是的呀，这全是些要紧的人物呀。”

“这么说这几位全是你的朋友了？无怪我没有看见你对谁特别亲热地招待过。”

“我早就跟你说过，我的朋友就是那些和我往来频繁的人，从他们那里，我不是有利可图，就是可以找点乐子。哎呀！怎么能白喂呢？”

“可是我以为，在你结婚之前，你会向你的真实的朋友们告别，他们都是你从心里爱着的人，你会和他们共罄樽酒对你的快乐的童年做一次最后的倾谈，而在离别之顷，你也许会热热地跟他们来一下拥抱的。”

“请看，在你这一大篇议论中间，有五个字眼是并不存在，至少也是不必要存在于现实生活里的。你的姨母又怎么可能跟你拥抱起来！当然了，泛泛之交也可以称之为‘真实的朋友’，只要杯瓶在手，也就有了‘樽酒与共’的机缘，尤其是并无别情，欲要要离别拥抱这套花样。啾，亚历山大！”

“在别离的时候你不觉得伤感吗，或者至少觉得熟朋友们要会面稀疏了吗？”亚历山大说。

“不！我从来不对任何人亲昵得使我要为他们伤感，我劝你也学我的样子做。”

“可是也许他们不是这样，他们也许会惋惜失却了你这个善良的朋友，这个可以对谈的人呢？”

“这已经不是我的事了，这是他们的事。我也不是一次失却了这样的朋友，可是这也没有要了我的命。这么明天你要到这里来吧？”

“明天，叔叔，我——”

“什么？”

“有人约了我到乡下的住宅里去的。”

“是鲁拜茨基家吧，我想。”

“是的！”

“呵！好吧，随你的便。别忘记了你的工作，亚历山大，我要告诉编辑人，你在做些什么……”

“啾，叔叔，你怎么可以！我一定可以把我的德国经济学家论文摘要赶出来的。”

“最好你还是先动起手来。喂，记得吗，在你完全摆脱了‘柔和的情感’之前，可别来要‘卑鄙的钱。”

第四章

亚历山大的生活给分成了两半。公务占去了他一早上的时光。他埋头于堆满了尘埃的公文中间，研究着跟他毫无关涉的杂事，在纸面上计算着不属于他的千百万数目的款项。可是等到他的头脑不愿再为旁人思索的时候，笔就从他的手里落了出来，而使彼得·伊凡尼奇如此发怒的“柔和的情感”就占有了他。

这时亚历山大就靠在椅子背上，出神地到了一个安静的、长满了青草的地方，在那里没有公文，也没有墨水，没有生疏的面孔，没有制服，只是充满了安逸、静闷和爽适，在那里的收拾得挺雅致的客厅里，有着鲜花的甜香，钢琴的乐声，在笼子里面一只鹦鹉扑跳着，在花园里则是白桦树的飘拂着的枝条，和一丛丛的紫丁香。还有掌管着这一切的女皇——她。

在早晨，亚历山大，坐在办公厅里，只是在许多美丽的小岛中间的一个上面神游着，鲁拜茨基家的乡下别庄，可是到了晚上，他本人就在这里出现了。让我们对他的幸福大致上放眼来看一下。

这是很热的一天，在彼得堡是很少有这种天气的，给地面以生命的阳光，这时就像是要将彼得堡的街道给晒死一样，花岗石的路面给晒得赤热了，而从石面上反射出来的光线，灼烧着行人。人慢慢地走着，垂着头，狗的舌头伸了出来。这城市就好像在故事中讲起过的那种城市，所有的东西都为了魔术家的一个手势变成了石头。石板上没有辚辚走过的车子，窗帘，像是一直垂下来的眼皮，遮蔽着窗户，木料拼成的路面，像拼花地板似的发亮，烫着踏了上去的脚。到处都是沉闷，睡意。

步行者拭去了汗水，寻找荫凉。坐了六位旅客的驿马车慢慢地出了城，并未带起车后的灰尘。下午四时，政府里的公务员从公事房里出来，慢慢地踱回家去。

亚历山大跑了出来，就好像房里的天花板要落下来似的，看着他的表——已经迟了，他看看赶不上吃午饭，就奔到了饭馆老板那里。

“你们有些什么，快！”

“菜汤和皇后汤①，布罗温斯②生菜，仿膳式③，烤火鸡，烤野味，……，甜点心④。”

“好吧，布罗温斯汤，菜生菜，和烤点心，只是要快！”

---

① 皇后汤(à la reine)：一种法国式的菜汤，出于御厨。

② 在法国南部。

③ 仿膳式(ǎ la maître d'hôtel)：法国都京各大饭馆中一种午餐的菜。maître d'hôtel 原有司膳官之意。

④ 甜点心(Soufflé)：一种牛奶鸡蛋做成的松饼，相当于布丁之类。

侍者向他看了一眼。

“哎，干么呀?”亚历山大说，不耐烦地。

这人赶快出去，选了几样自己认为适合的菜端给了他。阿都耶夫很满意了。没有吃完四分之一他就赶到了尼瓦河沿河的街上，这儿有一只小船，两个船夫在等着他。

一小时之内他已经可以看到他所期待着的地方了，他在船上站了起来注视着远远的地方。起初他的眼睛由于焦急不安而模糊起来。随后突然他的脸上浮上了一片快乐的光芒，正像一片阳光。他从花园篱畔看清楚了一件熟识的衣衫，随后他就认了出来，一条手绢在向他挥舞。她可能已经等了他很久了。他身子站在船上，又赶不成路，觉得鞋底都快要燃烧了。

“呵！要是人能够在水面上行走的话可多好！”亚历山大想，“人们发明了各式各样荒诞的东西，可是这个倒没有发明！”船夫慢慢地摇着桨，协调得像一架机器。汗水一点一点地沾在他们的给太阳晒黑了的脸上，他倒插不进手去，亚历山大的心在腔子里跳，他的眼睛从未离开过一个地方，在他昏昏沉沉的当口早已移动了两次，先是一只脚，接着又动了另外的一只，移到小船的边缘，不过他们完全不曾注意这些，还是用了不变的冷漠摇着船，不时用他们的袖管擦一下脸。

“快点！”他说，“半卢布的酒钱！”

他们是怎样地工作起来了啊，他们怎样地开始从座位上站了起来呵！他们的疲劳到哪里去了？气力是从哪里来的？桨看起来只是在水中抖着。小船向前驶去，没有三沙绳，再

摇十下，船尾早已划了一个圆弧，小船慢慢地带着一些倾侧地靠了岸——亚历山大和娜亭卡遥遥相视而笑，彼此目不转睛地瞧着。阿都耶夫一跳，一只脚不曾上岸却踏了在水里，娜亭卡笑了。

“当心，先生，等我来扶你一把。”船夫中间有一个说着，而亚历山大却早已上了岸了。

“在这里等着我。”阿都耶夫向他们说着，向娜亭卡跑了去。

她远远地向亚历山大温存地笑着。她的胸部跟着小船划向岸边的每一桨而起伏。

“娜杰伊达·亚丽山德罗芙娜！”阿都耶夫说，几乎快活得喘不上气来。

“亚历山大·斐德里枢！”她回答着。

他们不自觉地彼此跑了近来，接着突然停住，带着一脸笑和润湿的眼睛彼此对望，说不出一个字来。这样过了几分钟。

彼得·伊凡尼奇第一次看见娜亭卡时没有对她注意，实在是不能怪他的。她不是一个美人，并不能立刻引起别人的注意的。

可是如果任何人留神地看了她的面貌，可就不能够马上把眼睛从她那儿挪开。她的脸部难得有两分钟静止不动。一种激动心弦的思想和情感，不断地换来换去，而这些情感的反映，在她脸上奇妙地糅和起来，使它每一分钟有一个新鲜而不及意料的表情。她的一双眼睛，举例来说，会像电闪一般地闪烁，闪闪发光而随即给长长的睫毛盖了起来，她的脸于是就变得黯淡而无生气，在你面前就正像一座石膏塑像。于是你一定会立刻期望那种同样的耀目的光彩的再现——可是绝不！她的眼帘轻轻地揭起，你所看到的是一脉柔媚的眼波，像是从云头后面浮泳出来的月亮。眼波一转，你的心就不得不感到一度轻微的悸动。在她的举止中间，情景亦正相似。有着无限的高贵，不过并非虚幻的女仙那种娴雅。在这种妩媚中间，又有着不少生野、焦急、人类天生都赋有的那种气质，虽然后天的熏陶冲淡了它，但却依旧顽强地存在着的那种气质，在娜亭卡的举止中间是时常流露出来的。她有时像在写生画里似的坐着，突然，天晓得是由于怎样内心冲动的指使，这一艺术气息的姿态，会突然打破，意外地化为一种迷人的姿态。她的言语也同样地飘忽无定，一会是正确的推论，一会就只有梦幻和尖锐的话，再一下就变作稚气的笑谑，或者是微妙的谎言。她所有的一切，都说明了她有着充满热情的机智，和一颗执拗而善变的心。亚历山大要不为了她而失神落魄才好，只有像彼得·伊凡尼奇才能降得住她，可是像他那样的人又有几个呢。

“你在等候我！这让我多么高兴！”亚历山大说。

“我在等着你？我从来就没有想到过这个！”娜亭卡回答着，摇着她的头，“你知道我是常在花园里面的。”

“你生气了？”他腼腆地问。

“为什么？这是怎么说的！”

“好，把你的小手递给我。”

她把她的手伸了给他，可是他还没有来得及碰着，她就马上抽回去了——立刻变了脸色。她的笑容收敛了，在她的脸上出现了烦恼的神色。

“那是什么，你是在喝牛奶？”他问。

娜亭卡手里拿着一只杯子和干面包。

“我正吃午饭。”她回答。

“你们六点钟吃午饭，还有牛奶？”

“在你叔叔那儿吃了一顿丰盛的晚餐以后，当然瞧着牛奶奇怪了，可是我们这儿是乡下呀，我们生活得很简单的。”

她用前面的牙齿咬下了几小块面包用嘴唇做了个爱娇的怪样儿以后又喝起牛奶来了。

“我没有跟叔叔一块儿吃饭，我昨天辞谢了他。”阿都耶夫回答。

“你多不害羞！能这样说谎吗？你到哪儿去了，一直弄到这么晚？”

“我整天都待在公事房里，一直弄到四点钟——”

“可是这会儿已经六点了。别说谎，招出来，你的心给晚宴和开心的社交生活勾引去了？你一定在那儿很找了不少不少乐子了。”

“我说实话，我没有到我叔叔那儿去。”亚历山大开始起劲地为自己分辩起来，“要是我去了的话，我能现在赶到这儿来跟你在一起吗？”

“啾！你以为这还太早了吗？两小时以前你就应该到了的！”娜亭卡说，而突然间，脚尖迅速地一转，离开他顺了小路向屋子走去了，亚历山大跟着她。

“别紧跟着我，别走到我这儿来，”她说，摇着她的手，“我不能见你——”

“别开玩笑了，娜杰伊达·亚丽山德罗芙娜！”

“我一点都不开玩笑。告诉我，你上哪儿去了，一直弄到了这时候？”

“我四点钟离开了公事房，”亚历山大开始说，“到这儿的路上我走了一点钟——”

“这么着应该是五点钟了，可是现在是六点，那一个钟头你在哪儿来着？你瞧，你这是在说谎呢！”

“我在一家饭馆里尽快地吃了一顿饭。”

“尽快地！只有一小时！”她说，“可怜的人！你准该饿了。你不要点牛奶吗？”

“噉，让我来，给我那个杯子。”亚历山大开始说着伸出了他的手。

可是她突然之间停了手，把杯子颠倒了，不理会亚历山大，好奇地看着最后的几滴牛奶怎样从碗里流到泥里去。

“你真忍心！”他说，“你怎么能这样折磨我？”

“瞧，瞧，亚历山大·斐德里枢，”娜亭卡突然插进来说，全神贯注在她的动作里，“我能不能把一滴牛乳滴在小路上爬着的甲虫的身上呢？……啊！滴得多准！可怜的小东西，它会死的！”她说，接着小心地把甲虫拾了起来，放在她的掌心里开始向它嘘气。

“你对甲虫这么关心！”亚历山大烦恼地说。

“可怜的小东西！瞧，它会死的，”娜亭卡说，沮丧着，“我干了些什么？”

她将甲虫在掌心里放了一会儿，当它在她手心里蠕动着开始爬来爬去时，娜亭卡打了个寒噤，很快地将它扔在了地上，踩上了一脚，说：“讨厌的甲虫。”

“你到哪儿去了？”后来她问。

“怎么，我告诉过你了——”

“嗽，是的，在您叔叔那里。那里客人多吗？您喝香槟来着吗？我站在这儿还闻得出你那股香槟味儿。”

“嗽，不，没在我叔叔那儿，”亚历山大失望地说，“谁告诉你的？”

“你刚才这么说来着。”

“怎么回事，我想现在他们不过刚坐上饭桌呢。你不知道那种宴会的，那种宴会一点钟里面完得了吗？”

“你一直吃了两小时——四点到六点。”

“那我是什么时候到这里来的呢？”

她没有回答，只是跳了起来折了一枝合欢树枝，然后就在小径上跑了起来。

阿都耶夫跟在后面。

“你上哪儿去？”他问。

“哪儿，怎么问哪儿！不错！是到妈妈那儿去。”

“为什么？我们会打搅了她的。”

“嗽，不，一点也不！”

玛利亚·米哈伊洛芙娜，娜杰伊达·亚丽山德罗芙娜的母亲是一个那种善良而单纯的母亲，小孩子所做的事，她都以为是好的。玛利亚·米哈伊洛芙娜，举个例子，会命令把马车备好。

“这是到哪儿去啊？妈妈？”娜亭卡问。

“我们出去兜一会风，多好的天气。”她母亲说。

“那我们怎么可以？亚历山大·斐德里枢就要到了。”

这样马车就重新卸了下来。

又有一次，玛利亚·米哈伊洛芙娜坐在那里，织她的永远织不完的围巾，而且正要叹气了，或者是在吸着鼻烟，一面穿弄着她的骨制的织针，再不然就是正在家耽读着一册法文小说。

“妈咪[①]，你为什么不穿戴起来呢？”娜亭卡会严重地问。

“到哪儿去？”

“怎么，我们要去散步去呀，自然是。”

“去散步？”

“是的。亚历山大·斐德里枢要跟我们一起去的。你难道忘记了吗？”

“哎，我没有知道呀。”

“真的不知道！”娜亭卡就要不高兴地说了。

她的母亲就放下了她的围巾和她的书，去打扮起来。这样娜亭卡享受着完全的自由，并且随心所欲指派着她自己、

① 作者在这里用的是法文的 Maman，是少女对母亲的亲昵称呼，以下仿此。

她的母亲、她的时间和她的生活。虽然，她是一个和婉而任性的女儿——不能说她是顺服的，因为顺服的不是她，而是母亲顺从了她，因此可以说，她有一个顺从的母亲。

“进去到妈那里去。”娜亭卡说，当他们走到客厅门口的时候。

“你呢?”

“我随后来。”

“那么，我也随后再来。”

“不，先进去。”

亚历山大走进去，立刻就又蹑着脚退了出来。

“她在躺椅上睡着呢。”他轻轻地说。

“没有关系，进去吧。妈咪，妈咪!”

“啊!”

“亚历山大 · 斐德里枢来了。”

“啊!”

“阿都耶夫先生想要见你。”

“啊!”

“你瞧她睡得多甜。别叫醒她!”亚历山大阻止她。

“不，我要叫醒她。妈咪!”

“啊!”

“醒醒，亚历山大 · 斐德里枢在这儿。”

“亚历山大 · 斐德里枢在哪儿?”玛利亚 · 米哈伊洛芙娜说，一直向他望着，把她的本来歪到一边去的帽子扶正了。“啊！这是你吗，亚历山大 · 斐德里枢?欢迎！我在这里坐着坐着就睡着了。我真不知道这是什么缘故，我想这许是天气的缘故。我的鸡眼有些发疼——该下雨了。我打了一个盹，睡梦中仿佛伊拿太通报有几位客人，不过我不知道这是谁。我听见，‘客来了’，他说，可是是谁我却分不清楚，接着娜亭卡就来叫了，于是我马上就醒了。我睡得不着实，有一点点声音我都要看看是什么。坐下，亚历山大·斐德里枢，你好吗？”

“挺好，谢谢你。”

“彼得·伊凡尼奇好吗？”

“谢天谢地，您费心！”

“他为什么从来不来看我们？我昨天还想念来着，也许他，我想，什么时候要来一次的，可是他却从来没有——大概他是忙？”

“很忙。”亚历山大说。

“那一天我们没有看见你！”玛利亚·米哈伊洛芙娜接下去，“我已经醒了大半天，我问，娜亭卡在哪儿？他们告诉我她还在睡。‘好啦，让她睡吧’，我说，在外面整整一天，在花园里，天气一直很好，她疲倦了。在她那种年纪她睡得很甜，不像我这个岁数的样子，这种睡不着觉啊——你相信吗——简直是活受罪，是我的神经，还是别的，我不知道。接着他们给我拿了咖啡来，要知道我一向是在床上吃咖啡的——我喝着的时候，我就想：‘这是怎么说，我们还没有看到过亚历山大·斐德里枢呢？他身体好吗？’接着我就起来了，我看了看，已经十一点了，我十二分希望！仆人们可别响！我走到娜亭卡那儿去。她还在睡，我叫醒了她。‘是时候了，我说，我的妈：快十二点了，你是怎么回事?’你知道我是像一个保姆一样，整天地照顾着她的。我有意打发开了女管家，这么着才没有陌生人在旁边。托付给那些陌生人就是，他们总说，上帝才知道他们会做出些什么事来呢！不！我自己负责她的教育。我严厉地管着她，她一步儿都没有离开过我的眼睛，我敢说娜亭卡也觉得出这个来，她没有对我保留一丁点儿秘密。我好像看得透她似的。接着厨子上来了，我跟他谈了一个钟头，接着我看了一点‘Mémoires du Diable’①……啊！苏勒是个多么可爱的作家呀！他写得多么称心呀！接着我们的邻居玛利亚·伊凡诺芙娜和她的丈夫来拜访了，这样，我还没有觉着，一清早就滑了过去了，我一望，已经到了四点钟，是吃中饭的时候了！啊，是了，你为什么不来吃午饭呢？我们一直等你到五点钟。”

“直等到五点钟?”亚历山大说，“我总是来不及的，玛利亚·米哈伊洛芙娜，我的公事绊住了我。我请你们在四点钟以后别再等我。”

“是啊，我也这么说，可是娜亭卡却一直在说‘让我们再多等一会儿，一会儿！’”

“我？嗷，嗷，妈妈你这是怎么说！我不是说，‘这是吃饭的时候了，妈妈’，你就说‘不，我们非等不可，亚历山

① 魔鬼回忆录，法国作家苏勒（F. Sully）所著冒险小说。一八三八年出版。

大·斐德里枢很久没来了，他准会上这儿来吃中饭的’。”

“瞧呀，瞧呀!”玛利亚·米哈伊洛芙娜说，摇着她的脑袋，“啾，这个不害羞的女孩子，自己的话都安在我身上来了!”

娜亭卡转过身子去，走到花丛前面，开始逗起鹦鹉来。

“我说：‘好啦，亚历山大·斐德里枢现在可在哪儿?’”玛利亚·米哈伊洛芙娜接了下去，“已经四点半了。‘不，’她说，‘我们一定得等，妈咪，他要来的。’我再瞧瞧，差一刻钟五点了。‘你高兴怎样说就怎样说，娜亭卡，’我说，‘亚历山大·斐德里枢一定是到什么朋友那里去了，他不会来了，我可饿了。’‘不，’她说，‘我们一定要等到五点钟。’她就是这么磨着我。呃，是不是这样的，小姐?”

“鹦鹉，鹦鹉!”的声音从花丛后面传了出来：“你今天在哪儿吃饭的，在你叔叔那儿吗?”

“什么?她躲起来了!”她的母亲说下去，“准是羞得不敢在日光底下露面了。”

“没有那么回事，”娜亭卡回答着，从花丛里走了出来，在靠窗的地方坐了下来。

“到底她不肯坐到桌子上来!”玛利亚·米哈伊洛芙娜说，“她要了一杯牛奶就跑到花园里去了，她就这么着没有吃饭。什么?盯着我的眼睛瞧，小姐?”

亚历山大听着这些话的时候，差点儿快乐得晕醉了。他瞧着娜亭卡，可是她却掉过身来背着他，将一张常春藤的叶子撕成了碎片。

“娜杰伊达 · 亚丽山德罗芙娜!”他说，“我真有劳你记挂着的福气吗?”

“别靠近我!”她叫起来，很不高兴于自己的行动给暴露了，“妈妈是在说笑话，你却要当真了。”

“可是你替亚历山大 · 斐德里枢预备好了的果莓放在哪里了?”她的母亲问。

“果莓?”

“是呀，果莓?”

“怎么啦，吃饭的时候您吃光了的。”娜亭卡回答。

“我！请你再想想，我的妈，你把它藏了起来，一点都不肯给我的。‘你瞧着，’她说，‘亚历山大 · 斐德里枢就要来了，那时候我就给您。’你瞧她这是个什么女孩子?”

亚历山大温存而撩拨地看着娜亭卡。她脸红了。

“她自己剥的，亚历山大 · 斐德里枢。”母亲补充着说。

“您这全都编的是些什么呀，妈咪? 我剥了两三个果莓自己吃了，其余的瓦西里沙——”

“别相信她，别相信她，亚历山大 · 斐德里枢；瓦西里沙一大早就给打发进城了。瞒着这个做什么? 我想亚历山大 · 斐德里枢一定会因为是你亲手剥的而不是瓦西里沙会感到更高兴的。”

娜亭卡笑了，又走进了花丛，拿了满满一盘果莓走了出来。她把盘子递到亚历山大面前。他亲了她的手以后再拿果莓，觉得好像是在接受元帅的勋杖一般。

“你不配吃这个！让我们等了你那么半天!”娜亭卡说，

“我在篱笆墙那儿站了两小时，你想想！有人来了，我想是你，就摇起我的手绢来，马上就又发现这是一个陌生人，一个军官。而他却也向我摇着，没礼貌的坏蛋！”

在傍晚客人们来了又去了。天色逐渐暗了下来。母女俩和阿都耶夫又给留下来三个人待在一起了。这三个人也慢慢地分了开来。娜亭卡走到了花园里去。这时玛利亚·米哈伊洛芙娜与阿都耶夫之间形成了不调和的一组二重奏，她没完没了地谈着昨天她做了些什么事，和明天她准备做些什么。他变成了一个俘虏，在忍受着不堪的厌烦，和无尽的疲劳。眼看天就要夜了，而他却尚未获得与娜亭卡单独谈一句话的机会。厨子走进来给他解了围，这个恩人走进来请示晚餐要预备些什么菜，而阿都耶夫却要比在小船上更为不安了。他们刚刚开始讨论肉饼，乳酪，亚历山大就开始做了巧妙的撤退。他为了从玛利亚·米哈伊洛芙娜的躺椅旁边避开，费了多少手脚呀！一开始，他先走到窗口向院子里张望。可是脚步拖着他走到开着的门口去。然后勉强地抑制着，慢慢地走近了钢琴前面，胡乱按两下琴键，激动地震颤着从桌上取来了几册乐谱，看了一下又放了回去，甚至他还有去嗅两朵花的沉着的心情，结果却惊醒了鹦鹉。这以后他就达到了不安的最高限度，他快走近门口了，可是无论用什么方法走将出去都是够尴尬的——他只得再站上两分钟，然后像是完全偶然地走了出去。而厨子这时已经退了两步出来了，再说一句话——他就要离开，那时鲁拜茨基夫人一定会再找着他的。亚历山大再也忍不住了，像一条蛇一样地滑出了门口，在台阶上脚不沾地地跳了下去，再跑上几步他就到了林间小径的尽头——到了河边，靠近了娜亭卡。

“到底你还没有忘了我!”这一次她微嗔地说。

“啊，我受了多大的罪，”亚历山大回答，“你却不来帮帮我!”

娜亭卡给他一本书看。

“要是再过一分钟你不出来，我就不叫你出来了，”她说，“坐下来，妈咪这会子不会出来的。她怕这里的潮湿。我有那么许多，那么许多话想跟你说的……啊!”

“我也是……啊!”

结果他们却并没有说什么，或者几乎不曾说什么，有几样是早已说过十遍以上的了。通常是做梦，天空，星星，同情，幸福这一类的话题。他们的对话藉了睇视，微笑，轻微的叹息这些语言方式有了不少的进展。那本书被冷落地扔在草地上面。

夜来了！不，这是多么了不起的一个夜晚啊！——难道夏天在彼得堡会有夜吗？这不是夜，而是……这儿应该想出一种字眼来。……就是，微明的。四周的一切都在静止之中。尼瓦河像是睡着了，有时，虽然是在沉睡中，河水的微波依旧轻轻地打着两岸，随即又陷入了静寂。这时从什么地方吹来了一阵夜风，在沉睡着的水面上拂过，可是并没有能惊醒它的好梦，只吹起了一阵微漪，还给娜亭卡和亚历山大送来了一霎新凉，不然就给他们送来了远处的歌声——一切又再度陷入了沉寂，尼瓦河又静止了，就好像一个睡熟了的人，偶然被微声惊动，睁开了眼睛而随即又闭了起来，睡眠更让她的发重的眼帘合拢了起来。这时从小桥那边传来了隐隐的雷声，又接着一阵犬吠，起于近处钓鱼的渡口，随后一切就又恢复了沉寂。树林在高处形成了一个黑暗的穹顶，偶尔轻轻地摇动一下枝条。别墅中的灯光沿了河岸闪烁着。

在这样温暖的空气里，飘拂着的是些什么奇特的东西？从花丛、林木、草地里飘过，不可言说地荡进心灵里去的，又是些什么神秘的事物？在灵魂中间形成的思想情感，和存在于喧嚣与旁人心里的全然异样，这又是什么原因？可是当大自然在沉睡，黑暗笼罩了一切，树林静止，花草芬馥，万籁俱寂之顷，这一晌时光，对爱人们又是多么适合！它多么有力地使理智与幻想协调，使内心与稀有的情感合拍，这在平时，正常而严肃的现实生活中，看来是多么浪费，多么没有分晓，而多么可笑的缺点……是的！浪费，可是在目前的顷刻中，却只有灵魂才能在朦胧中攫住这快乐的可能，而在另外的时候，却是它苦求不获的。

亚历山大和娜亭卡走到河上去，靠了篱垣站定。娜亭卡向尼瓦河睇视了好一会，心事重重地望着远方，亚历山大对着娜亭卡望，他们的灵魂里溢满了快乐，他们的内心里充溢了甜蜜而仍然沾了苦味的伤痛，不过他们的舌头却都沉默着。

亚历山大轻轻地碰了碰她的腰，她用臂肘轻轻地推开了亚历山大的手。他再去碰她，她就推拒得更轻，她的眼睛也不从尼瓦河上移开。第三次她没有再向他推拒。

他握住了她的手——她没有把手抽回来，他就紧紧地握着，被握着的手对这也有着反应。这样，他们默然并立，可是他们心头回荡着的是怎样的感觉啊！

“娜亭卡！”他轻轻地叫着。

她沉默着不响。

亚历山大衷心回荡地俯在她的身上，她心中感到了一阵销魂的晕醉。她觉得他的火热的呼吸落在她的颊上，她颤抖着，转过了身去——但是并没有生气而跑开，也没有叫喊！她已经没有了挣脱跑开的力气，情爱的力量压伏了理智，而当亚历山大的嘴唇亲上了她的以后，她也回报了他的吻，虽然是轻轻的，不易觉察的。

“多可羞！——严厉的母亲要说的——一个人在花园里，母亲不在跟前，跟小伙子接吻！”怎么办呢！可羞，可是她还是吻回了他。

“啾，人生的快乐，真可能是如此的呢！”亚历山大向他自己说着，再弯身去亲她的嘴唇，这样过了几秒钟。

她站在那里，面色苍白，一动也不动，泪珠在她的睫毛上闪烁着，她的胸膛激动而抽搐地起伏着。

“这真像一场梦？”亚历山大喃喃地说。

娜亭卡突然惊起，忘却一切的刹那过去了。

“这是什么意思？您忘形了，”她说，跑开了几步，“我得告诉妈妈！”

亚历山大从天堂上掉了下来。

“娜杰伊达·亚丽山德罗芙娜，别用斥责破坏掉我的快乐，”他开始说，“不要像——”

她瞧着他马上就高声而放纵地笑了起来，又向他走去，又站在篱笆旁边，信赖地将双手和头部偎依在他的肩上。

“你真的是这样非常爱我?”她问，拭去了一滴落在她颊上的泪珠。

亚历山大的肩膀形容不出地动了一下。

在他的脸上有着“非常愚蠢的表情”，彼得·伊凡尼奇曾经说过的，可能，这是事实，可是在这种愚蠢的表情里，都包含着不少幸福!

静静地他们照着老样子望着水，望着天空和远方，好像在他们之间并没有发生过什么事。只不过他们不敢彼此对望，最后还是彼此看了一下，笑了，又立刻转过了头去。

“这世界上可能有忧愁存在吗?”沉默了一下以后，娜亭卡说。

“人家说是有的呢，”阿都耶夫回答，沉思地，“不过我是不相信的。”

“又可能有些怎样的忧愁呢?”

“叔叔说过——贫穷。”

“贫穷！穷人们自然跟我们现在的感觉不同，要是一样的话，那他们就并不贫穷了。”

“叔叔说他们不是这样的——他们所需要的是吃、喝。”

“呜！吃！你的叔叔不说真话，没有吃的他们也还是可以快活的，我今天就没有吃饭，可是我多快活!”

他笑了。

“啊，这当儿任何东西我都会舍给穷人的，是的，任何东西！”娜亭卡接了下去，“只要让他们来。为什么我不能用各种方式的快乐使大家都高兴呢？”

“安琪儿，安琪儿！”亚历山大狂喜地喊了出来，紧握着她的手。

“噉，你怎么拼命地握我！”娜亭卡突然插进来说，皱了眉把手抽了回去。

可是他又捉住了她的手开始热热地吻着，

“我要怎样的祈祷呢，”她接下去，“今天，明天，永远，为了今晚！我多么幸福！您呢？”

她突然陷入了沉思，在她的眼睛里闪露着惊惶。

“你知道吗，”她说，“人家说发生过一次的事是永远不会再回来的！真的这一刻时光会永远不再回来了吗？”

“噉，不，”亚历山大回答，“这不是真的，它会回来的！还会有更快乐的时候的，是的，我觉得出来的！”

她怀疑地摇着头，而他也突然记起了他叔父的教训，于是他也突然静了下来。

“不，”他对自己说，“不，永远不会如此的！叔叔对这种快乐没有一点认识，这就是为什么他对人那么严酷和怀疑的原因。可怜的人！我真为他的枯燥而冰冷的心感到难过，他的心是从未尝到过爱情的狂热的滋味的，无疑这是他对生活总是那么痛心疾首的原因。上帝原恕他！如果他看到了我的快乐，他是不会设法破坏，也不会用了他的龌龊的怀疑加以污蔑的。我替他难过。”

“不，娜亭卡，不，我们将来会快乐的！”他大声地接下去说，“四下里看看，是不是全都在欢欣地注视着我们的爱情？上帝自己也要为它祝福。我们是多么快乐地手牵手儿过日子！我们应该骄傲，为了彼此高贵的爱情而骄傲！”

“唉！算了吧，别对将来胡思乱想了！”她插进来说，“别预料将来，你一提起这些来，我就要开始感到恐惧了。现在我就觉得忧愁。”

“你怕些什么呢？难道不能相信自己吗？”

“不能，不能！”她说，摇着头。

他望着她沉思起来。

“为什么？”他又开始了，“有什么能破坏这个属于我们自己的快乐的天地呢？谁能干涉我们呢？我们要永远独居，我们要离开旁人，我们和那些人有什么来往的必要？他们又有什么必要跟我们接触呢？他们不会想着我们，他们会忘了我们，那么忧愁与烦恼的谣诼就不会再来麻烦我们了，就好像现在在这个花园里面，没有什么声音来扰乱这庄严的静谧一样。”

“娜亭卡！亚历山大·斐德里枢！”在台阶上突然传来了喊声，“你们在哪里？”

“听！”娜亭卡用了预言的声口说，“这就是命运的一种预兆，这一段时间不会再回来了——我觉得出来。”

她抓住了他的手，紧紧地握着，又有点奇怪地望着他，哀愁地，又突然跑进了暗黑的林荫路上去了。

他一个人站着在沉思。

“亚历山大·斐德里枢！”台阶上又传来了呼叫的声音，“乳酪已经摆在桌上好半天了。”

他耸了耸肩膀走进了房里。

“正在说不出的快乐的当儿——又突如其来地钻出乳酪来！”他向娜亭卡说，“难道说生活里面全是这样的吗？”

“我只希望不比这更坏就好了，”她快乐地回答，“乳酪是一样很好的东西，特别在一个没有吃过饭的人是如此。”

她的快乐使她激动起来。她的脸庞发着红，她的眼睛闪烁着不常见的光芒。她多么热心地招待着客人，多么开心地谈着天！瞬息之间的忧愁已经没有了一点影子：快乐吞掉了她。

当阿都耶夫在小船上坐下来时，曙色老早已经照满了半个天，船夫们期待着已经许可了的酬报，在手心里吐了口水，准备照着老样从座位上立了起来，使出了浑身的气力来摇橹。

“摇得慢一点！”亚历山大说，“再加半卢布酒钱！”

他们看看他然后彼此对望。一个搔了搔胸口，另一个抓了抓背脊，他们开始摇了，难得动一下橹，更难得碰一下水面，小船像一只天鹅似的游着。

“而叔叔倒想让我相信，快乐只不过是一种幻想，一个人不能无条件地信赖一切，生活……简直太坏了。为什么他要这么残忍地骗我呢？不，这就是生活！我这样地想象它，它应该是这样的，现在这样，将来也一定会这样！不然就没有生活了！”

一阵清凉的晨风从北面轻轻地吹来。亚历山大给风一吹，又想起了过去的种种，微微地颤了一下，接着又打了个呵欠，用外套裹紧了身子，出神起来。

第五章

阿都耶夫已经达到了他的快乐的峰顶。他再也没有什么可希冀的了。他的公务，他的杂志里的工作，全被忘掉而扔在了一边。在办公的时候，他们规避着他，不再把公事交给他办，他几乎没有注意到这个，这就是所以他的叔叔要提醒他的原因。彼得·伊凡尼奇劝他不要再荒唐下去，不过亚历山大听到了“荒唐”这个字眼却耸了耸他的肩膀，遗憾地笑着不则一声。叔叔看到自己提了出来也没有用，就也照样耸着肩，惋惜地微笑着沉默下来，不过只说了这么一句，“随便你吧，这是你的事，不过要注意，别找我要臭钱花。”

“不用害怕，叔叔，”亚历山大顶了回去，“糟透了。钱不够的时候，我也不想多搞钱，可是我现在钱倒是够用的。”

“好，我祝贺你。”彼得·伊凡尼奇添上说。

显然亚历山大已经在回避着他了。他对他的悲观的预言已经失去了所有的信赖，害怕着他对爱情的一般的冰冷的看法和他的不如意的嘲讽，特别是对他与娜亭卡的关系的那种看法。

他不愿听他叔叔简单地用一般的、施之于一切平凡的人的规律来分析他的恋爱，冒渎这件在他看来是崇高、神圣的事情。当他预感到，给他叔叔一分析，眼看着玫瑰花就要被扔在灰烬里，变成粪土了，于是他就将自己的快乐隐藏了起来，可是叔叔却先回避起他来，因为他认为年轻人这下子会惰怠起来，泄了气，很可能跑到他那儿去要钱用，纠缠不清了。

在亚历山大的举止，眼色，和整个的态度中间，带着一种胜利和神秘的莫测的味儿。他的对待旁人，就好像富有的资本家跟小商人在市场上来往一般，谦卑地，带了尊敬地，替自己设想："可怜的人们！你们中间有哪一个是像我一样地富有呢？哪一个和我有同样的感受呢？哪一个的伟大的灵魂——"诸如此类。

他以为他是这世界上唯一这样恋爱和这样被爱着的人。事实上，他不仅回避着他的叔父，而且也回避着所有他称之为"那一群"的人们。他不是在自我欣赏他的非凡的成就，就是独自坐在家中的书斋里，为幸福所陶醉，分析着它，把它分解成无穷无尽的极细微的分子。他将这叫作创造独特的世界，而离群独处之际，他倒的确替自己在虚无之中造出了那么一个世界，一大部分的时候都住在里面，他很少到办公室去，也厌于前去，他把这个叫作——"一种不得已的苦痛，必要的不幸，或是淡淡的哀愁"。总之，他对这件事有很多解释。他绝迹不去看编辑和朋友了。

自言自语对他说是最大的快乐。"一个人单独对自己谈话——他在这么一篇小说里写着——跟在镜子里端详自己一样，这时候才能懂得人类的伟大和尊严。在这样的谈话当中有着多么美妙的心灵的力量！他跟领袖似的，对旁人做严厉的评论，让他们照考虑成熟的完美计划进行工作并且积极带头，行动！多可怜，有些人正相反，不会而且害怕独自和自己待在一起，有人脱离了自己并且到处寻觅异己的智慧和精神的伴侣……”请想一下看，任何思想家开辟新的、建立世界或人类的生活规律，只不过是为了恋爱而已！

他就坐在他的高背沙发里！在他面前有一些纸张，上面潦草地写下了几行诗，他不是伏在原稿上面，改正一些地方或者加两三行上去，就是缩在沙发里做梦。他的嘴唇上荡漾着一丝微笑，无疑地，不久以前它们是尝过满满的欢乐之“杯”的。

四周一片寂静。只从街上远远地传来辚辚的车声，不时听见叶夫赛，在厌倦了擦皮鞋的工作以后，对自己大声说话：“不能忘记，几天前在铺子里欠了一文钱的醋，还有十个银戈比的白菜，明天非还不可了，不然小铺掌柜，或许，不再相信我了——这个坏蛋！面包一磅一磅地卖——好像过荒年一样——真是羞耻！噷，天哪，我可累了！好了，我擦完了那只靴子就算完事——然后就去睡觉。在格拉赫他们该早睡了大半天了，准是的，那跟这儿可大大的两样！老天什么时候才能让我看见——”

说到这里他长叹了一声，向靴子哈了一口气，接着就拿了一只刷子重新开始刷起来了。他认为这件工作是最重要的，几乎就是他的唯一的责任，而且他判断一个仆役，甚或一个人的价值，主要也只是看他擦皮鞋的本领，他自己用了一种狂热的激情擦着它们。“住了，叶夫赛！你这种废话吵得我做不下事去了！”

阿都耶夫喊了起来。

“废话！”叶夫赛自言自语，“怎么不是，你才满嘴废话呢，我是在这里做活。瞧瞧他把靴子弄上了多少烂泥，要擦干净可真不容易。”他将靴子放在桌子上面，得意地望着皮面上闪烁着的光亮。

“来吧，你来擦擦这个看，”他添上说，“废话！”

亚历山大总是深而又深地陷入对娜亭卡的思恋里，不然就是做着他的著作生涯的美梦。

桌子上面是空的。所有能引起对他的过去的职业的记忆的一切，衙门中的公事，杂志里的文稿都放了在桌子下面，或者是柜橱里，床下边。

“这种下流东西，”他说，“吓坏了创作的冲动，它就像一只树林里的夜莺，突然听到了小道上传来没加油的车轮嘎嘎的声音，一翅子飞走了。”

常常在东方发亮的时候，他还在那儿作着什么抒情诗。除了在鲁拜茨基家里以外，他每小时都用来创作。他写诗，再念给娜亭卡听，她用了上好的纸张抄下来，在心里暗暗地记诵，而他也体验了那种“诗人的无上的快乐——从挚爱的嘴唇上听到了自己的创作”。

“你是我的缪斯[1]，”他向她说，“你来做在我心里点燃神

---

① 缪斯(Muse)：希腊神话中的司文艺美术的女神。

火的葳斯塔①吧；你要是舍弃了它，它就要永远熄灭了。”

这以后他就用了笔名向杂志中投寄诗稿。他们发表了它，因为还不算坏，有些地方还不无力量，因火热的情感而全都显得生动有力，而且风格也好。

娜亭卡对他的爱感到骄傲，叫他“我的诗人”。

“是的，你的，永远是你的，”他添上说。声誉好像在他面前笑，而娜亭卡，他想，会为他编织桂冠戴在头上的，而后……“生活，生活，你是怎样的一样好东西呢！”他慨叹着。“可是叔叔，为什么他让我惶惑不安呢？这是不是魔鬼给我安排的命运？为什么他要愤愤地危害我的全部幸福？是不是为了嫉妒，他的心对这种纯洁的幸福格格不入，也许，可能，是因为忧郁的愿望，所以才来破坏……嗷，远着点，远着点离开他吧！他会用他的憎恨损害、染污我恋爱着的内心，使它腐化……”

于是他就躲避着他的叔父，整星期地，再下去就是好几个月地不去看他。万一他们遇见了，谈话转到了情感上面，他就保持着一种轻蔑的沉默，或者像一个意志不能为任何言辞动摇的人一样在听着。他认为他的判断是不错的，他的感觉和意见是难改变的，并且决定了以后一定要照着这种指示做去，宣称他已经不再是个孩子，为什么要被别人的意见束缚着呢，这一类的话。

① 葳斯塔(Vesta)：罗马宗教中的女神。每年罗马的新年日(三月一日)由供奉她的贞女来擦木点火。

可是他的叔父却是永远不变的，他从不问他的侄儿任何问题，不注意或者是不愿注意他的把戏。当他看到亚历山大的情况并没有改变，还是过着从前的生活方式，不向他要钱，他就开始对他还像从前一样的和气，并且轻轻地埋怨他不常上他那里去了。

“我的太太在生你的气了，”他说，“她一向把你看作亲人，每天我们都在家里吃饭，你要来呀。”

不过亚历山大却很少去，因为他没有时间；早晨要到办公室去，饭后一直到晚上，在鲁拜茨基家里，夜晚来了，在晚上他就走进了他自己创造的“自己的天地”，而且继续在那里创造着。而时而偶作小睡对他也并无害处。

在散文的写作中他不太得意。他写了一个喜剧，两本小说，那么一种随笔和到什么地方去的游记。他的敏捷真是可惊，纸张在他的笔下就好像是烧掉的一般。他把他的剧本和一本小说先拿给他叔父看，问他成不成。他叔父草草地翻看了几页就又送了回去，在上面批着——“用来点火是可以的！”

亚历山大被激怒了，把它们寄给了杂志，可是两件东西都给他们退回来了。在剧本的空白地方，有两处用铅笔批着“不坏”，此外什么都没有了。对于小说经常可以遇到“软弱，不真实，不现实，冗长可厌，没有尽量发展”之类的评语，末了写着“通篇可以明显地看出作者的无识，过分的情热，不现实，一切都太夸张，里面没有真实的人物——男主角是个畸形的怪物——这种人是不存在的——不宜刊用！无论如何，作者还不是没有能力；他必需工作！”

“这种人是不存在的！”亚历山大想着，痛苦而又惊讶，“不存在？”可是我自己就是那个男主角呀！我能描写那种平凡的人物，到处都可以碰见，思想感觉和众人并无不同，做着人人都在做着的事的人吗？——在小小的日常的悲喜剧中出现的可怜的人物，没有一点特异之处的——艺术是要屈就这种描写的吗？……”

他抬出了拜仑来，他求助歌德和席勒来肯定他的对文学的观念的正确性。他认为适合做一个剧本或者一本小说的主角的，除了一些海盗之类的人物，或是大诗人大艺术家以外就更无别人，同时他也使他们照了他们的身份动作或感受。

在一本小说里，他将故事发生的场合放在美国，那局面是过分夸大了的，美国的景物，山，在这些中间穿插了一场偕同爱人逃亡的情节。全世界都忘却了他们，他们欣赏自己和大自然，而消息传来，他们遇了赦，可以回到他们的故乡去时，他们拒绝了。二十年后，一个欧洲人到了那里，由一个印第安人护送了来打猎，在一座山上发现了一间草房，在草房里发现了骷髅。而这个欧洲人正是这位男主角的情敌。在他看来这个故事多么美丽！在冬天的夜晚，他用了多么欢喜的心情向娜亭卡读着它！她是多么热心地听着他！——再想想这样的一本小说却不被录用！

他没有告诉娜亭卡这一次失败，他一声不响地吞下了这个羞辱——这就算完了。

“小说怎么样？”她问。

“没有!”他说，“不行，他们那里这样的小说简直多得叫我们吃惊……”

假使她想知道他说的是什么意思，那他想说的就恰恰是另外的东西!

工作对他好像也成了奇怪的。“才干为了什么呢?”他说，“庸碌无能的劳动者在劳动，才干毫不费力地随便地创造着……”不过，他想起来了，他的关于农业的论文，还有诗，起初是非驴非马的。等到后来，逐渐地有了改善，而群众也对自己特别注意了起来以后，他沉思起来，明确了自己的荒谬，叹一口气以后他将文学散文放开了一些时候；等到他的心跳应该变得平稳些的时候，他的思路也应该更有次第，这时他就答应自己再好好地工作下去。

一天一天地过去，这些天在亚历山大是一连串不断的欢愉的日子，当他吻着娜亭卡的纤纤的指尖，一口气在她对面像画中人似的坐上两小时，眼睛一直不离开她，叹息着，消融在柔情里，或者诵读着适宜于环境的诗篇，他是快乐的。

说良心话，有时候她听了他的叹息和诗篇打了呵欠。一些也不奇怪，她的心虽然是被役使着，可是她的思想却仍旧十分自由。亚历山大从来没有自动给它培育。娜亭卡约定的用作试验期间的一年已经过去了。她又和她的母亲住在乡下的别庄里了，亚历山大开始向她提起了她的诺言，请她允许向她的母亲提出这个请求。娜亭卡希望等她们回到城里以后再说，可是亚历山大却坚持着。

最后，有一天晚上分手的时候，她答应了亚历山大跟母亲谈一谈。

亚历山大一夜都不曾安睡。也没有去办公，他脑子里转来转去都是第二天的计划，他想着他应该向玛利亚·米哈伊洛芙娜提出来的一切，他替自己编制对话的词句，并且自己练习着，不过当他记起，问题还是握在娜亭卡的手里，他就在梦里眩迷失措，又把一切全忘记了。因此他在晚上来到了别庄的时候，没有一点准备，不过这也并不需要；娜亭卡照旧在花园里与他会面，不过在她的眼睛里带了一抹轻微的忧愁，没有一丝笑容，还带了一点恍惚的神色。

"你现在不能向妈妈提，"她说，"那个可怕的伯爵坐在里面呢。"

"伯爵！什么伯爵？"

"为什么，你不知道那个伯爵吗！自然是诺文斯基伯爵了——出名的，我们的邻居，那就是他的别庄，你曾经多少次对他的花园表示过羡慕呢！"

"诺文斯基伯爵！来拜访你们！"亚历山大说，惊讶地，"这是怎么搞的？"

"我自己也不大明白，"娜亭卡回答，"我是坐在这里看你的书来着，妈妈没有在家，她去看玛利亚·伊凡诺芙娜去了。这时开始落了点小雨，我走进了屋子，突然间一辆马车开了过来，天蓝色的，安放着白坐垫，就是常常在我们身边跑过的那一部——有一次你对它还表示过羡慕的。我往外一看，瞧见妈妈和一个人走下车来。他们走了进来，妈妈就说，'这儿，伯爵，这是我的女儿，我希望您会喜欢她和赏识她。’他鞠了躬，我也照样做了。我觉得难为情，我的脸红了，跑到我自己的屋子里去了。可是妈妈——她这么讨厌——我听见她说：‘原谅她吧，伯爵，她是这么一个野孩子。’……所以我猜这一定是我们的邻居诺文斯基伯爵了。我猜是因为下雨，他才用马车从玛利亚·伊凡诺芙娜那儿把妈妈送了回来的。”

“他是——一个老头子！”亚历山大问。

“什么老头子，喝！您怎么啦，年轻，又漂亮！”

“这么说你是仔仔细细地打量过，才知道他是漂亮的了！”亚历山大无限烦恼地说。

“这倒好！看人就非得看上大半天不成吗？我只跟他谈了几句话。啊！他真和气，他问我在做些什么，谈到了音乐，请我唱点什么，可是我没唱，我真的一点都唱不来的，这个冬天我一定要妈妈给我请一个好好的歌唱教师。伯爵说现在最最流行的就是歌唱了。”

她这些话是说得有声有色的。

“我想，娜杰伊达·亚丽山德罗芙娜，”亚历山大说，“这个冬天里除了唱歌以外，你一定还有别的事可做了。”

“做什么呢？”

“什么吗！”亚历山大责备地说。

“啊，是了——你是坐小船来的吗？”

他看着她不出一声，她回过身去走进屋内去了。

阿都耶夫走进了客厅，神情不大自然。这伯爵到底是怎样的一种人呢？对他应该取一种什么态度？他的态度怎么样——骄傲还是潇洒？他走了进去。伯爵先站了起来，谦抑地鞠了躬。亚历山大倔强而粗鲁地还了一礼。女主人给他们彼此介绍了。这位伯爵，为了某种原因，使他不大高兴，不过他人是漂亮的——高高的，发育得很好，脸白白的，有一双大而有神的眼睛，和一脸可爱的笑。他的举止显出了单纯，优美，和某种柔和。看来他是能够吸引任何人的，可就是不能吸引阿都耶夫。

亚历山大，对玛利亚·米哈伊洛芙娜的请他坐在近处不加理会，坐在角落里拿了一本书看着，态度恶劣，粗鲁，而举措失度。娜亭卡站在她母亲的靠手椅后面，好奇地望着伯爵，听他在讲些什么，他对她真是一件新奇的事物。

阿都耶夫不会掩饰他对伯爵的厌恶。看来伯爵对他的粗鲁并不介意；他注意地又转向了阿都耶夫，想使大家都来谈天，不过这努力全部白费：后者一声不响，最多也仅是回答着是和不是。

当鲁拜莰基夫人偶然提到了他的姓氏的时候，伯爵就问他是不是彼得·伊凡尼奇的本家。

“我的叔叔！”亚历山大回答，断断续续地。

“我在交际场中常常碰到他的。”伯爵说。

“很可能。这又有什么稀奇？”阿都耶夫回答，耸着他的肩膀。

伯爵忍住了笑，咬着他的下嘴唇。娜亭卡跟她母亲交换了一下眼色，红了脸眼睛向下望着。

“你的叔叔是聪明而又随和的人！”伯爵带着一点嘲讽的

声口指出来。

阿都耶夫不作声。

娜亭卡忍不住了，她走向了亚历山大，当伯爵跟她母亲谈话的时候，跟他轻声地说：

“你不觉得难为情吗？伯爵对你那么和气，而你呢？……”

“和气！”烦恼之余亚历山大几乎是出声地回答着：“我不稀罕他的友谊，别再说这个了。”

娜亭卡从他那里退了开来，从远处睁大了眼睛向他盯了好一会，接着就又回到她母亲的椅子后面去，再不去理会亚历山大。

亚历山大一直在等候伯爵告辞，然后他才有机会跟她母亲说话。可是敲了十点、十一点，伯爵没有走，一直谈了下去。

在刚认识的人之间谈天所能触到的话题，几乎全部都用光了。伯爵开始讲起笑话来。他讲得非常聪明，他的笑话不是硬凑出来的，不是编造出来的，也不是远处抓来的，他有一种逗笑的本领，幽默地叙述的特殊的才能，因之不仅是轶事奇闻，只不过是一件新闻，一桩小事，或是严重的事实，他用了一个想不到的字眼，就把这些变作了可笑的。

母亲和女儿都全心贯注在他的戏谑里，而亚历山大自己，在书本后面也不止一次地忍不住笑出声来。不过他内心里是气得要死的。

伯爵对于任何方面都谈得同样地好而机智——关于音乐，

人物，和异国的种种。谈话转到了男人和女人，伯爵对男子是严厉的，连他自己也算在里面，而对女人们则一般地巧妙地加以奉承，特别对于女主人们恭维了几句。

阿都耶夫想起了他的文学工作，他的诗。“在这方面我可以让他丢脸了。”他想。他们开始谈到了文学，母亲和女儿介绍了亚历山大是一位作家。

“他这下子可要难为情了！”阿都耶夫想。

完全没有。伯爵谈论着文学，就好像他从来不曾研究过旁的东西，他对现代的俄国和法国的名作家做了一些约略和确切的批评。更透露出来，他还跟第一流的俄国文学家相识，而在巴黎他也曾结交过一些法国的名家。有一部分作家他还喜欢，其余的则少少加以漫画化的批评。

关于亚历山大的诗篇，他说他不知道，听也没有听说过。

娜亭卡奇怪似的看着阿都耶夫，好像是在问：“怎么，你？你并没有什么成就的。”

亚历山大害臊了。他的无礼而粗暴的表情变成了垂头丧气。他看起来就像是一个在坏天气里湿着尾巴躲在屋檐下面的公鸡。

这时食器架上传来了一种刀叉和杯盘的响声，桌子放好了，伯爵还没有告辞。所有的希望都完了。他甚至还接受了鲁拜茨基夫人的邀请留下来吃乳酪晚餐了。

“一个伯爵，要吃乳酪！”阿都耶夫低声地说，恨恨地看了伯爵一眼。

伯爵很香甜地吃着，还不断地讲笑话，就好像是在家里一样。

“他第一天在人家家里做客，却吃了够三个人吃的东西，他简直不要脸！”亚历山大轻轻地向娜亭卡说。

“什么！他爱吃！”她天真地回答。

最后伯爵离开了，可是这时候要想谈什么都太晚了。阿都耶夫拿了他的帽子跑了出来。娜亭卡追了上去安慰着他。

“这么明天了？”亚历山大问。

“明天我们不在家。”

“那么，就是后天罢。”

他们分手了。

后天亚历山大到得特别早。他才走在花园里，屋里就传来了一种生疏的声音——一种低音提琴——不，不是低音提琴，他走近了些。一个男人的嗓音在唱着——是怎样嗓音啊！响亮，柔和，听起来是一种能够打进女人心底的声音。它也刺着阿都耶夫的心，不过是别有滋味的，它渐渐变得微弱了，给苦闷，嫉妒，忌恨，和一种说不出来的忧愁的预感痛苦着。亚历山大从庭院里走进了客厅。

“谁在你们这里？”他问着仆人。

“诺文斯基伯爵。”

“他来了很久了吗？”

“从六点钟就来了。”

“悄悄地告诉小姐，说我来过了，等会儿再回来。”

“好的。”

亚历山大走开了，在别庄四周徘徊，不知道他是向哪儿走着。两小时以后他回来了。

“什么，还在你们这里吗?”他问。

“在我们这里，是的，我瞧他会在这里吃晚饭的。太太吩咐过，晚餐里预备下烤松鸡了。”

“你把我的话告诉了小姐没有?”

“告诉了。”

“嗯，她说什么?”

“她没有吩咐我什么。”

亚历山大回了家，两天没有露面。天知道他经历了怎样的思想与情感的变动，最后他又去了。

他已经望得见别庄，在小船里站了起来，而且用手遮了太阳，向前看着。在远处树丛里，他瞥见了一袭蓝色的衣服，这穿在娜亭卡身上是多么合适呀，而且蓝颜色是最配她的容颜的一种颜色。她常常在想特别讨好亚历山大的时候，就穿上这一套衣裳。他心里轻松了。

“啊！她是想跟我和解她过去的不经意的过失了，”他想，“这不怨她。是我的不是，我怎么能够那么不可饶恕地对待她呢? 那只是使她发生反感的做法；一个陌生的人，一个新认识的人，这一切原本都是很自然的，她到底是女主人呀……”“啊！她从小路走出树丛来了，她往栅栏那边走过去了。她要在那边停住，等候着……”

事实上她是一直向林荫大路走去。可是陪她从小路里转了出来的是谁呢?

“那个伯爵！”亚历山大懊丧地高声喊了起来，不大相信他的眼睛了。

“呃?”一个船夫应了一声。

“他们俩一起待在花园里,”亚历山大嘀咕着,“就像跟我一样。”

伯爵跟娜亭卡走到栅栏那边去,没有眺望河水,就又慢慢地回到林荫路上去了。他正偎在她身边低声地说着什么。她走路的时候低着头。

阿都耶夫在小船里,张着嘴,呆呆的,手向河岸伸出,接着他就垂下了手,又坐在原来的位子上了。船夫们继续摇着船。

“你们往哪里去?”阿都耶夫稍为振作了一下以后,生气地向他们喊,“再摇回去。”

“回去?”一个船夫重复了一遍,张了嘴望着他。

“回去!你,怎么,聋了吗?”

“可是你不是要朝那面去的吗?”

另外一个船夫一声不响连忙左手摇桨,接着两手同时一摇,小船很快地向回路驶去了。亚历山大把他的帽子向下拉,几乎拉到了肩头,陷入了悲哀的沉思里。

这次以后有两个星期他没有到鲁拜茨基家里去。

整整的两个星期,对于一个恋爱着的人这是多么长的一段日子啊!可是他还一直期待着,她们会打发一个仆人来探听他是怎么了,他是不是病了,过去他不舒服的时候,或者耍脾气的时候,总会有人来探病的。过去娜亭卡先是照着俗例用她母亲的名义来打探,可是后来,为了她自己什么话没有在信上写过呢？那种轻怜娇怨，那种痴情焦虑！

“不，现在我不能说和解就和解了，”亚历山大想，“我得惩罚她。我得教导她怎样对待陌生的人，和解不能那么容易了！”

他考虑着苛刻的报复的计划，梦想着她的悔悟，然后他又怎么宽大地原谅了，然后提出了一些未来的条件。不过直到目前，她们还没有打发仆人来过，也不曾带来了忏悔的言语，看来他之于鲁拜茨基家是已经不存在的了。

他变得瘦削而苍白。嫉妒比起任何疾病来都痛苦得多，特别是关于一件未经证实的怀疑的那一种嫉妒。当事情已经揭露了，证实了，嫉妒就会告一段落，而且，一多半，爱情本身也完了，这时至少一个人会知道应该怎样去做，不过直至目前为止全部都是苦痛的折磨！而亚历山大则是十足地经验了这一切的。

最后他决定在早晨前去，他想这时候或者能找得到那娜亭卡本人，可以对她解释一下。

他到了别庄。花园里没有一个人，客厅和房里也都没有人。他一直走进了大厅，把开向庭院的门打开。

在那儿他碰上了怎样的一个场面啊！两个马夫，穿了伯爵家里的制服，站在那里牵着上好了鞍子的两匹马。伯爵和一个下仆正在扶了娜亭卡上马，另外一匹则站在那里伺候着伯爵来乘骑。玛利亚·米哈伊洛芙娜站在台阶上。她带着一脸焦急在看着这一幕。

“坐稳些，娜亭卡，”她说，“为了基督的缘故，伯爵，照顾着她吧！啊！我吓死了，抓住那马的耳朵，娜亭卡，你瞧它多坏，在底下一动一动的。”

“没什么，妈咪，”娜亭卡快乐地说，“我已经会骑了——瞧。”

她打了一下马，马向前飞奔，开始一下子从地面跃了起来，接着又翘起了后腿。

“啊，啊！拉住了！”玛利亚·米哈伊洛芙娜尖声地叫起来，挥着她的手，“下来吧，看把你摔死？”

可是娜亭卡一拉缰绳，马就又站住了。

“你瞧她多听我的话！”娜亭卡说，拍着马颈。

没有一个人注意阿都耶夫。他一声不响地望着娜亭卡，面色惨白，真像是在跟他开玩笑，她从来没有像这会子那么漂亮过。骑马的装束和那顶带着面纱的帽子，对她是多么相称啊！她的身腰多么好看！她的脸庞因为一点羞涩的得意，和一种新的激动的快感充满了生气。快乐使她的双颊红了又白。马儿轻轻地跃动，使马上的苗条的身子柔和地前俯后仰。她的身子在马鞍上摇摇的，就像是在风里面摆动着的花枝，接着马夫把一匹马牵到伯爵前面来。

“伯爵！我们再到小树林那里去吗？”娜亭卡问。

“再去！”阿都耶夫想。

“很好。”伯爵回答着。

马儿就要起步了。

“娜杰伊达·亚丽山德罗夫娜！”突然，阿都耶夫怪声地叫起来。

大家都停了下来，僵在地上，好像全变成了石头人，窘态毕露地望着亚历山大。这种情形足足延续了一分钟。

“啊！是亚历山大·斐德里枢呀！”母亲开了口，她是首先恢复了原状的人。伯爵温和地鞠了一躬。娜亭卡很快地将脸上的面纱拉到后面去，转过身来惊异地看着他，她的嘴唇张了开来，接着她又轻巧地背过身去，打了她的马一下，马向前跑去了，跳了两跳以后，就从大门跑了出去看不见了，伯爵跟在她的后面。

“慢些，慢些，为了上帝的缘故，慢些！”母亲在他们后面喊着，“抓住耳朵，啊！我的天！瞧着吧，她会摔了下来的，这是为了什么这么起劲！”

一切全都消逝了，只除了马蹄声还可以听见，还有就是大路上扬起了的一片尘土。亚历山大和鲁拜莰基夫人留在一起。他无语地看着她，好像是用眼色向她询问：“这是什么意思？”她没有让他为这个问题的答案等得很久。

“他们去了，”她说，“现在影子都看不见了！好，让这些年轻人开心去吧，我要跟你谈两句话，亚历山大·斐德里枢。可是为什么这两星期来，没听见你的声音也没有看见你的影子呢，是你已经厌烦了我们吗？”

“我生病来着，玛利亚·米哈伊洛芙娜。”他回答着，怏怏地。

“是的，看得出来你是病了，你那么瘦又那么苍白！快坐下来，休息一下，要不要我告诉他们煮几个鸡蛋，煮得嫩嫩的，给你？现在离开吃饭还有好半天呢。”

“谢谢您，我不要。”

“为什么不呢？马上就要好了，大个的鸡蛋呢。芬兰人今儿个刚拿来的。”

“不，不。”

“你这是怎么了？我一直盼着盼着你，这是什么意思呢？我这么想，他自己不来，也不送本法文书来？你还记得吗，你答应了我几本书：Peau de Chagrin①，是不是？我等着又等着。不，是亚历山大·斐德里柩厌烦了我们了吗，我想着，我说的，他是厌烦了我们了。”

“我担着心，玛利亚·米哈伊洛芙娜，你是不是已经厌烦了我？”

“你要担心这个那可就太糟了，亚历山大·斐德里柩！我拿你就当成这个家里的一口子一样地爱着。我自然说不来娜亭卡怎么样，因为她还是一个小孩子，她知道些什么呢？她怎么能正确地判断得出人来呢！每一天我都一遍遍地问她说：‘这是什么缘故呢，我怀疑，亚历山大·斐德里柩没有来，为什么，他不来呢？’而我是一直在盼着你的。你信不信，每天不到五点我不坐下来吃饭。我一直在想，他一定会走进来的。而有时候娜亭卡说：‘怎么回事，妈咪？你在等谁？我可饿了，伯爵也是的，我想。’”

“这位伯爵——他常到这里来吗？”亚历山大问。

“是的，差不多每天都来，有时候一天里来两回，他是那

① 驴皮记，法国小说家巴尔扎克的长篇小说。一八三一年出版。

么好，他对我们多好。……‘好啦，’娜亭卡说，‘干脆一句话，我要吃饭了！是入席的时候了。’‘不过因为亚历山大·斐德里枢，’我说，‘就要来的哩？’”

“‘他不会来了，’她说，‘你要不要跟我打一下赌他不会来？空等是没有用的。’鲁拜茨基夫人这几句话和刀子一样地刺着亚历山大。”

“她……这样说的吗？”他尽力微笑着问。

“是的，她正是这么说着催着我们的。你知道，我虽然看起来是好脾气，其实是挺严厉的。我骂了她，有一阵子你为等他等到五点钟，一点东西也不肯吃，现在你是根本不想等了——你真不通情理！这是你的错！亚历山大·斐德里枢是我们的老朋友，他喜欢我们，而他的叔父，彼得·伊凡尼奇，又待我们那么好，这么蔑视朋友是不应该的！他一定是恼了，我敢说，而不愿意再来——”

“她怎么说？”亚历山大问。

“啾，什么都没有说。你知道她在我面前多么活泼——跳着，唱着，跑着，不然就说：‘他会来的，要是他愿意的话！’多么活泼好动的女孩子啊！我也这么想——他会来的！我向外望着，又是一天过去了——没有你的影子！我又说了，‘这可是怎么了，娜亭卡，亚历山大·斐德里枢没有病吗？’‘我不知道，妈咪，’她说，‘我怎么能知道呢？’‘我们要不要打发一个人去瞧瞧他是怎么样了？’我们好几次说着要打发人去了，结果却永远没有打发人去，我差不多都给忘了，交给她去办，而她又是那么没有脑子的——瞧瞧现在她是怎样地迷上了骑马了！她有一次从窗口里瞧见了伯爵骑在马上，就逼着我说，‘我要骑马’，就是这样地缠着！我这么说那么说，可是一切全都没有用。‘我要呢！’疯东西！不，在我小的时候，哪有女人骑在马背上的！我们受的可完全不是这样的教育！可是现在呀，我真不好意思说，女人都开始抽起烟来了，我们对面那边住着一个年轻的寡妇，她整天地坐在阳台上抽着烟，人们路过，也有骑着马经过的——她也不在乎！我们那时候要是偶然在客厅里闻到了烟味，即使是男人们抽出来的——”

“这种情形有很久了吧？”亚历山大问。

“我不知道，他们说在过去五年中这成了一种时髦的风气，我想这是从法国人那里传来的——”

“不，我是问，娜杰伊达·亚丽山德罗芙娜开始学骑马已经很久了吗？”

“一个多星期了。这位伯爵是那么亲热那么和气，他什么事不肯为我们做呢，他简直把她给纵坏了！瞧瞧花儿堆成了山！全是从他的花园里摘下来的。有时候我真觉得难为情了。‘为什么你，伯爵，’我说，‘那么纵着她？简直就不像样子了！’同时我也骂了她，我跟玛利亚·伊凡诺芙娜和娜亭卡去过他的马厩。你是明白的，我处处是都亲自照顾着她，看顾女儿有什么人能比她自己的妈妈更好呢？我自己负责她的教育，虽然这么说，谁又不是这样的呢——上帝对每个人都赏给了这样一个女儿！娜亭卡上课的时候我总是在旁边看着的。我们随后就在他的花园里吃了早点，每天这时候他们都出去骑马去。啊！他有一所多么阔气的房子！我们都看了，一切都那么气派，多豪华！”

“每天！”亚历山大几乎是向自己说着。

“为什么不让她自己找乐子呢？我自己也曾经年轻过的呢。”

“他们骑马骑得很久吗？”

“每次总得三小时。来，你有什么不舒服。”

“我不知道，我的胸口有点不对劲。”他说，手扶在心上。

“你吃了什么药没有？”

“没有。”

“瞧，这些年轻人！他们什么都不着急，一天天地拖下去，一直等到来不及了的时候才想办法！你觉得怎么样？是一种酸痛，还是害疼，还是刺痛呢？”

“又酸痛又害疼又刺痛！”亚历山大心不在焉地说。

“这是受了凉了，上天不许的！你千万不能再让它拖下去了，照这样子你会自己害死自己的。……这很可能转成肺炎，你却没有吃药！你知道你必须怎样做吗？晚上拿点樟脑油用力地擦你的胸膛，一直擦到发红，再喝点草药茶！我就把方单给你。”

娜亭卡脸色苍白疲倦不堪地回来了。奔到沙发上，好容易才喘过气来。

“瞧瞧她！”玛利亚·米哈伊洛芙娜说，抚着她的头，“瞧你多么吃力，你简直累得半死了。喝点水去换衣服，把带子松开。骑马对你不会有好处的!”

亚历山大和伯爵在这里待了一整天。伯爵对亚历山大一直是殷勤而关切的，邀请他到他家里去玩，去看看他的花园，邀请他也来参加他们下一次的骑马出游，还答应替他预备一匹马。

“我不会骑马，”亚历山大冷冷地说。

“你不会吗?”娜亭卡问。“可是这可真有趣呢!我们再去吧，明天，伯爵?”

伯爵弯了一下身子。

“够了，娜亭卡，”她母亲说，“你真会给伯爵找麻烦。”

娜亭卡与伯爵之间一点也看不出已经发生了任何特殊的关系。他对母亲和女儿都保持着同等的友情，他从不找寻跟娜亭卡单独谈话的机会，也不跟随她到花园里去，而他的望着娜亭卡，正和他望了她的母亲完全一样。她的和他交往的自由和骑马出游，在她一方面，说明了她的怪诞的行为和她性格里的感情用事，她的天真，或许是她的缺乏经验，对于世事的无知，而在她母亲那一面，则显出了她的软弱和缺少先见之明。伯爵的殷勤恭顺和他每天的拜访，可能是因为他们的别庄的邻近，和他每次在鲁拜茨基家里享受到的温暖的接待。

如果用单纯的看法来看，这应该是很自然的，不过亚历山大却是用了一架放大镜来研究，结果看出了很多——啾!很多——一个人用单纯的看法看不出来的事。

“为什么，”他问着自己，“难道娜亭卡已经变得倾心于他了吗?”她现在不再在花园里等着他，也不再用笑脸相迎，而是怒目而视了。她费了不少时间来打扮，在她的行止中间，已经不再看得到疏失的地方。她的一举一动显得小心多了，好像她是变得更为敏感了。有时她的眼光的一瞬，她的话语，都使人有神秘之感。她的甜蜜的流动的性格，她的野性，她的戏谑，她的顽皮，现在都变到哪里去了？这一些现在全不存在了。她变得严肃，沉思而静默了，看来就好像什么东西在折磨着她，现在她和别的女孩子们一样，也是那么装模作样，讲着一样的谎话，用了同样的关注询问你的健康，为了表面的做作，对他——亚历山大——一连串的客气，殷勤！是跟谁呢？瞅上帝！他的心沉下去了。

“这不是没有缘故，不是没有缘故的，”他对自己反复地说，“这里面一定还有什么花样的！不过我无论如何也查得出来的，那时就没有什么好结果了。……”

“我不纵容那诱人的浪子
用叹息，和阿谀的火焰
诱惑年轻的心。……
卑鄙的、恶毒的蛆
腐蚀百合花的茎，
刚半开了两个早晨的花
就要凋萎。……”①

① 这是普希金的《欧根·奥涅金》里的诗句，在第六章第十七节。这里亚历山大记错了，普希金原有“我不能忍受，……”的句子的。

那一天，当伯爵辞去以后，亚历山大想抓一个空儿和娜亭卡单独谈两句话。他什么方法没有想到啊？他拿了有一次她用了来把他从她母亲那里叫到花园里去的那本书，递给她看，自己出去走到河边上，估计她会马上跟了赶出来的。他等了又等——她没有来。他又回到屋里去。她正在看着那一本书，不去望他一眼。他靠近她坐了下来。她没有抬一抬眼皮，接着小心顺便约略地问了一句，他是不是还在忙着文学工作，新写了什么没有？对过去的事一字不提。

他开始跟她母亲谈起来了。娜亭卡走到花园里去。母亲一离开房间，阿都耶夫就也赶到了花园里面。娜亭卡一看见他，就从凳子上站了起来，不是来迎接他，却绕了一个弯儿悄悄地走回房里去了，就好像是躲着他似的。他加紧了脚步，她也照样。

“娜杰伊达·亚丽山德罗芙娜!”他远远地喊，“我想跟你说两句话。”

“到房间里去，这儿潮得很。”她回答。

当她走进去以后，就又靠着她母亲坐下来了。亚历山大觉得很有些不舒服。

“您现在也怕潮湿吗?”他尖刻地说。

“是的，现在夜是那么黑那么冷。”她打了一个呵欠回答着。

“我们就要搬回城里去了，”她母亲说，“我想麻烦你，亚历山大·斐德里枢，到我们的公寓里去一下，关照房东替门上换两把新锁，还有娜亭卡的卧室里的百叶窗也要换一下。

他应承了要换的，可是他会忘掉的，非提醒一下不可。他们这些人全是一样的，除了要钱以外什么都不关心。”

亚历山大站起来告辞。

“常来看看我们!”玛利亚·米哈伊洛芙娜说。

娜亭卡没有响。

他已经走到了门口，又回过身来向了她。她向他走上了三步。他的心跳了。

“最后!”他想。

“明天您到我们这儿来吗?”她冷冷地问，可是她的眼睛非常好奇地集中在他的身上。

“我不知道，为什么?”

“嗽，我只不过问一声，你来吗?”

“你愿意我来吗?”

“您明天到我们这儿来吗?”她仍旧用了冷冷的声调重复了一遍，不过已经带了非常的不耐了。

“不!”他生气地回答。

“那么后天呢?”

“不，我整个星期不来，可能，两个——一段长时间!”他用了试探的目光注视着她，竭力想从她的眼睛里看出这句回答会造成什么印象。

她没有说话，可是当他答话的那一刹那她就望着地下了，那又还看得出什么来呢? 它们是罩上了一层苦痛还是闪着一片欢愉的光亮呢——从这个光滑、漂亮的脸上找不出任何解释。亚历山大把他的帽子握在手里走了开去。

“别忘了用樟脑油擦你的胸膛！”玛利亚·米哈伊洛芙娜跟在他后面叫着。这时候亚历山大就又有了一个要解答的问题——娜亭卡问了那些话的目的何在？这里面暗示了些什么——希望看见他还是害怕看见他呢？

“嗷，多么痛苦啊！多么痛苦啊！”他悲观失望地说。

可怜的亚历山大忍耐不住，在第三天上又去了。他到那儿的时候娜亭卡正站在花园的篱笆旁边。他开始高兴起来，可是他刚刚开始靠拢河岸，这时，她就好像并没有看见他，侧过头去在小路上无目的地走了几步以后，就一直向房里去了。

他看见了她和她的母亲在一起。还有从城里来的两个男客，她们的邻居玛利亚·伊凡诺芙娜，跟那个少不了的伯爵。亚历山大的痛苦是不能忍受的。整整的一天又空空过去，浪费的谈天。这些客人使他多么烦！他们平心静气地谈论着各式各样的琐事，讨论着，说着笑话，笑了。

“他们笑！”亚历山大说，“他们能笑得出来，当——娜亭卡——对我变了心的时候！对他们自然毫无关系！可怜的知识浅薄的人，随便什么都能使他们高兴的！”

娜亭卡走到花园里去，伯爵没有陪她一起出去。当着亚历山大，有一阵子他和娜亭卡似乎彼此互相回避着。有时候在花园里或是房内他单独碰上了他们，不过当了他的面他们就马上分开，不再聚在一起。对亚历山大是一件新的可怕的发现，是他们中间已经有着阴谋的预示。

客人们散去了。伯爵也告了辞。娜亭卡没有知道这个，所以也不会赶着走进房里来。阿都耶夫不顾礼貌地扔下了玛

利亚 · 米哈伊洛芙娜走到花园里去。娜亭卡背了亚历山大站着，手臂靠着花架，用手支了头，正好像在那个永远忘不了的晚上的情景一样。她没有看见他，也没有听见他走近的脚步声。

当他蹑着脚尖偷偷走近了她的时候，他的心是怎样地在跳着啊！他简直停止了呼吸。

“娜杰伊达 · 亚丽山德罗芙娜！”他说，在他的激动中简直不容易听得清楚。

她惊动得就好像在她身边响了一枪似的。转过身来，离开了他一步。

“告诉我，请您，那边冒着烟的是什么呢？”她窘态毕露地说，装出了高兴的神情向对岸指着，“是着火呢，还是什么锅炉——在一个工厂里的？”

他不语地望了她。

“真的，我想是着火。为什么您要那么样看着我，您不相信吗？”

她沉默起来。

“您也是，”他开始说，摇了他的头，“您也是，跟别的人一样，跟每一个人一样！……在两月以前，谁能料得到这个。”

“您这是什么意思？我不懂您。”她说着，想走开去。

“停下来，娜杰伊达 · 亚丽山德罗芙娜，我再也不能忍受这种折磨了。”

“什么折磨？真的我不知道。”

“别装着了，告诉我。您还跟以前的您一样吗？”

“我一直没有变！”她坚决地说。

“怎么会！您不是已经对我变心了吗？”

“不，我想我对您还是那么客客气气的，我还是高兴看见您的。”

“还是高兴！为什么，这会子，您要从花架跑开呢？”

“我跑开！瞧您这是怎么想的，我不是还站在花架下面，而您倒说——我要跑开来。”她勉强笑了一下。

“娜杰伊达·亚丽山德罗芙娜，别再装模作样了。”阿都耶夫接下去说。

“什么装模作样？您缠着我干吗？”

“您是这个样子的吗？我的天，一个半月以前，就正在这个地方！”

“那边的那一股烟是什么，我倒想知道。”

“这真可怕，可怕！”亚历山大说。

“我对您怎么了？您自己不来看我——随您的便……您自己不肯来……”娜亭卡开始说。

“这全是装腔作势！您真的不知道我是为了什么不到这里来？”

她摇着头，向别处看着。

“而这位伯爵？”他简直有点威胁地说。

“什么伯爵？”

她装了一个怪相，就好像是第一次听见提起伯爵似的。

“什么伯爵！现在告诉我，”他说，直望了她的眼睛，

“您对他冷淡吗?”

“您发疯了!”她回答着，离开了他。

“是的，您是对的!”他接下去说，“我的头脑一天天地不行了。无论是谁，怎么可以这么圆滑地，负心地对待一个在世界上超越一切地爱着您的人，为了您而忘却了一切的人，一切……他希望永久的快乐不久就会实现，而您——”

“好啦，对我又有什么关系?”她说，还是向后退避。

“跟您有什么关系?”他回答着，给她的冷酷气糊涂了。“您忘记了!让我来提醒您，就正在这个地方您发过了一百次誓言，说您的人是属于我的了。‘上帝会听见这些誓言的’，您说。是的，他是听见了这些话的!您应当对天，对这些树木，对每根草惭愧的……这都是看见过我们的幸福的见证人，这里每一颗砂粒都能述说我们的爱情;想想吧，看看您自己!——您破坏了您的誓言!”

她恐怖地望着他。他的眼睛在冒火，他的嘴唇惨白。

“哦!您的心好歹毒啊!”她怯怯地说，“您生的是什么气呢?我并没有拒绝您，您到现在还没有向妈咪提起——为了什么，您是最明白的。”

“在您的这种态度之下还能跟她提?”

“怎么样的态度?我不明白。”

“怎么样的?我要马上告诉您，跟伯爵的这些来往是什么意思，还有陪了他骑马出去的这些次?”

“什么!妈咪一离开屋子我就该躲开他跑掉吗!骑马的用意——我喜欢骑马——这多么好玩，飞跑着……啊，洛思这匹马是多好的小马啊！您看……她已经认识我了。”

“还有您对我的态度的转变呢？”他接下去，“为什么，那伯爵每天从清早到夜晚跟您在一起！”

“啊，我的天，我能知道是为了什么？您这多么可笑！妈咪希望如此的。”

“这是假的！妈咪所希望的全是您所希望的。这些个礼物，信札，画册，和花都是送给谁的。都是给妈咪的吗？”

“是的，妈咪是那么喜欢花的。昨天她还从花匠那儿买来的——”

“还有您压低了嗓子叽叽咕咕地在说些什么？”亚历山大说下去，不管她所说的话，“瞧着我，您脸色苍白，您自己也明白了您的罪恶了。毁坏一个人的幸福，忘情，那么快地毁坏了一切，那么便当的，装假，忘恩负义，撒谎，不诚实！——是的，不诚实！您怎么会让自己弄成了这种样子？一个有钱的伯爵，一个社交界的名流，肯下了身份看您一眼，您就连骨头都酥了，您就在这浮华的光彩下面融化了，羞耻在哪儿!!! 别再让这个伯爵在这里进出了，”他闷着嗓子说，“您听见了没有？断了它，跟他断掉所有的关系，让他再也找不到进门的路……我不愿意……”

他发狂地抓住了她的手。

“妈咪，妈咪！这儿！”娜亭卡尖声地叫着，从亚历山大那里挣了开来，得了自由以后一直向房里跑去。

他坐在凳子上，头埋在手掌里。

她面孔苍白惊吓不堪地跑进了房里，一下坐在椅子里面。

“怎么回事？你怎么了？你为什么嚷？”她的母亲去看她的时候吃惊地问。

“亚历山大·斐德里枢——不舒服！”她仅仅能够说出声来。

“什么事把你吓成这个样子？”

“他是那么可怕，妈咪，为了上帝的缘故，别让他靠近我。”

“瞧你吓得我，你这个疯子。哼，他不舒服又怎么样？我知道他的胸口痛。这又有什么可怕的？这并不是肺痨！叫他用樟脑油擦擦——马上就会好的，一定是他没有听我的话，他没有擦。”

亚历山大清醒了过来。一时神经上的错乱过去了，不过他的痛苦却加了一倍。他没有去掉他的疑虑，倒吓着了娜亭卡，当然在目前他是不可能从她那里获得一个回答的，这不是办事的正当办法。他有一个和每一个恋爱中人相同的想法：“想想看，这也许不是她的过失？也许她是真的对伯爵冷淡。她的没脑子的妈妈每天邀请他来的，她又有什么办法呢？他，像一个普通人一样，是殷勤的，而娜亭卡是一个漂亮的女孩子，也许是他想向她献殷勤，但是虽然如此，他也并不曾就此得到使她高兴的结果。也许她为了那些花，骑马出游，玩玩乐乐而高兴，而并不是喜欢伯爵本人？而即使我们承认了这里面有着卖弄风情的成分存在，难道这就是不可原谅的了吗？旁的女人跟那些年纪大些的女孩子们——上帝才知道她们干的是些什么事呢。”

他吸了一口气，在他的灵魂中出现了一抹快乐的光闪。恋爱中人全是这种样子的，一会儿全然盲目，一会儿又看得太清楚了。何况，辨明你所挚爱的东西是多么愉快的一件事呢？

“不过她对我的态度发生了变化又是为了什么呢？”他突然问着自己，又面色苍白了。“为什么她要躲着我，为什么她沉默着，就像是有什么不可告人的羞愧似的！为什么在昨天，一个平常的日子，她穿得那么漂亮？除了他，又没有别的客人。为什么她要问巴蕾舞是不是就要开始上演了？”这个问题很简单，可是他记得伯爵曾经满口答应过替她弄一个包厢，不管这是多么困难，这样他就可以和他们在一起了。“为什么她昨天离开了花园？为什么她没有到花园里来？为什么她问这个？为什么她没有问那个？”

于是他就又陷入了痛苦的疑虑，又在受着深切的痛苦了，终于得到了这样的结论，娜亭卡是永远不爱他了。

“我的天！我的天！”他绝望地说，“人生是多么苦多么惨啊！让我得到死的平安，灵魂的安息吧。”

一刻钟以后他走进了屋子，颓丧而又恐惧。

“再见了，娜杰伊达·亚丽山德罗芙娜。”他怯怯地说。

“再见。”她短促地说了一声，眼睛也没有抬一下。

“我什么时候可以再来呢？”

“只要你高兴的时候。反正，这星期里面我们要到城里去了，那时候我们会通知你的。”

他走了。两个多星期过去了。所有的人都已经从别墅里搬走了。贵族们的客厅又开始点起了辉煌的灯火。而官儿在接待室中的墙上点起了两盏灯，买来了半普特硬脂的蜡烛，摆开了两张牌桌，等候着史梯凡·伊凡尼基和伊凡·史梯凡尼基，又告诉了他妻子他们要在家里过星期二。

在这一段时期中阿都耶夫不曾从鲁拜茨基家接到过一次邀请。他遇见了他们的厨师和女用人，那个女用人，一看见他以后，马上走了开去，无疑她是遵照了她的女主人的意旨行事的。厨师则停了下来。

“怎么啦，老爷，你把我们给忘了？”他说，“我们早回来了一个多星期了。”

“不过也许你们现在还没有安置好——你们还不招待客人？”

“怎样会不招待，老爷，都来过了，只除了你；女主人总是觉得奇怪。你为什么不来。这两天伯爵阁下每天都赏光的。多善心的君子人呀！有一天我替我们小姐送了一本抄簿给他——他赏了一张红钞票。①”

“你这个白痴！”阿都耶夫说，脚跟一转就从这个吹牛的家伙身边离开了。晚上他从鲁拜茨基家的门口经过。华灯已上。门口停着一部马车。

“谁的马车？”他问。

“诺文斯基伯爵的。”

第二天第三天情形还是照样。最后，有一天他走了进去。

① 沙皇时代一种等于十卢布的红色钞票。

做母亲的很亲热地招待着他，埋怨着他不来看她们，还埋怨他没有用樟脑油擦胸膛，娜亭卡——在静默着，那位伯爵——很有礼貌。谈话不大起劲。

这样的情形有过两次。虽然他是含了情意地望着娜亭卡，可是没有用，她好像并不曾注意到他的眼色，可是从前她对这种眼色是怎样地注意着的呢！有时候，当他和她的母亲谈天的时候，她常常是面向了他，站在玛利亚·米哈伊洛芙娜后面对他装着鬼脸，做着种种把戏使他发笑。

不堪忍受的烦恼控制了他。他只想怎样可以摆脱那轻心踏进的樊笼，他希望得到一个解释。“不管是怎样的答案，”他想，“都不要紧，只要能使怀疑变成了肯定。”

他仔细思索了好久怎样来着手，他终于想好了一种办法就又到鲁拜茨基家去了。

一切都合他的心。那部马车没有停在门口。他悄悄地走进了接待室，在内室门口停了一下，换了一口气，娜亭卡在那里弹钢琴。在房子那一头，鲁拜茨基太太坐在沙发上织着她的围巾。娜亭卡，听见了外间里的脚步声，就更轻柔地弹着琴向前面伸着头。她拿一脸微笑等候着即将出现的客人。客人刚露面，那笑容就突然消失了，换上了一脸的不高兴。她的脸色变了一点，从座位上站了起来。这并不是她所期待的客人。

亚历山大没有说话，鞠了一躬像一个影子一般地向她母亲走去。他已经没有了他旧日的自信，轻轻地走，垂了头。娜亭卡坐了下来弹下去，不安地一直向后边四下里张望。

半小时后母亲有着什么事被请了出去。亚历山大向娜亭卡走去。她站了起来想躲开他。

"娜杰伊达·亚丽山德罗芙娜!"他悲哀地说,"等一下,给我五分钟的时间——不用再多。"

"我不能听你的,"她说,移向了一边,"上一次你——"

"那该怨我。现在我要用完全两样的方式跟你谈谈;你一句责备也不会听到,不要拒绝我,可能,是最后一次了。解释是必要的,你知道你曾经允许我向你母亲提出和你订婚。从那以后发生了那么一大堆意外——于是——我必须重复一下这个问题。坐下来弹下去,母亲顶好不要听见,这并不是第一次,你知道——"

她机械地服从着,她的脸微微一红,开始调起琴音来。她的眼睛带着一种恐惧的期待向他望着。

"你到哪里去了,亚历山大·斐德里枢?"母亲回到她原来的位子以后问。

"我要跟娜杰伊达·亚丽山德罗芙娜稍微谈谈——关于——文学。"他回答着。

"好,尽管谈吧,当然,很久你们没有在一起谈谈了。"

"简简单单老老实实地回答我,只有一个问题,"他低声地开始,"我们的解释马上就可以完了。你不再爱我了?"

"Quelle idée![1]"她不知所措地回答着,"你知道妈咪跟我一向都怎样重视着你的友谊——每次看到你我们都多么高兴。"

---

① 什么意思呢!

阿都耶夫望着她思索起来："你就是那个喜怒无常可是天性忠厚的孩子吗？那个善变而好玩的人物吗？好快她已经学会了装假！她内心中的女性的本能醒觉得好快！难道可爱的调皮就是伪善狡猾的萌芽吗？……考虑一下，即使不用我叔父的方法，这个女孩子多么快就给训练成了一个妇人！而这全是伯爵所训练的，而全部也不过仅仅是两三个月中间的事！嗷，叔叔，叔叔！这一次你又是完全正确了的。"

"听着，"他用那么一种声调说着，掀去了伪饰的假面，"让我们别把妈妈牵到问题里来，再恢复从前曾经对我有过一点爱怜的娜亭卡吧，就只是一分钟也好，直截了当地回答我，我非知道不可，真的，我不知道不成的。"

她没有说话，只是将面前的乐谱换上了另外一份，聚精会神地看着谱子，弹起那么困难的一段来了。

"很好，我来把我的问题变换一下，"阿都耶夫接下去说，"告诉我，有没有什么人已经——我连是谁都不用问——不过只简单地问，有没有什么人，在您的心里代替了我呢？"

她用手指弹去了一段烛心，又费了半天时间把烛心弄直了，只是不曾说话。

"说呀，娜杰伊达·亚丽山德罗芙娜，只要一个字就能使我免于再受折磨而且也使你——不用再费心去做那种不愉快的解释了。"

"啊，谢谢天，算了吧！我可怎么跟你说？我没有什么可说的！"她回答着，回避了他。

旁的人对这样的一种回答也会觉得够了，而且一定可以看得出来，他不要再找什么麻烦了。从她的脸上和动作里所表示的严重的痛苦，他准会看出了全部的事实，不过阿都耶夫却还不满意。他正像一个折磨着受难者的刽子手，而他自己，却为这种野蛮的、不顾死活的愿望所鼓舞，兴奋地将苦杯一饮而尽了。

“不!”他说，“让我们就在今天把这种折磨告一段落了吧，疑虑，一个更比一个来得黑暗的疑虑，使我的头脑发狂，把我的心扯成了一片片了。我痛苦不堪，我逐渐感到了我的怀疑的真确，你一定要亲自把这一切都弄得清清楚楚，不然我将永远得不到平安了。”

他望了她期待着一个回答。她没有说话。

“可怜可怜我吧!”他又开始了，“瞧瞧我，我还是我自己的样子吗？每一个人都怕着我，没有人了解我——人人都可怜我——只除了你。”

这是真的，他的眼睛里冒着一种奇异的火焰。他瘦了，面色苍白，在前额上冒着一粒粒的大汗珠。

她偷偷地望望他，她的眼睛里好像带着怜悯。她还握了他的手，不过叹了一口气以后就又松开来让它垂下去了，她还是没有说话。

“怎么样?”他问。

“啊！让我安静安静吧!”她烦恼地说，“你拿这些问题来折磨我。”

“我求求你，看在上帝的分上!”他说，“只要一个字就将这一切都结束了吧。隐瞒对你又有什么用呢？我不能摆脱这愚蠢的希望，我放不开手，每天我都要来找你，苍白，发狂……我会给你添上了不愉快。不许我上你家里来，我会在你的窗子下面徘徊，在戏院里碰上你，在街上，任何地方，好像一个幽灵①似的。这一切全是愚蠢的，还非常可笑——对每一个能笑的人都是如此的——不过对我这却是痛苦！你不明白激情是怎样的——和它能够造成怎样的结局！上帝保佑使你永远不要明白这些也好！……这又有什么好处呢？立刻就说明不是要比较好些吗？”

“可是你要问我一些什么呢？”娜亭卡说，倒在安乐椅的靠背上，“我真给弄糊涂了——我的脑子落进了一阵迷雾里。”她用她的手掌颤抖地压在前额上，又立刻拿了开来。

“我问你——是不是别人在你的心里占据了我的地位？只要一个字——是或否——一切就都决定了，这么说一声还需要很长的时间吗？”

她想要说些什么，可是不成功，低了眼睛开始用手指敲打着一个琴键。可以看得出来，她的内心里正在进行着一种激烈的争斗。“啊！”她终于痛苦地呻吟了一声。阿都耶夫拿手绢擦着他的前额。

“是或否？”他重复了一遍，定住了呼吸。

几秒钟过去了。

“是或否？”

“是！”娜亭卡小声地说，很不容易听得清楚，接着就俯

① 原文是拉丁文，是死亡的预兆的意思。

在钢琴上面，而且，好像是不经意地，开始按出一些高音的调子来。

这个“是”字是个不大容易觉察的声音，好像是叹了口气，不过它却刺伤了阿都耶夫，他的心好像是裂开来了，他的双腿在下面战抖着。他倒入钢琴旁边的一只椅子里去，什么话也不说。

娜亭卡惊奇地看着他。他失神地对她瞧。

“亚历山大·斐德里枢!”她的母亲突然在她的房间里叫了起来，“你哪一边的耳朵在响?”

他没有回答。

“妈咪问你呢。”娜亭卡说。

“呃?”

“你哪一边的耳朵觉得在响?”母亲喊着，“快!”

“两只都响!”阿都耶夫悲愁地说。

“你错了——一定是左边的那一只！那么我推测，伯爵今天要到这里来的。”

“伯爵!”阿都耶夫失声地说。

“原恕我!”娜亭卡声调异常恳挚地说，转向了他，“我不明白我自己——所发生的这些事全是我料不到的……不是我的本意……我不知道是怎么弄的……我不能骗你。”

“我要遵守我的诺言，娜杰伊达·亚丽山德罗芙娜，”他回答，“我绝不对你有一句怨言。谢谢你的真诚……你今天做得可够瞧的……够瞧的——今天……我听你说出那个‘是’字可真不容易，可是你说出它来却要更难……永别了，你再也不会看见我了，这是我对你的真诚的唯一的报答……可是这个伯爵，这个伯爵！”

他咬紧了牙走到门口去。

“啊，”他说，转过身来，“你这样子要弄到哪一步田地？这位伯爵不会跟你结婚的，他所企图的是什么？”

“我不知道！”娜亭卡回答，悲戚地摇着头。

“我的天！你的眼睛好瞎啊！”亚历山大悲苦地叫喊着。

“他不会有坏的企图的。”她轻轻地回答。

“当心你自己，娜杰伊达·亚丽山德罗芙娜！”

他捧着她的手，吻了下，步伐错乱地从房子里走出去。他的样子看来真可怕。娜亭卡仍旧留在原来的地方动也不动。

娜亭卡好像从酣睡里清醒过来，喘了口气。

“你为什么不弹下去？娜亭卡？”几分钟以后她母亲问。

“就弹的，妈咪！”她回答着，头忧愁地垂向了一边，胡乱地按起琴键来。她的手指战抖着。无疑地她是为了良心的谴责和那一句“当心你自己”所引起的疑虑所痛苦着的。伯爵走进来的时候，她无言而沮丧；而她的举止中间也显得有些拘束。她借口头痛，很早就回到她的房里去了。那一晚上她好像痛苦地活在世上。

阿都耶夫刚刚从台阶上下来，就觉得筋疲力尽了，他在末一级台阶上坐了下来，用手绢掩起了眼睛，突然开始大声地哭起来，可是没有眼泪。这时看门人踱近了门口。他站下来听着。

“玛尔法，玛尔法！”他叫着，走近了自己的油污狼藉的门。“这儿来，听，什么东西像畜类一样在这里哼哼。我想是我们的狗挣脱了链条。可是不，并不是!”

“不，不是!”玛尔法倾听着重复地说，“是一种奇怪的东西!”

“去带一盏灯来，它是挂在炉子后面的。”

玛尔法拿了灯来。

“他还在哼哼吗?”她问。

“是的！可能是什么骗子走了进来。”

“谁在那儿?”看门的问。

没有回答。

“谁在那儿?”玛尔法又重复了一句。

还是听见同样的声音。他们俩都快快地走了开去。阿都耶夫一蹓蹓了出来。

“啊，这是哪个老爷吧。”玛尔法说，看着他的背影，“你倒说他是个骗子！看，我说的一点也不假！一个骗子会在人家门口过道上哼哼吗?”

“对了，那么他一定是喝醉了。”

“这更妙了!”玛尔法回答，“你以为人人都和你一样的吗？并不是每一个人喝醉以后都像你那样子哼哼的。”

“那么这是为了什么呢？——饿坏了还是怎么样?”看门人不高兴地说。

“为什么!”玛尔法望了他说，不知道要说什么好，“怎么知道呢？他丢了什么东西，也许是——钱。”

他们俩马上蹲着用灯照着寻找着地上的每一个角落。

“丢了!”看门人，嘟囔着，当他在地上照着的时候，“他在这里会把东西丢在什么地方呢?台阶干干净净，又是石头做的，一根针你都能够看得见的——真的丢了什么!要是他掉了什么的话我们准会听见的，它落在石头上一定会响一下的，他准会再拾了起来!在这里有什么地方一个人会不见了东西?没有什么地方!丢了什么!他什么也没有丢，他像是丢了东西的吗?丢了什么——我敢说!没有，他更可能是，你不用怀疑，想法把什么东西放进口袋而并非丢了什么!我知道这一批家伙，扒手!真的丢了什么!他丢在什么地方了?”

他们在地上爬了好半天，在寻找丢掉了的钱。

“不，没有。”看门人最后叹了一口气说着，就弄灭灯亮，两根手指把灯芯一捏就灭了，然后在外套上抹了一下。

第六章

当夜十二点钟，当彼得·伊凡尼奇，一只手拿了支蜡烛和一本书，另一只手抓着睡衣的前襟，从书房走到寝室去睡觉的时候，他的仆人告诉他，亚历山大·斐德里枢想要见他。

彼得·伊凡尼奇皱起了眉，想了一下，就冷静地说：“带他到书房里，我马上就来。”

他回到书房以后，就这样向他的侄儿寒暄：“你好，亚历山大，从上次我们看见你到现在，已经很久了。我们已经不再希望你会在日里上门了，而现在想不到在晚上你找了来！为什么这么晚？可是你怎么了？你的脸色苍白得很呢。”

亚历山大坐进一把靠手椅，筋疲力尽，一语不发。彼得·伊凡尼奇好奇地望了他。

亚历山大叹气了。

“你身体觉得好吗？”彼得·伊凡尼奇问，焦急地。

“是的，”亚历山大有气无力地回答，“我活动，我吃，我喝，因此我是好好的。”

“虽然，可别大意了，去请教一下医生。”

“别人老早就已经劝过我了，可是没有什么医生或是樟脑油对我是有效的，我的毛病并不是肉体上的。”

“你这是怎么了？你没有输光吧，还是丢了钱？”彼得·伊凡尼奇马上问道。

“除了钱，你的思想里就再也没有别的烦恼了。”亚历山大回答，想要做出笑脸来。

“这是怎样的烦恼，是你常常有的那种一钱不值的烦恼吗？”

“是的，正像目前的这种情形一样。您知道我真的烦恼吗？”

“那么是什么烦恼呢？你家里一切平安——这个我从你母亲每月寄给我的信里可以知道，在办公室里也没有什么会比过去更坏的，压制属员，这是最近的事。你说，你身体很好，没有丢钱也没有输钱，……这是要紧的，别的就都没有什么大问题了，一定是荒唐，恋爱，我猜……”

“是的，恋爱；可是你知道发生了什么事吗？你要是知道了，就，可能，不再这么容易地判断的了，你会大吃一惊的。”

“告诉我，我好久没有吃过惊了，”他的叔叔说，坐了下来，“无论如何，这是不难推测的，准是，她们骗了你——”

亚历山大跳了起来，想要说些什么，可是什么都没说就坐在自己的位子上了。

“对不对？你瞧，我不是已经讲过了吗，而你倒要说：‘不，怎么会呢！’”

“难道真能有什么预感吗？”亚历山大说，“然后再……”

“应该在还没有预感之前，就要先看到这一切，这就是说得知道得更确实一些，然后再去做。”

“你还能这么冷静地推测，叔叔。”亚历山大说。

“可是叫我怎么办呢?”

“我倒忘了，哪怕全城都烧掉或是倒塌了——在您都是一样的!”

“再会吧！可是我的工厂又怎样呢?”

“您在开玩笑，可是我却在受苦，真的，我觉得难过，我真的病了。”

“你真会为了恋爱弄得这么消瘦？多丢人的事呀！不，你一定是生病来着，而现在你是慢慢在复原了，这正是要紧当儿！不是开玩笑的，这件傻事已经拖了一年半了。要是再多拖一些时候，我敢说，我也许会开始相信真有所谓永恒而不变的爱情了哩。”

“叔叔!”亚历山大说，“可怜可怜我，我心里现在是成了地狱了呢。”

“呃？怎么样?”

亚历山大将他的椅子移近了桌子，可是叔叔就将墨水瓶，镇纸……从位子身旁挪了开来。

“他半夜里跑到了这儿来，”他想，“他心里好像滚油煎，他非得敲碎点什么不可的。”

“我没有在你那儿获得过同情，而且我也并不希求这个，”亚历山大开始说，“我请求你的帮助，作为我的叔父，我的亲人——在你看来我一定很蠢——是不是?”

“是的，可以的，假使你是不该受人怜悯的话。”

“你也觉得我可怜吗?”

“大大的可怜。你以为我冷酷得像木头不成?一个好好的、聪明的、受过良好的教养的孩子，将自己荒废了，都为的是什么?只为了一些琐碎的小事。”

“让我知道你是对我表同情的。”

“怎么样表示呢?钱吗，你说过，你是并不需要的。”

“钱，钱!噘，如果我的困难只是由于缺乏金钱，那我可要怎样地替我的命运祝福呢!”

“别这样说，”彼得·伊凡尼奇严肃地说：“你是一个孩子——你对你的命运只会诅咒而不会祝福的!从前的我也曾经不止一次地诅咒过——就连我也免不了!”

“请你耐心地听我说。”

“你要在这里多待些时候吧，亚历山大?”他叔父问。

“是的，我要你全神地听着我，为什么?”

“这样问一声，好知道我们需要不需要预备晚饭。照我的习惯，是不吃晚饭就上床的，可是现在，为了我们得坐上大半天，那就要吃一点，还要喝瓶酒，这时候你就可以从头到尾地讲给我听了。”

“您还吃得下晚饭?”亚历山大惊奇地问。

“是的，我当然能够，你倒不吃吗?”

“我——吃饭!哎，要是知道了这是事关生死的大事，就是你也会食不下咽的呢。”

“事关生死?”他的叔父重复了一遍，“是的，这个，当然，是非常重要的，反正，我们再试试看，也许我们可以设法吃一点。”

他揿了铃。

“拿点随便什么吃的来，”他对着走了进来的仆人说，“再告诉他们拿一瓶绿封口的拉斐特酒来。”

仆人退去了。

“叔叔！对于我的叙述我自己的不幸的可悲的故事，你的这种听取的情感的基础不大合适，”亚历山大说，去拿他的帽子，“我还是明天再来的好。”

“不，不，一点也不，”彼得·伊凡尼奇马上插进来说，用手拦住了他的侄儿，“我的情感的基础一向是不变的。明天——毫无问题——你会在早餐的时候闯了进来，也许更坏——在我忙着的时候闯了进来。要发作就一股脑儿立刻发作完了比较好得多。吃晚饭并不妨碍事务的。我会听得更清楚，了解得更透彻。空着肚子，你知道，是不好的——”

人们将晚餐拿了进来。

“怎么，亚历山大，来——”彼得·伊凡尼奇说。

“可是，我不想吃什么，叔叔！”亚历山大不耐烦地说，耸着他的肩膀，当他看见他的叔叔在忙着吃的时候。

“至少你得喝一杯酒，这酒不坏呢！”

亚历山大摇摇头拒绝了。

“好啦，现在，点上一根雪茄，讲你的故事吧，我全神地听着呢。”彼得·伊凡尼奇说，很快地就又吃起他的晚饭来了。

“你认识诺文斯基伯爵吗？”停了一下以后，亚历山大问。

“普拉统伯爵?”

“是的。”

“我们是朋友，怎么啦?”

“我恭喜你有这样一位朋友——他是一个流氓!”

彼得·伊凡尼奇马上停止了咀嚼，惊奇地望着他的侄儿。

“多惊人的一个发现啊!”他说，“你认识他吗?”

“很熟。”

“你认识他很久了吗?”

“三个月。”

“怎么回事?我认识他已经五年了，而且一向以为他是个君子人，而且你也一定不会听见旁人——人人全都称赞他，可是你却将他骂倒了。”

“你很久就开始为人辩护了吗?叔叔?过去你常常是——”

“就是过去，我也是常常替君子人辩护的。而你早就骂起他们来，不再叫安琪儿了吧?”

“这我还不知道，可是现在……啾，人们，人们，可怜的人类，应该痛哭，欢笑!我承认，我完全错了，没有听您的话，当您劝告我对一切人留心的时候……”

“就是现在我也想劝你，要当心，假使发现了坏蛋——你可不要受骗，就算看错了君子人——拿他们当了坏蛋，闹了笑话也还是合算的。”

“请指给我看，哪儿找得出一个君子人来?”亚历山大轻蔑地说。

“为什么，就像你和我，我们有哪一点不君子？这位伯爵——如果他说的话可以相信的话——就也是一个君子人；再说，谁能够知道呢？每一个人都不免有些缺点，不过所有的人都不坏。”

“是的，所有的人，所有的人！”亚历山大决断地说。

“你自己怎么样？”

“我吗？我至少，我从这个世界上带回了一颗破碎，但是却并不曾给下流玷污了的心，一个被毁坏了却并非说谎，虚伪，不忠实的灵魂；我并没有堕落。”

“这很好，来，让我们瞧瞧看，这位伯爵做了什么对不起你的事？”

“他做了些什么？他把我所有的一切全抢了去了。”

“说得再明确一点。‘所有的一切’这种字眼，使人联想只有上帝明白的那么多的东西，就好比金钱，他不会干这种事的吧。”

“是说对我比了世界上全部的珍宝还要珍惜的那种东西。”亚历山大说。

“这又是什么呢？”

“所有的一切——快乐，生命。”

“你不是还活在这儿！”

“可怜的就是这种多余的生命——是的！不过这样活着，比死一百次还要更坏。”

“直截了当地告诉我出了什么乱子了吧。”

“这是可怕的！”亚历山大说，“我的天！我的天！”

“咦！他有没有把你的美人给抢了去——这个——她的名字叫什么？嗷，是了！这种事他是最拿手的，你要跟他竞争可不容易。嗷，胡来的人！胡来的人！”彼得·伊凡尼奇说，拈了一片火鸡送进了嘴里。

“他得为他这种拿手好戏付出不便宜的代价的！”亚历山大怒气冲冲地说。“不决斗一下我不能了……死亡会决定，在我们两个人中间，哪一个可以获得娜亭卡。我得找这个无耻的、讨女人欢喜的家伙决斗！他活不了，他绝享受不成从我这里抢了去的宝贝。我要将他从这地球的表面上除掉！”

彼得·伊凡尼奇开始笑了起来。

“嗷，这种乡下人！”他说，“提起了[①]这位伯爵，亚历山大，他有没有说起别人在国外寄瓷器给他？今年春天他订购了一套，我倒很想瞧瞧——”

“我们不是在谈瓷器，叔叔，你没有听见我的话吗？”亚历山大正言厉色地插进来说。

“嗨！”他叔叔叽咕了一声答应着，啃着一块小排骨。

“你说什么？”

“嗷，没什么。我是在听你说些什么。”

“请注意听一下，哪怕这辈子就只听这一次：我是为了重要的事情才上您这儿来的，我要平心静气地解决使我不安的万万千千苦痛的问题……我不知怎么好了……我什么都记不

① 在这里，彼得·伊凡尼奇用了一个法文字 á propos。

得了，请您帮帮我……”

“让我来替你尽力吧，只管对我说，你需要什么……我甚至可以替你准备好钱……只要不是无谓的小事……”

“无谓的事！不，可不是无谓的事，也许，再过几小时，我就不在人世了，也许我自杀了……可是您还在笑，冷静地吃着晚饭。”

“我自己，希望，能把晚饭吃完，可是旁人倒不想吃晚饭！”

“我有两天两夜没有想到过吃饭了。”

“噉，这事实上又有什么重要呢?”

“回答我一个字，你肯帮我一件最大的忙吗?”

“什么事?”

“你同意做我的见证吗?”

“炸肉片一点都不热了！”彼得·伊凡尼奇不满意地说，把碟子推了开去。

“你在笑，叔叔?”

“你自己想想，这种胡说听了会使人多么吃惊，要找个决斗的见证人！”

“您怎么样?”

“这用不着问，我是不去的。”

“很好，总会找得着旁人的，一个局外人，走进我痛苦的侮辱里。我只想麻烦你向伯爵通个消息，听听是什么条件。”

“我办不到，我不能鼓起了我的舌头向他建议这种傻事。”

“那么再会了！”亚历山大说，拿起了他的帽子。

“什么！你就要去了吗？你不要喝点儿酒吗？”

亚历山大向门口走去，不过他疲倦不堪地在靠门口的一把椅子上坐了下来。

“我去找谁好呢？我能得到谁的帮助呢！”他低声说着。

“听着，亚历山大！”彼得·伊凡尼奇说，用餐巾擦了擦嘴，挪了把椅子到他侄儿那里去。“我觉得我得正正经经地跟你谈一谈。让我们来谈谈。你找我要求帮忙，我会帮你的，不过并不是照你想象的那种方式，而且是有条件的——你得照着我的话做。别去找人来做你的见证，这不会有什么用的。为了一点小事你会弄得丑闻四播，到处都传了开来，人家会笑你，也许还更坏，人家会利用这个机会来伤害你。没有人会答应你，可是即使你找到了什么疯子，这也是白费。伯爵不会来决斗的，我知道他。”

“不肯决斗！他就没有一丁点儿男子气吗？”亚历山大恶毒地说，“我想不到他竟是如此的卑鄙！”

“他并不是卑鄙，只不过是有见识罢了。”

“那么照你看来我是个傻瓜？”

“不……不，你在恋爱。”彼得·伊凡尼奇抑扬顿挫地说。

“叔叔，要是你根据你的成见向我来说决斗的愚蠢荒唐，那么我警告你——你没法动摇我的决心。”

“不是这样。决斗通常都是傻事——这是早已证明了的，现在大家都决斗，不是有点愚蠢吗？他们看不明白。我不过想向你说明你不应当决斗。”

“奇怪，好像您想要说服我。”

“你且听我说。告诉我你主要地是生谁的气——伯爵吗，还是她——她叫什么名字——安奴塔，对不对?”

“我恨她，我看不起她。”亚历山大说。

“让我们先从伯爵说起吧，我们先假定他已经接受了你的挑战，我们再假定你找到了一个傻子来做你的见证——那么要发生什么结果呢?伯爵会杀了你，像一只苍蝇一样，随后大家都要笑你，报仇报得真好!然而你是不希望如此的，你非把伯爵消灭不可。”

“还不知道谁杀死谁呢。”亚历山大说。

“一定是他把你杀死。你，似乎，完全不懂怎样射击，而照规矩先射击的——是他。”

“那么就听凭神的裁判吧。”

“好吧，这就是你的愿望——神的裁判是对他有利的。伯爵，据说，在十五步以内是弹无虚发的，可是你，就像是故意似的，打不着!我们再假定出乎意料你竟杀死了他——这里面包含着怎样的意义呢?这样你就能将你的心上人的爱情夺回来了吗?不，她只会为了这个而更恨你，还有，他们会把你送到军队里去……而最值得考虑的是什么呢，有一天你会为你的这种举措失悔而沮丧地扯你的头发，而对你的心上人也要很快地变得冷漠了。”

亚历山大轻蔑地耸着肩膀。

“您这么巧妙地判断了这件事，叔叔，”他说，“请考虑一下，在我的情况里我该怎么办呢?”

“没有什么！让它去吧，反正已经弄糟了。”

“让幸福留在他的手里，让他变成骄傲的占有者……啾！有什么威胁能阻止我吗？您不知道我的痛苦！您永远不懂爱情，如果您想用这种冷酷的道义来阻止我……在您的血管里流着奶而不是血……”

“完全是胡说，亚历山大！难道像你那个女人在世界上就再也找不出来了吗——玛利亚还是索菲亚什么的，她叫什么名字？”

“他们叫她娜杰伊达。”

“娜杰伊达？那么索菲亚又是谁呢？”

“索菲亚！啾，那是在乡下的那一个。”亚历山大不高兴地说。

“你瞧？”他的叔父接了下去，“在那儿是索菲亚，在这里是娜杰伊达，而另外的地方呢，就又是玛利亚了。心是一口深深的井，你的声音从上面传到井底需要很长的一段时间的。恋爱是一直在进行着的，一直到一个人的老年。”

“不，人的心是只能恋爱一次的。”

“你还是一直在重复着从别人那儿听了来的那一套。在精力没有用光之前，人心是一直在进行着恋爱的。它有它自己的生命，而且，和人体里别的一切相同，也有着青年和老年。如果一次爱情失败了，它不过只是逐渐消灭，而一直延续到第二次恋爱发生的时候，如果第二次又受了挫折，它还会保存着力量，这样一直等到它的爱情不再可用的时候，就再做第三次第四次的恋爱，直到最后心儿将全部的力量倾注于某种快乐的结合里面，这时不会再受到什么挫折了，然后它就慢慢地逐渐地变冷了。有的人第一次恋爱就会成功，于是他们就要来大声疾呼，说一个人只能恋爱一次，只要一个人健康而并不老朽——”

“你总要谈到幼年，叔叔，意思是，当然，肉体的爱情了。”

“我的说起幼年，是因为在老年恋爱是一种大大的错误，一种变态。肉体的爱情怎么样呢？并没有这样一种爱情的存在，或者我们更可以说，这并不是恋爱，正好像世间并无纯粹理想的恋爱一般。在恋爱里灵魂和肉体两方面都不可偏废，不然恋爱就不会充实，我们既不是妖魔鬼怪也不是野兽。你自己说过‘在血管里流着奶而不是血’，好吧，那么你就可以看出，从一方面来看，在血管里流着血的——这就是肉体的，再从另一方面来看——死要面子的，习俗的——这就是灵的一面，这就是我想对你解释的恋爱！上次我讲到哪里了？……啾，他们要送你到军队里去，除了这个，你干了这件傻事以后，你的心上人也一定不许你再在她面前出现了。你将毫无代价地毁了她也毁了你自己——明白了吗？我希望在一方面我们已经对这个问题研究出了一个结论来了。现在——”

彼得·伊凡尼奇替自己倒了一点酒喝了下去。

“这么个木头人！”他说，“他拿上来的是冷的拉斐特酒。”

亚历山大低了头不作声了。

“现在，告诉我，”他的叔叔接着说，两手暖着杯里的酒，“你为什么要把伯爵从地面上弄掉呢？”

“我早已告诉了你什么缘故了，他不是破坏了我的幸福吗？他像一只野兽似的冲了进来——”

“冲进羊群里面来了！”他的叔叔接上了一句。

“他将我所有的一切都抢了去了。”亚历山大接下去。

“他并没有抢，他只不过是来了拿去了而已，难道他必须事先打听清楚，你那个美人有没有对象？我真不懂，从开天辟地直到现在，大部分恋爱的人，说老实话，对付情敌的这种愚蠢行径，还有什么事比这个再无意识的——把他从这个地球的面上抹掉！为什么？是因为他可人意！就像他犯了什么罪恶，又好像为了使事情处理得顺手一些，我们就来惩罚他，可是你的——她叫什么——卡亭卡——是不是嫌恶他呢？她有没有竭力挣脱他的纠缠？是她自己变了，她不爱你了——吵是没有用的——你弄不回她来了！而还不肯放手——那就是自私了！要求妻子贞洁——这倒还有点意义，在那种情形里面，是包含了一种责任感的，大家庭的福利多半是靠了这个的，不过即使是这样，一个丈夫也不能要求她不该去爱任何人——你只可以要求她——嗨，对了……可是你有没有自己尽量促成了她跟伯爵亲近起来呢？你有没有为了她做过一次斗争呢？”

“为什么，我这里不是想要决斗的吗？”亚历山大说，一跳跳了起来，“而你却要让我抑制我的光荣的冲动——”

“手里拿着木棍去上阵！”叔叔插进来说，“我们不是在基尔吉兹草原里，在文明世界里面，是要用另外的武器的。所以就应该及时争取，不然，在你的美人儿面前就要和伯爵举行另外一种方式的决斗了。”

亚历山大惶惑地望着他的叔叔。

“怎样方式的一种决斗呢？”他问。

“我就会告诉你的。到目前为止你已经弄成怎样一种情况了？”

亚历山大，绕了不少弯子，语无伦次地将整个的事实经过告诉了他。

“你瞧见没有？在前前后后的这一切里，都是你一个人的不是。”这是听完以后带了苦脸的彼得·伊凡尼奇的批评。“你作了多少傻事！啊，亚历山大，什么鬼灵精把你弄到了这里来！你是不该到这儿来的。这一切你原可以在家乡里做的，在小湖旁边，同了你的姨母。在一个人怎么可以这么孩子气地——吵吵闹闹地——陷进昏头昏脑之中呢？嘘！现在啊，这时候，还有什么人干这种事？要是你的——她叫什么名字——优利亚——把这全告诉了伯爵该多糟？可是不，这并没有什么危险，谢谢天。她自然是非常聪明的，那么在他问起她和你的关系的时候，她就会说——”

“她怎么说？”亚历山大连忙地说。

“她会说她玩弄了你，你是爱上了她，而她却恨着你，受你不住——在这种情形下面，她们总是要这样讲的。”

“你以为——她——说了这样的话吗？”亚历山大问着，变得更为苍白了。

“一点都没有疑问的。你能够想象，她把跟你在花园里面摘那些黄花的情形，都一五一十地告诉了他吗？多简单的事！”

“是用怎样的一种方法决斗呢，假使，对付那伯爵？”亚历山大不安地问。

“哎，你不应该那么无礼地对待他，躲着他，给他脸子看，正相反，你应该用加倍，两倍，三倍，十倍的和气回答他，至于那个——她叫什么名字——娜亭卡？我想这方法也不对——你不应该用恶言恶语去伤她的感情，对于她的三心二意，你应该不放在心上，保持着一种什么都不在乎的神情，就好像任何转变全都不可能发生的一样。你不应该放任他们混得那么亲热，你应该在他们在一起亲热的时候很技巧地混了进来——好像完全偶然的——你应该处处跟他们待在一起——甚至于陪他们一起去骑马——时时刻刻你都应该在她的眼前向你的情敌作无言的挑战，拆穿他的弱点，做出吃惊的神气来，非故意地，善意地，甚至是勉强地悲天悯人地，一点一点地将他那种在漂亮女孩子面前一个小伙子装扮出来的假面具揭下来。你应该留神，哪些是他最使她感动而眩迷的处所，然后技巧地打击这些地方，完全明白地指出来，在他们每天的晤对中指点出来，证明了这位新的英雄实在并无任何特点，只不过为了她才做出这种得意的样儿来。而这一切全都要冷静地，有耐心地，技巧地做——这就是在我们这一代的人们中间决斗的真相！不过这却不是像你这种人能够做得到的！”

说到这里彼得·伊凡尼奇干了一杯，又立刻倒出了一些酒来。

“卑鄙的虚伪做作！为了得到女人的心，却要靠了这种骗术！”亚历山大愤愤地说。

“你是情愿依靠木棍的，请问，那真会比这个强吗？做作还可以保持别人的爱情，可是武力啊——我可就不那么想了，你想除去你的情敌的愿望我是了解的，那种做法可以使你保住了你所爱的女人，还可以避免种种危险——这是很自然的事！不过因为他挑起了爱情就要去杀死他，就正像你自己在地上跌了一跤受了伤，却去打那使你跌跤的地皮，像小孩子所做的事一样。你爱怎么想就怎么想，不过却不怪那伯爵！我看得出来，你对于人心的秘密是毫无所知的，这就是你的恋爱和写小说全都搞得那么糟的原因。”

“恋爱！”亚历山大说，轻蔑地摇着他的头，“不过难道一种机狡促成的爱情是值得赞美并且持久的吗？”

“我不知道这是不是值得赞美的，这只是一个人喜欢的看法，对我这是一件无足重轻的事。我没有对于恋爱的一般的最高的理想——这你是知道的。如果依着我，我倒情愿这种事是完全不存在的，不过顺便说一句——这却是实话。这跟人心并没有直接的关涉。这是一种奇异的工具。不知道应该动哪根发条，天晓得它才会跳起来。你可以随便引逗起一种激情来，不过却要用你的机智去保住了他。机诈——这正是聪明的一面，这里面并没有什么可鄙的地方。并没有侮辱你的情敌而出之以毁谤的必要，这种做法反而要使你的心上人对你发生反感……你只不过必须把他身上足以使她眩惑的亮晶晶的东西摇将下来，把他在她眼前安排得像一个平凡的人，而并非一个英雄……我想为了保持自己的利益而去运用一种光明的机巧，是很可以原谅的，这即使是在战争中间，也并不受人蔑视的。怎么，你正想着要结婚！你很可能成为一个漂亮的丈夫的，不过你要是开始和你的妻子吵吵闹闹，而给你的情人一个机会的话，那你就别想胜利了——哼嗯！”

彼得·伊凡尼奇指着他的前额。

“你的瓦林卡比你还多聪明百分之二十呢，当她提出了你非等候一年不可的条件的时候。”

“可是就算我能够有这样的能力，我能使用这种诡计吗？要想干这种事，一定不能像我这样恋爱。有些人有时候假装冷淡，照着计划几天不见面——而这就产生相当的效果。可是我在这当儿却想去要手腕，我一看见了她，我的灵魂就燃烧起来，我的下肢在下面战抖了起来，这时我预备忍受任何的折磨，只要我能够看见她……不！随便你说些什么，用了全部灵魂的力量去恋爱，在我就会更要觉得销魂，虽然这会使一个人痛苦，比了下面这些方式更使人痛苦，就像没有爱情地被爱着，或者是在一种半心意的状态之下恋爱，好像是当作一种消遣，按照一种讨厌的方式，把女人当成哈巴狗跟她在一块儿玩，然后就把她扔在一边去。”

彼得·伊凡尼奇耸着他的肩膀。

“现在好啦，去受苦吧，要是这对你是这么合适的话，”他说，“啾，这乡土！啾，亚细亚！你应该住在东方的，在那些地方，他们是对他们所爱的女人们发布着命令，让她们服从的，如果不服，就捉来淹死。不，在这儿，”他就像自言自语地接了下去，“想要跟一个女人一起快乐地生活，就不能照着你自己的原则办，那的确是一个疯子的原则——不过这是可以小心谨慎地办到的——得有很多必要的条件……一个人必须知道去用怎样一种周密的计划，如果你高兴的话，用一种方策，将一个少女变成一个妇人，这样才可以使她明了而满足她的目的。一个人必须在她的周围画出一个魔术的圈儿来，不太狭，为的是使她不会觉得局限并且也不越过这局限，你必须技巧地不但得到她的心灵的控制权——这也是可以控制的，不过这是一种滑溜而不稳定的东西——而且还要能够控制她的理智，她的企图，而且必须使她的鉴赏力、她的气质服从着你自己的，这么她就可以用了你的眼光去看一切事物，用了你的脑子去思想。”

“这意思是，将她弄成一个玩偶，或者弄成一个她丈夫的无言的奴隶！”亚历山大插进来说。

“为什么？你这样做为的是使她一些也不失去女人的格调与体面呀。让她在她自己的天地里面，有她自己行动的自由，不过要用你的机警的心智，对她的每一下举行、一次呼吸、一步路加以监视，这样做丈夫的眼睛，时时警醒——表面上尽管看不出来——可以随时随地注意到每次情感的过程，每个幻想，每次感情的萌芽。在她上面建立一种——不使她发觉——永久的控制，却不带一些儿压制，巧妙地，使她不知不觉地被引导走上你所希望的路上去……嗽，这需要一种出色而困难的训练，而最好的训练是——一个聪明而有经验的丈夫——这就是全部要点之所在了！”

他意味深长地咳嗽了一下，然后举起杯子来一饮而尽。

“这样，”他接下去，“丈夫在妻子不在身边的时候，也能平安地睡觉了，或者当她睡觉的时候定心地坐在书房里。”

“啊！这就是出色的夫妇之间幸福的秘密！”亚历山大看穿了说。“用欺骗的手段来吸引女人的心情和愿望——这样来安慰自己，自豪……这就是幸福！可是她怎么能看穿这些呢？”

“为什么要自豪？”叔叔添上来说，“这是用不着的！”

“照这样看起来，叔叔，”亚历山大接了下去，“当婶娘睡觉的时候，你就定心地坐在书房里，我想做丈夫的是——”

“嘘，嘘！小声点，”他的叔叔开始说，抬起他的手来，“我太太睡着了倒不错，不过——”

这当儿书房的门开始悄没声地开了开来，可是看不见一个人影。

“不过做妻子的，”走廊上传来一个女人的声音，“一定不能露出她知道她的丈夫的那一套伟大的训练体系，而且必须为她自己建立起一个小小的体系，不在酒瓶前面来谈论这一套。”

两位阿都耶夫都赶到门口去，可是一阵急促的脚步声和一阵裙裾的飘动声从走廊那里飘了过来，一切又都恢复了静寂了。

叔父和侄儿彼此对望着。

“现在你还怎么说，叔叔？”停了一下以后侄儿问了。

“什么，没有什么可说！”彼得·伊凡尼奇说，皱起了他的眉头，“我吹牛没有拣着好时候！学学乖，亚历山大，能不结婚最好，要不就挑一个傻子，你不是一个聪明女人的对手，训练起来可并不容易哩！”

他思索起来，接着就用手扪着自己的前额。

“我怎么会没有考虑到，她会晓得你在半夜里到这儿来的呢？”他烦恼地说，“两个男人在隔壁房里谈着一件秘密的时候，一个女人就再也睡不着觉的，她不是派了丫头来，就准会亲自走了来……居然没有料到这一手！愚蠢！全是为了你，还有这杯该死的拉斐特酒！我多说了废话！这是一个从二十岁的女孩子那儿得到的怎样的教训呢……”

“您怕，叔叔！”

“我有什么可怕的？——一点也不！我做错了一件事——不要失去冷静，必须懂得怎样脱身。”

他又沉思起来。

“她在吹牛，”他又开始了，“她应该受怎样的训练呢？她不可能有多好的教养的，她还年轻呢！她只不过是为了不痛快才说了……不过现在她已经发现了这个魔术的圈子，她也要滑头起来了……嗽！我明白一个女人的性格！不过我们瞧着吧。”

他自信而高兴地微笑着，额前的皱纹舒展开来。

“不过，这事非另想办法不可了。”他添上说。

“老办法怎么说都行不通，现在要……”

他突然恍然大悟了，接着就沉默起来，惊慌地望着门。

“不过这全是以后的事了，”他接着说，“现在我们还是来研究你的事，亚历山大，我们谈了些什么？啾，是了，我猜想你是想要谋害你的——她叫什么名字？”

“我从我的灵魂深处看不起她。”亚历山大说，沉重地叹了口气。

“唉，你瞧！你早已恢复了一大半了。不过这是真的吗？你，似乎，还在生着气，不过，看不起，看不起，在你这种情形下面这倒是最好的，我本想再说些什么的……可是，不……”

“啊，请您说吧，看在上帝的分上，请您说吧！”亚历山大说，“我现在一点理智都没有了，我痛苦，要死了……请给我一点理智吧。请告诉我一切可以安定心的创痛的方法吧……”

“是的，告诉你——你，也许，再回到那里去的……”

“什么话！经过了这么一场事以后。”

“经过了比这更难堪的事以后，人们还是会走回去的！现在说真的——不再回去了？”

“我宣誓，如果必要的话。”

“不，说真的，这可得老老实实。”

“我说的是实话。”

“好，你瞧，我敢说，伯爵没有错……”

“我们就这样假定，怎么样？”

“那么，你这位……她叫什么，有什么过失呢？”

“娜亭卡有什么错！”亚历山大吃惊地反驳着，“她没错！”

“不，唔，什么，你说的？那么你没有什么看不起她的了。”

“没有什么使我看她不起！不，叔叔，这是最重要的！那个伯爵，他不会知道！不过她！这又怪谁呢？我？”

“唔，差不多是，不过真正讲起来谁也难怪。告诉我，为什么你要看不起她？”

“为了她的那种下流的行为。”

“那中间包含了一些什么呢？”

“以忘恩负义报答崇高、无限的热情。”

“这哪里谈得上报答呢？难道你是为了她，讨她的好才爱她的吗？你是要为她服务的吗？照这样说，你最好还是爱自己的母亲好了。”

亚历山大望了他不知道说什么的好了。

“你不该在她面前把情感全部泄露出来的，当一个男人一旦披肝沥胆之后，女人就要开始变冷了。你应该已经摸清楚了她的性格，好相机应付，而不是伏在她的脚边像一条狗一样的。对于一个有点来往的朋友，如果没有了解的话，又怎么可以相处呢？现在你应该已经明白了，你再不能对她有更多的期望了。她跟你的爱情已经玩得够了，正好像她跟伯爵玩的一样，而她还很可能再跟另外的人来玩这一套的，再不能对她有什么要求了，她不可能进行得更深更远了！那不是像她这种性格可以做到的，而上帝却只知道你所期望的是什么。”

“可是为什么她又爱上了旁人呢？”亚历山大悲苦地插进来问着。

“怎样的一桩罪恶给你发现了！多么有见识的一个问题！啊，你这初出茅庐的小孩子！你为什么爱上了她？来，把你对她的爱情就此扔掉了吧！”

“这我自己可以作主吗？”

“唔，这么，她对伯爵的爱情是不是由她作主的呢？你自己是主张内心冲动不该抑止的，可是一旦你自己碰了钉子，就要问她为什么爱上他了！为什么某人会死？为什么某女人会疯狂？怎么来回答这种问题呢？爱情有一天必然会终止，它不会永存不灭的。”

“不，可以的。我真正感到了这种心的力量，我是要用永恒的爱情来爱的……”

“啊！那么你还是更深地爱你自己吧，这样……反反复复的！老是这样，我怎么知道！”

“让她的爱情结束吧，”亚历山大说，“可是为什么它就这样结束了呢？……”

“还不是一样？只要爱了你，你就快乐了——够了！”

“她爱上了旁的人！”亚历山大说，脸色苍白了。

“你是希望她背地里爱着旁人，却让你继续确信她在爱你？那么，你自己来决定，应该对她怎样，是她的错吗？”

“嗷，我非要向她报复不可！”亚历山大说。

“你这就太负心了，”彼得·伊凡尼奇接下去说，“这太坏了！无论女人对你怎么样——她变了心，她冷淡了，她跟诗里说的一样地行动、那么阴险——去责备大自然，把自己沉溺在，如果凑巧的话，哲理的沉思里。随你的便去咒骂世界，生活，可是永远不要有一个字，一件事去败坏女人的人格。这就是对待女人的武器——宽大的态度，而最后最残酷的是——遗忘，不顾！只有君子人才能这样做。记得不记得在一年半的时间里，你总是高兴得看见谁都要拥抱一下的，高兴得不知道要干什么才好！一年半的不断的欢乐！随便你怎样讲——你太负心了！”

“啊，叔叔，在我，世界上就再没有什么比爱情更神圣的了——生活没有了她就不成其为生活！”

“啊！”彼得·伊凡尼奇生气地插进来说，“这种废话我已经听腻了！”

“我原可热爱着娜亭卡的，”亚历山大接下去说，“世界上任何的快乐我都不会对她吝惜，我曾经梦想着跟娜亭卡白头到老——结果却是怎样呢？我所梦想的那种崇高的无限的激情又怎么样了？它却变成了一出充满了悲叹和纷扰的愚蠢的破喜剧——嫉妒，说谎，还有虚伪的做作——天哪！天哪！”

“你为什么要空想这些根本不曾发生过的事呢？我有没有已经坦白地告诉了你，直至目前你一直是在想过一种永远不可能的生活？照你的意思，一个人唯一的事就是做一个恋人，一个丈夫，父亲……可是关于其他的事，你一点都不愿意知道。除此以外，人类还有不少别的事可做，他也还是一个公民，有着某种头衔，职业——他是一个作家，一个地主，一个军人，一个官员，或者是一个工业家。而这就全给你的恋爱蒙蔽了，可是友谊……却是一种阿尔卡吉亚[①]。你看过不少小说，在野外你也听你的姨母讲过不少故事，于是你到这里来的时候就装了一肚子这种思想。直到现在你还在梦想着——一种崇高的激情。”

“是的，崇高的！”

“嗷，请，别说了吧！一种崇高的激情是可能的吗？”

“什么？”

“哎，你看。说起激情，我们该照下面这样来解释，我想，当情感、爱好、引诱达到了某一种阶段以后就不再受理智的指挥了？唔，这里面有哪一点值得称许作崇高的呢？我不明白，这只不过是疯狂而已——人却失去了人类的尊严。你为什么只捧出了事实的一面来呢？我是在谈论着爱情——如果翻开另一面看一下，你就可以看出来，爱情并不是那么坏的一件东西了。回想一下你的那些快乐的日子，那时你是一直在我耳朵旁边叨唠个没完没了的——”

“嗷，别提醒我了，别提醒我了！”亚历山大说，摇着手，“你这样理解是很好的。因为你是相信着你所爱的女人的，我倒很想瞧瞧你处在我的地位要怎么办。”

“我应该怎么办？我一定要找别的可以分去我的心神的事情做……在工厂里面。你愿意不愿意明天也去试一下？”

“不，对于任何事件我的看法都不能跟你相同，”亚历山

① 阿尔卡吉亚——生活得安闲幸福，无忧无虑的地方。（阿尔卡吉亚是古希腊的一个省份，在诗歌里被描写成一个住着幸福生活的牧人的地方。）

大悲痛地说，“你的意见不只不能使我听天由命，反而更引起了我对它的反感。它使我不快活，它在我的灵魂里面是一股冷气。直至目前为止，爱情把我从这阵冰冷中间拯救了出来，现在爱情不复存在了——现在在我心中只有痛苦——我怕得很，我在发愁。”

“去致力于工作吧。”

“这是完全正确的，叔叔，你和跟你同样的人都能够这样理解的。你是一个天生冷酷的人……有一颗不能动摇的心……”

“而你以为，自己有一颗热烈的心吗？昨天你高兴地攀上了七重天，几乎连一丁点儿忧愁也想不起来了。”

“蒸汽，蒸汽！”亚历山大微弱地勉强地申辩着说，“你思想、感受、谈话正像一部在铁路上面行驶着的蒸汽机——平稳，顺利而又容易。”

“我希望这里面并没有什么害处，这总比开快车出了轨要好一点，陷在沟里，正和你现在的情形相同，简直不知道怎样恢复正常。蒸汽！蒸汽！可是蒸汽，你瞧，倒能够给人带来荣誉。这种思想里面包含着我们做人的根本意义，畜类也会为了忧愁死去的。譬如说，狗死在主人的坟墓上，不然就是在长久的离别以后喘起气来。你对它有什么好处？可是你倒以为，自己是特殊的，最高级的生物，不平凡的人……”

彼得·伊凡尼奇望着他的侄儿一下，就马上停住不说了。

“怎么啦？我看你是真的哭了！”他说，他的脸色暗下来，这就是说，他脸红了。

亚历山大没有回答。他想起了他的失去了的快乐，一切现在都大大地两样了。眼泪在他的脸上流了下来。

“啊，啊，啊！不害羞！”彼得·伊凡尼奇说：“你是个男子汉呀！哭了，为了上帝的缘故，可别当着我的面！”

“叔叔，还记得你年轻时候吗？”亚历山大一面说一面啜泣，“你真能安静地满不在乎地忍受着命运给人安排的最痛苦的灾难？过了整整一年半圆满的生活，结果却一旦全部完结了——什么都没有了——一片空虚！”

“在诚实后面出现了狡猾、隐瞒、冷淡——竟自轮到了我的身上！天哪！还有比这更大的痛苦吗？说一个人‘薄幸’是容易的，可是要经过考验？她变得多厉害！她怎样为了伯爵开始打扮起来！有时候，我去了，她的脸色苍白，几乎话都说不出来了……说着谎……啾，不……”

这时候眼泪流得更多了。

“假使我能有这样的安慰，”他说了下去，“是在某一种情形之下失去了她——如果是他们迫使她违反她的意志——即使她是死了——那么这也可以比较易于忍受些——可是全不是这么一回事！——这才真可怕，受不了！我可怎么好？我要闷死了，我病了！这简直是折磨，受苦！我要死了。我要拿手枪打死自己。”

他将手臂拄在桌面上，手捧着头大声啜泣起来。

彼得·伊凡尼奇再也镇静不下去了。他在房里来回踱了两次，对着亚历山大站着搔起头来，不知道怎样开始才好了。

“喝点酒，亚历山大，”彼得·伊凡尼奇说，尽量做得大方，“也许这——”

亚历山大没有动，只是他的头和肩膀在抖着，他还在啜泣。彼得·伊凡尼奇皱了眉，摇了一下手就走到屋子外面去了。

“我对亚历山大怎么着才好？”他跟他的妻子说，“他在我的屋子里面哭着把我赶了出来，我真给他烦死了。”

“你就是这么离开他走出来了吗？”她说，“可怜的孩子！让我来，我去看他去。”

“可是你也弄不好，他是这么一种性子——正跟他的姨母一样，她也是一来就泪流满面的，我已经跟他辩论得很够了。”

“只是辩论吗？”

“也还说服了他，他跟我同意了的。”

“嗽，我相信这话，你是那么聪明——而又是假仁假义的！”她添上说。

“谢谢天，要是我真的是这样，这个，我想恐怕是，我所最缺乏的了。”

“啊，我敢说你是这样的，他还在哭哪。”

“这并不怨我，我尽了我的力量去安慰了他。”

“你怎样安慰来着？”

“我什么方法没有使啊？我整整说了一个钟头——我的嗓子都挺哑的了。我把整部的恋爱理论都讲了出来，讲得尽可能地明白——我还答应供给他钱用——而且也用晚餐和酒试过了他。”

“他还是在哭。”

“是啊，越哭越厉害了。”

“这就奇怪了！让我试试看，同时你再想个新主意。”

“什么，什么?”

可是她却像一个影子一样从屋子里滑出去了。

亚历山大仍旧坐在那里，头埋在手腕里。有人碰了碰他的肩膀。他抬起头来，在他前面站着一个年轻而美丽的女人，披着睡衣，戴了一顶 à la Finoise① 的帽子。

“Ma tante②。”他说。

她靠着他坐了下来，静静地看着他，只有一个女人才能够这样对人望着的，亲着他的前额，他也用嘴唇亲着她的手。他们谈了好半天。

一小时以后他走了，沉思着可是却带着笑脸，而且在经过了如许失眠的夜晚以后，第一次睡得甜甜的。她回到了寝室里眼睛潮潮的。彼得·伊凡尼奇打鼾已经打了好半天了。

① 法文——芬兰式的。

② 法文——我的婶母。下仿此。

第二部

第七章

在前章里所叙述的场面和事件发生过后，已经差不多过了一年。

亚历山大慢慢地从惨淡的绝望变得意志消沉到了冰冷的状态。他对伯爵和娜亭卡已经不再咬牙切齿地大声叫骂，只是深深地蔑视着他们。

丽莎威塔·亚历姗德罗芙娜用了完全出于一个友人一个姊妹的深情安慰着他。他心甘情愿地顺服了这种抚慰。为了保持另外一种情谊，他的全部爱情、情感都入了正轨。对于这些，一种爱抚与看顾是不可缺少的。

最后他的激情终于消逝了，他的真正的忧愁过去了，不过他对这些还有些恋恋不舍；他努力想不失掉它们，或者，说得更清楚些，替自己制造了一种人为的忧愁，用以自遣，美化了它而沉溺在里面。

他好像喜欢扮演一个不幸者的角色。他沉静、严肃而又阴郁，就像一个人在承受着如他所说的那种“命运的打击”一样——他述说着深切的痛苦，谈着神圣、崇高、混乱、受了侮辱的情感。“这都是跟谁呢？”他添上说，“跟一个浪丫头，卖俏的女人和荒淫无耻的东西，浮华的浪子。难道命运把我安排在这个世界上就为了让我拿全部的崇高感情牺牲在这群小人身上吗?”

无论是男人对女人，还是在女人之间，都不能容忍这种虚伪的做作，因为这样一来，彼此就都会装腔作势起来。可是在青年男女之间，又有什么不能彼此原谅的呢?

丽莎威塔·亚历姗德罗芙娜耐心地听着他的痛苦的申诉，尽可能地安慰着他。也许这对她并不是不协调的，因为不说别的，她发现了她的侄儿对她自己的心事就有着同情，她在他对恋爱的许多怨望的词句中间，就听见了并不陌生的痛苦的句子。

她焦急地贪听他对自己的忧愁的倾诉，用了谁都看不出来的轻微的叹息和泪珠应和着。她甚至替她侄儿的虚构的脆弱的忧愁找到了同样的调子同样的精神的安慰的话语，可是亚历山大却连听都不听。

“啾，别跟我说了，我的婶婶，”他反对着说，“我不愿意玷污了爱情这个神圣的字眼，用它来称呼我跟——她的那种关系。”

他说到这里，做出了一个轻蔑的脸色，想要学彼得·伊凡尼奇的样说，“那个——她叫什么名字?”

“无论如何，”他还要加上这么一句，显得更为轻蔑了，“在她那一方面倒还可以原谅；我的水准本来是要比了她和那个伯爵和他们那个可怜而下流的圈子都来得高一点的；我的一直为她所误解自然是不足怪的了。”

“我叔叔说过，我应该对娜亭卡宽厚，”他接下去，“为什么呢？她的爱情是平凡而庸俗的。哪里看得出一点儿英雄气概和自我牺牲来呢？不，她的一切举动差不多都是受着她母亲的意旨的指示的！她何尝有过一次为了我而冒犯了世俗的规律和责任？——从来没有过！这就是爱情啊！！！少女——就不懂把诗意灌注到这种情感里去！”

“你希望从女人那里得到的是哪一种爱情呢？”丽莎威塔·亚历姗德罗芙娜问。

“什么！”亚历山大回答，“我希望得到她心里的最重要的地位。我所爱的女人，除我以外，是不应该注意过，看见过任何一个男人的；一分钟不和我在一起，在她就是一分钟的损失。在我的眼里，在我的谈话里，她应当得到幸福，再也不知道别的什么。……”

丽莎威塔·亚历姗德罗芙娜忍住了笑。亚历山大却没有发觉。

“为了我，”他接了下去，眼睛闪动着，“她应该牺牲一切：卑鄙的利益、打算，挣开母亲、丈夫的束缚而逃跑，如果必要，就到天涯海角，尽量忍受一切的痛苦，最后还要轻视真正的死亡——这就是爱！可是这个……”

“而你要怎样报答这样的爱情呢？”他的婶母问。

“我？嗽！”亚历山大开始说，眼睛望着天，“我要把我的整个生命献给她；我要拜伏在她的脚下。把她看作最崇高的幸福。她的每一句话对我都是法律。我要歌唱她的美丽，我们的爱情和大自然：

跟她在一起，我的嘴就能有
彼得拉尔卡的口才和恋爱的口才……①

可是难道我就没有向娜亭卡证明过，我是能爱她的?”

“这样说，当情感不如你的理想时，你是全然不相信它的了？强烈的感情往往是隐伏着的。”

“你不用想要说服我，我的婶婶，这就是我叔叔所隐伏着的那种感情吗，譬如说?”

丽莎威塔·亚历姗德罗芙娜突然红了脸。她不得不在心里头赞同她的侄儿，那种一点不露声色的情感的确是颇为暧昧的东西，可能是根本不存在的，如果它存在，它是应该迸露出来的；还有，超出爱情本身之上，它的外表的形态是有一种说不出来的诱惑力的。

于是她就对她的婚后生活的每一阶段做起精神上的检讨来，沉入深深的梦想里去。她侄儿的不检点的暗示，将她深藏在心底的秘密搅乱了，引起了这样的问题——她到底快乐不?

她没有抱怨的权利，世人所追求的所有的外表的安乐，都按照着既定的节目安排得好好的。目前的满足甚至奢华，将来生活上的保障——使她完全避免了大多数穷苦的人们所遭受的那种痛心的折磨和琐碎痛苦的忧虑。

① 普希金《欧根·奥涅金》里的诗句，在第一章第四十九节。彼得拉尔卡·夫兰奇格(1304—1374)是意大利的诗人。

她的丈夫还照样不倦地在继续努力下去。可是他的辛劳的真实的目标是什么呢？他是为了人生的共同目标而努力，在满足着命运给他安排好了的工作；还是仅仅为了微末的冀求，想获得人群中间的地位与财富，或者是免于做穷困和环境的奴隶呢？这只有上帝知道了。他不喜欢谈崇高的目的，他管这个叫废话，他干脆地说：必须工作下去。

丽莎威塔·亚历姗德罗芙娜想来想去只能得到下面这种可悲的结论，那就是他的努力与工作的唯一的目的并不是为了她和对她的爱情。他在结婚以前，一点都不认识他妻子的时候，就已经这样辛勤地工作着了。他既不向她表示自己的爱，也不向她求爱；而且对她提出来的这一类问题，总是用了玩笑与应付的话语来敷衍着。在他们相识以后不久，他就开始提出了婚姻的问题，好像使她明白，爱情是已经成为这中间的一件不言而喻的事，用不着再多加谈论的了。

他对于任何原因所引起的争吵都非常嫌恶——这倒是很不错的；可是他也不喜欢真实的情感的流露，也不相信旁人有此需要。只要他的一个眼色，一个字，就能够让她对他发生一种深切的情感；可是他就是不说这一个字，他不屑于此。这种事是连他的虚荣心都引不起来的。

她企图引起他的嫉妒，她想这样一来，他的爱情就会有表现的机会了吧。结果是什么反应都没有。他马上就看了出来，她想和某一位年轻的先生做朋友，他就快快地请他到家里来殷勤款待，不住地夸奖着他的品行，对他和他妻子的单独留在一起也并不担心。

有时候，丽莎威塔·亚历姗德罗芙娜存了幻想，还道彼得·伊凡尼奇或许是有计划地行动；他的诡秘的计划是不是意图使她永远保持一种疑虑，而这样做也就能维持了爱情了呢？可是当她的丈夫第一次提起了爱情，她听了以后幻梦就马上清醒了。

如果他的脾气一向是粗鲁而不文雅，心胸狭窄而没有机智的话，即使是为他们本身打算，对这样的丈夫用些欺骗的手腕，是多么可以原谅，多么必要而值得安慰的呢？他们像是为了他们的妻子才存在的，这些人往往在向四周巡视了一遍以后就跟对面的女孩子发生了恋爱——这时候事情就两样了；她很可以按照同样情形下面的多数的妻子们的行动去做了。但是彼得·伊凡尼奇却是一个难以遇到的聪明而机警的人，他是不易捉摸的，机敏而手腕圆滑的。他对于心理的变化和灵魂的烦扰有着彻底的了解，可是他也只知道这一些——此外更没有别的了。他脑子里有着一本详细的琐事的账册，他的心里却没有。当他推论着这种事的时候，他简直像是在谈说着一些例行的日常事务，却完全不曾体验过。关于激情，他的论断是很对的，可是不承认激情有支配自己的权利。他甚至还讥笑它，认为激情是一种错误，是奇怪地违反现实的，正像必须时常自己医治的疾病一样。

丽莎威塔·亚历姗德罗芙娜瞧出了他的对于身边事务的绝顶的聪明，也为这个而感到了痛苦。“只要他不是那么聪明，”她想，“我就会得救了。”他是朝了正路努力的，这是很清楚的，他并且还希望他的妻子不去过一种梦幻的生活。

“可是，我的天！”丽莎威塔想，“如果他结婚的目的只是为了给他的房子找一个女管家，给他的单身汉的宿舍添上了一个家庭的实感和空气，这样好在社会上的地位多增加一点分量！一个管家婆——一个妻子——用了这些字眼的最煞风景的意义来解释！可是他那么聪明，他明白不明白在女人们的正当的希望中间，爱情也还是存在着的呢？……家庭的义务——这就是她担心的东西：可是难道就没有能够执行这种义务的爱情？保姆，当家人——那些照管婴儿的偶像①，啊，妻子，啊，母亲！啾，让我为激情付出苦痛的代价，让我来忍受和爱情分不开的所有的痛苦吧，只要我能得到一种完整的生活，只要我自己能够感到是在生活而不是半死不活地混日子。”

她看着她的豪华的家具，和她的私室②中间的那些装饰品和值钱的小摆设，所有的这一派豪华，在她看来只不过是真正的幸福的冷冷的讽刺而已。她不能不注视着两个极端——她的丈夫和她的侄儿。一个是热情得傻里傻气的——另外一个则是僵冷的。

“他们俩——也算上人类的一大部分——对于真实的情感了解得多么少，而我自己却了解得多么透彻呢！”她想，“而这又有什么好处？为什么！啾，只要——”

她掩住了眼睛，这样过了一会儿，然后再张开来，四周

① 异教徒的偶像。

② 贵族家庭里小巧而陈设华丽的妇女会客室。

看了一下，深深地叹了一口气以后就又马上恢复了她原来的静默的态度了。不快乐的女人！没有人知道这个，也没有人看到这个。这些看不见的、渺茫的、无名的痛苦，没有伤口、没有血，不是用褴褛而是用天鹅绒遮盖起来的痛苦都该归罪于她。可是她英勇忘我地隐蔽着自己的心事，而且尽量鼓起勇气来安慰旁人。

亚历山大没有好久就不再谈论崇高的痛苦和难懂的可贵的爱情。他转向了一般的问题。他抱怨生活的烦闷，内心的空虚，和难受的烦恼。

我忍受自己的痛苦，
我厌倦了自己的幻想……①

他反复不断地读着。

“现在这该死的魔鬼跟在我后面。这魔鬼，我的婶母，到处都跟着我：在夜里，在亲切地谈话的时候，在宴席当中，在沉思的时候！”

这样过了几个星期。好像，又过了两个星期，这个古怪的人就完全安静了下来，可能，变得完全正常了，简直就是简单平常的人了，跟所有的人一样！没有一些不同！他的奇怪的性格特点在各处都找到了表现的机会。

---

① 亚历山大这里读错了普希金的诗句，应该是，我忍受着自己的愿望，我厌倦了自己的幻想。

有一天亚历山大去看他的婶母，心情非常坏，好像要给整个人类一个白眼似的。他说话时常带着讽刺，推论起事情来，对那些必须尊重的人时常发出波俏的短评来。对谁他都不宽容，连她和彼得·伊凡尼奇也都没有幸免。丽莎威塔·亚历姗德罗芙娜开始询问这是为了什么。

“你想要知道，”他用了一种低低的恍惚的声调开始说，“‘我现在是在发着什么疯狂呢？’我来告诉你；你知道我有一个多年没有看见了的老朋友，可是他在我的心里却总保留了一块地位的。我刚到这里的时候，叔叔硬让我给他写了一封尴尬的信去，这封信里加进了一些他的最得意的名句和思想方法：可是我扯掉了它，寄了另外一封信去，这样，我们中间的友谊并没有减低。从那一封信以后，我们的通讯就中断了，我就没有再看到我的朋友了。可是现在却发生了怎样的事呢？三天以前，我在尼瓦斯基大街上走着的时候，突然看见了他。我立刻感情冲动极了，泪水涌进了我的眼睛。我向他伸出了我的手，可是太快乐了倒说不出一个字来；我是够衰弱的了。他握住了我的一只手，‘你好，阿都耶夫！’他说话的那种声调，听来就好像我们是在前一天才分手似的。‘你到这里已经很久了吗？’他觉得很奇怪，我们以前不曾遇到过，稍微问了几句我现在在做着什么事，在哪家衙门里，他说应该详细地告诉我，他有着一个出色的职位，而对他的工作也很发生兴趣，喜欢他的上司和同僚，所有的人，和他的命运；接着就说他很忙，他正赶着去出席一个邀他参加的宴会。你听见了没有，我的婶婶？分别了这么久以后遇见了一位老朋友，他却舍不得牺牲一个宴会。”

“不过可能他们在等着他，”他的婶母说，“照规矩是不该——”

“世俗的规矩却比友情还重要！你居然也这么说，我的婶婶！可是我还是再多告诉你一点别的事吧。他把他的住址塞在我手里，说第二天晚上在家里等着我，然后就走了。我完全失神地对着他的后影望了好半天。这是童年的伙伴，小时候的朋友呀！好！不过我后来想了一想，可能，他是要等到晚上再花些时间恳切、倾心地谈一下。‘只好如此了，’我想，‘我要去的。’我去了。那里有那么十个人，他的朋友。他用了比了前一天更为客气的态度向我伸出手来，这是真的，可是这时候，没有说一个字，就立刻提议我们要在牌桌旁边坐下来了。我说我不玩牌，一个人坐在沙发里，盼着他会扔下了牌到我这儿来。‘你不来吗？’他惊奇地说，‘那么你干什么呢？’一个出色的问题！于是我就等了一小时，两小时，他没有到我这里来；我已经到了忍耐的最大限度。他先敬了我一根雪茄烟，接着是一根烟斗，抱怨着我不参加玩牌，我受不了这种烦恼，他为了要使我不寂寞——用什么方法，你猜得到吗？——不断地回过头来向我形容他所打的每一张得意或是失败的牌。最后我再也受不住了，我走上去问他，那晚上他还要不要抽一点空儿陪陪我？我的心好像要在我身体里面沸腾了，我的声音发着抖。这好像颇使他吃惊了。他奇怪地朝我看。‘很好，’他说，‘让我们打完这一圈。’一听他对我说的就只是这样一句话，我就拿起了帽子，准备要走了，

这又让他看见了，将我拦了下来。‘这一圈就完，’他说，‘我们就要吃饭了。’最后他们终于打完了牌。他拣了个靠近我的座儿坐下来。打着呵欠；我们的友谊的谈话就是这么开始的。‘你想跟我谈谈?’他问了。他是这么平淡而无感情地说出这句话来的，于是我只对他悲哀地笑笑，望了一眼。这时他突然好像活泼了起来，开始一个个问题地问起我来：‘你是怎么了？你需要什么吗？你公事上有什么要我帮忙的地方吗?’——诸如此类的问题。我摇摇头，告诉他我不预备跟他谈我的工作，物质上的利益，而是想谈一些内心的问题。关于童年的那些黄金的日子，游戏、淘气的旧事……他，您瞧，甚至都不让我把话说完，‘你还是，’他说，‘这样的一个空想家!’后来他突然改变了话题，好像觉得这都是无聊的话似的，开始严肃地问起我的情况来，对未来的希望，前程，跟叔叔一样。我奇怪，不相信，竟有心肠这么硬的人。我想做最后一次的试探，我围绕着自己的事情开始叙述自己的经历。‘你听，这些人是怎样对付我的……’——我是这么开始的。‘那是怎么回事，’他突然出惊地打断了我，‘一定是，他们抢了你了?’他以为我是说吃了流氓土匪的亏了；他就不知道还有旁的苦恼，跟叔叔一样：这个人简直跟石头没有什么两样!‘是的!’我说，‘他们抢去了我的心……’于是我就开始向他说起了我的恋爱，我的痛苦，和我的内心的空虚。我开始感到情感上受了欺骗，觉得我的痛苦经历的故事在穿过了一层冰的表面，他的眼睛里还不是没有泪水，可是这时他却突然大笑起来！我看了看他，他手里拿着一条手绢；在我讲话的时候他是一直想要控制着他自己的，可是最后他却再也忍不住了。我生气地停了下来。

“‘够了，够了，’他说，‘还是喝点伏特加吧，我们就要吃饭了。仆欧！拿点伏特加来。来，来，哈，哈，哈！——这里有点了不起的烤货——哈，哈，哈！——烤牛肉！’

“他正想要来拉住我的手，可是我却挣了开来，从这个怪物那里逃掉了。瞧，人就是这种样子的，我的婶婶。”亚历山大总结了这么一句，然后他挥了一下手就离开了。

丽莎威塔·亚历姗德罗芙娜为亚历山大感到可怜；可怜他易于激动，但是胡乱使用的心。她看得很清楚，从另外一种正确的观点看来，他自己是幸福的，并且还能使旁人幸福；可是现在他成了自己的盲目无知和苦痛的心的迷妄的牺牲者。他自己从生活里找来了折磨。怎样才能给他的心指出一条真正的道路来呢？这种救命的指针在哪里呢？她觉得，只有温柔、友爱的手才能照护这枝花朵。

她已经一度成功地抑制住侄子心里不安的冲动，可是也就是恋爱中间的冲动。她懂得怎样对待受了侮辱的心。她，像一个老练的外交家似的，先把娜亭卡责备了一通，把她的行为说成最卑鄙的，在亚历山大眼里把她庸俗化了，并且成功地向他证明了，她是配不上他的爱的。这样，她就粉碎了亚历山大内心的苦痛，代之以一种安静，虽然并不十分健康的情感——蔑视。彼得·伊凡尼奇呢，却恰恰相反，竭力袒护娜亭卡，这样不但不能使他安定，反而还要刺激他的痛苦，硬使他承认，他这还是受了最大的抬举。

但是另外有一件事，就是关于友情。丽莎威塔·亚历姗德罗芙娜看得出来，亚历山大的朋友在他的眼里是错的，可是在群众的眼里倒是对的。这可得向亚历山大说明！她自己下不了决心做这件大事，就跑到丈夫那里去，以为他并不反对友情，因此这个请求的理由还是不无根据的。

“彼得·伊凡尼奇！”有一天她向他温和地说，“我想请求你一件事。”

“什么事呢？”

“猜一下。”

“告诉我，你知道你的要求是从来没有被拒绝过的。我敢说你是要一所彼得尔高府[①]的别墅，唔，这还不免太早了一点。”

“不！”丽莎威塔·亚历姗德罗芙娜说。

“什么？你说，你担心我们的马吗？你希望他们更驯服……”

“不！”

“啊，是关于新的家具吗？”

她摇着头。

“随你的便吧，我不知道，”彼得·伊凡尼奇说，“你最好把你所需要的抵押券整理一下，这是昨天赢了来的……”

他手里拿着钞票。

“不，放心吧，把钱收好了，”丽莎威塔·亚历姗德罗芙

① 欧俄中部的一个都市。

娜说，“这件事费不了你一个戈比的。”

“给你钱，又不要!”彼得·伊凡尼奇说着，把钞票收了起来，“这真让人莫名其妙！到底要什么呢?”

“只需要一点善良的愿望……”

“随便你要多少。”

“你瞧：前天亚历山大上我这儿来过……”

“啊，我就知道不是好事!”彼得·伊凡尼奇插进来说，“唔?”

“他那么惨，”丽莎威塔·亚历姗德罗芙娜接下去说，“我怕，老是这样，别弄出什么……”

“可是他还怎么样呢？在恋爱里又出了什么变化?”

“不，在友情里。”

“在友情里！越来越坏了！怎么会在友情里呢？这倒有点奇怪，告诉我吧。”

“原来是这样的。”

于是丽莎威塔·亚历姗德罗芙娜就把她从她的侄儿那里听了来的一切都告诉了他。彼得·伊凡尼奇狠狠地耸了一下肩膀。

“你要我在这场纠纷里面做些什么呢？你瞧，他这个家伙?”

“你去对他表示一下同情，问问他心里觉得怎么样。”

“不，这个还是你去问吧。”

“跟他说，……要怎样说呢？……要更和蔼，而不要照你平常那种样子跟他说话……别伤他的感情……”

“你不要我陪着他一起哭吧?”

“这也没有害处啊。”

“那么这对他有什么好处呢?”

“很多……而且不只是对他一个人……”丽莎威塔·亚丽姗德罗芙娜低声地说。

“什么?”彼得·伊凡尼奇问。

她沉默着没有回答。

“唔,这个亚历山大;他简直就跨在我这儿!”彼得·伊凡尼奇说,指着自己的脖子。

“他怎么会这么使你烦心?”

“什么怎么?跟他来往了六年,他一来就大哭一场——需要安慰,就得给他母亲写信。”

“事实上,他是真可怜!怎么这又落在你的身上了呢?多么可怕的麻烦:一月一回从一位老太太那儿收到一封信,马上就给扔在——看都不看——扔在桌子底下,或者稍微跟你的侄儿谈一两句话?怎么,难道是给维斯特①迷住了!你们这些男人,这些男人们啊!要是你们有一顿丰盛的早餐,一瓶金色商标纸的拉斐特酒和纸牌啊,就什么都有了;再不用管任何人的闲事了!可是碰上机会就假装客气,要要滑头,那你就高兴了!”

“就跟你撒娇一样,”彼得·伊凡尼奇说,“每一个人都要配他自己的胃口,我的亲爱的!你还有些什么可说?”

① 一种四个人玩的纸牌戏。

“什么！是良心啊！你从来就没有提到过这个。”

“这倒还不是没有吧！”

“我们是够聪明的，我们怎么会管这些小事呢？我们管的是人们的命运。有的人只要望着人家身上的口袋和燕尾服的钮孔，别的地方就用不着留心了。人们希望一切全是这样的！在他们当中找一个敏感的，能爱他和被他爱的人……”

“他光荣地挑上了这位……来爱他自己。她叫什么名字？是维洛卡什么的？”彼得·伊凡尼奇说。

“找谁来才能跟他搞得合适呢！这是命运的嘲弄。它时常就像故意似的把和蔼、敏感的人跟冷静的人凑在一起！可怜的亚历山大！他的智慧跟心不相称，就因为这个在那些把智慧放在顶前面的人的眼里他就成了错误的，谁要是到处只用理智……”

“你同意吧，不过这到底是主要的，否则……”

“我不同意，一点也不同意：这主要应该是在工厂那里，可能，您忘记了，人还有情感……”

“呸！”阿都耶夫说，“我还是在启蒙课本里把它死记住的。”

“让人又生气又发愁！”丽莎威塔·亚历姗德罗芙娜小声地说。

“来，来，别生气了；你怎么说我全都照着做就是，只要你告诉我应该怎么办！”彼得·伊凡尼奇说。

“那么你就给他一个轻轻的教训……”

“申斥吗？好，这可不是我的事。”

“怎么能说是申斥，你要更亲切地跟他解释，在这种年头只能向朋友要求点什么，又能够要他做些什么；告诉他他的朋友并不像他想象的那么不好。我又哪里可以教导你？你是那么聪明，那么会装模作样。”丽莎威塔·亚历姗德罗芙娜添上了说。

彼得·伊凡尼奇听了末了一句以后，稍稍皱了皱眉头。

“难道您的‘忠诚的表露’还少吗？”他不高兴地说，“嘀嘀咕咕，嘀嘀咕咕，总是唠叨着什么友情，爱情的；现在又要把我拉进去了……”

“这是最后一次了，反正，”丽莎威塔·亚历姗德罗芙娜说，“我希望这一回过去以后他该安静了。”

彼得·伊凡尼奇怀疑地摇着头。

“他有钱吗？”他问，“可能，没有了，他一共……”

“只把钱放在心上吗！为了朋友一句亲热话，他是会把所有的钱都拿出来的。”

“从他那里拿了去的可够瞧的了！有一回为了‘忠诚的表露’他给了自己办公室里一个同僚一笔钱……有人在揿铃，是不是他？我该怎么办？再告诉我一遍：给我讲讲——还有什么，钱？”

“准是要再来一通教训！哎，你会搞得更糟。我要你稍微解释一下友谊，情感，不过要和和气气的，多小心着点。”

亚历山大静静地鞠了躬，静静地饱饱地吃了一顿，在上菜的空儿卷着面包，望着那些桌上的瓶子。饭后他又要去拿他的帽子了。

“你要上哪儿去？”彼得·伊凡尼奇说，“陪我们坐一会儿吧。”

亚历山大默默地听从了。彼得·伊凡尼奇在打算着怎样可以用一种温和而谨慎的方式谈到这个问题，立刻问了，很快地说：“我听见说，亚历山大，你的朋友在某种方面对你很不好？”

听到这种意外的问句以后，亚历山大的头向后一缩，好像他是受了伤一样，含了一股怒气，狠狠地瞪了他的婶母一眼。她同样地也没有料到会这么粗野地就展开了这个话题，最初是低头看着手中的织物，接着就也生气地看着她的丈夫；不过他却正在饭后消化与想睡的双重影响之下，对于这些眼色一点都不曾发觉。

亚历山大用了一声几乎听不见的叹息回答着他的问题。

“多严重，”彼得·伊凡尼奇接了下去，“多么不够交情！算什么朋友！有五年他没有看见他了，而他们见面以后，他没有亲热地拥抱他的朋友，却请他在晚上到他家里去，想让他参加玩牌，请他吃晚饭。而这以后——忘恩负义的东西！——看出来他的朋友脸上的颜色不好，就盘问着他的事业的情况，环境，他的需要——多么卑鄙的好奇心！没有一点忠诚的表露！可怕呀！可怕！让我认识一下这个坏蛋，礼拜五带他到这里来吃饭！可是他赌起钱来是怎么个情形？”

“我不知道，”亚历山大生气地说，“也许你要笑，叔叔，你是对的，都是我的不是。相信着别人——去找同情——可是向什么人去找啊？在什么人面前——推心置腹啊？围着我的一切全是下流，怯懦，小气，可是我却仍旧好好地保持着我对于善良，美德，有恒的幼稚的信心。”

彼得·伊凡尼奇大有悠然颔首赞赏之意了。

“彼得·伊凡尼奇！”丽莎威塔·亚历姗德罗芙娜轻声地叫了一下，牵住了他的袖子，“你睡着了？”

“我睡着了！”彼得·伊凡尼奇说着，醒了起来，“我都听见的——‘美德，有恒’；我什么时候睡着了？”

“别打搅我叔叔，我的婶婶，”亚历山大说，“他不会睡着的，那样他的消化机能就要受到扰乱了，人是创造的主宰，这没有问题，不过同时他又是他自己的肠胃的奴隶啊。”

这时他，似乎是想要苦笑，结果却只冷笑了一下。

“告诉我你对你的朋友的希望是什么？某一方面的牺牲吗，我想是；你是希望他去爬过一层墙头或者是从窗户里跳出去吗？你对于友情的了解是怎么样的？”彼得·伊凡尼奇问。

“现在我已经不再要求牺牲了——放心吧。谢谢旁人，我已经被迫接受了一种对友情和恋爱的可怜的解释了，我一向重视我认为是这两种情感最正确的定义的这些语句，好像我了解它们，又好像它们本来就应该如此似的，可是现在我看，这都是谎话，是对人们的诽谤，或者是他们内心可怜的无知……人们是不能适合这种情感的。滚开吧——这都是诡话！”

他从口袋里拿出皮夹子来，从里面取出两张八开大小写满了字的纸。

“这是什么？”叔叔问，“给我看看。”

“不值得看的！”亚历山大说，还想撕碎它。

“念念吧，念念吧！”丽莎威塔·亚历姗德罗芙娜开始请求着。

“这是两位最新的法国小说家对真正的友情和恋爱的解释，我同意他们，我想，要是在生活当中遇见了这样的人物，而且能在他们中间找到了……那就——他轻蔑地挥了挥手就开始读起来：‘爱不是用那种虚假、怯懦、住在镀金的宫殿里的，不是站在成堆的黄金前面的，不是担心着含糊话语的友情，而是用有力的，以血还血的，在战斗和流血中间证明自己的，在震耳的炮声里，在暴风雨的怒吼里的那种友情，当朋友们用被火药熏黑了的嘴来互相接吻、用染血的怀抱来拥抱的时候……假如比拉德受伤要死了，欧烈士特①就坚决勇敢地和他诀别，举起短剑结结实实地一砍停止了他的痛苦，严肃地宣誓报仇并且履行誓言，然后擦去了眼泪，沉静下来……’”

彼得·伊凡尼奇用自己沉静的有节奏的笑声笑了起来。

“您，叔叔，在笑谁呢？”亚历山大问。

“笑那作者，如果这些不是开玩笑而是他的真心话的话；其次就笑你，如果你真的这样来了解友情的话。”

“难道这就可笑吗？”丽莎威塔·亚历姗德罗芙娜问。

“就是了。抱歉，又可笑又可怜。不过，亚历山大同意这

① 比拉德和欧烈士特是古希腊神话里的英雄，他们俩人是最好的朋友。

些话就使我好笑了。他自己现在承认了，这种友情是——谎言和对人的诽谤，这倒是向前走了重要的一步。”

“这是谎言，因为人们不能提高到那种应该怎样去理解友情的高度……”

“如果人们不能，那它就不应该是这样的……”彼得·伊凡尼奇说。

“可是有这样的例子……”

“那是例外，可是例外几乎常常是不好的。‘染血的怀抱，严肃的宣誓，短剑的砍击！……’”他又笑了起来。

“那么，就再念念关于恋爱的，”他接着说，“我的瞌睡已经过去了。”

“如果这个又能有引你发笑的机会的话，就请笑吧！”亚历山大说，接着就开始读起底下的一节来：

“爱情——就是说不是属于自己的，不再为自己而生活，却转换到别人的生存里去，把一切人类的情感——希望、恐惧、悲伤、愉快都集中在一个主体上去；爱情，就是说要生活在无限的……”

“天知道，你这说的是些什么！”彼得·伊凡尼奇插进来说，“这是一套什么话！”

“不，这挺好！我喜欢，”丽莎威塔·亚历姗德罗芙娜说，“再念下去，亚历山大。”

“不知道情感的局限，自己只知道一种物质（亚历山大继续念下去。）生活着，只为自己的幸福考虑，在耻辱里面寻找高贵，在悲伤里寻找愉快和在愉快里寻找悲伤，沉溺在各种矛盾当中，只除了爱和憎。爱——就是说在理想的世界里生活。……”

彼得·伊凡尼奇这时候摇起头来。

“在理想的世界里，（亚历山大继续往下念。）光辉和壮丽是超越一切的。在这种世界里天空仿佛更清朗，大自然也更瑰丽；把生活和时间分成两个部分——存在和不存在，两个季节——春季和冬季；适合于上半年的是春季，下半年的——是冬季，因为，无论花是怎样的美好，天空的浅蓝色是多么清朗，可是在不存在的时候一切美妙的景色就都暗淡下去了；在整个的世界里只看见一种物质，而在这种物质里就包含着宇宙……最后才是爱情——就是说，期待着爱人的每一个眼色，好像沙漠里的阿剌伯人，嘴给炎热烤干了，为了凉爽期待着每一滴露水一样；没有了它一连串的思想就波动起来，可是在它面前却一句话都没有，彼此尽量在牺牲里献身……”

“够了，看在上帝分上，够了！”彼得·伊凡尼奇插进来说，“受不了！你想要撕碎，就撕碎吧，快点撕碎！就这么办！”

彼得·伊凡尼奇甚至都从安乐椅里站起来，开始在房里走来走去了。

“难道一辈子，真的，就总是想这个搞这个吗？”他说，“难道写来写去，这些关于侠士和牧童的故事不都是使人不快的对他们的捏造吗？怎么会有兴致来触动和如此详细地分析这些可怜的人类的心弦呢……爱！什么都离不开它……”

他耸着肩膀。

“为什么，叔叔，要扯得这么远呢?”亚历山大说，“我自己就体验过恋爱的力量，并且也为它而骄傲。我不幸只是因为我不曾遇到过一个能够这样的爱、有这种天赋的爱的力量的人。”

“爱的力量!”彼得·伊凡尼奇重复了一遍，“这正和你说起的懦弱的力量是一样的。”

“这跟你的想法是不一致的，彼得·伊凡尼奇，”丽莎威塔·亚历姗德罗芙娜说，“你甚至是不愿相信旁人中间会有着这样的爱情存在的。”

“而你，你真的会相信这个吗?”彼得·伊凡尼奇问着，向她走过去，“可是不！你是在说笑话！他还是小孩子，既不了解自己，又不了解别人，而你可多么难为情呀！难道一个要这样恋爱的男人你也会尊敬他吗?……人们就是这样恋爱的吗?……”

丽莎威塔·亚历姗德罗芙娜停止了编织。

“那么该怎么样?”她压低了声音问着，抓住他的手将他拉近身来。

彼得·伊凡尼奇轻轻地把手松了出来，向背朝着他们站在窗口的亚历山大指了一指，接着就又在房里间歇地踱了起来。

“应该怎么样!”他说，“好像你没有听见说起过人们是怎样在恋爱的!”

“啾，他们恋爱!”她郁郁地复述了一遍，慢慢地又做起她的工作来。

沉默继续了一刻钟。彼得·伊凡尼奇是首先打破它的人。

“你现在在做些什么？”他问侄子。

“啊……没做什么。”

“不做什么事，那么，至少书你总还读的吧？”

“是的……”

“什么书呢？”

“克雷洛夫的寓言。”

“好书，可是一本还没有读完吧？”

“在这种当口要我读完一本。我的天！是怎样的人物描写啊，多么正确呀！”

“你对人是有些反感的。是不是你对她——她叫什么名字？——的爱使你变成这样的呢？”

“嗽！我真的已经不再记得那件蠢事了。不久以前我还走过那些曾经使我那样快乐和那样痛苦、回想起来就要心碎的地方。”

“你都是碎了些什么？”

“我看见了别墅、花园和围墙，可是没有心动。”

“你瞧，这正跟我和你讲过的一样。什么原因会使得你对于人们这么厌恶的呢？”

“哎，当然了！他们的那种卑鄙，他们的灵魂里的那种小气。……我的天！要是你想想，在大自然撒下了奇妙种子的地方有着多少卑鄙的行为……”

“可是这些跟你本身又有什么关系呢？你是想去改良人类

吗，请问?”

“跟我有什么关系?我自己不就是给人类所播扬着的诽言谰语所侮辱着的吗?你是知道我曾经碰上了怎样的事——受了这种侮辱以后，我怎么能忍得住不恨，不轻视这一批人!”

“你曾经碰上过怎样的事呢?”

“在爱情上遭人遗弃，在友情上遭到了冷酷的轻蔑。……可是瞧着这些人可多使人厌恶，多么不愿意和他们住在一起!所有他们的思想、谈吐、行事——全都是建立在沙地上的。今天向着一个目标跑着，匆匆忙忙，互相碰倒，干着卑鄙的行为，拍马，侮辱，耍花样，可是到了明天——就忘了昨天的事又跟在别人后面跑起来了。今天捧这个人，明天就骂起他来；今天是热情、和气的，到了明天就冷淡……不!你瞧，生活够多么可怕，可厌!可是人!……”

彼得·伊凡尼奇坐在安乐椅里又打起瞌睡来。“彼得·伊凡尼奇!”丽莎威塔·亚历姗德罗芙娜说，悄悄地推他。

“你是让这些不如意的事给打击得糊里糊涂了!你应该用工作使你自己紧张起来，”彼得·伊凡尼奇说，揉着眼睛，“这样你就不会无故对人类谩骂了。你所认识的那些人又有什么过错呢?他们还都不算坏人呀。”

“啊!遇见的人简直全是克雷洛夫寓言里的野兽。”亚历山大说。

“是像霍柴洛娃这一群的，譬如说?”

“一家都是畜类!”亚历山大打断了说，“当面非常恭维你，对你亲热得很，可是背后……我听见他说我什么来着。

另外一个今天跟在你后面，为你的受辱而痛哭，可是明天他就跟侮辱你的人痛哭起来；今天跟你讥笑别人，明天就跟别人讥笑你……讨厌！”

“唔，卢尼娜那些怎么样？”

“这些是好的。她自己就正像那头驴子，而那只黄莺却离开它飞到很远的地方去了。可是她看起来就像带着那只善良的狐狸的神气……”

“你看索宁怎么样？”

“这可没有什么好说的。索宁在困难快过去的时候总会提出很好的劝告来的，可是您和他在患难里相处试试看……所以他不吃晚饭就回家去了，就跟狐狸对待狼似的。您明白，他想利用您找位置的时候，在您面前他够多么讨好？可是现在，请您听一下他在说您什么……”

“你不喜欢佛洛奇可夫吗？”

“毫无可取，何况又是个凶狠的畜生……”

亚历山大做了一个极端嫌恶的表情。

“唔，算了吧！”彼得·伊凡尼奇紧追了一句。

“我对别人有什么期望呢？”亚历山大继续说。

“从头数一遍吧：友谊，爱情，校官的头衔，金钱……唔，现在我们把这种月旦人物的工作做个结束吧！你说，我跟我太太应该是哪一类的野兽呢？”

亚历山大一点都不回答，可是他脸上有着隐约而轻微的几乎看不出来的讥讽的表情。他在微笑。不管那表情还是那笑都是瞒不过彼得·伊凡尼奇的。他和妻子彼此对望着，她垂下了眼睛。

“可是你自己是哪一类的野兽呢?”

“我并没有损害别人!”亚历山大光明磊落地回答着,“我有一颗爱的心,我向人们大张着怀抱,可是他们却是怎样地对待我呀?”

“还有什么!他这些话说得多么滑稽啊!”彼得·伊凡尼奇转向了他的妻子说。

“什么事在你看来都是可笑的!”她回答着。

“可是我自己也并不向别人做这种要求的,”亚历山大接下去,“英雄行径也好,或者是灵魂的伟大,自我牺牲都好。我所希求的只是我自己分内的每一种应得的权利而已。”

“这样你自然挺不错了?你一点都没有沾惹地就从是非中间跳了出来。让我在新鲜的阳光里面来看一下。”

丽莎威塔·亚历姗德罗芙娜听出她的丈夫开始在用一种严厉的口吻说起话来,于是她就担起心来。

“彼得·伊凡尼奇!”她轻声地说,“别说下去了……”

“不,让他听一听真实的情形。一下子我就会说完了的。请你告诉我,亚历山大,当你用冷淡轻蔑对待你所有的朋友的时候,你有没有觉得心里有一点不舒服,好像给——刺着似的?”

“为什么,叔叔?”

“这是因为在这群野兽那里,你好几年来一直受着亲切的招待:我们假定,这些人想打谁那里沾到便宜之前,他们要耍滑头,弄圈套,像你说的那样;可是他们在你身上却什么便宜都没有捞到：他们为了什么才把你请到他们那里去的呢？……不好的，亚历山大！……”彼得·伊凡尼奇严肃地添上了一句，“别人犯了这种小过失，是不会有人说话的。”

亚历山大满脸通红了。

“我请他们注意您的劝告，”他回答说，十分温和没有了一点严肃的意味，“同时，世俗的关系也就是如此的……”

“唔，好吧，我们就拿不是世俗关系的来说。我已经对你证明过了，不过我不知道，引证过没有？你那位……她叫什么名字？萨申卡还是什么？你对她是不公平的。在她们家里，你就跟在自己家里似的待了一年半：从早到晚在那里住着，同时这位卑鄙的丫头，照你的说法，还爱着你。好像，这些都不该蔑视……”

“可是为什么她要变心呢？”

“就是说她爱上了别人吗？这一点我们已经可以完全肯定了。可是你想，如果她还继续爱着你，你能不遗弃她吗？”

“我？永远不！”

“唔，好，让我们再进一步，你说过你没有朋友，可是我总在想你有三个。”

“三个？”亚历山大叫了起来，“有一度我曾经有过一个，而他——”

“三个，”彼得·伊凡尼奇坚持地重复了一遍，“头一个——让我们从最老的一个算起——就是这一位。随便任何人，在好几年没有看见你以后，一定会不再理你，可是他却邀请你去看他，而当你一脸不高兴地到了他那里，他却同情地向你问讯，你有什么需要没有，开始答应帮你的忙，而我确实相信他准答应过供给你钱用的——是的！在我们那时候，并不是每一个人都能这么慷慨的；不，你一定得介绍我去认识认识他；我看他的为人不坏……而你却把他当作了一个狡猾的人。”

亚历山大低着头站在那里。

“唔，你再想想你的第二个朋友是谁?”彼得 · 伊凡尼奇问。

“谁?”亚历山大不知所措地又重复了一遍，“怎么回事，并没有呀。”

“没良心的!”彼得 · 伊凡尼奇插进来说，“呃? 丽莎，他连脸都不红！你把我当成了什么了，让我问一声?”

“您……是我的亲人。”

“这个名分倒够重要的！不，我想——还要重要些。这太坏了，亚历山大：这简直就是在学校的笔记本上也要算作卑鄙的，似乎在克雷洛夫的书里也找不出来。”

“可是你一向总是对我排斥着的。”亚历山大说，怯怯地，眼睛都不敢抬起来。

“不错，是当你要来拥抱我的时候。”

“你还笑过我，笑我的情感。”

“这都是为的什么，什么缘故呢?”彼得 · 伊凡尼奇问。

“您一步步地盯着我。”

“啊！谈一下吧！我盯着你！你雇了一位家庭教师了吧！为什么我要来张罗你呢? 我还可以再说些什么，可是这好像成了庸俗的责备……”

“叔叔!”亚历山大说，伸开了双手走到他身边去。

“回到你自己的座位上去，我还没有讲完!”彼得·伊凡尼奇冷冷地说，“我希望你能自己讲出你的第三个同时也是最好的朋友来。”

亚历山大又向他望着，像是在问“这是谁呢?”彼得·伊凡尼奇指着他的妻子。

“她就在这里。”

“彼得·伊凡尼奇，”丽莎威塔·亚历姗德罗芙娜插进来说，“别装聪明了，算了吧。”

“不，别混我。”

“我明白怎样来珍重我婶母的友情。”亚历山大含糊地喃喃着。

“不，你不明白的;假使你能的话，那你也不会向天花板上面去寻找朋友去了，而早就认出是她来了。假使你珍重她的友情的话，那你早就该十分赏识她的品格而看不起一般的人了。在你的眼睛里面，她一个人就足够补偿别人的过失了。是谁擦干了你的眼泪还陪了你哭的?是哪一个对你的种种愚蠢的行为都表示着同情，而这是怎样的一种同情啊!我想只有你的母亲才肯这么热心地关切着关于你的种种的，而她是不会知道怎样去做的。如果你明白了这个，那你早就不会讽刺和讥笑了，你要明白，这儿既没有狐狸也没有狼，而有着一个像姊妹一样爱着你的女人……”

“啊，我的婶婶!”亚历山大说，他是为这一番话给弄得垂头丧气了，“你真会以为我不珍视这个，不把你当作人群里面特异的光辉的吗？我的天，我赌咒——”

“我相信你，我相信你，亚历山大！”她回答着，“别去听彼得·伊凡尼奇，他是会在苍蝇当中充大象的：他总想有机会露一露他的聪明。别说下去了，看在上帝的分上，彼得·伊凡尼奇。”

“就好了，我就要讲完了——再露一下子——最后一次！你说你的一切行动都是由于你对朋友的义务？”

亚历山大不曾再回答一个字也不抬起眼睛来。

“来，告诉我，你爱不爱你的母亲？”

亚历山大立刻清醒了。

“什么话？”他说，“我不爱她还有什么人可爱？我衷心爱她，为了她我是献出了我的生命来的。”

“好。你一定很清楚，她活着只是为了你，你的每一种快乐，痛苦，也是她的快乐与痛苦。她现在不再用几个月，几个星期计算时间，而是用了你的消息和从你那里得到的音讯来计算着的了。告诉我，自从上一次你给她写信，到现在已经很久了吗？”

亚历山大吃了一惊。

“三个星期。”他喃喃地说。

“不，四个月了！我可怎么称呼这种行为呢？唔，你这算是什么野兽呢？可能，是叫不出来的，在克雷洛夫的书上也找不出来的。”

“真的吗？天哪！天哪！”

“这不是真的，不是真的！”丽莎威塔·亚历姗德罗芙娜说，立刻跑到了抽屉那儿，从里面拿出了一封信递给了亚历山大，“她并没有生病，不过她忧愁得厉害。”

“你这是惯着他，丽莎。”彼得·伊凡尼奇说。

“而你是严厉得过分了。亚历山大有一个时期忙得让他忘记了这个。”

“为了一个女孩子把他的母亲都给忘了……要紧的事情，照我的说法！”

“好了，这尽够了。”她委婉地说，向她的侄儿做了一个姿势。

亚历山大，看完了他母亲的信以后，就把脸掩藏在纸后面了。

“别去干涉我的叔叔，我的婶婶；让他痛快地骂吧，我是还该更狠狠地叱骂的；我是一个魔鬼！”他说，一脸的绝望。

“来，定定心，亚历山大！”彼得·伊凡尼奇说，“像这样的魔鬼有的是。你是一时之间发了傻劲，把你的母亲给忘了——这是很自然的；对于母亲的爱原来就是一种静的感情。她在这世界上只保有着一件东西——自然她要感到忧愁的。绝没有为了这个将你提来处死的道理。这就是我所要说明的一切。唔，我要去打一个盹了。”

“叔叔！你生气了吗？”亚历山大说，声音里面带了深深的忏悔。

“你怎么会想到了这个呢？为什么要破坏我的血液呢？我连想都没有想到我会得发怒。唔，我只是想扮演寓言里熊的角色：猴子和镜子。我扮得好不好？丽莎，呃？”

他企图，在他走过去的时候，吻她一下，可是她却拧过身子去了。

“我想我已经完全正确地执行了你的吩咐了，”彼得·伊凡尼奇添上说，“怎么，啾，我忘了一件事；你现在心里面觉得怎么样，亚历山大？”他问着。

亚历山大没有回答。

“不用钱吗？”彼得·伊凡尼奇又问。

“不，叔叔……”

“他永远不要！”彼得·伊凡尼奇说着走了出去，把门关上了。

“我叔叔现在会对我怎样想呢？”静了一下以后亚历山大说。

“跟他从前的想法一样，”丽莎威塔·亚历姗德罗芙娜回答着。“你以为他向你说的这一套，全是从心里面说了出来的吗——真是这样的吗？”

“可又是怎样的呢？”

“咦！不。请你相信，他是装腔作势的。您瞧，他这件事做得多有次序？他井井有条地对您安排了论证：先是软弱的，后来就更强烈了；先查问您批评别人的理由……然后……办法多得很！现在已经都忘了，我想。”

“多么聪明！多么精通生活和人类的知识！”

“是的，精通很多知识和太多的本领，”丽莎威塔·亚历姗德罗芙娜沉思着说，“可是……”

“可是你，我的婶婶，已经不再看得起我了吗？老天爷！可怜的妈妈！”

丽莎威塔·亚历姗德罗芙娜把自己的手递了给他。“我是不会看不起您的心的，亚历山大，”她说，“把你引进错误里去的是情感，我是会永远谅解它们的。”

“啊，我的婶婶，你真是个完美的女性！”

“不，只是一个平平常常的女性罢了。”

亚历山大深深地为他叔叔的斥责所激动了。他靠了他的婶母坐下来，沉入痛苦的回忆里，似乎，她费了这许多力气巧计安排给他心里注入的宁静突然使他稳定下来。她期待着狠毒的疯狂的言语，可是没有：亚历山大聋了哑了，在他身上好像浇了一桶冷水。

“怎么了？你怎么会这么个神气？”他的婶母问。

“没有什么，我的婶婶；我心里觉得悲哀。我叔叔使我明白了自己；他真是个了不起的说教者！”

“用不着把他的话当真！有时候他不说真话的。”

“不，用不着安慰我。现在我对自己也不满意了。过去我看不起别人也恨别人，而现在是连自己也看不起了。一个人可以躲开别人，可是又怎么能够躲避自己呢？这些都是没有价值的：所有这一切幸福，生活上的空虚，旁人，自己……”

“啊，这个彼得·伊凡尼奇！”丽莎威塔·亚历姗德罗芙娜长叹了一声说，“任谁都会给他逼到悲哀里面去的！”

“我只还保存着一个消极的安慰，就是我从来没有欺骗过谁；讲爱情，讲友谊，我都不是反复无常的。”

“你还没有能够找到能够赏识你的人，”他的婶母回答，“不过你要相信我，你终于会找到一颗能赏识你的心的，我可以保证。你还是这么年轻，别只是想这个，去专心工作吧，你有天分的；写作……你现在还写什么不写？”

“不！”

“开始去写吧。”

“我怕，我的婶婶。”

“不要听彼得 · 伊凡尼奇：你可以跟他谈政治，天文，随便什么都行，就是别谈诗。关于这个他向来不说真话。群众是器重您的——您瞧……您会写的吧？”

“很对。”

“你就开始写？”

“我尽可能早早动手。现在我仅有的希望是都寄托在这上面了。”

彼得 · 伊凡尼奇一觉醒来，穿得整整齐齐地走来，帽子拿在手里。他也劝亚历山大专心公务，和给杂志里写农业经济的文章。

“我要试试看的，叔叔，”亚历山大回答，“不过我刚刚答应了我的婶母去——”

丽莎威塔 · 亚历姗德罗芙娜给了他一个暗示，让他不再说下去，可是给彼得 · 伊凡尼奇看到了。

“什么事？你答应了些什么？”他问。

“给我带两本新出的乐谱来。”她回答。

“不，这不是真的，是什么事，亚历山大？”

“去写一本小说或者别的什么东西。”

“你现在还没有放弃文学工作吗？”彼得·伊凡尼奇说，在他的衣服上摘下了一粒灰尘，“而你，丽莎，倒要引他到错误的路上去——一点好处都没有！”

“我不该放弃它的。”亚历山大说。

“谁来阻止你呢！”

“在这个世界上就还给我剩下了这么一个希望，而我却要连它都毁掉不成？如果我将上天给我的期许浪费掉，那我就是浪费了我自己。”

“可是上天对你期许了些什么呢，讲给我听听，请。”

“这个，叔叔，我不能向你解释的。这需要自己去了解。您的头发因为某种原因在头上绕了起来，这时候除了请教梳子？……”

“不！”彼得·伊凡尼奇说。

“你感到自己身体里面有激情在燃烧着吗？有沸腾着的幻想给你造成要求实现的一些美好的影子吗？心跳得特别悸动吗？”

“胡思乱想！唔，跟这个又有什么关系？”彼得·伊凡尼奇问。

“为什么，对于不曾有过这种感觉的人是不可能解释这种创作的欲望的，那时候有一个不宁静的精灵，日日夜夜，醒时睡时，都在你的耳边重复地说着：写呀，写呀。”

“可是如果你没有写作的本领？”

“够了，彼得·伊凡尼奇；你自己就没有这种本领，那么为什么还要去干涉旁人？”丽莎威塔·亚历姗德罗芙娜说。

“原谅我，叔叔，在我说出了你并不是一个对于这类事情的裁判者的时候。”

“什么人是裁判者呢？她吗？”

彼得·伊凡尼奇指着他的妻子。

“她说这些话是跟你开玩笑，你倒相信了她。”他添上了两句。

“可是即使是你自己，在我刚到这里来的时候，也劝过我去试试——去试一下自己的。”

“唔，这又怎么样？你试过了的——并没有任何结果，你非放弃它不可了。”

“难道您在我身上就永远找不到一点有条理的思想，找不到一行成功的诗吗？”

“怎么找不到！有的，你并不愚笨：在不愚笨的人的一大叠文章里怎么会找不出成功的思想来呢？要知道这不是才干，而是智慧。”

“啊！”丽莎威塔·亚历姗德罗芙娜生气地说了一声，走到桌子前面去了。

“至于心房跳动、战栗，幸福感觉这一类的事——谁又没有过呢？”

“你，第一个我想就是你！”他的妻子说。

“来，现在！可是你总知道就是我也曾经一度给弄得神魂颠倒的呢。”

“为了什么？我一点都不记得。”

“每一个人都有过这种经验的，”彼得·伊凡尼奇接了下去，向了他的侄儿，“每一个人都给夜晚的静寂或黑暗扰乱过，什么不使人扰乱呢，森林里的声音，花园，湖沼或者是大海。如果只有艺术家才能感到这个的话，那么，就再没有什么人能够了解这些了。不过想要把这一切的感受在他们的作品中间反映出来——就是另外一件事情了；这需要天分；而这种天分，我猜想，你是没有的，这是不会埋没的，在每一行里，在每一个笔画里，它都发着光辉……”

“彼得·伊凡尼奇！这是你该动身的时候了。”丽莎威塔·亚历姗德罗芙娜说。

“就走的。你是想要出名？”他接了下去，“你是有着可以使你出名的事业的。编辑先生曾经称赞过你，他说你的关于农业的论文都写得非常好，文章里面有着思想——所有的篇章都显示着一种学者的熟练，不像是出于一个非职业作家之手的。我很喜欢。‘哼！我想，阿都耶夫家里的人是都有着聪明的头脑的！’你瞧：连我都有了虚荣心了！你会在你的公事上面显露头角，同时也能获得一个作家的声名的。”

“一种好声名，一个撰述关于肥料问题的作家。”

“每一个人都应该站在他自己的岗位上，有人天生命定该在天堂里面飞翔，有人则注定要在肥料问题中间钻研，发掘着宝藏。我不明白为什么一个人要瞧不起下层的职业？这些，同样的，也是有它们自己的诗的。你可以作为一个官员办着事，用你的劳力换取金钱，像大多数的人们一样，门当户对地结了婚。我不知道此外你还需要些什么？你尽你的责任，在光荣与勤勉之中度过你的一生——快乐就包含在这里面！照我的看法是这样的。你看我，官阶是省议员，在工业上是一个工厂的主人；如果想拿最伟大的诗人的头衔跟我交换，这个，上帝明白，我也是不会接受的！”

“彼得·伊凡尼奇，你真的要迟到了！”丽莎威塔·亚历姗德罗芙娜插进来说，“就快十点钟了。”

“当然，是时候了。唔，再见。可是那些，上帝才明白为什么，自命不凡的人，”彼得·伊凡尼奇喃喃地说，当他走出去的时候，“是这种……”

第八章

亚历山大离开叔叔回到家里，坐在沙发里沉思起来。他回忆着和叔叔婶婶的全部谈话，需要对自己进行严厉的总结。

怎么会在我这样的年龄就使自己厌恶和轻视旁人，琢磨、议论他们的渺小、小气、弱点，在熟人里挑剔着每一个人，却忘了分析自己！怎样的盲目呀！叔叔给了他一顿教训，就像对待小学生一样，并且还当着女人的面，详细地分析了他；为的是要他注意自己！这天晚上叔叔在他妻子眼里占了怎样的上风！这，也许，是没有什么的，本来就应该是这样的；可是要知道他的确已经胜过了他。无论在什么地方，无论在哪一方面，叔叔都无可置辩地占了他的上风。

他想，如果只是一个有着某些经验、心地冷酷的无能的人，偶然这样随便地谈起他，处处破坏他，那么他那青春、活泼、智力和情感上的优越究竟到哪里去了呢？到什么时候争论才能势均力敌，到哪一天他才能占着上风呢？可是看起来，论起才干和心力的充沛……叔叔跟他一比就成了天才了。他那么有把握地掌握着争论的局面，极容易地消除了一切的矛盾，达成了目的，开着玩笑，打着呵欠，嘲弄着情感、爱情和友谊的忠诚表露，总之，对上岁数的人所看不惯的年轻人的一切都加以嘲弄。

在心里反复回想着这一切，亚历山大羞得脸上飞红。他立誓严格地约束自己，一有机会就给叔叔来一个报复；证明给他看，无论什么经验是都不能代替天赋的；他，彼得·伊凡尼奇，无论在那里怎样鼓吹，可是从现在起，他那冷酷的、有系统的预言里不会有一句话应验。亚历山大将要找到自己的道路，并且走下去，不是用畏缩的而是用坚强的匀整的步子走下去。他现在不像三年前的那种样子了。他已经看穿了心的底蕴，看清了激情的戏弄，得到了生活的秘密。当然不是没有痛苦的，可是这些痛苦却永远锻炼了自己。他明确了将来，他复活了，鼓舞起来了——他不再是小孩子而是大人了——勇敢地向前走去！那么，叔叔也会明白在他面前也得乖乖地扮演一个可怜的学生的角色；他知道，使自己惊奇的将是另外一种生活另外一些特点，另外一种幸福，除了他自己挑选了、纠缠着他的，可能还需要另外一种更高贵的努力——才能使斗争结束！

亚历山大复活了。他又重新替自己建立了一个新的天地——比起了第一个来要算是比较聪明的一个了。他的婶母鼓励着他的这种倾向，不过是秘密的，在彼得·伊凡尼奇睡着，或者是到工厂或英国俱乐部里去了的时候。

她盘问着亚历山大的工作近况。而在目前这使他多么高兴哪！他向她叙述自己的写作计划，也偶尔问她些什么——做出了征询她的意见的样子。

她有时候跟他的意见相左，可是同意的时候却更多。

亚历山大拼命地工作，就好像一个人在抓住了他的最后的希望一样。“除了这个，”他向他的婶母说，“我什么也没有了；不毛的沙漠，没有水，没有绿色，荒漠，空虚——这时候生活成了什么呢？只好睡在棺材里去！”而他是不停止地工作着。

有时回忆到已经消失的爱情，他就又激动起来——拿起了笔，写下了动人的哀歌。有时愤怒涌进了心头，内心马上就升起一种对人们猛烈的憎恨和蔑视，你瞧——就是几首有力的诗歌。同时他还沉静地思索和写小说。在工作当中付出了大量的思索和感情，更加上十足的劳苦的工作，将近半年的时间。最后小说完成了，修改以后，誊出了一份漂亮的抄本。他的婶母喜欢得了不得。

在这本小说里面，背景不再放在美国，而是在坦波夫①的一个乡村里；结构里的人物都是平常的人：吹牛拍马的人，说谎的人，和穿着大礼服的各式各样的坏蛋，穿着紧身戴着帽子的卖弄风情的女人们。一切都合适而布置得异常妥帖。

“我想，我的婶婶，我可以把这个拿给我的叔叔看看了。”

“是的，是的，当然，”她回答着，“不过，索性不给他看就直接送去付印，不是比较好些吗？他向来反对这个：他会说些什么的……您知道，他会觉得这个是幼稚的。”

① 坦波夫(Tambov)：俄国中部的一个城市。

“不，还是给他看一下的好！”亚历山大回答着，“经过了你的批评和我自己的判断以后，我就不再害怕谁了，其实就让他看看……”

他们把小说拿给他看了。彼得·伊凡尼奇看了原稿以后，皱了皱眉轻轻地摇了摇头。

“怎么，是你们两个人写的吗？”他问，“可不少。而且字又写得那么密：好大的写作兴致啊！”

“别那么忙着摇头，”他的妻子说，“听一下再说……大声地念给我们听，亚历山大。好好地听着，别又睡着了，听完以后再把你的意见告诉我们。如果你存心挑剔的话，是到处都可以找出毛病来的。不过你必须把标准放宽一点。”

“不，为什么？只要公正就行。”亚历山大添上说。

“只好这样了，我听着就是。”彼得·伊凡尼奇叹了一口气以后说，“只是有几个条件：第一，不是一吃完饭就念，那我可不能控制我自己不睡觉——不要这样做，亚历山大，在我吃了饭以后，随便读什么给我听我都是要睡觉的——第二，如果小说中间有什么优点的话，我就说出我的意见来；要是没有，那我就什么都不说，你愿意怎么做就怎么做。”

诵读开始了。彼得·伊凡尼奇没有睡觉，他一直眼睛望着亚历山大听下去，一次甚至又一次地笑了出来，还有两次他满意地点了头。

“你瞧，”他的妻子轻轻地说，“我跟你怎么说来着。”

他也向她点了头。

诵读连续了两个晚上。第一晚读完以后，彼得·伊凡尼奇将后半故事的发展对他们讲了出来，于是这使他的妻子异常惊讶了。

“可是你怎么会知道了的呢?”她问了。

“这真是这么奇怪的吗！这并不是一个新的想法了——已经给人家写过了几千遍了。没有再念下去的必要，我们只要看一下他怎样将故事发展下去就够了。”

第二天晚上，当亚历山大读着最后一页的时候，彼得·伊凡尼奇按了一下铃。一个仆人走了进来。

“我要准备穿衣服了,”他说,“原谅我，亚历山大，别在中间打搅。我非赶快不可了，我已经来不及准时赶到俱乐部去玩牌了。”

亚历山大读完了。彼得·伊凡尼奇马上就要离开。

“唔，再会!”他向他的妻子跟亚历山大说，“我不再回来弯一下了。”

“站住！站住!”他的妻子喊着，“为什么你对这本小说一句话都不说呢?”

“按照先前的约定，我不该说什么的。”他回答着，准备就走出去。

“这简直是别扭!”她说，“啾，他太顽固了。我知道他！别管这些，亚历山大。”

“这是恶意的!”亚历山大在想，“他是想把我也给拉进泥里去，把我拉下那个圈子里去。怎么说都一样，他是一个聪明的官僚，一个厂主，此外就什么都不是了；可是我是一个诗人。”

“这太难了，彼得·伊凡尼奇，”他的妻子开始说，眼睛里几乎含了泪水，“至少说两句话呀。我看见你有几次点头表示过同意的，这么你是多少有一点喜欢它的了。你只是因为顽固而不肯说出口来罢了。我们怎么能自己承认喜欢这本小说呢！我们还没有那么笨。凭良心说这是一本好的小说。”

“我摇头，因为就是从这本小说里面，也可以看出来亚历山大是聪明的；不过他写这本书却做得不聪明。”

“随便怎样，叔叔，说句公平话吧。”

“听着，你当然不会相信我的，争论也没有用，最好我们还是等着看那个结果吧。我得想法使我们中间再也没有争辩。我就把自己算作这本小说的作者，把它寄给我的朋友，他现在是在一家杂志里面，我们等着听他怎么说。你是知道他的，因此一定会相信他的意见，他是一个有经验的人。”

“很好，我们看着吧。”

彼得·伊凡尼奇在桌子旁边坐下来立刻写了几行信，然后递给了亚历山大。

“我年纪大起来想要创作了，”他这样写着，“这有什么办法呢，我想要出名，想在这里面获得成功——我简直有一点疯狂了！我寄出了这一本小说。看一下，如果在你的杂志中合用的话，要付酬的。当然了，你知道我是不愿意白白工作的。你看了以后一定不相信这会是我的作品，不过我给你全权签上我的名字，来证明我所说的的确是真实的。”

以为一定会得到对这本小说的赞美的复信，亚历山大安心地等候着下文。他甚至很高兴，叔叔在信里还提到了钱。

“好，好极了，”他想，“母亲在抱怨，粮食太便宜，大概钱不会很快寄来的；可是这下子倒凑巧可以拿到几千了。”

三个星期过去了，可是，仍然没有回信。最后，一天早晨，一个大包裹还附了一封信送到了彼得·伊凡尼奇那里。

“啊！他们给这个送回来了！”他说，讥讽地看了他的妻子一眼。

她不曾请求看这封信，于是他也就没有拆开，也不给她去看。当天晚上，在到俱乐部去以前他亲自到他的侄儿那里去了。

门并没有关，他走了进去；叶夫赛在打着鼾，在进门地方的地板上横下来睡着。烛心早就该剪了，一直垂在烛台外面。他向里面的套间望去——里面是一片漆黑。

“嗷，这种乡下人！”彼得·伊凡尼奇喃喃地说。

他喊醒了叶夫赛，指着敞着的门和蜡烛给他看，举起手杖来吓着他。亚历山大坐在里面第三间屋子里，手臂靠在桌上，头枕在手上；他也睡着了。在他前面放着几张纸，彼得·伊凡尼奇看了一下——诗。

他拿起了一张念了起来：

“春潮今已逝，
炽爱永不返。
心中余爱恋，
梦寐方恣酣。
不复吹暄气，

激荡血如霞。
圣龛神再建，
向伊长祈愿。”

“他自己也是睡得熟熟的！祈祷下去罢，我的好孩子，别发懒！”彼得·伊凡尼奇大声地说，“你自己的诗，可是这些诗简直把你弄得筋疲力尽了！哪里还用得着别人来说什么话呢？你早已经替你自己说了出来了！”

“啊！”亚历山大说着，欠伸了一下，“你对我所写的东西怎么总是带着反感呢！老实告诉我，叔叔，什么使你这么固执地反对天才呢，当你自己都忍不住要承认——”

“嫉妒，是真的，亚历山大。你自己想一下：你有了光荣，尊敬，可能还会不朽，而我却要成为一个不起眼的人，并且不能不满足于老好人的称号。可是要知道，我也是阿都耶夫呀！随便吧，讨厌！我算个什么呢？我这辈子静悄悄地过着默默无闻的日子，只是尽着我自己的责任，甚至于因此觉得骄傲而快乐。这种命运不可怜吗？当我将死的时候，那就是说当我将再不能感到什么知道什么的时候，行吟诗人弹着的竖琴的预言也再不会讲什么关于我的话了。遥远的年代，后世，世界上不会再保有我的名字，人们不知道在世界上曾经有过省参议员彼得·伊凡尼奇·阿都耶夫，我自己在棺材里面也不能用这个来安慰自己，假使我的棺材能一直保存下去的话。这跟你简直有多么不同呢？当你展开响亮的翅膀飞到云端里去的时候，我只好像你所喜爱的作家说的那样，用人类劳动中点滴的蜜水来安慰自己了。”

“搁到一边去吧，为了上帝的缘故；这算什么可爱的作家呢！只会嘲笑旁人。”

“啊！他嘲笑！在他那里你看到了自己的小像，从这时起，你就再也不爱读克雷洛夫了吗？可是 propos（法文：顺便说一下），你知道，你的未来光荣、你的永垂不朽都装在我的口袋里吗？可是我倒希望，装着的是你的钱：因为这是更可靠的。”

“怎样的光荣呢？”

“是对我写去的便条的答复。”

“啊！为了上帝，快点给我吧；他是怎么写着的？”

“我还没有看，你自己大声地念一下吧。”

“您就能忍得住？”

“可是要我怎么办呢？”

“什么怎么办！要知道我是您的亲侄子，怎么能不奇怪呢？多冷淡！这是漠不关心啊，叔叔！”

“可能是的，我不否认。虽然，我知道这上面写了些什么，念吧！”

亚历山大开始大声地念起来，彼得·伊凡尼奇则用手杖轻轻地敲着靴子。信上写着的是这样：

“这多让我迷惑呀，我的亲爱的彼得·伊凡尼奇？你写起小说来了！可是谁相信您呢？你还做梦想要骗过像我这么一个老手？可是假使，上帝保佑，这是真的，假如您是从一张不值十卢布的别的书上，照字面的意思摘录了下来的话，那我可就不再客气了。不过假使摊在我面前的这本小说真是你写出来的话，那我就要告诉你，你的厂里做出来的最容易破碎的东西也还要比这个结实得多了。”

亚历山大的声音突然地低了下去。

“不过我要否认冤枉您的这些猜疑。”他用了一种嗫嚅而压低的声音继续念下去。

“我听不见了，亚历山大，声音再高一点！”彼得·伊凡尼奇说。

亚历山大还是低声地接着念下去。

“你既然已经对写小说发生了兴趣，无疑地你希望知道我对它的意见的，这里就是我的意见了。这个作者一定很年轻。他并不愚蠢，不过他对向整个世界争辩这种事也一定不会十分觉得愉快。他是真正地彻悟了的。嗽，上帝，什么时候人类就会消灭了呢？这是多么可怜的事，通过了对人生的一种错误观念，他们去从事于对自己不适合的工作，因而我们中间有多少干才，都在空虚、无益的幻梦和白白的努力中浪费掉了。”

亚历山大歇下来喘了一口气。彼得·伊凡尼奇开始点上一根雪茄吹出了一个烟圈儿来。他的面孔，跟平时一样，露着一种绝对安静的表情。亚历山大用了一种低低的，不容易听得出来的声音念了下去。

> “虚荣，妄想，情感用事，尚未成熟的感情表露和它的必然的后果——怠惰——这些都是失败的主因。科学，劳动，实际的经验——这些都是可以使我们的病态的懒惰的年轻人清醒起来的东西。”

“整个的事实用三句话也许可以说得清清楚楚了，”彼得·伊凡尼奇说着，一面还看着他的表，“然而他却在给朋友的信里面写起一篇完整的文章来了！这人是不是一个头脑冬烘的人呢？你还想再念下去吗，亚历山大？扔掉它吧，这一大套废话。我有几句话想跟你说。”

“不，叔叔，让我一口喝到底吧；我想念完了它。”

“唔，念吧，这对你是有益的！”

> “这种可悲的思想的倾向，”亚历山大读下去，“在你寄给我的小说里面每一行中间都是很明显的。告诉你的 protégé①，一个作家要想作品成功，第一，只有在他不是受着他自己的感觉和激情控制的时候才行。他非要用安静的不被扰乱的观察，去体验这个世界和一般的生活才行；否则，他就只能表现他自己，这跟旁人是一点

① 法文：被保护者。

关系都没有的，在这本小说里面，这种失败是十分明显的。第二个也是主要的条件——这个，请你，不要跟作者说起，为了可怜他的幼稚和对写作的虚荣——天才，是重要的，而他却一点影子都没有。至于语言，说起来，倒是通体正确而优美的；甚至于作者还可以使人有一点感到他自己的风格。”亚历山大好不容易地读完了它。

“他到底说到了这一点了，”彼得·伊凡尼奇说，“前面是好一大套废话呀！让我们丢开他来讨论一下别的吧。”

亚历山大让他的手无力地垂了下来。无声地，就好像猛不防挨了一拳，给弄得目瞪口呆了似的，他迷惘地向对面的墙上望着。彼得·伊凡尼奇拿起信来，读着“附启”的一段：

“假使您一定想把这篇小说刊登在我们的杂志里——也许，看您的面子，在夏季月份里，读者不多的时候，我可以登出来。可是报酬那就提不到了。”

“来，亚历山大，你现在觉得怎样?”彼得·伊凡尼奇问。

“尽可能安静地等吧，”亚历山大勉强地回答，“我觉着——好像是个完全受骗的人。”

“不，像一个骗了自己又想欺骗别人的人……”

亚历山大没有听见他的话。

“这也会是，同样的，一场梦吗？难道它，同样地，骗了我吗?”他喃喃地说，“一次大大的失败！什么，一个人难道

不能习惯于受骗吗！可是什么原因，我不明白，我有没有获得这最重要的创作的技巧的推动力呢？”

“来，来，你有了推动力，可是他们就是忘记了给你创作的技巧，”彼得·伊凡尼奇说，“我已经解释过这个了！”

亚历山大回答了一声叹息，就沉入了思索。接着他突然猛地打开了所有的抽屉，拿出了不少原稿本子、纸张和零页，怒冲冲地扔进炉子里去了。

“这里，别忘了这个！”彼得·伊凡尼奇说，把桌上的那张未完的诗稿递了给他。

“这也要扔进去的！”亚历山大绝望地说着，把诗稿也扔进了炉子。

“没有再剩下什么了吗？好好地找一找吧，”彼得·伊凡尼奇说，在他身边看了一遍，“你到底算是做了一次聪明的事了。那里，在柜橱上面放着的那一卷是什么？”

“也扔进去吧，”亚历山大说着就拿了下来，“这是我的关于农业的论文。”

“别烧，别烧这个！”彼得·伊凡尼奇说，伸出了他的手来，“这不是废物。”

可是亚历山大却并没有管他。

“不！”他厉声地说，“创造之神既然使我在艺术的园地里失败了，那我也不要过劳动的生活了；命运总是在这里跟我作对！”

于是这一卷就也飞进了炉子。

“这真可惜！”彼得·伊凡尼奇说，同时自己用手杖在桌

子下面的筐子里搜寻着，看看是不是还有什么没有扔进火炉的东西留了下来。

“可是我们应该怎么处置这本小说呢？它是留在我的家里面的。”

“你不想拿它来糊墙吗？”

“不，这会子不用了。要不要派叶夫赛去拿？他又睡着了；看看去，不然他们会就在你面前把我的大衣给偷了去的！到我的房里去，问瓦西里找出那本放在书房里的桌子上面的厚厚的原稿本，把它拿到这里来。”

亚历山大坐着，倚着他的臂肘，向炉子里面望着。原稿取来了。亚历山大看着他花了六个月的劳力所得的成果而思虑重重了。彼得 · 伊凡尼奇注意到了这个。

“来，做一个结束，亚历山大，”他说，“然后我们再谈点别的什么。”

“这么就也扔进去吧，”亚历山大痛苦地喊着，将它扔进了炉门。

两个人都开始看了它燃烧起来，彼得 · 伊凡尼奇自然是满意的，亚历山大则十分忧愁，甚至于流出眼泪来了。这时候最上面的一页颤动着飘了起来，好像有一只看不见的手将它翻了过来似的；它的边缘变焦了，变成了黑色，接着就缩进去，突然地烧了起来；这以后不久，第二页第三页也接着烧了起来，接着有好几页飞起来烧成了一堆，底下的却依然是一片白色，两秒钟以后，它们同样地也从边缘上开始变黑了。

亚历山大，却仍旧来得及看见“第三章”几个字。他记起来这一章里写了些什么，十分后悔了。他从他的椅子上站了起来，抓住了火剪去抢救他的作品的残余。“也许，这还——”希望对他这么说着。

“不要动手，我拿我的手杖来弄比较好些。”彼得·伊凡尼奇说。“你会烧了你的指头的。”

他将这本书向炉子后面推去，一直推在角落里。亚历山大迟疑了一下以后住了手。书本相当厚，不容易马上引起火来。从它下面开始冒出一阵浓烟来；有时候火苗是会先从下面烧起来的，从边上卷起，留下了一片焦痕以后又灭了。现在要抢救是还来得及的。亚历山大伸出了他的手，可是就在这当儿，火苗一亮，照映着椅子和彼得·伊凡尼奇的脸和桌子；整个书本都燃了起来，很快地就烧掉了，只留下了一大堆黑灰，灰上还有几处吐着火舌。亚历山大扔掉了火剪。

“全完了！”他说。

“是烧完了！”彼得·伊凡尼奇重复了一遍。

“啊！”亚历山大失声地叫了出来，“我自由了！”

“这是第二次我帮你清除房间了，”彼得·伊凡尼奇说，“我希望这一次——”

“这已经是不能挽回的了，叔叔。”

“阿门！”他的叔叔说，将手按在他的肩上。“来，亚历山大，我劝你不要耽误了：马上写信给伊凡·伊凡尼奇，把你写的关于农业的论文寄了去。他常常在讲，你的侄子这一向在做些什么呢？”

亚历山大悲痛地摇了摇头。“我不能，”他说，“不，我不能；一切全完了。”

“你现在准备去做些什么呢？”

“什么？”他问了一声就又沉思起来，“现在是再也没有什么可做了。”

“可是只有在乡下，人们才可以无所事事，可是这儿……你为什么要到这儿来呢？这简直是不可思议的！同时关于这个问题我们已经算是谈完了。我想请你做一件事。”

亚历山大慢慢地抬起头来，带了疑问看着他的叔叔。

“我想你知道，”彼得·伊凡尼奇开始说，将他的靠椅向亚历山大挪了近来，“我的合伙人苏尔柯夫？”

亚历山大承认地点着头。

“你有时候在我这儿跟他一起吃午饭，只要你仔细看，就能明白他是哪一种人了。他是善良，年轻，可是知识浅薄的人。他的主要的弱点是女人。很不幸地，就像你自己所看到的，他生得不算难看；这就是说，他的面颊是有红有白的，身材细长，头发总是烫得弯弯的还洒了香水，穿戴得像一张时装图样；这样他就以为所有的女人看见他就都失神落魄了——是的，一个花花公子！可是去他的，我可没有留心这个；不过他这就倒了霉，搞上了个女人，开始挥霍起来了。接着他就献起殷勤来，送礼，尽心地伺候；他又拼命把自己打扮得豪华而漂亮，开始弄起一部新的马车，马——全是白白地浪费！他甚至于还转过我太太的念头。我平常总是怕麻烦，不派用人到戏院里去拿票的；苏尔柯夫就准会送了票子来。换马匹，添置新奇的东西，坐车去看别墅，哪儿不要钱啊！他可有多么好：就是花钱也找不着这样的人。可惜！我故意不去管他，可是我太太对他非常讨厌，我只好把他赶开了。现在他是这么乱用一气，他的收入就不够用了；他开始向我要起钱来——谈起他的资本来，‘你的工厂对我有什么好处呢?’他说，‘我总是拿不到一个现钱用!’要是他能够认准了一个——嗨——那倒好了，可是不，他总是在社交场里寻找他的偷情的机会。他跟我说过：‘我非得有一次光荣的私情不可，没有爱情我不能生活!’他这不成了一条驴子了吗?离四十不远了，他还是没有爱情就活不下去哩!”

亚历山大想起了自己，郁郁地笑了。

“他总是胡说白道，”彼得·伊凡尼奇接下去说，“我后来留神他到底在忙些什么。他不过是在吹牛，人家说他跟一个女人来往，看见他在一个女人的包厢里，要不就是在别墅里，黄昏的时候两人坐在阳台上，游荡什么的，跟她躲在什么幽静的地方，坐在四轮马车里或是骑着马。可是结果，这些所谓高贵的爱情——真糟！——比起不高贵的来可贵得多了。傻子就为着这些在拼命!”

“说了半天到底是什么意思呢，叔叔?”亚历山大问。“我看不出在这件事情里面我有什么事可做。”

“你就会明白的。那个年轻的寡妇，优丽亚·巴甫洛芙娜·塔法耶娃，新近从外国回到了这里。她是挺好看的。苏尔柯夫和我都是她丈夫的朋友。塔法耶夫死在外国。来，说到这里你已经猜了出来了吗?”

“我已经猜出了那么多；苏尔柯夫跟这个寡妇发生了爱情。”

“是的，他已经全然疯狂了！可是还有呢？”

“还有！我不知道了。”

“你这家伙！来，我来告诉你：苏尔柯夫曾经跟我说过两次，不久以后他就需要一笔钱用。我立刻就料到了他的用意，只是还不能判断风是从哪一个方向吹来而已。我企图弄清楚他需要钱做什么用。他是迟疑又迟疑；最后他才说了出来，他要在铸造局街上租一所房子，于是我就想起来，塔法耶夫太太就住在那儿，他所选定的房子就在那儿对过。他已经给了订钱。麻烦就要发生，除了你帮我的忙是脱不掉的。现在你猜出来了没有？”

亚历山大鼻子稍微向上抬了抬，望着墙壁，天花板，然后眨了两下眼睛，望着叔叔，可是不作声。

彼得·伊凡尼奇带着笑脸望他。他特别喜欢发觉别人在智慧方面遭受失败，只有聪明的眼睛才能了解这个。

“亚历山大，你是怎么回事？还在写小说吧！”他说。

“啊，猜着了，叔叔！”

“唔，谢天谢地！”

“苏尔柯夫想要钱，可是你却没有。你要我——”他没有再说下去。

彼得·伊凡尼奇笑了。亚历山大的话没有说完，他莫名其妙地望着他的叔叔。

“不，全不是这么回事！”彼得·伊凡尼奇说。“我什么时候缺过钱用？如果你什么时候需要钱，向我开口就是；你瞧着吧！不过这件事是这样的；塔法耶夫太太请他传话给我，提醒我跟她的丈夫原是认识的。我去拜访过她一次。她就请我常常到她家去玩；这个我答应了，还跟她说我要带你一起去；来吧，现在，我希望你已经明白啦？”

“我？”亚历山大重复了一遍，睁圆了眼睛望着他的叔父，“是的，当然，……现在我明白了……”他赶紧补充着说，可是说到最后一句，他口吃起来了。

“可是你明白了什么？”彼得·伊凡尼奇问。

“杀死我吧，没什么，叔叔，我也弄不明白！请让我……可能……她有漂亮的房子……您想要，我去散散心……因为我闷得慌……”

“好极了！我就为这个要带你挨家去走走！以后却用不着我再在你的嘴上盖上手帕防苍蝇了！不，不是这个。可是这就是问题中间的要点，你得设法使塔法耶夫太太对你发生爱情。”

亚历山大立刻扬起了他的眉毛看着他的叔父。

“你这是在说笑话，叔叔？这简直是荒唐！”他说。

“这正是荒唐，你担任的是个很重要的任务，可是你往往把事情搞得简单和自然化了，这才正是你的荒唐。荒唐到底在哪里呢？你分析一下，爱情本身是什么：热情的玩弄，虚荣……可是跟你又有什么多谈的：你总是相信不可避免的爱情，相信同情心的！”

“请您原谅：现在我什么也不相信了。不过难道爱一个人和被人爱是可以随随便便的吗?”

“可以的。可不是对你说，不用怕：我不交给你这个奇怪的任务。你只要这样做就行了。向塔法耶娃献殷勤，要留神，别让苏尔柯夫有跟她单独一起的机会……唔，很简单，就是惹他生气。跟他捣乱：他说一句，你说两句，他有意见，你就反驳他。不断地把他给搞得糊里糊涂的，处处破坏他……”

“为什么?”

“你还没有弄明白！就为了，我的亲爱的，他开始会为了吃醋生气而发疯，然后就冷淡下来了。这样他就会好好地做别的事了。他虚荣到了愚蠢的程度。到了那时候他就不会再需要什么公寓，资本也就可以保留完整了，工厂的事务也可以照旧进行下去了……唔，你明白吗？我跟他开玩笑这已经是第五次了：从前，我还没有结婚并且相当年轻的时候，我总是自己出马，而不是派朋友当中的任何人去的。”

“可是我跟她还不认识呢。”亚历山大说。

“就为了这个道理，我礼拜三给你介绍。每逢礼拜三有她的几位老朋友要在她家里聚会。”

“不过她要是真跟苏尔柯夫要好的话，那就只好请你原谅，我的殷勤会连她也惹得大大生气的。”

“啾，别再说了！她是一个善良的女性；当她看出来他是一个混虫的时候，她就不会再多看他一眼了，特别是当着旁人面前的时候：她的自尊心不答应她这样做。在这种情形之下，她手边就会另外换上一位，更聪明更漂亮的；她准会快快地和他断绝了关系。这就是为什么我派定了你的原因。”

亚历山大鞠了一躬。

“苏尔柯夫并不怎么了不起，”他的叔叔接着说下去，“不过塔法耶夫太太见到的人太少，于是他在她的那个小圈子里就马马虎虎地成了一位伟大而有机智的人物了。礼数对于一个女人的影响是很大的。他在讨取女人欢心上是个出色的家伙，唔，人们让着他。她，可能，给了他一些好颜色，可是他就……即使是一个聪明的女人，当一个男人为她神魂颠倒的时候，是也会发生爱情的，特别是一般的女人。不过她们爱的往往不是那些做傻事的人，而是其他的……很多人不愿意了解这个，连苏尔柯夫在内——这就是要你去开导他的。”

“不过苏尔柯夫，很可能，礼拜三不在那边。在礼拜三我可能跟他有点小小的冲突，不过别的日子怎么样？”

“你自己好好研究研究吧！你得稍微捧着她一点，要点恋爱的手腕。下一次她就也会邀请你了，不在礼拜三，礼拜四或是礼拜五；你再加倍献你的殷勤，我再多少在她身上做点儿准备的功夫。我会给她一个暗示就好像你真的会……她是——照我所能观察出来的——那么容易动感情——她一定会神经紧张的；她也是，我猜，并不反对同情心——忠诚表露的。”

“这怎么可能呢？”亚历山大反复思索着说。“如果我自己也陷进了爱情……不过因为我并不会，那么这个计划是不会成功的。”

“正相反，就是为了这个原因才会成功的。如果你也陷进了爱情，那你就做不好你自己的这一份工作了；她会马上看了出来，然后将你们俩一起玩弄起来了。现在是，你只要把苏尔柯夫激怒了就成；我了解他，就跟了解自己的五根手指一样。等他一发现他达不到目的，他就不会再空费金钱，而这就是我所要求的一切了。让我告诉你，亚历山大，对我这是一件非常重要的事；假使你办成了这件事，你还记得你所喜欢的工厂里的那两只花瓶吗？它们——就是你的了。不过座台你得自己买。”

“真的吗，叔叔，你真以为我——”

“可是你为什么要毫无益处而找麻烦浪费你的时间呢？这是一个好主意！没关系！花瓶可真漂亮。”

“这真是一件奇怪的委托！”亚历山大迟疑地说。

“我希望你不拒绝替我办这件事。我已经准备好了，在我自己一方面尽力替你做些布置；你要是需要钱的话，找我好了。这么就是礼拜三了！这件事总得拖一两个月。我会告诉你什么时候就不必再多拖下去，然后放手就是。”

“就是，叔叔，我准备好了；不过这是一件尴尬的——我不保证成功……假使我自己也要发生爱情……那么，不过因为我不能……”

“当然，你不能那是再好也没有了，那是会把整个的事都搞糟了的。我自己保证这件事的必能成功。再见！”

他走了，亚历山大在火炉旁边陪着他的宝贝的灰烬坐了好半日。

当彼得·伊凡尼奇回到了家里，他的妻子就问他：“亚历山大怎样了，他的小说呢，他有没有希望成为一个作家呢？”

“不，我已经把他这种老毛病除了根了。”

阿都耶夫把他跟原稿一起收到的那一封信的内容告诉了她，也提到了他是怎样把所有的一切都给烧掉了的。

“你连一点恻隐之心都没有，彼得·伊凡尼奇！”丽莎威塔·亚历姗德罗芙娜说。“要不你不管干什么，总不肯好好地做。”

“你做的好事，逼着他糟蹋纸张！难道他真有才干不成？”

“不。”

彼得·伊凡尼奇惊奇地望着她。

“那么为什么你又鼓励他呢？”

“为什么，弄了这么些时候你还不明白，还猜不出来？”

他沉默下来了。不由得想起自己跟亚历山大的争吵。

“怎么还不明白？这是很清楚的！”他说，睁大了眼睛望着她。

“那么你说是为了什么？”

“什么……什么……你想给他点教训……只是要，温和地、亲切地……”

“他不明白，然而他不失为一个非常聪明的人！为什么他这阵子总是快乐的、健康的、差不多是幸福的呢？因为他还有着什么可以希望的。而我，就正是支持了他这种希望：唔，现在清楚了吗？”

“这么说你是从头到尾都用油滑的手段对待他？”

“我想，这是情有可原的。可是你却干了些什么？你是绝对地没有怜悯的，你把他最后的希望也给抢了去了。”

“够了！什么最后的希望：他还照旧有着不少荒谬的念头呢。”

“他现在可怎么好？他会不会又变成垂头丧气的神气了呢?”

“不，他不会的，不会弄到这一步的：我已经给他安排好了工作了。”

“什么？又是关于马铃薯淀粉那一类的翻译吗？你以为那就能够占据了一个年轻人的心吗，特别是这么一个热情兴奋的年轻人？你的头脑只要有所事事就行了。”

“不，我的亲爱的，不是关于什么马铃薯淀粉之类的，而是有关工厂的一些事务。”

第九章

星期三到了。在优丽亚·巴甫洛芙娜的会客室里，聚集了十二个到十五个客人。四位年轻的女士，两位留胡子的外国人，他们是在国外跟女主人相识的，还有一个军官，形成了一个小组。

在他们之外，一把安乐椅上面坐了一位老人，无疑是一位退伍军官，在他鼻子下面是两绺灰色的胡须，在他的钮口中间是一大堆勋带。他正和一位上了年纪的人在谈论即将到来的有关包销权的问题。

在另外一间屋子里一位老妇人跟两位先生在玩牌。钢琴前面坐着一位非常年轻的少女，另一位则正和一个学生交谈。

阿都耶夫叔侄们到了。很少有人能像彼得·伊凡尼奇那样知道用了那么安闲和体面的姿态来踏进会客室的。在他后面跟着的是带了某种迟疑的神色的亚历山大。

在他们之间有着多大的分别啊！一个是比较高着整整一个头，发育得很好，结实，勇往直前的神色，眼神与姿态里都露着自信。可是他没有一个眼色，一个动作，一句话可以使人推测得出彼得·伊凡尼奇的思想与个性来的——这一切都给他的练达的仪态和自我控制的力量掩盖得那么好。看起来就好像连他的一个动作一个眼风都是出之于精密的计算似的。

至于亚历山大，正好相反，就在在都显露着荏弱与柔软，而看了他脸上的表情的转换，和他的举止中间的一种怠惰或迟缓与不协调，和他的没有光彩的眼睛，就立刻泄露了是怎样的情绪在刺激着他的内心，或是怎样的思想在扰乱着他的头脑。他的身材中等，不过却瘦削而苍白——并不是先天的苍白，像彼得·伊凡尼奇那样，而是由于连续不断精神刺激的结果。他的须发也不像他叔叔那样浓密地生在头顶和两颊上，而是下垂在两鬓和脖子上的，薄薄的，纤弱的，可是出奇的柔软，像浅色的丝缕一样，有着美丽的光泽。

叔叔介绍了他的侄儿。

“可是我的朋友苏尔柯夫不在这里吗？”彼得·伊凡尼奇问，惊奇地四下里望着，“他把你给忘了。”

“啾，不！我很感激他，”女主人回答，“他常常来看我的。你知道，除去先夫的熟朋友，我是轻易不见任何人的。”

“那他现在是在哪里呢？”

“他就要到这里来了。只要想一下，他已经答应了我和我的堂妹，一定替我们在明天的歌剧院里弄一个包厢，虽然别人说这已经没有了希望，可是他还是去想办法去了。”

“那么他一定已经弄到了，我可以替他保证；对于这种事他简直是一个天才。当人情面子都行不通的时候，他总会给我搞到一个位子的。他怎样弄来的，花了多少钱，这是他的秘密。”

苏尔柯夫走了进来。他的衣服是新的，从他的麻纱衬衫上的每一个折痕，每一个小地方，都可以清楚地看出来想做一个时髦人物的野心，想在每一种时兴的样式中争奇斗胜，甚至于想去超越现行的时髦人物和时式的本身。譬如，如果流行的是不扣钮扣的燕尾服，那他自己的燕尾服就敞得像伸开翅子的鸟；如果人们穿翻领，他就去定做这样一种领子，露在自己的燕尾服外面，看样子，就像是从后面被捉住了的拼命逃跑的骗子一样。他亲自指示自己的裁缝，怎样缝制。当他到塔法耶娃那儿去的时候，这次就带了一条特大的围巾，用一根像小木棍似的别针别在衬衫上面。

“唔，你弄到了没有？”四面八方都问着他。

苏尔柯夫刚想回答，可是一看见了阿都耶夫和他的侄儿就马上停了下来，惊奇地看着他们了。

“他在疑心了！”彼得·伊凡尼奇向他的侄儿说，“哎哟！可是他拿着手杖，这是什么意思？”

“这是什么？”他指着苏尔柯夫的手杖问他。

“不久以前我从马车里出来……跌了一跤把腿给瘸了。”他就一边咳嗽着回答。

“胡说！”彼得·伊尼凡奇悄悄地跟亚历山大说，“注意手杖顶上的那个球：你瞧见金狮子的头了吗？前天他还跟我夸耀来着，巴尔比叶出过六百卢布想问他买呢。瞧他那股神气，你瞧，他就是这样玩弄手段的，好好跟他干一下，把他从这个阵地上给赶出去。”

他从窗口里向对面的房子指着。

“别忘了花瓶是你的了，勇敢一点。”他添上说。

“你有明天的歌剧的票子吗?”苏尔柯夫问着塔法耶夫太太，带着一股凯旋的神气向她走去。

“没有。”

“让我将它们递给你!”他接下去说，同时复述了一遍《聪明误》[1] 中间的萨高利耶夫斯奇的全部的台词。

军官的嘴唇轻轻地咧开来笑了。彼得·伊凡尼奇含了深意地望着他的侄儿，而优丽亚·巴甫洛芙娜的脸绯红了。她开始邀请彼得·伊凡尼奇到她的包厢里去听戏。

“我非常感激您，”他说，“不过明天我要陪我的太太到戏院里去，不过让我推荐一位青年做我的代表。”

他指点着亚历山大。

“我当然也高兴邀他一起去；我们只有三个人，我和我的堂妹，可是……”

“同时他也可以做一个很好的我的代表，”彼得·伊凡尼奇说，“还可以代表这个流氓，如果必要的话。”

他指着苏尔柯夫，低声地向她说起一些什么来。她偷偷地向亚历山大望了两次，同时还微笑着。

“谢谢你，”苏尔柯夫回答，“如果早一点来做这种替换的建议，在票子还没有到手之前，那还要比较好一点；那我就可以看看怎么来代表我了。”

“啊，我非常感谢你的好意!”女主人马上就向苏尔柯夫

① 《聪明误》是旧俄剧作家格利波叶多夫的喜剧。

说了，“不过我没有请你到包厢里坐是因为你已经有了一张池座了。你一定是比较喜欢正坐在戏台前面的……特别是看巴蕾。”

“不，不，你这简直是寻我的开心；你不那么想，放弃了一只你所邀请的位子——没有一点代价！”

“不过这是已经老早答应出去了的了。”

“怎么答应的？答应给谁了的？”

“里诺先生。”

她指出来的是生了胡子的外国人中间的一个。

“Oui，madame m'a fait cet honneur.”① 后者马上喃喃地答应了说。

苏尔柯夫张开了嘴望着他随后就又望了塔法耶夫太太。

“我要跟他调换一下，我要把我的池座换给他。”他说。

“你可以试试看。”

那位生了胡子的人用了两手做出了不答应的手势来。

“允许我向你致谢！”苏尔柯夫向彼得·伊凡尼奇说，又斜了亚历山大一眼，“我要承你这份情的。”

“不值得谢的。可是你要不要用我的包厢？就只有我们俩，我太太和我；你很久没有看见她了；你可以向她献献你的殷勤了。”

苏尔柯夫生气地掉转身去。彼得·伊凡尼奇安静地离开了。优丽亚让亚历山大靠着她坐了下来跟他谈了整整一小时。

① 是的，太太给了我这个荣誉。

在谈话中间苏尔柯夫有好几次混了进来，可是好像不凑巧似的。他开始对巴蕾提出了几点意见，而在应该是“不”的时候得到了“是”的回答，在该是“是”的时候，回答却又是“不”了；很明显地她对他没有留心。这时他就突然将话题转到了牡蛎上去，他说他不该在今儿早上一连吃了一百七十只，结果却没有赢得她的仅仅的一瞥。他又说起了一些小事，而他们又一点都没有理睬，他抓起了他的帽子就站到优丽亚的身边去，这样才可以使她看出了他是生了气在准备告辞了。不过她还是没有注意。

“我就要去了！”他终于冲动地说了，“再见！”

他的隐伏了恶意的不安，在他的声音里是也可以听得出来的。

“这么快就去了？”她沉静地回答，“我们明天在包厢里再见吧，即使只是一分钟。”

“多么狡猾！一分钟，在你知道即使是天堂我也不肯拿你给我的一只座位来换的时候。”

“如果你说的是戏院里的一只座位的话，我就相信你了。”

现在他不愿意走了。他的不快给优丽亚在道别的时候说出来的友情的字眼赶跑了。不过大家都已经看到他鞠了躬；他只得走了，他四下里张望着，就像一条跟在自己主人后面的狗似的，给赶走了。

优丽亚·巴甫洛芙娜大约是二十三四岁年纪。彼得·伊凡尼奇是猜中了；她，事实上，是一种神经质的性格，不过这却并不妨碍她是一个非常美丽，聪明，而优雅的妇人。不过她是腼腆的，梦想的，敏感的，和大部分神经质的女性一样。她的外貌是娇柔而优雅的，她的眼色是温和的，永远带着思虑，常常是无端地忧愁的，或者，如果你同意，她的忧愁也可以说是为了她的神经的缘故。

她对人生和对这个世界的看法完全不是乐观的；她思索关于她的生存的问题，得到了这样的结论，这个世界是不需要她的。可是，上帝保佑，如果有人，甚或是偶然的，在她面前提到了坟墓和死亡——她的脸就苍白起来。人生的光明面于是就离开了她的视线。在花园、小丛林里散步的时候，她总要挑选暗黑繁密的林荫路并且冷淡地望着眼前可爱的风景。到戏院里去时，她常是挑一出悲剧看，难得看一出喜剧，从来不看一出闹剧的；偶尔有什么生动的歌曲传到她的耳边，她是充耳不闻的，听人说笑说她也从未笑过。不时她的脸上会露出一种极度的倦怠的表情来，不是那种痛苦的倦怠，也不是由病痛引起的，倒像是一种佚荡的倦怠。你可以看出来她是曾经有过一度由绮梦引起的内心的纠缠，因而弄得异常的衰弱了。在这样的一度纠缠之后，她就有一个长时期的沉默，十分忧愁，然后突然之间就变得说不出来的精力弥满，总之，她是经常地保持她的特异的气质的。使她的精力旺盛的那种因素对旁的人却并无效果。这都是她的神经质！可是听听这些太太们，她们什么话说不出口呢！这些字眼：命运、同情、没有终结的爱情、不可思议的悲伤、模糊的愿望——就这样一个接着一个地连续不断，可是却总是用叹气和“神经”这个字眼和一小瓶酒精来结束的。

“你对我的脾气捉摸得多么透彻，”塔法耶夫太太在分手的时候对亚历山大说，“没有一个男人，连我的丈夫也算进去，能够充分地了解我的性格的。”

事实是亚历山大自己的性格就和她的相去无几。难怪他和她如此投契了。

“再会。”

她把她的手递了给他。

“我希望现在你用不到你的叔叔也能自己找到我这里来了。”她添上说。

冬天来了。亚历山大一向有和他的叔叔每星期五在一起吃饭的习惯。不过已经有四个星期五他不曾露面了，就在旁的日子他也没有来过。丽莎威塔·亚历姗德罗芙娜生起气来；彼得·伊凡尼奇则喃喃地抱怨着他害得他们白白地空等，把晚饭的时间延迟了半小时。

同时亚历山大却也不是无所事事的，他是在奉行着他的叔叔所委托的事件。苏尔柯夫已经有很久不去访问塔法耶夫太太了，而且还到处声言他们之间一切都完了，他跟她断了关系。有一天晚上——这是星期四——亚历山大回了家，在自己的桌子上发现了两只花瓶和叔叔的字条。彼得·伊凡尼奇表示对他的热心非常感激，并且要他第二天去吃午饭。亚历山大沉思着，仿佛这个邀请已经打破了他的计划。第二天，他毕竟在午饭之前一小时到了彼得·伊凡尼奇那里。

“你是怎么回事？这一向总没有看见你？你把我们给忘

了吗?”

叔叔婶婶都向他问讯。

“啊！辛苦了，”彼得·伊凡尼奇接下去说，“真想不到！可是你还客气：‘我不行，我不会。’——不会！我早就想见见你了，可是一直找不着你。唔，我很感激！花瓶你已经安全地收到了吗?”

“收到了。可是我要把它们送回来。”

“为什么？不，不，花瓶，无论怎么说，都应该是你的。”

“不!”亚历山大坚决地说，“我不拿这个礼物。”

“唔，随你的便吧！太太喜欢这个，她会要的。”

“我不懂，亚历山大，”丽莎威塔·亚历姗德罗芙娜带着狡猾的笑说，“怎么您对这些事这么有经验……您什么都没有跟我说过……”

“这都是叔叔的主意，”局促不安的亚历山大回答，“我是一点都不知道，都是他教我的……”

“是的，是的，你听听他：他自己不会，可是他的事办得这么好……我很，很，感激！可是我那个傻瓜，苏尔柯夫，可几乎发疯了。他把我给惹笑了。他在两星期以前跑到我这里来手足无措地对我说：‘我现在明白了。’我还是不露声色，照样写我的字，其实我已经明白了，可是却装做什么都不知道的样子。‘啊！是你，’我说，‘有什么好事要告诉我?’他笑着，想要装得沉静……可是眼睛里几乎已经充满了泪水。‘没什么，’他说，‘我是带着坏消息到您这儿来的。’我装出惊奇的样子望着他。‘怎么回事?’我问。‘就是关于您的，’他说，‘侄儿的事情！’‘那么是什么事呢？你恐吓我，快点说吧！’我问。于是他的安静保持不住了：他开始喊叫狂怒起来，我把安乐椅从他身边挪开——简直不是说话，就这样一个劲儿往外喷。‘你自己，’他说，‘抱怨他不好好做事，可是您却把他养成了一个怠惰的人。’‘我？’‘是的，您：是谁把他介绍给优丽亚认识的？跟您说，他打跟这个女人认识的第二天起，就开始用本名称呼她了。’‘到底出了什么不幸的事？’我说。‘就是那种糟糕的事，’他说，‘他在她那儿从早晨一直坐到晚上……’”

亚历山大突然脸红了。

“你瞧他这种谣言造得多么恶毒，我在想，”彼得·伊凡尼奇接下去说，望着侄子，“亚历山大从早到晚一直在那里坐着！这一点我可没有要求过他，对不对？”

彼得·伊凡尼奇不再用冷淡而沉静的目光望亚历山大了，这种目光在他简直就觉得跟火焰一样。

“是的……有时候我……去的……”亚历山大嗫嚅着说。

“有时候——这就两样了，”叔叔接下去说，“这我是要求过的，可不是每天如此。我知道，他是在说谎。在那里每天干什么呢？多无聊！”

“不，她是个很聪明的女人……受过很好的教育的……喜欢音乐……”亚历山大含糊地、一板一眼地说，并且还揉着眼睛，虽然他并不觉得痒，还抚摸着左边的鬓角，然后拿一条手帕擦起嘴唇来。

丽莎威塔·亚历姗德罗芙娜留心地、偷偷地望着他，回身朝着窗户笑起来。

“啊！这就太好了，”彼得·伊凡尼奇说，“如果你不觉得寂寞的话。可是我总在担心，我是不是替你惹出了不愉快的麻烦。我对苏尔柯夫说：‘谢谢，亲爱的，你关心过问我侄子的事情；我很，很感激你……不过你想把事情扩大吗？灾祸是不会再这样扩大的……’‘怎么能说不是灾祸！’他喊，‘他，’他说，‘不肯好好工作，年轻人是应该劳动的……’‘这不能说是灾祸，’我说，‘你想怎么样呢？’‘什么，’他说，‘想怎么样：他想跟我掉枪花……’‘啊，这哪里说得上灾祸！’我开始嘲弄他。他说：‘谁知道他怎样怂恿她来对付我来着……现在她对我完全变了心。我要教训他，这个乳臭未退的东西，’对不起，我这是重复他的话，他说，‘他和我在哪儿过不去？他只会诽谤；我希望，您开导开导他……’‘我要说他的，’我说，‘我一定说他；不过，算了吧，这都是真的吗？他有什么让你生气的呢？’你给她送过花儿什么的吗？……”彼得·伊凡尼奇又停下来，好像在等候回答。亚历山大沉默着。彼得·伊凡尼奇接下去说：“怎么，不对吗？为什么每天送她一束花呢？‘现在，’他说，‘是冬天……这些花的价值……我知道，’他说，‘这些花束是什么意思。’我自己想，这才真是自己人，不，照我看，亲戚不是平白无故的，你能为外人这样出力吗？‘不过，真的是每天如此吗？’我说‘别说了’，我问他：‘你，大概是，造谣。’一定是造谣。对不对？不可能的，你……”

亚历山大简直要钻到地里去。可是彼得·伊凡尼奇照旧无情地直盯着他的眼睛，等着回答。

“有时候，我的确……拿……”亚历山大说，垂下了眼睛。

“唔，又来了——有时候，不是每天：这事实上并不合算。你，不过，得告诉我，这一切都花了你多少钱；我不愿意你为了我的缘故破费，得补报你的奔波。你把账单给我。唔，这时候苏尔柯夫慌张了好半天。‘他们常常到人少的地方去，’他说，‘俩人去散步或者坐马车。’”

在说这些话的时候，亚历山大的身子多少向前倾着。他从椅子下面把脚抽出来，突然又蜷起脚来。

“我怀疑地摇着头，”叔叔继续说下去，“‘他哪能每天散步！’我说，‘您去问旁人好了。’他请求着说：‘我最好还是问我自己。’我说……这不是真的。”

“我有好几次……真的……跟她一起散步过……”

“那么，不是每天了，这个我可没有要求过你；我知道，他在胡说。‘唔，’我对他说，‘这有什么要紧呢？她是个寡妇，没有亲近的男人；亚历山大是谦虚的——不像你这种胡闹的人。这就是她为什么挑上了他的原因：她不能只是孤单的一个人下去啊。’他简直不要听。‘不，’他说，‘您骗不了我！我都知道。在戏院里，他时常跟她在一起；我，’他说，‘有时候天晓得费了多大事才弄到了包厢，可是他倒坐在包厢里面。’这时候我真忍不住哈哈大笑起来。‘活该，’我在想，‘你这个傻瓜！’哎呀，亚历山大，这才真是我的侄子！不过我真过意不去，你为我受了这么大的麻烦。”

亚历山大好像是在挨着拷问。脸上流下了大颗的汗珠。他简直没有听见叔叔在说些什么，既不敢望着他，也不敢望着婶母。

丽莎威塔·亚历姗德罗芙娜可怜他。她冲着丈夫摇着头，怪他不该这样折磨侄儿。可是彼得·伊凡尼奇还是不肯停下来。

“苏尔柯夫因为嫉妒所以一定要我相信，”他接下去说，“你好像已经热恋着塔法耶娃了。‘不，对不起，’我对他说，‘这不是真的，他说到底也不会恋爱的。他对女人了解得非常深刻，而且还蔑视她们……’这难道不是真的吗？”

亚历山大没有抬起眼睛来，只是点着头。

丽莎威塔·亚历姗德罗芙娜替他难过。

“彼得·伊凡尼奇！”她说，希望把谈话引到随便什么别的题目上去。

“啊，什么？”

“不久以前有人从鲁克扬诺夫那儿带来了一封信。”

“这我知道；好，我说到哪儿了？”

“彼得·伊凡尼奇，你又把烟灰弄到我的花里去了。瞧，这是什么？”

“没关系，亲爱的，据说灰对植物是有好处的……我正想说这个……”

“可是，彼得·伊凡尼奇，不是该吃饭了吗？”

“好，你吩咐开饭吧！你碰巧又提起了午饭。苏尔柯夫说，你，亚历山大，差不多每天都在那儿吃午饭，他说，‘现在每星期五也不上您这儿来了，’仿佛你们两个人整天混在一起……天晓得，这撒的是什么谎，我真讨厌透了；最后我把他给撵走了。结果都是造谣。今天不是星期五吗？而你就正在我面前！”

亚历山大把一只脚放在另外一只脚上，头向左面垂下来。

“我非常，非常感激你。这是——又关切又亲热的帮忙！”彼得·伊凡尼奇下着结论。“苏尔柯夫弄懂了他一无所获以后就退出来了。‘她，’他说，‘以为我在恋着她——她可弄错了！可是我还想，’他说，‘一面窗一面窗地完成一层楼，天晓得，她打的是什么主意，’他说，‘可能不是梦想着她所安排的这种幸福。我，’他说，‘是不反对结婚的，只要她能使我依恋着她。可是现在一切都完了。您说的，’他说，‘都是老实话，彼得·伊凡尼奇。我又省钱又省了时间！’现在这个小伙子学着拜仑的模样，那么忧愁，连钱也不要了。我对他说：‘一切都完了！’你的事情已经好了，亚历山大，真能干！我现在可定了心了，再也没有麻烦了。你现在用不着上她那儿去了，我想，那儿可有多么无聊！请原谅我……无论如何我都要补报的。要钱的时候，就关照我一声。丽莎！吩咐下去午饭的时候给我们预备好酒，我们为了庆祝成功好好喝两杯。”

彼得·伊凡尼奇从房间里走了出去。丽莎威塔·亚历姗德罗芙娜偷眼看了亚历山大一两次，见他一句话也不说，就也走出去吩咐用人去了。

亚历山大仿佛出了神似的坐在那里只盯着自己的膝盖。最后他抬起头来，四下一看——没有人了。他稍稍休息了一下，看看表——四点钟了。他赶紧拿了帽子，朝叔叔走出去的方向挥挥手，悄悄地，蹑着脚尖，四下里张望着，走进了前厅，在那儿取了大衣夹在手里，仓皇地从楼梯上面飞奔下来就坐上车到塔法耶娃那儿去了。

苏尔柯夫并不曾说谎，亚历山大爱上了优丽亚。他第一次感到了他的激情的存在的时候几乎是带了恐惧的，就好像这是什么疫病的征兆一般。他给恐惧和羞耻双重地折磨着——恐惧着再度落入他自己的和另一颗心的无常的喜恶的掌握之中；在别人面前他觉得羞耻，尤其是在他的叔叔那里。他情愿尽量在他面前掩饰。已经很久了吗——只有三个月以前——他曾经如此骄傲地，坚定地发誓屏绝了爱情，他甚至将他这种扰乱的激情写成了一篇诗的墓铭给他的叔叔读过了，他还特别公开地宣称他对女人的厌恶，曾几何时他却又拜伏在女人的脚下了。这再一次证明了他的幼稚和冒失。天哪！什么时候他才能从叔叔牢不可破的影响下解放出来呢？难道他的生活就不可能有特殊、意外的转变，而要永远按照彼得·伊凡尼奇的预言进行下去吗？

这种思想把他引入了悲观失望，他倒很想从他的新的情网里逃开。可是他又怎么能够呢？他的对娜亭卡的爱和对优丽亚的爱有着多大的区别！他的初恋只不过是饥渴的心所造成的一种不幸的错误，在那种年龄他的心只有那么一点浅薄的识别力，它碰到了什么就会先接受了下来。可是优丽亚！她可并不是一个反复无常的，不了解他，也不了解她自己和爱情的女性。她是一个已经发展成熟了的女性，身体娇弱，可是精神却是炽热的——向着爱情；她的整体都是爱情！除了爱情以外她就再也看不出有别的什么是快乐和生活所必需的。爱情——难道是无谓的吗？不，这也是一种天赋；而优丽亚对于此道简直是个天才。这是他所梦想着的那种爱情——一种自觉的，智慧的，更强有力的爱情，不隐匿任何出于它本身的范围以外的事物。

“我简直像牲口似的高兴得喘不过气来，”他对自己说，在我身体的内部，不停地起着一种更重要更崇高的变化；我感到了自己的幸福，体味着它，它是更为丰满的，虽然，可能是更寂静的……多么高贵、坦白、一点都不装腔作势，优丽亚简直完全沉醉在我自己的情感里面！她好像一直在期待着一个真正了解爱情的人——而这个人却居然出现了。他简直就像一个合法的统治者，他已经骄傲地大踏步走进了他承袭下来的财富的库藏里，并且有人对他作驯服的效忠。多么使人安慰啊，多么幸福啊，亚历山大从叔叔家坐车到她那儿去的路上一直在想，知道在这个世界里有着这么一个人，她，随便她在什么地方，不管她在做些什么，都忘不了我，她的全部的思虑，事业和举措都是为了一个目标一个意念——为了她所挚爱着的人！这简直是像自己的第二个化身一样。他所看见听到的一切，接近他的任何事物，给他留下的印象都会传给另外的那一个，他的第二个化身，印象为两人所分有，两人彼此互相导引，这样，这种交流着的印象被接受下来深深印入灵魂里面成为一种不可磨灭的个性了。如果他的第二个化身不能分有或接受的时候，化身就会舍弃自己的感印。他喜欢着那为另外一个所喜的，也恨着另外一个所恨的。他们俩不可分割地存在于一个思想一个感受中间；他们有着同一的精神上的观点，听觉，思想，和灵魂。……

“老爷！在铸造局路的什么地方？”马车夫问。

优丽亚对亚历山大的爱，比了他的爱她，还要来得热烈。她甚至不自觉她的激情的全部的力量，于是也就没有做预先的打算。这是她第一次陷入了爱情——这也许是不必要的，因为事实上不可能有真实地再度恋爱的事——不过不幸的是她的内心已经过度发展到了一种不可能的程度，由于痴情的培植，而对这次初恋又未能充分准备，至于那种只存在于某种小说中间，不自然的浪漫的激情也就永远陷入悲惨的圈子里面，因为它在事实上是不可能的。她永远不能想象一种不带激动的表现和过度的殷勤的安静的单纯的恋爱。到那时她就不再爱这个人了，假使他不是在适当的时机拜伏在她脚下的话，假使不是他全心全意地发着誓，假使在他们的拥抱当中没有烧毁了她，或者他除了恋爱还从事别的工作，而不只是沉醉在她的泪和吻中间的话。

于是就引起了痴心妄想，她在这中间替自己建立了一个小天地。现实地处理事务的方法既不会合乎她自己的小天地里的标准，因此她的内心就激起了反感，而她也就愁苦不堪了。她的女性的身体，没有这种激动的时候即已十分软弱了，现在却要忍受着打击，而且时常是异常剧烈的打击。反复发生的哀乐震撼着她的神经，终于使她陷入一种完全发狂的境界。这就是无缘无故的沉思和忧虑的原因，也是大多数女人对人生的悲观的看法的原因；也就为了这个，她们觉得那种很奇妙地、调和地生了根，并且按照了不变的法律推行着的人生的公律是一种沉重的枷锁；简单地说，这就是她们给现实惊吓了的原因。不得不建立一个幻想中的天地。

是谁过早地、如此错误地、努力培植了优丽亚的心，奠定了她智慧的根基呢？……谁？是不是那被父母请了来，接受了对她幼年的理智进行管教的困难任务的三位教师！要对她启发一切物质的实质和因素，抛开旧的，指出在我们头上、脚下的都是什么，在人本身中间的又是什么，因此才请了三位不同国籍的教师来完成这个困难的责任。父母自己放弃了教养之责，以为他们可以不用再关怀了，完全交付给善良的朋友，请来了法国人普雷教授法国文学和其他科学；其次就是德国人史米特，他虽然担任的是教书，但是他可没有把德文教会；最后是俄国教员伊凡·伊凡尼奇。

"可是他们的头总是不梳的，"母亲说，"衣服也常常穿得不合适，样子比用人还坏；他们身上有时候还发出酒味来……"

"怎么可以没有俄国教员呢？不行！"父亲肯定地说，"放心，让我自己来挑选一个更高明的。"

法国人开始工作了，父亲和母亲看待得他很好。他们跟客人一样把他邀请了来，十分尊敬他：这是另一个法国人。

他一些都不吃力地教着优丽亚：多亏从前的家庭女教师，她能说流利的法文，读、写差不多都没有什么错误。普雷只教过她作文。他给她出了各式各样的题目：有时候描写日出的情景，有时候就是确定爱情和友情的意义，有时候就是写给父亲母亲的祝贺信，或者发挥和女友分别时的惆怅心情。

可是优丽亚在自己的窗户中间只能看到太阳降落在商人吉林的房子后面，她也从来没有和女友分别过，至于友情和爱情……这些概念在她说还只是头一次突然感到，虽然这是在任何时候都应该了解的。

用尽了所有的招数，普雷最后下了决心，拿出珍藏着的那本小册子来，上面的标签用粗大的字母写着：Cours de littérature française①。在我们中间有谁不知道这本小册子呢？两个月以后优丽亚就熟识了法国文学，也就是说那个薄薄的小册子，可是再过三个月就又把它给忘记了，只不过留下了一些悲惨的痕迹。她知道华尔德②是怎样的，有时候她还逼他讲受难者③，可是她把 Dictionnaire philosophique④ 也当成了莎托勃立安的作品。她管蒙田叫作 Mr. de Montaigue⑤，

① 法文：法国文学教程。

② 法国名作家和哲学家（1694—1778）。

③ 莎托勃立安作的小说。莎托勃立安·法兰苏亚·雷诺（1768—1848）法国作家和政治家。

④ 法文：哲学辞典。

⑤ 法国作家。这里是说将蒙田的名字读错了。

而且她提到他的时候，有时候还和雨果[1]相提并论。提到莫利哀[2]，她就说他是替戏园子编戏的；她从拉辛[3]的作品里学会了这样的名句：A peine nous sortions des portes de Trezènes.[4]

在神话当中她很喜欢华尔甘[5]马尔斯[6]维纳斯[7]所表演的喜剧。她曾经一度拥护过华尔甘，可是一旦知道他是瘸子而且非常难看，又是一个铁匠以后，就立刻把同情转移到马尔斯这方面来。她喜欢西米拉[8]和周彼特的故事，还有关于阿坡隆[9]的被逐和他在地上恶作剧的故事。她就照着故事里所描写的而相信起来，对于故事当中其他的意义也不加以任何猜疑。法国人自己也在猜疑吗——天晓得！对于她提出的一些古代宗教的问题，他，皱着额头，严肃地回答她说：Des bêtises！Mais cette bête de Vulcain devait avoir une drôle de mine……écoutez[10]——后来他又补充着说，微微眯起了眼睛，抚摸着她的手——que feriez-vous à la place de Venus?[11] 她什么都

---

① 指维克多·雨果(1802—1885)，法国伟大的诗人、小说家、戏剧家和政论家。

② 法国伟大的剧作家(1622—1673)。

③ 法国剧作家(1639—1699)。

④ 法文：我们刚从特莱载纳(Trezènes)门走了出来。

⑤ 古罗马神话里的火神和铁匠技艺神。

⑥ 古罗马神话里的战神。

⑦ 古罗马神话里爱和美的女神。

⑧ 希腊神话里席夫斯的爱人，酒神琼尼斯的母亲。

⑨ 希腊神话里的太阳神，艺术的保护者。

⑩ 法文：愚蠢！可是在傻子华尔甘的脸上是应该有愚蠢的表情的。

⑪ 法文：假如您站在维纳斯的地位；那您可怎么做呢？

没有回答，可是不知道为了什么原因，她有生以来第一次红了脸。

法国人终于完成了对优丽亚的教育。他介绍给她的不是理论，而是对法国文学的派别的实际认识。他把轰动一时的Le manuscrit Verf，Les sept péchés capitauz，L'âne mort[①]和整套的在法国和欧洲流行着的书籍介绍给她。

可怜的少女贪婪地奔入了这个没有边际的海洋。在她看来冉能[②]巴尔扎克[③]和德鲁衣诺[④]是多么英雄——一连串的伟大的人物！那可怜的华尔甘的故事在他们出色的描写前面算什么呢？在这些新的英雄前面维纳斯简直就是无辜的！她贪婪地读了这些新派的书籍，大概现在也还在读。

同时，当法国人的工作已经进行了好长一段以后，庄重的德国人还来得及教授文法：他正正经经地编好了名词变格和动词变位的表格，想尽了种种奇妙的方法，怎样来记住每一格的字尾；讲述着zu这个词有时候是要放在后尾的，诸如此类的问题。

可是一向他请教文学，这个可怜的人就惊慌起来。把法国人的小册子拿给他看时，他就摇着头，说德文里不能教这个，有那么一本阿利尔的文选，那中间现成地有着一切作家的文章。可是他们不肯算数，照样纠缠着他，为的是让他像

---

① 法文:绿色的手稿,七大罪恶,死驴。

② 法国的小说家和记者(1804—1874)。

③ 法国伟大的现实主义作家(1799—1850)。

④ 法国的作家(1800—1860)。

普雷先生一样地使优丽亚熟习种种的作家。

德国人，经过了沉思以后，终于答应回家了。他打开了，或者说得更正确些，揭开了书柜，把紧靠墙壁的小门抽出来，因为书柜早已既无扣环又没有锁了——从里面拿出了一双旧靴子，半块糖，一瓶鼻烟，一瓶伏特加酒和一块黑面包的硬皮，然后就是一个破旧的咖啡磨，剃刀盒，一块肥皂和一把小刷子都装在发油罐里，一副旧吊带，一块磨刀石还有一些类似的不值钱的东西。最后出现了一本书，又是一本，第三本，第四本——这样，算起来一共是五本——全都在这里了。他一本一本地拍着：灰尘迷漫得像烟一样，庄重地覆盖着教员的头部。

头一本是吉斯尼尔[①]的牧歌——gut![②] 德国人说着而且读起那篇“打碎了的坛子”的诗来。他又打开了第二本，是一八〇四年的历本。他打开它来翻阅：那里面有着欧洲各国不同的朝代各式的堡垒和瀑布的图画——Sebr but![③] 德国人说。第三本是圣经：他拿来放在一边，嘴里虔诚地叨念着：Nein![④] 第四本是水手之夜：他摇着头嘟囔起来：Nein! 最后一本是——维赛[⑤]！——德国人庄严地笑着说：da habe

① 瑞士的诗人和艺术家(1730—1788)。
② 德文:好!
③ 德文:很好!
④ 德文:不!
⑤ 德国的作家(1726—1804)。

ich's,[1] 可是跟他说还有席勒[2]哥德[3]等等，他就摇着头干脆地强调着说：Nein!

优丽亚打着呵欠，德国人刚替她翻过了维赛的第一页，她后来就完全没有听见。她从这个德国人那里只记住了一件事情，就是Zu这个词有时候是会放在末尾的。

可是那个俄国人呢？这人做事倒要比德国人有点良心。他几乎含着眼泪想让优丽亚相信，名词、动词是一种词类，而前置词就又是一种，最后，她居然信服了他，而且学会了背诵所有词类的定义。她甚至一下子可以背出所有的前置词，连接词和副词。当教师严肃地问她，“惊恐或惊奇的感叹词是什么?”她就一口气都不喘地说了出来：啊，嗷，唉，咳，喔，嗳，唔，嘿！教师自然是喜出望外的。

她懂得一些句法里的道理，可是她怎么着也不会运用，一辈子都在文法上犯着错误。

她从历史里知道了亚历山大·马其顿斯基[4]，他打了不少次仗，他是非常勇敢的……当然，是出色的人才……可是他对时代的意义和时代对他的意义，关于这一点，在她和教员的头脑里就都没有想到过，就连凯达诺夫[5]这一点也没有很好地发挥过。

① 德文：可找着了！
② 伟大的德国诗人和剧作家(1759—1805)
③ 伟大的德国作家，诗人，剧作家和散文家(1749—1832)。
④ 马其顿王，有才干的统帅(纪元前356—前323)。
⑤ 俄国教育家，历史教科书的编著者(1782—1843)

向教员提出了教授文学的要求，他就拖出了一堆破旧的临时借来的书。这就是坎吉米尔[①]苏马洛可夫[②]莱蒙诺索夫[③]吉尔热文[④]欧其洛夫[⑤]的著作，每一本都引起他的惊奇；小心地把书本打开来，闻一闻，然后就扔掉换一本新的。教师拿起了一本卡拉莫新[⑥]的书。可是读过了法国新派的著作以后再来读卡拉莫新！优丽亚读了几页可怜的丽莎的旅行记，就把书还掉了。在课间休息的时候可怜的女学生只想着休息，没有任何高贵的、健康的精神食粮！智慧开始低落，心底开始着慌。献殷勤的表兄弟来了，顺便给她带来了几本奥涅金和高加索的俘虏[⑦]……女孩子尝到了俄国诗的甜味。优丽亚熟读了奥涅金，书就一直没有离开过她的枕边。表兄弟跟其他的教师们一样，是不会给她解说这个作品的意义和优点的。她拿达吉亚娜做榜样，她反复地读着达吉亚娜写给奥涅金信里的火热的词句作为自己的理想。她的心在痛、在跳。她的幻想有时候在寻找奥涅金，别的时候就又在寻找另外一部杰作里的英雄——属于苍白、悲惨、失望的那种新的类型的人物。

意大利人和另外一个法国人完成了她的教养，给了她的

---

① 俄国的讽刺作家(1708—1744)。

② 俄国诗人和剧作家(1718—1777)。

③ 伟大的俄国学者和诗人(1711—1765)。

④ 杰出的十八世纪俄国诗人(1743—1816)。

⑤ 俄国戏剧家(1769—1816)。

⑥ 俄国作家和历史学家(1766—1826)。

⑦ 奥涅金和高加索的俘虏都是俄国伟大诗人普希金的诗作。

嗓音和动作一些端正的规格，就是说，教会了她跳舞和唱歌，游戏或者最好能在出嫁之前，教会她弹奏出色的钢琴，可是这种音乐上的教育，却是很不够的。她刚十八岁，可是已经有了永恒的沉思的眼色，有着惹人注目的苍白，轻盈的腰身，小脚，在客厅里出现，给社交界欣赏。

塔法耶夫，是一个具备了全份取媚妇女的条件的人物；这就是说，他属于贵族阶层，有着很好的产业，颈上挂着勋章。总而言之——是有前途和幸福的人。不能只把他算进普通善良那一类人里面去。噉，不！他不使自己受屈，并且非常合理地看出目前俄国缺乏农业和工业的情况，并且在自己的圈子里把自己当成一个事业家。

这个苍白而忧郁的少女，通过了他的坚定的性格中间的奇异的矛盾，给了他一种强烈的印象。他从晚会里的牌局中退了出来，向在他面前走过的那个飘飘若仙的影子注视着，陷入从来未有的幻想中间。当她的阴郁的眼色，自然是偶然的，落在他的身上的时候，他在这个腼腆的女孩子面前变得局促起来，几次想对她说两句话可是总说不出口来。这很使他为难，他决定下了更大的决心去通过了别的媒介再努力下去。

他对她的陪嫁的探询看来很是满意。“怎么，我们俩正是挺合适的一对儿！”他对自己唠叨。“我只不过才四十五岁，她十八；靠着我们这点儿家当就是比两个人再多也可以过得舒舒服服的。说起模样儿来她也还算漂亮，至于我也可以说是过得去。她是受过教育的，人家都这么说。怎么？我也念过书啊，我记得，我们学过拉丁文和罗马历史的。现在我还记得：那儿有个什么古罗马的执政官——他叫什么名字的……唔，去他的吧！我记得，我读过改革运动……和一些诗：Beatus ille……①还有呢？Puer，pueri，puero……②不，不是这个，天晓得——都给忘了。可是要知道，真的，为什么学了又会忘记。唔，就是杀了我我也要说，这个，那个，所有这些大官和聪明人，没有人说得出是个什么执政官……或者是哪年有过奥林匹克运动会③。所以，这种学习……只是因为规矩如此！眼前的事物才是才学呢。至于那些，又怎么能不忘记，要知道世界上的人们以后是绝不会再提起这一套来的。你说，还有谁再提起呢？这种教养方法多么简陋！是的，我们正是挺合适的一对儿。”

这样，优丽亚就结束了她的少女的生涯，而第一步就让她碰上了一个最悲惨的现实——一个平凡的丈夫！比起了从她的幻想里和诗人的笔下产生的英雄，他差得有多远啊！

她在这样的噩梦里一混五年，照她的说法，这是一种没有爱情的婚姻，一下子自由和爱情出现了。她笑着伸出了她的手来用热烈的拥抱抱紧了它，把自己交给了激情，正像一个骑士在飞奔的时候把自己交给了马儿一样。他给一匹强健的牲口带了飞跑，没有能注意程途。喘息不停，一切都在身边飞掠而过，风吹在脸上冷冷的，他的心几乎已经给情欲的

---

① 拉丁文：这个美妙的……

② 拉丁文：少年（一格），少年（二格），少年（三格）；拉丁文法的变格。

③ 古希腊全民庆祝的节日，举行各种比赛，每四年在奥林匹克城附近举行一次。

感觉控制了。人生中间的风流的俄顷终于来到了她的身上；她开始感到了那种灵魂的极度甜蜜的震颤的可爱，为了情感本身去寻求情感，为她自己去设计折磨也设计快乐。她变成了她自己的激情的奴隶，就和人们变成了鸦片的奴隶以后，就会忍不住去喝那甜甜的毒药一般。

一天晚上，优丽亚早已盼人盼得心焦起来。她站在窗口，每过一分钟她就更添上了一分不安。她在烦恼中把一朵中国玫瑰花扯碎了，把花瓣儿扔在了地上，可是后来她却自己失去了勇气；这就是她自己常常忍受着的精神折磨的一次。她在心里做着问答式的占卜；他是来呢还是不来，她全神贯注地在寻求着这个困难问题的解答。如果是一个肯定的回答，她就笑了，如若不然，她的脸色就苍白起来。

当亚历山大到来的时候，她是已经筋疲力尽血色全无地倒了在一把躺椅里面了，她的神经是那么紧紧地抓住了她。他向她走来……简直没法形容她是用了怎样的眼色来迎接他，霎时间使整个的脸都亮了起来的那一种欢喜之情，就好像他们已经隔了一年没有会面了似的；虽然是在前一天晚上才碰过了头。一言不发，她只指着挂在墙上的钟；可是他还没有开口解释，她连听都不用听就已经接受了他的话语而原谅了他。并且，忘却了一切因悬心而引起的不快，把她的手递了给他，他们坐在沙发上谈话并且无言地对望了好半天。要不是用人提醒了他们，他们准会忘了吃饭的。

多么幸福！亚历山大从来没有梦想到这种完美的“心底里的忠诚的表露”。在夏天他们俩一起到城外散步；要是人们给什么地方的音乐或烟火吸引得聚在一起的时候，他们就远远地躲到树林里去，手牵手地走着。在冬天，亚历山大总是在吃饭的时候来，饭后他们就在炉火旁边偎依着一直坐到夜深，有时候他们雇一架雪橇到外面去兜一圈，等他们在黑暗的街道上溜了一转以后，就又忙忙地赶回来喝茶，还继续那没有谈完的对话。每一种自发的事件，思想上和情感上飘过的每一次波动——这一切他们都同样地感到也同样地发生在他们的心中。

亚历山大对和他的叔叔会面比了任何的事都怕。有时候他去问候丽莎威塔·亚历姗德罗芙娜，可是她始终不能说动他使他再度恢复信心。他总是惴惴不安地恐怕万一他的叔叔走了进来，再拿他来开一下玩笑，因此他总是稍坐一会随即离去了的。

他快乐吗？如果这是旁的人处在同样的情形下面，你一定会马上回答出是或不是的，可是讲到了他，你就只有回答不是了。对他，爱情是以痛苦开始的。当他能够将过去忘却了的那一刹那，他就信赖了快乐的可能，也信赖了优丽亚跟她的爱情。可是有时候他在极端的真诚的表露的灼热之中弄得烦恼不堪，而会对她的激情的狂热的表白彻悟地倾听着了。他幻想她一定会对他变心的，或者是什么旁的命运的打击会蹂躏了他的堂皇的快乐的天地。即使是当他享受着快乐的那一刹那，他明白这一定是要由痛苦来弥补的，这样他就又陷入了忧郁。

不过冬去夏来，他的恋爱却仍旧在延续着。优丽亚对他是变得更为狂热地恋爱着了。她那一面没有任何的变化，命运也没有带来什么打击；经过的情形是完全相反的顺利。他的脸变得更为沉静平和了。对于白头偕老的可能的意念他已经有些习惯了。“虽然目前这个爱情已经不是那么激动的了，”有一天他想，当他望着优丽亚时候，“可是从另一面看，它却是持久的，也许是永恒的！是的，这是没有问题的了。啊，我终于明白了你，命运！你是补偿了我过去的痛苦而且引着我，在长久的徘徊之后，终于来到了一个平静的港湾里。那么快乐的天堂就是在这里了——优丽亚！”他高声地喊着。

她受了惊。

“什么事?”她问。

“没有什么！只不过——”

“没有什么！告诉我，你一定在转什么念头。”

亚历山大还是不说。她就接着逼着他说。

“我想如果要使我们的幸福完整，就还需要——”

“什么呢?”她焦急地问。

“啾，没有什么！我想起了一件事。”

优丽亚惶惑起来了。

“啊，别磨我了，痛快地告诉我吧！”她说。

亚历山大思虑重重地用了低低的调子说话，好像是自言自语似的。

“去争得这种权利，一刻也不离开她，不离开这儿回家——随便什么时候什么地方总是跟她在一起。在全世界人们眼前做她的合格的保护人……她大声地唤出了我是属于她的。用不着害羞也不必弄得脸色苍白……在我们的一生中间要永远如此，而且永远为这个而骄傲。……”

大声地这么说着，一字一停，他终于说出了结婚这个字来。优丽亚发抖了，接着就哭了起来。她带了一种说不出来的深情与感激递出了自己的手，于是他们就同时恢复了原状立刻谈起来了。于是就决定了亚历山大去跟他的婶母去谈一下，请她对这件复杂的事件帮帮忙。

他们快乐得不知道怎样好了。这是一个了不起的可爱的黄昏。他们动身去到城外的一处地方，有一片森林，费了很多的事终于找到了一个小山丘，他们在那儿坐了整整一个黄昏看着落日，幻想着他们未来的生活方式，他们计划着紧缩他们的交游的圈子并且不为了什么无谓的拜访而浪费了他们的时间。

然后他们回到家里开始来讨论他们未来的家庭的布置了，他们的房间的分配之类的问题。他们甚至还讨论到怎样布置房间的问题。亚历山大提议把她的更衣室搬到他的书房里面，这样可以离开他们的卧室比较近些。

“你喜欢在书房里安置一些什么家具?”她说。

“我倒喜欢胡桃木的家具配上蓝色天鹅绒的套子。”

“这准该十分漂亮而且还不会脏；一个男人的书房非要选用暗颜色不可的，亮的颜色很快地就会给烟熏坏了的。不过在这儿，连接了你的未来的书房和卧室中间的那条小过道，我要想法种上一点小树——这是不是很可爱?我要在那儿安上一把躺椅，这样我可以坐在那儿读书工作而且还看着在书房里面的你。”

“我是不会跟你离开太久的。”亚历山大告辞的时候说。

她把手按在他的嘴上。

第二天亚历山大走去看丽莎威塔·亚历姗德罗芙娜，向她揭露那一件她早已知道了的事，并且请求她的指导与帮助；彼得·伊凡尼奇没有在家。

“多好啊！”她听了他的自白以后说，“您现在已经不再是小孩子了，您可以判断自己的情感和照顾自己了。不过别忙，好好地摸摸她的心思。”

“啊，我的婶母，如果您了解她！她多好！”

“譬如说？”

“她那么爱我……”

“这当然，是挺要紧的一点，可是在夫妇之间，只有这一点还不够。”

她说了一些夫妇之间的道理，妻子应该怎样，丈夫又应该怎样。

“不过您别忙。现在秋天快到了，”她补充着说，“大家全都搬进城了。到那时候我去拜访您的未婚妻；我们就会彼此相识，就好趁热办事。您可不要抛弃她：我相信，您将是最幸福的丈夫。”

她高兴起来了。

女人们跟男人结婚总担着心思；有时候她们看见了婚姻不成和不该成功，可就要拼命帮忙完成好事。她们只要能举行婚礼，可是新夫妇倒是随随便便的。天晓得，她们忙的是什么。

亚历山大请求在这件事结束之前什么都不要对彼得·伊凡尼奇讲。

夏天很快地就过去了，阴沉的秋天也慢慢地要拖完了。又开始了另一个冬季，阿都耶夫还是常常走了去看优丽亚。

看起来她好像是都有着一种极精密的计算的，有多少天，多少小时，多少分钟他们可以在一起。她不放弃任何一个机会。

“你明天早晨很早就要上班吗？”有时候她会问。

“十一点。”

“那么十点钟的时候到我这里来吧；我们在一起吃早点。可是你就不能不去吗？好像缺了你他们就没法做事似的！”

“什么？祖国……职责。”亚历山大说。

“一个不坏的意思！你得这样说，你爱上了别人也给别人爱上了。难道你们的主管从前就没有恋爱过不成？如果他有一颗心，他就该明白把你的公事送到这里来的；在这里又有谁妨碍你办公呢？”

有的时候她不许他到戏院里去，而他要出去访友时，她往往是完全地加以禁止的。丽莎威塔·亚历姗德罗芙娜来看了她一次，过了很久她还是忘不掉这个发现，亚历山大的婶母竟是这么年轻而美丽。她一向以为她是她想象中间的那样一位婶母，年纪很大，平平常常，就好像一般的婶母一样，而这位，如果你愿意，是，一位廿六七岁的女人又是一个美人！她跟亚历山大很争辩了一顿，从此以后，她就很少答应他到他叔叔家里去了！

可是和亚历山大的专制比较起来，她的妒忌和专制又算得了什么呢！他现在已经了解了她的恋情而且还看了出来她的本性是不容许有情感上的转变和冷漠的，而更还……嫉妒着；而这又是何等的嫉妒啊！这并不是由于过分的爱情而生出来的嫉妒——而是由泪水和叹息和恐怕失去了快乐的一颗心里的痛苦的迸发而生出来的嫉妒——不，这是一种硬性的、冷酷的、残忍的嫉妒。他利用了爱情来制伏着这个可怜的女人，比了旁人的因为仇恨而压制的还要来得厉害。举例来说，有的晚上，在客人前面，她没有能长久地，深情地，或是频频地向他注视，再加上，要是有什么年轻人靠近了优丽亚坐着，甚或并不是一个年轻人，只是一个男人，或者一个女人，有时即使是一件东西，都会使他误会，而她就该倒霉了！侮辱，怨骂，最恶毒的语言和斥责都要倾在她的身上，于是她就被迫不能不替自己辩解，而且不得不出之于种种的牺牲和无条件的降伏来讲和；她不得不停止对这个人谈话，不再留在同一个地方，不再走到别人面前去，用示意的笑靥和偷偷的顺服的低语来求饶，脸羞得飞红，再逐渐变得苍白，最后妥协了。

如果有人邀请她到什么地方去，在答复之前她先要用了询问的眼光向他望着，而只要他皱一皱眉，她就会马上辞谢了，脸色苍白发起抖来。有时候他也许答应了她——那她就准备，穿着好了要上马车了——这时突然地，临时变了卦，他会宣告了严厉的 Veto![1] 于是她就卸了妆，把车子打发回去。过了一会他又会，很可能，开始请求她的原恕，要陪她去了，结果再打扮再雇车却都已经太晚。于是就不能不放弃了。他不仅是对漂亮的、聪明懂事的或是有才能的人嫉妒，而对最不可爱的人也是一样，而最后他就只有嫉妒着那些面孔不为他所喜欢的人。

有一天来了一个她的亲属。这人已经上了年纪，不大漂亮，总是谈着收成和参议院的事，弄得亚历山大腻烦了，跑到隔壁房里。他非常嫉妒，最后客人告辞了。

“我听见，”他说，“您每星期三在家，您是不是答应我参加您招待的客人集团?”

优丽亚笑着而且预备说：请吧！——可是突然从隔壁房里传来了大声喊着的声音：“我不愿意!”

“我不愿意!”优丽亚匆忙地打着战大声地对客人重复了一遍。

不过优丽亚却对这一切完全妥协了。她断绝了朋友的来往，从不出门，陪亚历山大坐在家里。

他们就这样继续陶醉在连续的欢乐中间。等到这些自然而平凡的快乐都给尝遍了以后，她就开始来发掘新的快乐，换上了一个用不到这些帮助即已充满了丰富的愉快的新天地。优丽亚表现了何等的创造的才能！可是即使是这种能力也终于用完了，又到了开始炒冷饭的地步。这样就再也没有剩下

① 拉丁文:禁止。

什么可以希望或不曾尝试过的了。

没有一处郊外他们没有去过，没有一出戏他们不曾一起去看过，没有一本书他们没有读过、讨论过。他们已经摸清楚了彼此的情感，思想方法，能力和限度，而目前更没有什么阻碍他们实施他们已经筹划好的计划了。

忠诚的表露已经减少了次数。有时候他们在一起坐了很久什么话都不说。不过即使是沉默之中优丽亚也还是快乐的。

她不时问亚历山大一句话，听到了“是”或“否”的回答以后也就满足了；如果连这样的回答也没有，那她就要盯住了他；他笑笑，她也就又高兴起来了。如果他笑也不笑也不回答什么，她就会开始留心起他的每一个动作，每一个眼色，用她自己的方法解释出来，于是接着就来了怨言。

他们已经不再谈未来的事，因为亚历山大已经感到了这中间的尴尬情形，和他自己也解释不出的一种不快，于是他就想要转换话题了。他开始做周密的考虑，变得心事重重了。把他的生活圈了起来的那个魔术的爱情的圈子有好几处已经给冲破了，他又远远地看见了他的友人们的脸，还有一连串放荡的生活的光影；有时候是有一大群漂亮女人的华美的舞会，有时候又是他那个永远忙着什么事的叔叔，和为自己所遗忘了的他的职业。

有一天晚上，他就是在这种情绪之下在优丽亚那里坐着。门外是狂风和大雪。雪珠儿落在窗子上，在玻璃上面结起了小冰块。风冲进了壁炉，悲哀地吼着。房间里面则只有桌上的台钟单调的敲击声，还有就是不时从优丽亚那儿传了来的叹息的声音。

亚历山大，为了要找点事来做，向房里面四面看了一眼，随后就又看了看钟——十点了，他还得再留下来坐上两小时；他打了呵欠。他的眼光落了在优丽亚的身上。

她站着，背靠着炉架；她的白白的脸垂在她的肩上，眼睛跟着亚历山大，可是眼色里并没有存着什么疑虑和盘问的意思，而是充满了柔情，爱恋和快乐。很明显地她是跟一种隐秘的情绪斗争着，做着一些甜蜜的梦，看起来她好像是给这个弄得耗尽了精神似的。

她的神经这么强有力地抓住了她，即使是柔情的本身的激动反应在她的身上就也变成了久病后的衰倦了；折磨和快乐在她是不可分的。

亚历山大回了一个冷淡的不安的眼色。他走到窗口去，开始轻轻地用手指敲着窗玻璃，向街上望去。

从街上传来了一阵混杂的人声和车子的响声。所有的窗户里都照耀着亮光和幢幢的人影。他想什么地方的光线最亮，那里准是聚集着一大群快乐的人在那里，很可能，还有着心意和热情而轻浮的情感的交流，在那里生活是嘈杂而快乐的。而在那一边的暗暗的灯光的窗户里面，一定有什么可敬的苦干的人坐在那里在忙着。亚历山大于是回想着他已经拖了两年懒惰而无意义的生活——一生中有两年是过去了——而一切全是离不开爱情的！于是他就对爱情开始有了一种强烈的反感。

“而这又算是什么爱情呢！”他想，“一种昏昏欲睡的、没有精神的爱情。这个女人的感情冲动起来是没有一点挣扎、努力和反抗的，就好像一个没有抵抗力的受害者一样。一个软弱的女人，缺乏个性，谁第一个碰上了她她就会把爱情给了谁的；假使不是我，她是会毫无差异地照样爱上了苏尔柯夫的，而她确实是早已爱起他来了的。是的，她替她自己辩解是没有什么好处的，我看出来了！如果要是什么人显得比我再能干，活动一点，她准会就投进他的怀抱里去的；这简直是不正经！这就叫爱情！容易动感情的人们常常吹嘘的那种心灵的同情又在哪里？而在我们这种情形里面，又是有着何等相像的心灵呢！看起来它们就好像永远是一个，而结果它却变成了什么呢？鬼知道它是什么，简直弄不懂！”他生气地喃喃着。

“你在那儿干什么？你在想什么？”优丽亚问。

“嗽，没什么！”他说着打了个呵欠，在沙发上离她相当远的地方坐了下来。一只手抓住了绣花靠枕的一角。

“坐在这里，近一点。”

他没有移动，也没有答话。

“你怎么了？”她说，走到他面前去，“今天你简直让人受不了。”

“我不知道，”他懒懒地回答，“我有点——好像我是——”

他不知道怎样回答她和自己。他自己到底是怎样了他还没有能够完全弄清楚。

她靠近了他坐了下来，开始谈到了未来，说着说着就慢慢地激动了起来。她描述了一幅幸福的家庭生活的画图。说了两句笑话，可是结尾的话却是说得一往情深的。

“你——我的丈夫！瞧，”她说，四面指着，“不久这一切就都属于你了。你就要做这一所房子的主人了，就像你早已存在我的心里一样。现在我是无拘无束的，我愿意做什么就做什么，要到哪里去就到哪里去，不过从今以后，在这个地方没有得到你的许可什么东西都不准移动，我自己也要听从你的意旨的指示。可是这是多么美妙的桎梏啊！尽快把锁链焊接起来吧，这是要在什么时候呢？我一生里就在梦想着这么一个人，这样一种爱情，而现在我的梦境实现了，快乐逼近了。我简直不敢相信。你知道这对我简直是像一场梦吗？这不是对我过去所受的痛苦的一种补偿吗？”

这些话在亚历山大听来简直就是一种折磨。

“可是万一我要是对你厌倦了呢？”他突然问，想在他的声调里做出一种说笑话的样子来。

“那我可得捶你的耳朵。”她说，扯着他的耳朵；接着他就叹了口气发起愁来，虽然他还是在想着不要忘记装出开玩笑的姿态。他没有作声。

“可是你到底是怎么了！”她突然地有声有色地问；“你不说，你简直就没有听见我说了些什么，你眼睛看着别的地方。”

接着她就挪到他身边，并且把她的手放在他的肩膀上，开始温柔地说起来，几乎是在耳语，谈着同样的事，不过不那么肯定罢了。她回忆着他们开始亲近，开始恋爱的情形，她的最初的感觉和快乐。她几乎为了她的情感的温存而晕眩了；在她的苍白的双颊上有两簇红晕，慢慢地变热了，她的眼睛在发着闪光，随后就露出了疲倦的神色半闭了起来；她的胸部在起伏着，她的语声很难听得清楚，一只手在撚弄着亚历山大的柔发，然后就一直望着他的眼睛的深处。他轻轻地把头从她的手部脱了开来，从袋里取出了一把梳子，小心地梳着给她弄乱了的头发。她站了起来盯住了向他望着。

“你是怎么了，亚历山大？”她不安地问着。

“瞧她又提起这个来了！我怎么说得出来呢？”他想着，不过没有说出口来。

“你烦了吗？”她说，在她的声音中间含了一种询问和疑虑的口气。

“烦了！”他想，“这个字眼倒给她找着了！是的，是真的吃不消简直烦透了！这就是近一月来啮着我的心的那条虫子。好老天爷，我可该怎么办呢？而她却谈起了爱情，结婚，我可怎么让她清醒过来呢！”

她在钢琴前面坐了下来开始弹起几支他心爱的曲子。他没有去听，只是在转他自己的念头。

优丽亚让她的手垂了下来。她叹了一口气，把围巾向身上一裹，就躺在沙发的另一只角里去，在那里用了满含幽怨的眼睛看着亚历山大。

他拿起了他的帽子。

“你上哪儿去？”她吃惊地问。

“家里。”

“现在还不到十一点呢。”

“我要给妈妈写封信；我很久没有给她写信了。”

“很久了！您前天还写过一封的。”

他没有说话：他没有什么话好说。他真的已经写过信而当时又曾经向她提起过的，不过却忘记了；可是爱情是连最小的情节也不会忘记的。在爱情的眼里有关爱人的任何事件都是非常重要的。在恋爱着的人的脑子里面织起了一张复杂的网，组成的份子是窥察的心情，锐利的推测，记忆，和环绕了所爱的人的一切的可疑之点，这或则是在他的活动圈内发生，或则是对他有着关涉的。一个字眼，一个暗示——用不着一个暗示！一个眼风，一个不容易看得出的嘴唇的转动——就尽够使爱情发现了可疑之点了，接着再转到幻想中去，于是就有了肯定的结论，然后就在他自己的意念中间忍受折磨，或是享受快乐了。爱人的逻辑，有时是错误的，有时却是出奇地正确，很快地就建立起了一个猜疑的网来，不过爱情的力量却能更快地将它扯倒；常常只要一个笑脸就尽够了，一滴眼泪，两三个字，一切的疑云就都一扫而空了。对于这种监视是没有方法可以催眠也没有方法加以欺骗的。爱人们一忽儿突然在头脑里发生了什么念头，是任何人在他的最狂妄的梦境里也不曾想起过的，一忽儿他却连眼皮下面所发生的事都看不清；一忽儿明察秋毫，一忽儿近视得达到了瞎子的程度。

优丽亚从沙发上面跳了起来，像一只小猫并且用手抓住了他。

“这是什么意思？你要到哪儿去？”她问。

“没什么，没什么我向你保证；唉，我只不过是想回去睡觉；最近我的睡眠不足，只不过是为了这个而已。”

“睡眠不足！今儿早上你还跟我说起过你睡了整整九小时，甚至于因为睡眠过多你还害了头痛了呢？”

又是不巧。

“唔，我的头的确是在痛，”他说，稍稍吃惊，“这就是我要走开的原因。”

“不过午饭后你说过你的头痛已经好了的。”

“我的天，你的记性真好！这简直受不了！很好，我不为什么就只是想回家去。”

“你在这儿不舒服吗？在那边你又有什么，在家里？”

看着他的眼睛，她怀疑地摇了摇头。他又继续敷衍了她一下就走开了。

“我今天要是不去看优丽亚又将如何？”这是第二天早晨亚历山大醒来以后问着自己的第一个问题。

他在房里踱来踱去了三次。“我声明我不要去了！”他坚决地说。

“叶夫赛，来替我穿衣裳！”于是他就沿城去溜达了。

“一个人散步多好多开心！”他想，“想到哪儿就到哪儿，停下来看看告示牌，看看商店的橱窗，来回走走——这真的是很开心的！自由是一样可爱的东西！是的！就是这样；自由的广义的解释就是——一个人散步！”

他用手杖敲打着人行道，愉快地招呼着熟人。当他从莫尔斯卡雅街走下来时，他在这一排房屋中间的一所的窗子里看到了一个相熟的面孔。他的熟人招手请他到里面去坐。他一瞧知道是杜莫，于是就走了进去，在那儿吃了饭一直待到傍晚；晚上他就到戏院里去，出了戏院就去吃晚饭。他企图完全忘却了家，他知道在家里等候着他的是什么。

不出所料一回家他就看见了在桌子上放了半打左右的便条，还有一个仆人在门口地方睡着。这个仆人是受过了这样的吩咐的，不看到他不许走开。便条上面全是怨愤的话，质问和泪痕。第二天他只有再去顺便道歉。他谈起了衙门里的公事。他们似乎已经达到了某种程度的和解了。

每隔三天，同样的情形就得重新表演一遍。这样一次次地重复着。优丽亚慢慢瘦削下去，从不出门也不见客，不过她却不说什么话，因为一抱怨亚历山大就会生气的。

两星期以后，亚历山大正计划着跟朋友们消磨一天的时间，可是一清早他就收到了一张从优丽亚那儿送了来的便条，请求他这天里去陪陪她，还希望他要早一点去。她写着她生了病，情绪又很不好，她的神经已经失去了常态，等等。他生了气；不顾一切，他去告诉了她他不能够陪着她，他还有很多事要办。

“是的，当然：在杜莫那儿吃了午饭，戏院，还得去坐雪车——多重要的事……”她懒洋洋地说。

“这是什么意思？”他问，十分不快地，“您，似乎，在监视着我？我可不能忍受这个。”

他站了起来要走了。

“停一下，听！”她说，“我们谈一谈。”

“我没有时间。”

“一分钟，坐下来。”

他不高兴地坐在一只椅子边上。

她合起了双手不安地向他望着，好像她是想先从他的脸上看出她所要问的问题的答案来似的。

他不安地在椅子上转侧。

“快一点，我没有时间浪费！”他冷冷地说。

她叹了气。

“现在你不爱我了？”她问，头微微地转动了一下。

“还是那种老套！”他说，用袖子擦着帽子。

“你多么讨厌这个啊！”她回答。

他站了起来快步地开始在房里前后走着。一会儿，就听见了一声啜泣的声音。

“就等着你这一着了！”他差不多是粗暴地发话了，更靠近了她站着，“你把我可折磨够了！”

“我折磨了你！”她喊，啜泣得更厉害了。

“这真受不了！”亚历山大说，预备要走了。

“啊，我不啦，我不啦！”她说，快快地擦去了她的眼泪，“瞧，我现在不哭了，只要你别走开，坐下来。”

她强装笑脸，可是眼泪却仍旧从她的双颊上流了下来。亚历山大替她难过。他坐下来摆动着他的腿。他开始自己提出了一个又一个的问题，得到了这样的结论，他是已经变得冷了，不爱优丽亚了。可是为什么呢？只有上帝才知道！她一天比一天更激情地倾爱于他，不就是为了这个缘故吗？好老天爷，这是何等的命运的玩弄呀！快乐的全部的条件全在那里了。没有阻止它们的障碍物，甚至于没有一点别的将他拖开的情感，可是他却终于变得冷起来了！嗽，人生！可是他又得想什么方法来安慰优丽亚呢？他得牺牲自己吗？陪了她来拖过一个长时期的痛苦的生活吗？去串上一角在他是办不到，可是不去串上一角就得每一分钟都看眼泪，听怨言，折磨了她也折磨了他自己……他是不是要马上向她解释他叔叔的关于情感的变迁的本质的理论呢——这个主意倒不坏！她早已在哭着了，在她什么都不知道的时候——可是这个！可怎么好呢？

优丽亚，看他不说话，就抓起了他的手向他的眼睛里望着。他慢慢地转过了身去轻柔地脱开了她的手。他不但没有感到任何诱惑，在碰了她一下以后却全身来了一个冰冷而不愉快的震撼。她更加倍地做着她的爱抚。他对这个没有一点儿反应，并且变得更为冷酷而难看了。她突然从他那儿抽开了手，脸红了起来。女性的自傲，受了侮辱的自尊心，羞耻在她内心里激动起来了。她抬起了她的头，站起身来，因愤怒而脸红了。

“离开我！”她语不成声地说。

他任什么反响都没有就立刻离开了。可是当他的脚步声开始听不见了的时候，她就追了出来！

“亚历山大·斐德里枢！亚历山大·斐德里枢！”她喊着。

他走了回来。

“你上哪儿去?”

“怎么，你刚才叫我走的呢。”

“那你是乐于逃开的了。停下来!”

“我没有时间!”

她用手拉住了他，又陷入了柔情、含泪的话语和颂祷之中了。他在脸上，嘴里，举止中间都不带一点同情，站在那儿就像是个木头人一样，由两条腿移动着身体。他的冰冷的态度使她激怒了。恐吓詈骂的言辞向他身上倾泻着。谁还能从她身上认得出那个优雅而神经质的女人呢?她的头发凌乱地披散下来，她的眼睛放射着狂热的光芒，面红耳赤，举止大异——“她多么丑恶!”亚历山大想，向她做了一个鬼脸。

“我要向你报复!”她说。“您以为就是这么容易玩弄一个女人吗?您用恭维和虚伪的内心完全掌握了我，可是当我已经不能从记忆中间舍弃您的时候，您就要扔开我……不!我不舍弃您的，我要到处跟着您，您不要离开我:您到乡下去——我也跟着您，就是上外国——我也要跟了去，时时刻刻到处跟着您。我不肯轻易地放弃自己的幸福。反正在我都是一样:无论我过着怎样的生活……我再也不能损失什么了;我要毒死您，我要报复，报复;我一定是碰上了一个情敌!不可能，您就这样把我给抛弃了……我要找着她——瞧着吧，我会怎么办;您捞不着好日子过!现在我要是听见您的灭亡，那我可多么高兴……我会亲手杀了你的!”她疯狂地暴怒地尖叫道。

“这可够多么愚蠢，多么荒谬!”亚历山大在想，耸了一下肩膀。

瞧瞧她的恐吓还是不能使亚历山大动心，她突然就又变到了一种柔和而凄楚的声调，然后又静静地向他望着。

“可怜可怜我吧！”她开始说，“别把我扔到一边去。现在没有了你我可怎么好呢？我受不住分离的痛苦。我会死的！想想：女人们的爱情跟男人们的是大不相同的，比较要更纤柔更激情一些。对于她们爱情即是一切，而特别对我是如此的；别的女人都喜欢卖弄风情、交际、热闹和活动，我却永远不弄这一套——我有另外一种个性。我爱安静，孤独，书本，音乐，而超出了世界上的任何事物以上更爱的是你。”

亚历山大露出了他的不耐烦。

“很好！你不爱我了，”她说得更快了，“不过履行你的誓言吧，跟我结婚，只算是我的人，你就可以自由了，要做什么你就去做吧，甚至你要爱什么人就去爱吧，只要我能够有时候——不时地——看见你。噉，为了上帝的缘故，可怜我，可怜我吧！”

她哭了出来再也说不下去了。她的情感激动得使她筋疲力尽了；她倒了在沙发上面，她的眼睛闭了起来牙关紧紧地咬着，而她的嘴却在抽搐。她陷入了歇斯底里的状态，一小时之后她清醒了过来。她的女用人在她身边忙乱着。她向四面一看。“可是在哪儿？”……她问。

“他走了！”

“走了！”她垂头丧气地重复了一遍，坐在那儿好半天没有声音没有动作。

第二天一张接一张的便条送到了亚历山大那儿去。他本人没有出面也没有送来任何回信。第三天第四天还是照样。优丽亚写信给彼得·伊凡尼奇，说为了重要的事情他到她那里来一趟，他的妻子她并不喜欢，因为她是年轻而标致的，碰巧又是亚历山大的婶母。

彼得·伊凡尼奇发现她病得很厉害，几乎已经是濒于死亡了。他在她那儿呆了两小时，后来就出去找亚历山大去。

"多么虚伪的人啊！"他说。

"怎么一回事？"亚历山大问。

"瞧瞧他，就好像这跟他没有一点儿关系似的！他自然是不明白怎样使一个女人爱他的哩！为什么，他把她弄得对他疯狂起来了！"

"我不明白，叔叔——"

"这你又有什么不明白的？你是清清楚楚的哩！我到塔法耶夫太太家去过了，她全告诉了我了。"

"什么！"亚历山大惶惑已极口吃起来，"她全都告诉了你了！"

"是的，全都告诉了我。她是怎么地爱你！你这个好运道的家伙！唔，你一向总是在抱怨你找不到激情，现在你得到了激情了，该满意了！她发疯，吃醋，哭泣，愤怒……可是为什么你们一定要把我给拉进去呢？你让女人来缠我。这还不够，我白白费了一个早晨跟她在一起。我想，这到底是为了什么；是不是财产要放到监护议院里去……她说过……可是这都是为了什么事!”

“你为什么事要去看她?”

“她请我去的，对我埋怨了你一顿。我真不懂你这样地扔了她就一点也不害羞?四天了你连望也不去望她……这可不是开玩笑。她苍白得很，要死了!来。快上她那儿去。”

“你对她说了些什么?”

“啵，平常的事，你，也照样，爱她爱得疯狂了，你很久以来就在找寻一颗同情的心;你对真情的溢露是如此地热爱着;而你，同样地，离开了爱情是不能生活的。我说她简直是难过得毫无理由，你是要回来的。我劝她不要把你看得太严，要不时让你自己去寻寻开心，还有，我告诉她，你们俩是在开始使彼此都厌烦起来了——事实上，是在这种时候应该说的话。我说得她高兴起来，于是她就又告诉了我，你们已经决定结婚了，还有我太太在这件事当中已经帮了不少的忙。可是就没有跟我提一个字——这些女人!唔，谢谢天，她自己还有点儿家当，你们可以享用的。我告诉她你一定会履行你的婚约的。……我已经为你尽了我的力量，亚历山大，作为你对我的帮忙的报答，我提醒她你的爱是多么激情，温柔。”

“你这是干了些什么，叔叔!”亚历山大说，变了颜色，“我——我对她再也没有了一点儿爱情!我不想跟她结婚!我对她的感情变冷了，跟冰一样的冷!我还不如快快淹死自己，与其——”

“哎哟，哎哟，哎哟!”彼得·伊凡尼奇说，假作怀疑，

“你这种话是说出来给我听的吗？你不是说过——你还记得不？——你看不起人性，特别是女人的本性；世界上没有一颗心配得上你？你还说了些什么？天哪，我怎么会想不起来了……”

“看了上天的面上，别再说了，叔叔，这已经够挖苦的了；这种好听的话还有什么必要再说下去呢？你真以为我不明白。啾！人，人哪！”

他突然开始笑了起来，而他的叔叔也参加了进来。

“唔，这要比较好些了！”彼得·伊凡尼奇说，“我说过你一定有一天会笑你自己，而现在——”

于是两人就又笑了起来。

“喂，说吧，”彼得·伊凡尼奇接下去说，“现在你对那个女孩子的意见如何了——她叫什么名字——帕森卡，是不是？——有痣的那一个？”

“叔叔，这可太不漂亮了。”

“不，我提起了这个只不过是想知道知道你是不是照样还是看不起她？”

“别提那个了，为了上帝的缘故，来帮帮我挣出这种可怕的环境吧。你是如此地聪明，如此地有理性……”

“啾，现在又跟我客气，又拍起我来了！不，你要跟她结婚的。”

“凭什么也办不到，叔叔！我求求你，帮帮我吧。”

“正是这个话，亚历山大；好，我早就猜着你的花样了……”

“怎么，早就！”

“是这样。一开头我就知道的。”

“一定是婶母告诉您的。”

“就是！这有什么奇怪的？是我告诉了她。这都在你的脸上写着呢。唔，用不着难过，我已经帮了你的忙了。”

“怎么？在什么时候？”

“今儿早上。不用担心：塔法耶娃再也不会来打扰你了……”

“你做了些什么？你跟她讲了些什么？”

“这要是再说一遍可不免太长了，亚历山大，多无聊。”

“不过，很可能，天晓得您对她说了些什么。她会恨我看不起我的。”

“这还不全是一样吗？我使她安静下来——这就尽够了；我告诉了她你是没有恋爱的能力的，跟你在一起麻烦是不值得的。”

“她怎么说？”

“现在她觉得你遗弃了她真是她的万幸。”

“什么！她高兴！”亚历山大抑郁地说。

“是的，她高兴。”

“你看出了她没有懊悔，没有忧愁吗？她是一点都没有什么的吗？这简直完全不像！”

他开始在房里不安地踱步了。

“快乐，安静！”他重复了一遍，“请答应我！我现在就要到她那里去。”

“这才真是一个男子汉！”彼得·伊凡尼奇说，“这才是那种心地，你可以靠着它生存——你不会有什么问题了，可是你不是曾经害怕过她跟着你吗？你没有请别人帮你的忙吗？而现在你却担心她离开了你也不会忧愁而死。”

“她高兴！她满意！”亚历山大说，踱来踱去，不去听叔叔的话，“啊！她就这么不爱我！既不忧愁又没有眼泪。不，我要去看她。”

彼得·伊凡尼奇耸着肩膀。

“随您的便。我可不能这样待着，叔叔！”亚历山大添上说，拿起了帽子。

“唔，你又这么到她那儿去：到时候可别再不睬她，以后也别再来缠我了：我是再也不管了；现在我管，因为是我把你引到这种情况里的。唔，够了，还有什么可担心的？”

“我惭愧活在这世界上！”亚历山大叹息着说。

“就不去找点事来做，”叔叔说，“够了！今天到我家里来：吃中饭的时候就谈谈你的笑话，然后坐车上工厂去。”

“我多么渺小，多么没有价值！”亚历山大说，匆促地，“我没有良心！我是可怜的，精神上的下流！”

“而这一切完全为了爱情！”彼得·伊凡尼奇插进来说，“这种愚蠢的举动，让苏尔柯夫那种家伙去干罢。可是你是一个敏感的孩子，你是会让自己去从事一些别的比较更有意义的事的。你追女人该已经追够了。”

“可是你是爱你的妻子的，我猜？”

“是的，当然了。我跟她很合得来，可是这却并不曾妨害

了我去做我的工作。唔，再会了，来呀。”

亚历山大困惑而忧郁地坐着。叶夫赛拿了一只靴子偷偷地来到了他面前，他的手伸在靴子套里。

“请您瞧瞧这个，老爷，”他下声下气地说，“多黑！能把它擦得像一面镜子似的哩，可是一共只值二十五个戈比。”

亚历山大一惊，机械地看着那只靴子，然后再看着叶夫赛。

“滚开！”他说，“你这白痴！”

“我们应该带两双到乡下去。”叶夫赛又说了起来。

“滚开，我告诉你，走开！”亚历山大叫起来，差不多是哭着的，“你来吵我……你跟你的靴子会把我给送到坟墓里去的……你简直是……一个蛮子！”

叶夫赛很快地就跑到套间里去了。

第十章

“亚历山大怎么不来看我们？三个月来我没有见过他一面。”彼得·伊凡尼奇有一天回家来问他的妻子。

“我已经不再存什么再看见他的希望了。”她回答。

“为什么，他怎么了？他又恋爱了吗，还是为了什么别的事？”

“我不知道。”

“他身体好吗？”

“很好。”

“要么你写封信给他，就说我有几句话想跟他说。他们的衙门里这几天就又要有人事上的变动了，我猜他还没有知道。我真不懂他这种马虎的脾气。”

“我写信给他请他来玩已经不只十次了。他说他没有时间，可是他却照样地跟一帮莫名其妙的同伴去下跳棋钓鱼。最好你还是亲自去一下吧，可以看看他到底是怎么了。”

“不，我不想去。还是打发一个用人去一次吧。”

“亚历山大不会来的。”

“我试试看。”

他们打发人去了。仆人很快就走了回来。

“怎么，他在家吗？”彼得·伊凡尼奇问。

“在家，他吩咐我替他问好。”

“他在干什么？”

“在沙发上躺着。”

“怎么，在现在这个时候？”

“他们，据说，一直是躺着的。”

“可是他怎么了，在睡觉吗？”

“不是，最初我当他是睡着了，可是他却睁着眼睛，望着天花板。”

彼得·伊凡尼奇耸着肩膀。

“他来不来呢？”他问。

“不，他说：‘你替我向叔叔问好，请他们原谅：我没有什么，’他说，‘身体挺好。’他还嘱咐我向您，太太，问好。”

“这个人现在到底是怎么回事？这真是毫无办法，我去好了。不过这可是最后一次，我声明。”

彼得·伊凡尼奇去了，又看见亚历山大坐在房里的沙发上。他看见叔父走进来，才站起来坐到另外一只椅子上去。

“你不舒服吗？”彼得·伊凡尼奇问。

“马马虎虎。”亚历山大回答，打着呵欠。

“这些日子你在干些什么？”

“不干什么。”

“什么事都不干你也能过得下去？”

“是的。”

“今天人家告诉我，亚历山大，伊凡诺夫就要离开你们的衙门了。”

“是的，他就要离开了。”

“谁来接他的位子呢?”

“他们说是伊琴科。”

“你怎么样呢?”

“我吗？没有什么。”

“怎么没有什么？为什么不该是你呢?”

“他们觉得我还不够资格，或许我对那个职位不合适。”

“老天爷，亚历山大，你得奔走奔走才行。你应该去看科长去的。”

“不。”亚历山大说，摇着他的头。

“你，似乎是，反正都差不多?”

“反正都差不多。”

“可是要知道已经是第三回没有升你的级了。”

“我不在乎，让它去吧。”

“来，考虑一下，如果从前你的下属现在要吩咐起你来，你要有什么感想呢，他走进来的时候你还得站起来敬礼。”

“有什么关系，我站起来向他敬礼就是了。”

“可是你的自尊心呢?”

“我没有。”

“可是你对人生中的某些地方总还应该有兴趣吧?”

“一点都没有。从前我倒是有过，不过这现在已经过去了。”

“这不可能的，一种趣味代替了另外一种。为什么你的就过去了而别人的就没有？这恐怕还太早了一点，我想这么说，你现在还不到三十岁呢。”

亚历山大耸了耸他的肩膀。

彼得·伊凡尼奇已经不想把这种谈话继续下去了。他认为这些都是任性；可是他知道，回家以后，妻子免不了要问他的，因此只得勉强谈下去：“你有些什么消遣？跟朋友来往，还是看书？”

“我什么也不想，叔叔。”

“人家都已经在谈论你了，你这样……给恋爱弄得晕头晕脑，天知道你在干些什么，跟些什么古怪的人来往……我就是为了这个来的。”

“随他们怎样去说好了。”

“亚历山大，这种开玩笑的一面之词听不听没有什么要紧；你绝交不绝交，跟朋友来往不来往——问题完全不在这里。可是你得记着，你跟别人一样，应该为你自己创立一种事业。你是不是有时候也想到过这个呢？”

“我怎么不想，我干都干过了。”

“你是怎么想的？”

“我替自己画出了一个活动的范围，而我是不希望走到它外面去的。在这里我就是一个家主——这就是我的事业。”

“这是——懒惰。”

“也许。”

“当你身强力壮，能有些作为的时候，你是不应该侧着身子睡觉的。你的事业已经成功了吗?”

“我工作。谁都不能责备我懒散的。早晨我去办公，此外的劳动——那可太过分了，额外的劳动。我干吗要这样奔忙?”

“奔忙都是有目的的：有的为了自己事业的成就，要不就为了金钱，其次就为了名誉……你又有什么例外?”

“名誉，金钱！特别是金钱！这有什么用？我只要吃得饱穿得暖，就很满意了。”

“可是你现在穿得十分褴褛，”他的叔父说，“你的全部希望就是如此而已了吗?”

“就只是这个。”

“可是智识上的还有精神上的快乐的引诱，还有艺术?”彼得·伊凡尼奇开始模仿起亚历山大的语气来，“你还可能更前进一步的，你是还会有更高的事业可作的，你的责任召唤着你去从事更光辉的活动，而你所从事的更高尚的成就的努力——你已经给忘记了吗?”

“去它的吧！去它的吧！”亚历山大不安地说，“你也会，叔叔，学着说起大话来了。你以前从来没有沾染过这种习气。这是不是为我好呢？白费劲！我有过更高的志向——可是您知道，结果是什么!”

“我记得你曾经希望立时就做到部长，可是后来又想做个作家。可是要知道，要得到崇高的称号得走一段漫长艰苦的道路的，而作家是需要天才的。有不少跟你一样的人带着崇高的理想到这里来，可是却看不见自己眼前的事。公文应该怎样写——你瞧……我不是说你：你让人相信是能够工作的，假以时日你也是可以有所成就的。可是长远的等待却很无聊。我们都希望它马上实现，我们没有成功——于是就灰心了。”

“我愿意就停留在原有的地位上：难道我就没有为自己挑选工作的权利，挑选在我能力所及范围中间的工作。只要我忠诚地工作——履行我自己的责任。尽管由他们去责备我没有高尚的志愿吧：我一点都不发愁。您自己说过的，在诗里也有平凡的命运，可是您倒来责备我挑选这种平凡的命运。谁能禁止我下降几步停留在我自己喜欢的地位呢？我不希望高升——您听见了吗，我不高兴！……”

“我听见的！我又不聋，不过这完全是可怜的诡辩。”

“没关系。我要是替自己找好了一个地位，我就要在这个地位上坐上一辈子。我已经找到了几个单纯的没有世故的人；至于他们智识上的欠缺倒没有关系。我跟他们下下跳棋、钓钓鱼——这真不错！让我忍受这份惩罚吧，照您的想法，为了这个，让我丧失掉那些褒奖、光荣、金钱、名誉、地位——和能使您高兴的一切。我是永远放弃了……”

“你是想，亚历山大，装作平静和冷淡来对一切都表示无所谓，可是你的愤怒，即使在你的话语中间，也还可以看得出是在激动着的；你简直不是用言语而是用眼泪在述说着的。你有一肚子的苦楚，你不知道应该用来发泄到什么地方去，因为这都只是你自己的不好。”

“让它去吧！”亚历山大说。

“那么你希望的是什么呢？人究竟应该希望些什么？”

“我希望，为了不会妨碍我留在自己黑暗的圈子里，不为什么奔忙，安安静静的。”

“可是难道这就是生活吗?”

“可是照我看，您所过的生活不能算是生活：因此，我是正确的。”

“你是希望把生活改造成自己的方式，我想，这也许是好的。我想，一对对的情人和朋友都在你的玫瑰花丛里散着步……”

亚历山大什么都没有说。

彼得·伊凡尼奇静静地看着他。他又消瘦下去了。他的眼睛深深地陷了下去。在他的颊上眉间已经可以看见早衰的皱纹了。

他的叔叔吃惊了。他是一向不大相信精神上的痛苦的，不过他也在担心，在这种虚弱下面会隐伏了某种身体上的病象。“我说，”他在想，“这孩子已经精神失常了，要是再让他的母亲也知道了这个，一接到信！眼看着，她就要赶了来。”

“可是你，亚历山大，我看是有些灰心失望的。”他说。

接着他又想，怎样使这个人变得正常。别再说下去了，我装装糊涂，谈点别的……

“听着，亚历山大，”他说，“你已经够累了。别再这么冷冷的，这不好！为什么要这样呢？你，可能是，太多心了，我有时候是随随便便地批评爱情和友情的。要知道我这样做不过是开开玩笑，是想把你身上那种跟这个时代冲突的热情给压制下去，特别是在这个地方，彼得堡，无论对现时的风气、工作和娱乐，都得弄得合适，全得经过斟酌、了解和尊重……一切都得有个范围。为什么你要在表面上标新立异呢？难道你真的以为我是没有情感的，我是不承认爱情的吗？爱——是美好的情感：再也没有比这个更神圣的内心和友情的结合了，譬如说……我心里就确实相信，情感应该是不变的，永恒的……”

亚历山大笑了起来。

“你怎么了？”彼得·伊凡尼奇问。

“奇怪，您说得多奇怪，叔叔。不要雪茄烟吗？我们来抽吧，您照旧说下去，我来听。”

“可是你这是怎么回事？”

“没什么。您是想嘲弄我！您曾经自命是个聪明的人！您要拿我当小皮球一样玩弄——真可气！我可不是一辈子都是小孩子。我也上过学校，学校是有些用处的。您多么夸夸其谈！就像我没有长眼睛？您在玩着把戏，而我就在旁边看着。”

“这不关我的事，”彼得·伊凡尼奇想，“还是推到太太身上去吧。”

“到我家里来玩，”他说，“我太太很希望看见你呢。”

“我不能够，叔叔。”

“你把她忘得好？”

“也许我这种行为很不好，不过，看在上帝面上，暂时原谅我，别盼我去，等过些时候，我会去看您的。”

“好吧，随你的便就是。”彼得·伊凡尼奇说。挥了一下手以后他就回家去了。

他告诉了他的妻子他已经不再过问亚历山大，只有让他自己去了——他，彼得·伊凡尼奇，已经尽了他的力量，现在只能袖手不管了。

亚历山大摆脱了优丽亚以后，就又把自己卷入疯狂作乐的漩涡里去。他背诵着名诗人的句子：

我们走到那儿，呼吸着快乐的地方，
有着嘈杂、喧扰的欢乐漩涡的地方，
不是生活，而是虚度着生活和青春！
在快乐的游戏当中，在欢乐的桌子边上，
一霎时沉醉在虚伪的幸福里，
我安于无用的幻想，
我沉溺在酒里面，
我压住内心的忧愁，
我不让思想驰骤；
到天上静寂的光辉里，
我不让自己的眼睛看着别的地方。

不可避免地跟朋友们喝起酒来。朋友们在起泡的酒水里默想着自己的欢欣，穿起了发光的靴子。“滚开吧，烦恼！”他们高兴地喊着，“滚开吧，忧愁！我们作践、消耗、烧毁，把生命和青春一饮而尽！乌拉！”杯子酒瓶稀里哗拉地飞到了地板上面。

有时候自由、嘈杂的集会，无忧无虑的生活使他忘记了优丽亚和他的烦恼。可是这么在饭馆里一餐又一餐地吃着，总是跟那个眼光失神的面孔在一起厮混，一天天地跟他们胡乱谈着一些愚笨而沉醉的谈话，更加上经常的胃纳失常：不，这对他是不合适的。亚历山大的身体与精神的纤柔的组织，再加上悲哀愁闷的心情，简直已经受不住这种放荡的生活了。

他抛弃了桌子旁边快乐的游戏，将自己孤独地关在他的房间里，寂寞地跟他的遗忘了的书本相对。可是他的书本从他的手里滑了出来，他的笔也拒不遵从灵感的呼吸的指引。席勒，歌德，拜仑为他揭露了人生的黑暗面；至于光明的一面他却并未看到——那些他就从来没有能够接触到。

可是在这间房子里他曾经度过多少快乐的时光！那时候他还不是孤独的；笼罩着他的是一片光辉的幻景，在日里它召唤着他去辛勤地工作，在夜里它就在他的枕边徘徊巡视。在那些日子里经常陪伴着他的是梦，未来给笼罩在一片轻雾里，不过这并不是狂风暴雨的朕兆的暗雾，而是在清晨覆盖着清明的晨曦的薄雾。在这层雾的后面隐藏着一些什么，信心，快乐……可是现在呢？不只是他的房间，就连整个的世界对他都是一片空虚，而在他本身中间，也只剩下了冰冷，惆怅。……

看看人生，问一问他自己的内心和头脑，他恐惧地发现，里里外外不曾剩下来一点理想，也没有留下一件光明的希望，一切都已留在他的后面；迷雾散开了，后面是冷酷的现实的荒漠。天哪！好大的一片空虚！多么烦闷、凄凉的情景！过去的已经完了，未来已经毁坏了，没有幸福，全是幻梦——而你还得活下去！

他需要些什么连他自己也并不知道，可是又有什么是他不需要的呢！

他的头脑就好像是陷入了沉沉的迷雾。他没有睡，可是昏昏的。从他的头脑中间源源不绝地抽出了一连串不安的思虑。他想，什么才能吸引他的注意呢？诱惑的希望，快乐的轻忽，都不复存在了！他知道所有的这一切都在他面前。成功，在求取光明的路上的奋斗，这里面又哪里还有他的份？像一条冰上的鱼一样奋斗上二三十年是不是值得？而这个是不是会使他的心里快乐呢？当有些人，一面向你深深鞠躬，一面却很可能在心里骂着“妈的！”倒的确是一种精神上的安慰！

关于恋爱又怎么样？啊，那就更糟了！他从心底里明白这个，简直连恋爱的力量都失去了。简直好像是一个讽刺，他的记忆又多事地使他记起了娜亭卡，可并不是那个天真的、单纯的娜亭卡——他永远不会再记起这个的了——总是那个负心的娜亭卡，还加上她四周的一切：那些树，那条小径，花儿，而在这一切中间是一条小蛇，和他所极为熟悉的她的笑脸，由于羞涩和激情而发红的小脸——而这一切都是为了别人，不是为了他！他呻吟着抓着自己的胸口。

他不相信任何人和任何事物，而且永远不放弃欢乐的机会；他的对快乐的吟味就好像一个没有食欲的人尝试美味，冷漠地，知道胀饱即将逼近，没有什么可以填补他心里的空虚；如果一个人把自己交给了激情，那结果只是欺骗了自己而使内心扰乱，在旧伤上增加了新创而已。当他看到爱人们浮沉于爱河中间忘却了一切的时候，他就冷冷地一笑，想：

“别忙，清醒一下吧；在第一次快乐之后就要开始嫉妒，争吵，哭泣了。两人待在一起，彼此讨厌得要死，可是一旦分开来——就又都哭了。再在一起亲近呢——那就更糟。发疯的人们！不断地争吵，生气，嫉妒，接着一下子就和解了。回头就吵得更凶：这就是他们的爱情和忠诚！嘴上满是泡沫，眼睛里有时候流着失望的眼泪，这一切，他们都说是幸福！你们这种友情啊，还不如当作骨头扔掉，让狗吃了吧！”

他不敢对任何希望存有幻想，他很清楚往往是在将要获得你所希望的一刹那，命运就从你的手里把快乐攫去，然后给你替换上完全两样的东西，绝对不为你所希望的坏东西，即使在最后它会把你的希望赏给你，也必然先给你一番折磨，弄得你筋疲力尽，使你在自己的眼里都降低了身份，然后才像一个人扔一片面包给狗一样，先让他爬到那一点点食物前面，瞧着它，用鼻子闻来闻去，在尘土里打滚，后脚着地站立起来，然后——好狗儿，拿去吧！

他怕透了生活中间的那种周期性的快乐与痛苦的轮替。他瞻望着前途，没有一点快乐的影子，只是命定的无穷尽的愁苦，这简直是躲不开的——所有的人类都得受这个大原则的控制；在人类中间，照他的想法，快乐与痛苦大抵是分配得非常均匀的。快乐于他是已经过去了的，而这又是怎样的一种快乐呢？一个幻影，一种欺骗。只有苦痛才是实在的，而现在在他眼前的也只有这种重重的愁苦。这里面有衰病与老年，还有失败甚至于还有别的缺陷。所有的这一切“命运的打击”，像他的姨母在乡下所说的，都为他准备得好好的；至于有没有什么补偿呢？他的高超的天赋诗才舍弃了他；它替他找来了一些痛苦的折磨，却美其名为天职！仅仅给他留下了一些可怜的酬谢——金钱，舒适，官职。该死！嗽，他多么悲愁地把人生给看透了，明白了它的真相，而不了解它的目的！

他是这样的忧郁，在这种疑虑的深渊里他看不见一条出路。经验只给他带来了折磨，他没有健康，没有能使生活里的空气澄清，没给他带来光明。他不知道做些什么：在沙发上翻来覆去，开始一遍遍地回忆起熟人来——这就使他更加愁闷。有的人服务得很好，享有着荣誉、名望，跟一个好的官吏一样；另外一种人就宁愿安于家庭生活，与其奔忙劳碌追求世上的幸福还不如安静地过活，谁也不羡慕，什么也不想望。还有第三种人……可是算是怎么回事呢？不知怎样一切都似乎是按照着自己的清楚的预见进行的。“我只是一个人……可是到底我是怎么回事呢？”

于是他就开始追问起自己来：他能做官员，或是什么骑兵连队的司令员吗？能满足于自己的家庭生活吗？他看得清清楚楚，自己既不是那一种，又算不上另外一种，第三种人也不是的，都不能使他满意。好像在他身体中间有一种小魔鬼在活动，向他低声地说，他不必在乎这些，他应该飞得更高些……可是飞到哪儿去，怎样来飞呢——他可不能决定。

究竟要做些什么呢，开始做什么呢？——他问着自己，而且他也不知道应该怎样回答。可是烦恼就这么严厉地责备着他：也许，能做官员和骑兵连队的司令员的……可是不，来不及了，现在应该从头做起。

绝望使他哭泣——对于一切人类的烦恼，妒忌与恶感的眼泪——痛哭流涕。他觉得没有听从他母亲的劝导是一件衷心的遗憾，也后悔离开了他的凄凉的乡土。

“我母亲有过灾祸将临的预感，”他想，“在那边这种不安静的心情就永远不会发生，在那边也绝不会有这种错综的生活的激动。在那边，照样的，我也会有着这一套人类的激情与情感：虚荣，傲慢，和野心——不过这一切都为乡下的小天地所局限，对我的思想的影响也一定不过是一小部分，而且是易于完全满足的。在乡区里这是最重要的。是的，所有的人都有着姻亲的关系。在我们中间都燃烧着不同程度的幸福之火的神圣的火花，一定能照彻了自己的内心，而且会很快地在怠惰的生活中熄灭了，转变为妻儿之间的温暖。生存不会受到玷污。我一定会骄傲地生活下去，生活的路途一定非常平易，由我看来一定会觉得简单而易于了解，我一定能够对生活加以控制，绝对不会跟它发生冲突的。至于爱情？它一定会开放快乐的花朵充满了我的整个的生活。索菲亚一定永远忠诚地爱我。我在任何方面都不会失败，我一定没有碰到针刺就采到了玫瑰花朵，永远不会想到需要一个情敌来发泄我的嫉妒！我为了什么会盲目而鲁莽地来到了辽远而奇怪的他乡，跟命运做不对等的无因的冲突？那时候我对人类和生活的了解多么透彻！在那边用不到任何提示我照样可以对它们了解得很好。在那边我对生活有过多少期望，而且用不着对它做经常的分析，一直到今天恐怕还会存着不少期待的。从我自己的灵魂中间我发现了多少宝藏，这些现在都到哪里去了？我曾经拿它们向这个世界做过交易，我交出过我心底里的忠诚，我的最初的内心的激情；在这种交易中间我所获得的又是什么呢？一个痛苦的幻灭。我得到了一个教训，一切都是欺骗，一切都是无常，你既不能依赖自己也不能依赖旁人，同时我也开始对别人和自己怀了戒心。而在这种分析的过程中，我没有能够认识生活的琐屑，不过却感到了满足，跟我叔叔和一些别的人一样。这就是我目前的状态！"

现在他只希望着一件事——忘记过去，安谧，灵魂的休息。他对生活越来越变得淡泊，一切都漠然视之。群众和喧嚣只使他感到厌烦，于是他就从事逃避，可是厌烦却不肯离开他。

人们高高兴兴忙着这个那个，每天都有新的趣味新的引诱，使他觉得惊异。为什么旁人都不跟他一样烦恼，哭泣，也不——不谈今天天气哈哈哈——诉苦不抱怨，即使诉苦也不过是说说腿疼风湿之类的病痛，他觉得很奇怪。他们只是关心自己的身体——至于他们的灵魂——就从来不曾提起过！"虚妄的坏东西——畜生！"他在想。可是有时他又要深沉地考虑一番。"太多了，这些坏东西。"他不安地自言自语，"而我却只有一个人，难道真会是——他们全都虚妄——错误——而我呢？"

于是他就会想这很可能都是他一个人的不是，这么一来就使他更不快活了。

老朋友他也不去拜访了，新朋友又使他扫兴。在他跟他的叔父的那次谈话以后，他就陷入了更深的颓唐；他的灵魂给整个隐蔽在沉睡之中。他变得像石头一样地冷漠，生活在孤独里，顽固地和一切都断绝了关系，即使连能使他记起进化的社会的一切也不例外。

“一个人既然是在生活，至于他的生活方式如何又有什么关系！”他说，“每一个人都可以自由地过他自己的生活然后再死去的。”

他去跟那些思想酸腐情感沉重的人们混在一起，听着他们对命运的种种抱怨，让自己的心情得到片刻的开展；不然他就和一些教育程度智识水准都远不及他的人在一起混日子，比较常在一起的是柯斯梯雅柯夫，就是萨意夏洛夫想介绍给彼得·伊凡尼奇的那个老头儿。

柯斯梯雅柯夫住在配斯克，常常一个人戴一顶磨光了的小帽穿件睡衣在街上走来走去，腰里系一根长手巾。跟他住在一起的是一个女厨子，他在晚上常跟他在一起玩牌。要是有什么地方失了火，他一定是第一个跑了去，而是最后一个离开的。要是他走过一间正在举行丧礼的教堂，他一定会在人群中间挤了进去对尸首看上一眼，然后一直跟随丧礼的行列一直走到墓地。总之，他是一切仪式的热烈的爱好者，不管丧事也好喜事也好；同时如果出了什么别的意外事件他也都高兴参加，比如说街上的争吵，意外的惨剧，屋顶倒塌之类他都大有兴趣，报纸上的这一类的记载他也都津津有味地读着。此外，他还常读医学书籍，“借以明了人体内部情况”，他常常这样说。在冬天，亚历山大常常和他下棋，在夏天他常和他作郊外旅行一起去钓鱼。老头儿天南地北地谈着。有时他们走进田野，他就谈谈粮食和播种的事；走到河岸上他就谈钓鱼，驾船；在街上就批评房屋的建筑工料和租赁等等问题……他所谈的没有一点抽象的东西。他对人生的看法觉得如果他有钱那就很好，否则就不妙了。像这样的一个人，对亚历山大讲来是没有一点点危险性的；他引不起别人意识上的觉醒。

亚历山大像一个修道士抑制情欲一样地在努力抑制他内心的情感因素。在办公室内他沉默着，碰到了熟人就交换两三句问候，借口事忙躲了开去。他的朋友柯斯梯雅柯夫，无论如何，是每天都要见面的。有时候，这位老先生会在阿都耶夫那儿待上一整天，有时候他会邀他回家吃白菜汤。他老早就把做饮料和腌卷心菜腌腊肠的方法教给了亚历山大。过一会他们就结伴到附近的空地上去。到处柯斯梯雅柯夫都有很多熟人。遇见农夫，就跟他们谈谈生活情形，遇见女人，就说说笑话，他真不愧是萨意夏洛夫所称许的爱说笑的人。亚历山大让他尽量地自由谈话，可是自己却经常地沉默着。

他久已有此感觉，为他所舍弃了的世俗的意见已经不大给他以缠绕，他的头脑里也不大想这种问题，在他的身边也绝难遇到跟它们暗合或是冲突的事物，他的意向未经成形表现即已幻灭。他的灵魂就像一个蔓草丛生的荒园一般的荒芜。

他还不曾达到情感完全硬化的程度。再过几个月，这一切就都会过去的！不过事实则确是如此。

有一天亚历山大和柯斯梯雅柯夫一起去钓鱼。柯斯梯雅柯夫穿了一件长下摆的外衣，戴了一顶皮便帽。他们在河岸上安置好了一批各种尺寸的钓钩，上面还装着浮标，小铃和线圈，吸着一根短烟管，眼睛都不敢闪地注视着那些钓钩，也看着阿都耶夫的钓钩。因为这时亚历山大正靠了一棵树站了，在向对面呆望。这样他们静静地过了好一会。

“有鱼在咬你的钓饵了！瞧，亚历山大·斐德里枢。”柯斯梯雅柯夫突然嘘声地说。

阿都耶夫向河水望了一眼，就又回过头去了。

“不，你把水纹当作了鱼儿了。”他说。

“瞧，瞧！”柯斯梯雅柯夫喊，“是鱼在咬钓饵，真的，是一条鱼。在咬钓饵，啊，啊！拉起来，拉起来！捉住它！”

浮标真的沉到水面下去了，跟着钓绳也沉了下去，随后钓竿也开始在灌木丛后被拖了出来。亚历山大先抓住了钓竿，然后扯住了钓绳。

“轻轻地，慢慢地，别这么……你怎么搞的？”柯斯梯雅柯夫喊，一把抓住了绳子，“我的爷！多么重啊！别拖住了，让它去，让它去，不然就断了。这儿对了，右边点，朝左；这边，朝着岸上。让它去！再远点；现在拉上来吧，拉上来，只不要一下拉上来；这回对了——就这样。”

一条大梭鱼露出了水面。它很快地翻了个身，银白色的鳞片一闪，尾巴向左右打着，把两人都溅了一身水滴。柯斯梯雅柯夫兴奋得面色都发白了。

“好一条梭鱼!”他几乎是用了吃惊的声调在喊，一失足钓竿滑在水面上去了，梭鱼向水里挣去，他用两手去捉它。“朝岸上拉，这边，再拉！现在是了，可到手了，别再滑回去。

瞧，它就跟魔鬼一样地滑！啊，好一条梭鱼!”

“啊!”有人在他们后边也嚷了一下。

亚历山大转过身去。离开他们两步远的地方，站着一个老人，拉着他的手臂的是一位高高的美丽的少女，头上什么都不曾戴，手里拿了一把阳伞。她的双眉微颦。她的身体稍稍前倾，用极高的兴致看着柯斯梯雅柯夫的一举一动。她甚至没有看见亚历山大。

这个不期然的出现使阿都耶夫颇为激动了。他让钓竿从他的手中滑掉，那条梭鱼一扑就又回到水里去了，大方地摆着尾巴，潜入深水里去了，连钓绳都一起拖了去。所有这一切都发生在一刹那中间。

“亚历山大·斐德里枢！你是怎么搞的。”柯斯梯雅柯夫像一个疯人一样地喊，去抓住那绳子。他捉住了它，不过只拉出了一段绳子头，既无钓钩也没有梭鱼。

脸色苍白，他回过身来向着亚历山大，把绳子头给他看看，生气地望了他好半天一语不发，接着就往地上吐了一口唾沫。

“我再也不跟你一块钓鱼了，再跟你一起钓鱼我就是个无赖!”他喊着，回身看着他自己的钓竿去了。

这时候那个少女也注意到亚历山大是在向她望着，她脸一红就走了开去。那位老人，一望而知是她的父亲，向阿都耶夫弯了弯腰。亚历山大快快地还了一礼，扔下了钓竿就跑到十步以外的树下面的凳子上去坐下了。

“就在这种地方也还是得不到安静!”他想。“这儿来了个哀提波带着个安悌娥娜[①]又是女人！到处都躲不开她们。老天爷！怎么会到处都是一群一群的。”

“你还自命是个渔夫呢!”柯斯梯雅柯夫向他说，把他的钓竿整理得齐齐整整的，生着气一次一次地望着亚历山大，“你这又怎么能捉得到鱼？你还是坐在家里的沙发上捉老鼠去吧，可是你现在是在钓鱼啊！你怎么能捉得到它，现在它从你的手里面溜出去了，只差还没有烧，鱼儿本来是已经都到了嘴里的！你的盘子里的鱼没有跳掉才真是怪事哪!”

“可是上钩了吗?”老头子问。

“哎，你瞧这里,”柯斯梯雅梯柯夫回答，“这边我的六支钓竿，连一条鲋鱼都没来上过钩；可是同时在他那唯一的一根钓竿上，就上了一条十磅左右的梭鱼，结果他倒让它溜掉了。是啦，人家都说比赛总是追着运动家的，不过事实可并不是这样；要是它从我的手里逃掉，就是在水里我也要把它捉上来；可是刚才梭鱼在水里藏着，我们却在做梦——他

① 哀提波(CEdipus)的女儿安悌娥娜(Antigone)是不少戏剧中的女英雄，被认为光荣的女性的理想人物。典出希腊神话。他们是索福克尔的悲剧安悌娥娜和哀提波里的人物。

还要自命是个打鱼的哪。这算是哪门子的打鱼的呢？打鱼的难道说都是这个样子的吗？不，一个真正的渔人是会像一颗炮弹似的扑了上去的，可是他却要停下来看一眼，这就算是个打鱼的了！你是一辈子也捉不到鱼的！”

这时候那个少女从从容容地打量了亚历山大一转，觉得他是跟柯斯梯雅柯夫完全两样的人。亚历山大穿的衣服跟柯斯梯雅柯夫不一样，身材，年纪，举止，一切都不相同。她很快地就注意到了他的书卷气；她在他的脸上领略得出一种深沉的思虑，就连忧郁的影子她都没有忽略。

“可是他为什么要跑开呢！”她想，“这真怪了。我想我不会是让人望而却步的人。”

她傲然抬身，垂下了眼帘，然后又张了开来不带一点友情地向亚历山大望着。

她原来早就给气坏了。她拉了她父亲傲然地走向阿都耶夫。这位老人又向亚历山大打了个招呼，可是女儿却连看都没有看他一眼。

“让他明白一下别人根本就不理他！”她在想，同时向他斜了一眼，看看阿都耶夫是不是在向她望着。

虽然亚历山大没有去看她，不过他却不能自已地采取了一种更为适合的姿态。

“怎么！他连看都不看！”这少女在想，“多无礼呀！”

第二天柯斯梯雅柯夫又带了亚历山大去钓鱼了，于是，照着他自己发的誓，就变了无赖了。

有两天之久没有什么人来打扰过他们的安静。亚历山大

往往先四下看一下，颇有恐惧之感，不过他看见没有什么人以后，才又舒服了下来。第二天他钓上了一条大鲈鱼。柯斯梯雅柯夫就跟他有一半和解了。

“不过这究竟还不是梭鱼!”他叹了口气说，“你自己手里把握着运气，却不知道怎样来利用，真是福无双至。我这回又是一条都没有!”

“可是你为什么不摇下铃呢?”一个农夫说，他是在过路时顺便停了下来看他们怎样钓鱼的，“也许鱼儿听见铃声，会觉得是该上教堂的时候了也不一定的!”

柯斯梯雅柯夫怒气冲冲地望了他一眼。

“闭嘴，你这个没教养的!”他说，“你这个粗坯!”

农夫走开去了。

“笨木头!”柯斯梯雅柯夫追着他喊，“畜生，是的，这真是一个畜生。你跟哥们开玩笑，该死的东西！畜生，我告诉你，粗坯!”

在一个游猎者失败的时候激怒他真是一件严重的事件!

第三天，正当他们在沉默地钓着鱼，他们的眼睛都死盯着水面，这时却听见了他们身后传来了什么声音。亚历山大回身一看，吃了一惊，就像给蚊子叮了一口似的。那个老人和少女在那儿站着。

阿都耶夫掉转了身向着他们，对老人的问候只是轻轻地招呼了一下，不过看来他像是在期待着这一次会晤的。平常他去钓鱼，总是穿得马马虎虎的；不过这一次他换穿了一件新外套，头颈上挺俏皮地围了一条蓝围巾；头发梳得平平滑滑，甚至好像还有点鬈曲，看起来好像是有意照着乡野的渔人的样子打扮着的。他仅仅作了礼貌上所需的最短的停留，随即离开，到树下去坐了。

“Cela passe toute permission.”① 安悌娥娜在想，火透了。

“我请你原谅!”哀提波向亚历山大说，“也许我们打扰了你?”

“不!”阿都耶夫回答，“我乏了。”

“钓着了鱼没有?”老人向柯斯梯雅柯夫问。

“闲人挤了近来你还想钓什么鱼，”后者怒气冲冲地回答，“就有这种笨坯走拢来在耳朵边上乱吵，这一来你就别想有鱼再肯上钩了。你们一定就住在附近，我想。”他问着哀提波。

“我们的带阳台的乡下住宅就在那边。”他回答。

“你一定花了不小的一份租钱，我敢说。”

“五百卢布一夏。”

“瞧起来房子挺不错，布置得很好，院子里有不少屋宇。我敢说房主造房子的时候，少不了要花三万卢布。”

“是的，差不多这个数目。”

“是啊。”

“啊，这位就是你的小姐吗?”

“是的，她是我的女儿。”

“啊，一位漂亮的年轻姑娘——你们是出来散步的?”

① 法文:这太没有礼貌了。

“是的，我们在散步。如果住在别墅里，就非散步不可的。”

“自然，自然，为什么不呢，准的？这是散步的最好的时候：跟上星期大不相同了；那是什么天气呀，啾，啾！上帝保佑我们！那一定是为了冬麦的缘故，我想。”

“大概不会受什么影响的，求求上帝。”

“上帝会答应的！”

“这么说到现在你还没有钓着什么！”

“什么也没有，可是请你瞧瞧他的成绩。”

他指给他们看了那条鲈鱼。

“我保险你，”他接下去说，“这都是因为他的运气太好了！真可惜他不好好干；要是有他那份运气，我是绝不会空手回去的。让那么一条梭鱼溜掉！”

他叹息了一声。

安悌娥娜开始更关心地听下去，可是柯斯梯雅柯夫却没有往下再说什么。

老人和他的女儿的拜访越来越勤了。就连阿都耶夫也多少对他们注意起来。有时候他和老人交谈上一两句，可是从来不和小姐说一句话。最初她觉得很奇怪，后来就生了气，最后是给弄得沮丧起来。要是阿都耶夫跟她说过两句话，即使只对她给予极平凡的注意——她就会马虎过去的；不过现在情形却正好相反。人类的内心看来似乎是建筑在矛盾上面的：没有矛盾，心上也就不会有他了。

安悌娥娜时时刻刻在计划着一些恶毒的报复，可是后来她却慢慢地放弃了。

有一天，当老人带了女儿向我们的朋友走了近来，亚历山大停了一下就把他的钓竿放在灌木丛中自己走开，照了他的习惯，坐在老地方去了。机械地时而向父亲看看，女儿看看。

他们斜向了他站着。在父亲的身上并看不出有什么与平常不同的地方。一件白外套，黄裤子，一顶低低的阔边帽子，镶着绿丝边。可是这回那位小姐！她是多大方而雍容地挽在她父亲的手臂上！微风不时吹起她的弯弯的鬈发，好像是有意使亚历山大看看她的可爱的侧影和雪白的头颈，然后再吹起了她的丝斗篷，使他看一眼她的娇弱的身段，要不就开玩笑地吹乱了她的衣衫，露出了她纤柔的脚腕。她沉思地望着水面。

有好一会亚历山大的眼睛舍不得离开她，他感到他的身上起了一阵寒热的震颤。他避开了这种诱惑开始用一根木棍打着一些花朵儿。

“啊！我知道这是什么意思了，”他想，“随它去，它自会过去的！这是现成的爱情：愚蠢！我的叔叔是对的。不过一种畜类的情感是不能引诱我的——不，我还不会弄得那么低级！”

“我可以钓一下吗？”少女向柯斯梯雅柯夫腼腆地问。

“嗽，好的，小姐，为什么不呢？”他回答，把阿都耶夫的钓竿递了给她。

“现在，你有了一位伙伴了！”他父亲向柯斯梯雅柯夫说，同时离开了他的女儿，沿着河岸去散步了。

“丽莎，钓几条鱼晚上烧来吃。”他添上说。

沉默继续了几分钟。

“你的那位伙伴怎么会那么怪里怪气的呢?”丽莎轻声地向柯斯梯雅柯夫问。

“他已经有三次错过升官的机会了，小姐。”

“什么?”她问，微皱了眉尖。

“这是第三次他们不曾提升他了。”

她摇头。

“不，这不会的!”她想，“不会是为了这个!”

“你不相信我吗，小姐?我敢赌咒!还有那条梭鱼，你记得的，他也是为了这种关系给它溜掉了。”

“不是这样的，不是这样，”她这时有着非常的信心地想，“我知道为什么他放走了那条梭鱼。”

“啊，啊!”她突然叫起来，“瞧，在动了，在动了。”

她一拉，什么都没有。

“它跑掉了!”柯斯梯雅柯夫说，望着那钓钩，“你瞧它是怎样把蚯蚓啮掉的，这一定是一条大鲈鱼。不过你还没有学会这技巧，小姐；你没有让它好好地上钩。”

“怎么，这里面还有什么技巧要学吗?”

“是的，跟任何事都没有两样。”亚历山大不由自主地说。

她吃了一惊很快地转过身去，在她转身的时候钓竿滑进水里去了。可是这时亚历山大却是在向另外的方向看着。

“一个人怎样就可以学得这种技巧了呢?”她声音微微颤抖地说。

“要常常练习。”亚历山大回答。

“啾，是这样的!”她想，感到一阵欢喜的震颤，“这意思是让我常到这儿来。我明白了！很好，我要来的，不过我要向你报复，不懂礼貌的先生，对你所有的一切无礼的举动报复。”

她就用这种娇态当作对亚历山大的回答。不过那天他并没有多说什么。

“她一定是在转什么念头，只有上帝才会全部知道的，我敢说!”他对自己说，“她开始装腔作势，撒起娇来……多笨哪!”

从那天以后老人和少女每天都过来玩。有时候丽莎和她的保姆一起来，没有老人。她带了工作物和书本到树下面一坐，做出了一种对亚历山大的存在全不在意的神情。

她想用这种方式来破坏他的虚荣心，并且照她的解释，“向他报复”。她高声地跟她的保姆谈着家常，表示她看都不曾看见阿都耶夫。而有时候他真的没有看见她，当他看见她的时候，就一语不发冷冷地鞠躬算数。

发觉了这种平凡的方式对她毫无好处以后，她就换了进攻的方式，有两次机会她自动出来说话，有时候还从他那里拿一根竿子去。亚历山大，渐渐地，跟她说话的次数多了起来，不过却十分小心，决不让自己有任何“忠诚表露”的发泄；不管是由于他自己的谨慎或是因为他的旧创尚未完全平复，照着他的说法，即使是在他们谈话的时候，也还是相当冷漠的。

有一天老人送了一只铜茶壶到河边来。丽莎倒了茶。亚历山大立刻拒绝了一点不喝，他说他在晚上是从不喝茶的。

“一喝茶就会跟他们混得更熟了——成了熟人——不，我不想喝！”他想。

“你是怎么了？为什么，昨天你还喝了四杯的。”柯斯梯雅柯夫说。

“我在外面是从不喝茶的。”亚历山大马上添上说。

“多失策呀！”柯斯梯雅柯夫说，“顶好的茶叶，第一等的，值十五卢布呢，我说。要是您高兴，再给我添一点，小姐，要是跟甜酒一起吃那该多好。”

甜酒，也送来了。

老人请亚历山大到他家去看他，可是给他断然地谢绝了。丽莎听见他的拒绝以后噘起嘴来。她开始想从他那里发现他的孤僻的原因。不论她多么技巧地把谈话搭到这个题目上，亚历山大总是更技巧地躲了开去。

这一神秘只引起了丽莎的好奇心，也许还勾起她一些别的感触。她的脸，迄今为止一直是像夏天的天空一样的清明的，现在也开始笼罩了一种焦急不安思虑重重的表情。她常常忧郁地向亚历山大望上一眼，叹口气再把眼光从他的身上挪开，向地上望去，好像是在自己思忖：“您不快乐！可能是，受了欺骗……啾，要是我知道怎样可以使您高兴，体贴您，爱您，那可该多么好。我会在命运前面守护您的——

云云。”

这是大部分的女人的心理，而她们中间又有一多半是要遗弃这种信奉赛仑[1]之歌的人的，亚历山大分明是什么都没有注意。他就像跟一个朋友，或是跟他叔叔谈天一样地跟她谈话。没有一点柔情的痕迹，这种柔情往往会不知不觉地渗入两性的友谊中间，而使他们的关系超过了友谊的。这大概就是那种男女之间不可能有友谊存在的说法的根据，因为存在于他们中间的所谓友谊，不是爱情的开始就是爱情的终结，不然那就一定是爱情自身的存在。不过看看阿都耶夫对于丽莎的态度，你差不多一定会相信这样的一种友谊是存在着的。

只有一次他部分地透露了，也可以说他希望透露他对她的看法，他在凳子上拿起了她带来的那本书，翻开了书页。这是一本“Childe Harold”[2] 的法文译本，亚历山大摇摇头，叹了口气不言不语地把书本又放下了。

“你不喜欢拜仑吗？你对拜仑生来就有一种反感吗？”她说，“拜仑是一个如此伟大的诗人——而你却不喜欢他！”

“我什么都没有说你就攻击起我来了。”他说。

“那你为什么要摇头呢？”

“啾，我很遗憾为什么这本书会落在你的手里。”

“你是为谁遗憾——为这本书还是为我？”

---

① Siren：希腊神话中的女神，居意大利海岸附近岛上，以歌声蛊惑舟人，使之灭亡。

② 拜仑的诗集。

亚历山大没有回答。

“我为什么不能读拜仑?”她问。

“为了两个原因。”稍做沉默以后亚历山大说。他将他的手搁在她的手上，也许是为了加强语气的缘故，也许是为了她的小手太白太嫩了，然后他就开始用了一种轻柔而有分寸的语气说起来，他的眼睛先落在丽莎的鬈发上，然后就又移到了她的颈部，她的腰部。经过了这些阶段，他的声音就逐渐提高了。

“第一点，”他说，“因为你是在读拜仑的法译本，结果是诗人的语言中间的美与力，在你都损失了。你只要看一下这里面的语言是多么苍白，没有色泽而可怜！这只不过仅仅是这位伟大诗人的一些灰烬；他的意识好像是给溶解在一种液体里面了。第二点，我根本就不希望你读拜仑，因为他会扰乱了你的本来可以永远静止着的心弦。”

说到这里他就热热地带了感情地握紧了她的手，就像他希望增添他的话语的分量一样。

“你为什么要读拜仑呢?”他接下去说，“你的生活本来也许会像这条小河一样平静地流着的；你瞧它多么小，多么玲珑；它的水面上反应不出整个的天空和云彩。两岸上没有石块也没有陡削的地方，它只是游戏似的潺潺地流着；水面上难得现出轻微的涟漪，它只映出了两岸的绿，天空的云隙和点点白云。因此无疑地你的生活原可平稳地过去的，可是你现在却无因地替自己找来了风暴与刺激；你这是想透过一种暗淡的玻璃去看人生和人们……扔掉它吧，别读了！对任何事都笑脸相看，别看得太远，一天天地生活，别只是注意了社会和人类的黑暗面，否则——”

“否则怎样？”

“没有什么！”亚历山大说，好像是在锁定自己。

“不，告诉我；你准是曾经有过某种经验的？”

“我的钓竿哪儿去了？对不起，应该轮到我来钓了。”

看来他好像是为了如此无保留的倾吐而感到不安了。

“不，还有一句话，”丽莎说，“当然了，一位诗人是总会引起人的兴趣的。拜仑是一个伟大的诗人，你又为什么不许我对他发生兴趣呢？难道我真是如此愚蠢，如此拙笨不能了解吗？”

她受了委屈。

“绝不是这意思：对适合你的女性的心肠的事物不妨发生兴趣，去找那可以和它调和的东西，不然是也许会在头脑与内心之间发生一种可怕的不协调的。”他说到这里摇着头好像是在表示他自己就是一个这种不协调之下的牺牲者。

“有人会把花朵指给你看，”他说，“还教你欣赏它的美丽与芳香，可是另外的人就可能只给你指出它的花萼中间的毒汁，这么一来美丽和香味在你就都一扫而光了！他会弄得你只担心那毒汁而忘记了同时还有香味。这两种人中间和你对这两种人的趣味是都有着区别的。别去寻求那种毒素，别想去探索发生在我们周围和落在我们头上的事物的本源，别去寻求无用的经验，这是都不会使生活愉快的。”

她停了下来。她好像入梦似的听着他。

“说呀，说呀，”她带了一股稚气的柔顺说，“我准备听你整天地说，样样都听从你。”

“我？”亚历山大冷冷地说，“原谅我，我有什么权利来决定你的希望呢？我请求你原谅我关于这一点表达我的意见。读你所喜欢的书——*Childe Harold* 是一本写得很好的书，拜仑是一个伟大的诗人！”

“不，别掩饰了！别这么说。告诉我，我应该读些什么？”

带了拘谨而严肃的心情，他开始给她推荐了一些历史和游记的作品，不过她说这些她在学校的时候就已经读腻了。他就又替她选出了华特·斯考脱[①]考泼[②]还有一些别的英法男女作家，两三位俄国作家，在在显出了他在文学上的趣味和判断力。从这次以后，他们之间就不曾再有过类似的谈话了。

亚历山大还是在设法逃避。“女性对我算什么呢？”他说，“我不能恋爱，我跟她们已经无缘了。”

“算了，算了，”柯斯梯雅柯夫劝他说，“你要结婚的，你瞧着吧。我个人有一个时期觉得跟小姑娘们来往的目的只不过是给自己找点乐子，可是一等时候到了，我简直就好像是被赶着似的给推进婚姻生活里去了。”

于是亚历山大就没有再作逃避。在他的内心中所有的旧梦又开始扰乱起来。他的心开始急剧地跳着，丽莎的外形，她的脚腕，她的鬈发都在他眼前荡来荡去，生活又稍稍变得

---

① 英国小说家（1771—1832）。

② 美国小说家（1789—1851）。

明朗了。已经有三天柯斯梯雅柯夫不曾来找他了，可是他却拉了柯斯梯雅柯夫去钓鱼。“又来了！过去的事又重新回来了！”亚历山大说，“不过我现在可坚强得多了！”一边说着一边自己快步向河边赶去。

每一次丽莎都是焦急不耐地等候着她的朋友们的降临。每天黄昏她都替柯斯梯雅柯夫准备好了一杯搀了甜酒的香茶——也许他们的每天都不失约，丽莎还得部分地感谢这个建议呢。如果他们来迟了，丽莎和她的父亲就出去迎接。万一因为天气太坏而使他们不能出门，到了第二天他们和那天气就都得受到无限的抱怨。

亚历山大考虑又考虑，终于决定了——只有上帝知道——他自己也不知道的——是为了什么，缩减了他的散步的次数，同时他也有一个星期不曾去钓鱼了。柯斯梯雅柯夫也不曾去。最后他们终于又去了。

在离开他们平常垂钓的地方还有一哩左近，他们遇见了丽莎和她的年老的保姆。她看见了他们以后就叫出声来，接着就又突然笑了一下又红了脸。阿都耶夫僵僵地鞠了一躬，柯斯梯雅柯夫就开始扯了开来。

“我们又在这儿碰头了，”他说，“你没有料到会遇见我们的吧？哈！哈！哈！我看你是没有想到我们会来，所以也没有带茶壶！不少日子了，小姐，我们有很久没有见面了。鱼儿也不知道上过钩没有。我是一直想来，可是我劝不动亚历山大·斐德里枢；他一直在家里坐着——不，我应该说在家里躺着。”

她责备地望着阿都耶夫。

“这是什么意思？”她问。

“什么？”

“你有整整一星期没来？”

“是的，好像是，有一个星期没有来了。”

“为什么？”

“啾，我没有想出门的意思。”

“没有想出门的意思！”她说，惊奇地。

“是的，怎么啦？”

她没有说什么，好像是在思索：“那么你真的会没有到这儿来的意思吗？”

“我曾经想请爸爸进城去看你，”她说，“只是我不知道你住在哪儿。”

“进城？来看我？为什么？”

“这倒问得好！”她带了一种激怒的语气说，“为什么？是要看看你有没有出了事，你身体好不好？”

“可是这对你又有什么关系呢？”

“跟我有什么关系？老天爷！”

“为什么要喊老天爷？”

“为什么！为什么你是知道的，你还有几本书在我这儿。”她迷惑起来了，“一个礼拜没照面！”她添上说。

“我是每天非到这儿来不可的吗？”

“一定的！”

“为什么？”

“为什么！为什么！”她忧郁地望着他还重复着说，“为什么，为什么！”

他看着她。这是什么？眼泪，刺激，快乐还是诅咒？她脸上苍白了许多也瘦了一点，眼睛发了红。

“那么这就是了！早已如此了！”亚历山大在想，“我没有料到会来得这么快！”接着他就大声地笑起来。

“为什么？您说。请听着……”她接了下去，她眼睛里闪烁着某种决断的光芒。她显然是要鼓起勇气来说两句要紧的话，不过正在这时候她的父亲找她来了。

“明天，”她说，“明天我有两句话非和你说不可，今天我不能说；我的内心胀得太满了……你明天要来的吧？呃？你听见没有？你不会把我们给忘了吧？你不会抛弃？……”

她不等回答就跑开了。

她父亲向她呆呆地望着。接着就又望着亚历山大，摇摇头。亚历山大无言地望着她的后影。他似乎觉得有些后悔和恼恨自己，又为了他的不成心将她弄到这种神情而十分不安；血不是流向他的心里而是向他的头部涌去。

“她爱着我，”亚历山大回家以后想，“老天爷，多糟！多么尴尬；现在可不能再上这儿来了，而这里的鱼又上钩上得挺好的……可恼！”

不过同时他的心里，好像是，不知为什么并不对这不满，他开始高兴起来，碰见柯斯梯雅柯夫就谈个没完。

幻想，匆忙地，好像已经有着底稿似的，替他画出了丽莎的一张全身肖像，画出了她的丰美的双肩，她的苗条的身材，连她的脚腕都不曾漏掉。他身体内部燃烧着一种奇异的冲动，震颤再度走遍他的全身，不过不曾触及他的心，就又消灭了。他从头到尾地分析着这种冲动。

“兽性的冲动!”他对自己喃喃地说，“这种念头居然能走进了我的头脑——啊，赤裸的肩膀，胸膛，脚腕……利用她的信赖，她的无知……欺骗……唔，好，欺骗，可是又怎样呢?很可能还要有同样的烦恼和良心的刺痛，这是为了什么呢?不，不!我不能让我自己去的，我不能把她弄得那样……嗷!我是坚定的!我自己觉得内心是多么纯洁，多么豁达……我不能落进泥淖，同样我也不能拖她进去。”

整整一天丽莎在一种快乐的恐惧中间期待着他，后来她的内心使她不能支持了，她失去了信心，并且，她自己也不知道为什么，变得忧郁起来，甚至对亚历山大的来临不做盼望了。约定的时间已届，没有亚历山大，她的不耐烦变作了不能忍受的凄凉。随了夕阳的最后的余晖所有的希望都离开了她，她哭了。

第二天她又恢复了信心，在清晨她的心情又是轻松而愉快的了，不过到了傍晚，她的心又为了恐惧与希望而开始作痛而沉重起来。他们又没有来。

第三天和第四天情形是相同的，可是希望总是把她引诱到河岸边去。每次远处有了一只船影，或者是岸上有了两个人影时，她就要开始颤抖，给快乐的期待弄得有气无力。可是当她看出来他们并不在船中，那人影也不是他们以后，她的头就筋疲力尽地垂向了胸前，失望充满了她的心头……马上就又有一种虚幻的希望向她耳语，为他们的迟到给她一种慰藉的解释……她随即又开始心跳了。可是亚历山大仍旧没有来，好像是故意如此似的。

最后，她的心已经因悲观失望而失去了正常，她在树底下的老地方坐了一整天，突然她听到了一阵悉索的声音；她转过身去，为这次快乐的冲击颤抖了；亚历山大双臂扣拢了站在她的面前。

她流着快乐的眼泪向他伸出了双手，好一会她不能恢复自制的能力。他握着她的手焦急地，甚至还含情地，向她的脸上望着。

“你瘦了！”他轻轻地说，“你难过吗？”

她颤抖着。

“你有多久不来了！”她说。

“你是在盼着我？”

“我？”她急忙地回答，“啾，算你还知道！”她把他的手温暖地紧紧握了一下结束了她的回答。

“我是来向你告别的！”他说完了就停了下来，窥察这句话到底对她有什么影响。

她惊恐而怀疑地瞅着他。

“这不是真的。”她说。

“是的，这是真的！”他回答。

“听！”她突然说，畏惧地四下里张望，“别离开，为了上帝的缘故，别离开吧！我要告诉你一个秘密。爸爸从窗户里看得见我俩；到花园来找我，到园亭里来……它是一直通到野地里去的，我领你去。”

他们一起走去。亚历山大的眼睛一直不曾离开她的双肩和苗条的腰身，觉得似乎是在发烧而颤抖着。

“有什么要紧，”他随在她后面一面走一面在想，“我去吗？要知道我不过是……看一看，他们那里的园亭怎么样……她父亲曾经邀请过我的；我当然可以正大光明地去拜访的……不过我这离开诱骗还差得远，上帝在上，我可以证明的；我到这里来自然是为了说明我要离开，虽然我并不要到什么地方去！不，魔鬼！你不要诱惑我！”

不过这时好像从隐士的壁炉里出现了，格里劳夫[①]的小鬼在向他耳语，“可是你又为什么来做这种申述呢？这并没有什么必要呀；要是你不来的话，两星期后你就会给忘掉了的。”

不过亚历山大在想，他的这种做法是非常光明的，他是来做一次伟大的自我牺牲的表演，是和诱惑的恶魔做面对面的战斗的。他战胜自己的第一个成果是向丽莎偷吻了一下，接着他就将手臂搂了她的腰，告诉她他是不会离开的，他只不过是想出了这个方法来试试她的心，试试她是不是对他钟情。最后，他答应了明天在同样的时候到园亭里来，这样他完成了他的胜利。他到家以后，回想了一下他的行动，不禁有一处寒热交作之感。他给恐怖压倒了自己都不敢相信；最后，他决定了明天不去赴约……可是第二天在约好的时刻的

① 旧俄寓言作家。作者这里说的是格里劳夫的寓言冤罪里的语句。

前一小时他就到了那里。

这时正当八月。天早已暗了，亚历山大答应了九点钟到场，可是八点钟他就到了，一个人，没带他的钓具。他像一个小偷似的向园亭冲来，有时恐惧地左张右望，有时用了最快的脚步跑着。可是在他前面有个人，也急忙地走着，喘息着跑进了园亭，坐在黑暗角落里的沙发上。

看来好像人已经在注意着亚历山大了。他在极度紧张中轻轻地开了门，蹑着脚尖走到沙发旁边，轻轻地拉了那人的手——是丽莎的父亲的手。亚历山大打了一个冷战，跳了起来，想要逃走，可是老人拉住了他上衣的衣角，硬拖了靠着他在沙发里坐了下来。

“你又到这儿来干什么，我的好朋友？”他说。

“我——是钓完了鱼顺便走过。”亚历山大喃喃地说，嘴唇都有些动转不灵了。他的牙齿在打着战。老人其实一点都不可怕，可是有如每一个当场给捉住了的贼一样，亚历山大像是在发寒热似的在打战。

“钓鱼以后！”老人嘲弄着重复了一遍。“你懂得‘在混水里摸鱼’这句话的意思吗？我注意了你好久了，现在我到底捉住了你；可是我的丽莎是我从她坐摇篮起养大了的；她是良善而可靠的，可是你呀，你是个危险的骗子。”

亚历山大想要站起来，可是老人却用手臂把他按住在那里。

“啾，我的朋友，别生气。你故意装出一种不快活的样子来，伪善地回避着丽莎，逗着她，把握住了她，想要利用她这些弱点。这算是光荣的行径吗？我应该怎样称呼你？”

“我用我的人格担保，我没有预料到这种结果，”亚历山大说，声调极为诚恳，“我不是想要——”

老人有半天没有说话。

“是啦，甚至也可能是这样的！”他说，“可能并不是由于激情，而仅仅由于怠惰，你把这可怜的女孩子弄得失常了，连你自己都不明白这结果；如果你成功了，那倒很好——要是你不成功，也没关系！在彼得堡有很多像你这样的人。你可知道这种先生们是怎样被对付的吗？”

亚历山大眼神颓丧地坐着。他鼓不起勇气替自己辩护。

“开头我觉得你很不错，可是我错了，大大地错了！你知道你所影响着的是个多么天真的小人儿！谢谢上帝，我发觉得正是时候！听着：再也不能多耽搁了；这个傻女孩子就要到这个约好了的地方来了。昨天我就注意着你。没有必要让她看到我们在一起；你走开吧，还有，用不着说，别再上这儿来了。她会开始以为你是遗弃了她，这对她是一个教训。留神别让我们再在这附近看见你，另找个别的地方去钓鱼，不然——不用别的仪式我就把你给打发了。你还算运气，现在丽莎还肯相信我；我整整地注意了她一天……不然你是不会有这么便当走出去的——再会吧！”

亚历山大想有所申述，可是老人已经开了门，差不多是将他推了出去。

亚历山大走出去时的感想我的读者们是可以想象的，只是想不到他会并不觉得无地自容。我的英雄的眼睛里甚至还闪烁着泪光，羞辱的眼泪，自怨自艾的眼泪，绝望的眼泪。

“我还活着干什么?”他大声地说，“一种可厌的病态的人生！可是我——我……不！要是我没有足够的意志的力量来抑制诱惑……那我是有勇气结束这种无用的可耻的生存的。”

他踏着轻便的脚步向河边走去，河水上面像是有着暗黑，瘦削，变幻不定，奇形怪状的影子在摇来摇去。亚历山大所站立的地方是一片浅滩。

“一个人要死也不能死在这种地方!”他谩骂似的说着，然后就走到离开有一百步左右的桥上去。亚历山大站在桥身中间两肘靠着阑杆，继续向水中望去。他神经质地向人生告别，给了他母亲一声叹息，给他姨母一句祝福，甚至连娜亭卡也原恕了。自我怜悯的眼泪从面颊上流下来，双手遮住了面庞。当他脚下的桥突然开始轻轻地摇晃起来的时候，他不知道应该怎样了；他四下张望，慈悲的上帝！他就站在毁灭的边缘，坟墓像是就在他面前张着嘴，桥板有一半已经碎掉飘了开去……船过去了，再过一分钟——就全完了！他聚集了全部精力绝望地一跳……跳到了安全的一面去。他于是停了下来，吸了一口气用手按紧了胸膛。

“呃，您一定吃了一吓，我猜，老爷。”一个看守问着他。

“哎，我的好人，我差点儿就掉到河心里去了!”亚历山大声音颤抖地回答。

“上帝保佑我们！乱子是容易发生的!”看守打着呵欠说，“去年夏天有一个年轻的船夫就是这么死掉了的。”

亚历山大向家里走去，他的手依旧按在心上。他一次又一次地向河上张望，向吊桥张望，急速地转过身来发着抖加紧了脚步。

同时丽莎穿上了她最漂亮的衣裳，什么人都不带，没有父亲也没有保姆陪伴，每天晚上她都在树下面坐着一直到夜深。

暗夜降临了，她还在那里等，可是看不到她的朋友的影子也听不到他的声音。

秋天到了。黄叶从枝头落下铺满了河岸，绿色渐褪，河面开始罩上了一层铅灰的颜色，天空永远是灰的，一阵凉风带来了细雨。小河和它的两岸荒凉起来，岸上没有了歌声笑语和铃声，没有了摇来摇去的船艇。草际没有一个昆虫的鸣声，树上也没有一声鸟叫，只有乌鸦的叫声使人心上更加忧闷，鱼儿也不再上钩了。

可是丽莎还是在那里等候着，她实在有和亚历山大面谈的绝对的必要，她要向他倾吐她的秘密。她依旧坐在树下的座位里，围着短大衣。她瘦了下来，她的双眼似乎陷了下去，她的脸包在一条手巾里。有一天她的父亲看到了她的这副模样。

“我们走吧，你在这儿坐得够了，”他说，皱着眉冷得打战，“瞧，你的手指都变青了，你都给冻僵了。丽莎！你听见了吗？我们要走了。”

“上哪儿去？”

“回家，我们今天要回到城里去了。”

“回去干什么?”她惊奇地问。

“干什么?秋天来了，在乡下的就只剩下了我们了。”

“啊，我的天!”她说，“就是冬天待在这儿也挺好的，我们待下来吧。”

“你打的是什么主意!够了，够了，我们走吧。”

“再等一下!”她用了恳求的调子说，“就在这种时候好天气也还是会回来的。”

“听着!”她父亲回答，摸了摸她的面颊。指着她的朋友经常垂钓的地方，“他们不会再回来的了。”

“他们不会——再回来了!”她带了悲戚的讯问的口气重复了一遍，然后放下了她父亲的手，低了头慢慢地走回家去，不时地回头望着。

阿都耶夫和柯斯梯雅柯夫很久以前就离了这里在对过的地方钓鱼了。

第十一章

慢慢地亚历山大终于把丽莎给忘记了。也忘掉了跟她父亲相处的那些不愉快的场面。他又开始平静了，甚至快乐起来，听了柯斯梯雅柯夫讲的那些无聊的小笑话也会笑笑。这人的人生观使他感到有趣，他们还商量着要到更远的地方去，在河边上搭一座茅屋，那地方要有够多的鱼，就在那里度过剩余的日子。亚历山大的心灵又逐渐沉溺在浅薄的理解和现实的生活习惯中间。不过命运却并未打盹，因而也没有能让他完全沉溺在泥淖里。

在秋天他接到了他婶母的一封信，要他赶紧去陪她出席一个音乐会，因为他的叔叔身体不好。来了这么一个欧洲知名的艺术家。

“什么？到音乐会去！”亚历山大说，大大地受了扰乱，“去参加一个音乐会，又回到人世中间，回到说谎欺诈的花花世界里去——不，我不要去。”

“还得花上五个卢布咧，一定的。”柯斯梯雅柯夫在旁边添上说。

“一张票得十五卢布，”亚历山大说，“可是我倒情愿花上五十而自己不去。”

“十五个!”柯斯梯雅柯夫叫了起来，两手一拍，“这种骗子！无赖！上这儿来欺骗我们敲竹杠！该死的好吃懒做的东西！别去，亚历山大·斐德里枢，可别上了他们的圈套！如果真是什么值得一买的东西，如果你能把它带回家来，就放在桌上吃在肚里，可是只是听上一阵子别的没有一点好处，就得付出十五卢布啊！花十五卢布可以买一匹小马了。”

“有时候人家为了过上一个舒服的夜晚还会花更多一笔钱呢。”亚历山大说。

“过上一个舒服的夜晚！让我告诉你该怎么办！我们上澡堂去，我们能过上一个了不起的夜晚！每逢我觉得腻烦了我就上那儿去——那真是了不起；你六点钟去十二点离开，你泡暖了你的身子还搓了澡，而且往往你还可以认识几位合意的朋友；什么牧师呀，一个商人或者是军官也来洗澡；他们会跟你谈谈商情，也许，谈谈世界的情形……你可就舍不得离开了！而这一切只要每人花上六十个戈比就可以了，他们原来都是不知道到哪儿消磨夜晚的!”

可是亚历山大终于去了。他叹了一口气抽出来他早已不穿、去年做的夜礼服，他真是很久不曾穿了；又带上了一双白手套。

“加上五卢布的手套钱一起是二十个!”柯斯梯雅柯夫一边帮着阿都耶夫穿衣服一边计算着说，“二十卢布一个晚上就浪费掉了！只是听上一阵子；真好像有什么了不起似的!”

亚历山大已经不习惯于规规矩矩地穿着了。过去在早晨他穿了舒适的常服到办公室去，晚上就穿一套长的紧身外套或者大衣。这套夜礼服使他十分难过。这儿太窄，那里太短；他的脖子给缠在一条丝织的围巾里又觉得太热了。

他的婶母亲切地接待他，对他表示着感激的谢意，为了她的缘故他决心将他的厌世的行径暂时搁开，可是关于他目前的生活与状况却没有提起。替丽莎威塔·亚历姗德罗芙娜在大厅里找到了一个位子以后，阿都耶夫就靠着柱子站了，好像给笼罩在疯狂的音乐覆翼之下而开始不耐烦了。他的手遮着嘴打了个轻轻的呵欠，他还没有来得及闭嘴，就起了一阵暴雷似的采声，艺术家出场了。亚历山大看都不曾看他一眼。

他们开始奏起了前奏曲。过了一会，乐队逐渐消沉下去。它的最后一个音符隐隐地和另一个旋律混在一起，起初是生动的，活力充溢的，好像是一种对儿时的游戏的回忆，听起来好像包含着小孩的声音，快乐而嘈杂；接着就变得更热烈，更成熟，好像是表现青春时代的那种不停息的活动，生活与精力的艰困与泛滥，接着乐声就变得更为迟缓更为柔和，像是在抒写爱情的流露，传译灵魂的话语，接着，沉落下去，慢慢地落入激情的絮语，终于陷入了寂静。……

没有人敢转身。全体听众都停止了呼吸静默地坐着。最后，从四周同时发出了一声赞叹的“啊!”乐厅内传遍了私语的声音。大家刚要开始动转时，乐声又忽地响了起来，crescendo[①]就像奔流似的倾注着，接着就破碎了变成千百个跳

① 增强的音调。(意大利文)

动的小水花，在行进中彼此互相触击。听来就像是嫉妒的呼斥声，和疯狂的激情的腾沸；耳朵来不及听——突然间停顿了，好像乐器再没有了力气，没剩下一点点声音。接着从提琴家的弓弦下面开始漏出了一片模糊的断续的声音，又听见了啜泣和恳求的调子，随后这些都在一声拉长了的痛苦的叹息之后静了下来。心都给它撕裂了；音乐像是在述说着被出卖了的爱情和绝望的痛苦。这里面可以听得出种种痛楚，人类灵魂中所有的苦痛。

亚历山大在发抖了。他垂了头站着，充满了泪水的眼睛从旁边的人的肩头望出去。一个瘦削的德国人，在他的乐器前面弓着身子，站在完全让他控制了的听众的前面。他完事了，冷静地用手绢擦着他的手和前额。大厅里扬起一阵欢呼和热烈的掌声。突然轮到了艺术家在听众面前鞠躬并且开始谦抑地表示他的敬意和谢忱了。

“就连他也要向群众鞠躬，”亚历山大想，带着敬畏看着这个多头的怪物，“就是这样高高站在群众面前的他！”

音乐家拿起了他的弓，所有的人又立刻全都沉默了下来，正要开始乱动的群众又变成了一整块静止的人堆。奏起的是一种不同的调子，庄严而高贵；听见这个，大家直起了腰，抬头振作起来；它引起了人们心中的骄傲，因而唤起了光荣的梦境。乐队开始隐约地加入了合奏，好像远远地方人群的回声，好像民间的传说……

亚历山大站在那儿面色苍白神情沮丧。这音乐，真好像是出于特意的设计，详详细细地告诉了他他的过去，他的全部生活，苦味的，被遗弃的生活。

“瞧瞧那家伙的脸色！”有人说，指着亚历山大，“我不能想象他怎么会这么替他自己出丑；我听过 Paganini①，连眉毛都没有动一动。”

亚历山大诅咒着他婶母的邀请也诅咒着这个艺术家，而他所最为痛恨的是命运，因为它使他忘记不掉。

“为了什么？又有什么目的？”他想，“它到底想要我做些什么？为什么总要让我回忆那些不堪回首的过去了的荏弱和无能呢？”

他陪了他的婶母回到寓所门口，他正准备离去，可是她却抓住了他的手。

“你真的不想进来了吗？”她责备地问道。

“不。”

“为什么？”

“现在已经晚了，下次无论什么时候吧。”

“您就这样地拒绝我吗？”

“比任何人更要拒绝您。”

“为什么？”

“谈得够久了，再见吧。”

“半小时，亚历山大，你明白吗，用不着多等。如果你不答应，我一定会以为你对我是不再存有一点点情感的了。”

她如此深情地恳求，如此动听，让亚历山大忍不下心来

---

① 意大利提琴家(1782—1840)。

拒绝，他低着头随了她走了进去。彼得·伊凡尼奇这时一个人坐在书房里。

“我真的是除了漠视以外就不配得到你一点点关心，亚历山大?”丽莎威塔·亚历姗德罗芙娜问，让他在火旁坐下。

“你弄错了，这并不是漠视。”他回答。

“那又是什么意思呢？我可怎么弄得懂？有多少次我写信给你请你到我这里来，你是从未来过，末了你简直连我的信都不复了。”

“这并不是漠视。”

“那么是什么呢！”

“嗽!”亚历山大叹了一口气，“再会，我的婶婶。”

“不要走！我有什么对不起你？你这是怎么回事，亚历山大？你怎么会这副样子？你为什么一切都看得这么淡淡的，你为什么不出门，却和那些跟你不配的人们混在一起?”

“没有什么缘故，我的婶母，我喜欢这种生活的方式，这样安静地生活着多么好，这对我很合适。”

“对你合适？在这种生活中间这群人里面你能给你的头脑和心灵找得到食粮?”

亚历山大点头。

“你是在装腔作势，亚历山大；你一定是有什么伤透了心的事，可是你却不愿提起。在从前，你有了困难还找得到可以向他吐露内心的人；你知道你总还可以得到安慰至少也有同情；现在你是连这样的人也没有了?”

“没有!”

“什么人你都不相信?”

“没有一个人。”

“你就从来没有想起过你的可怜的母亲——她对你的系恋——她的慈爱?你就从来没有过这种念头，也许这里还有着一个爱你的人，虽然比不上你的母亲那样地爱你，至少也会像一个姊妹，或者像一个朋友?”

“再会，我的婶婶。”他说。

“再会，亚历山大，我不再留你了。”他的婶母回答。她眼睛里有了泪珠。

亚历山大刚拿起了帽子，随即又放了下来，向丽莎威塔·亚历姗德罗芙娜望着。

“不，我不能离开你跑掉；我提不起勇气这样做，”他说，“你这对我是怎么一回事?”

“再恢复从前的亚历山大吧，就是只有一分钟也好。告诉我，你对我是完全信赖的。”

“对，我不能瞒着你，我得把我心里的一切全都告诉你，”他说，“你问我为什么要逃避这个社会，为什么我对任何事都淡然视之，为什么我连你也不来拜访?……为的是什么?你一定明白很久以来我就痛恨着过去的生活，于是我才替自己选取了一种跟过去绝少相同的生活方式。我不需要什么，除了安静和灵魂的安息，什么我也不要。我已经看透了人生的空虚和虚无，因而我极度地看不起它。那种活动，奔忙，那种不安与激动，我讨厌透了这一切。对任何事我都不再寻求不再尝试。我失去了目标，因为你寻求的东西，就算你得到了——接着你就会发现这原来全是一场梦。一切欢乐都与我无缘，我对这些变得淡漠了。在这个温雅的世界里面，社会中间，我更亲切地感到了生活的丑恶，可是一个人待在家里，离开人群，我却能安心过日子；在这种梦境里面，不论命运替我安排下的是什么，我是看不到人类也看不到自己的。我什么都不干，对于别人和自己的举动也不加注意，我是在休止着，一切对我都是漠然——幸福与我无缘，不过我却不是忧愁下的牺牲品。”

“这简直可怕，亚历山大，”他的婶母说，“在你这种年岁却对一切都如此淡漠。”

“你有什么可惊奇的，我的婶母？您只要离开这个包含我们在内的世界一分钟，您再看看生活，世界：这都是些什么？……昨天还是伟大的，今天就是渺小的了；昨天还想要的，今天就不要了；昨天的朋友——今天成了敌人。到底为了什么，值得这样奔忙，恋爱、纠缠、吵嘴、和解——总而言之，生活吗？让理智和心情都得到安息不更好吗？我只是睡觉，因此无论哪儿我都不去，就连您这里……我有一阵子已经完全睡着了，可是您又把理智和心情给唤醒了，而且又把它们给推进了深渊。如果您希望看见我是健康、愉快，可能是，甚至还是活泼的，也许按照叔叔的概念，是幸福的——那就让我停留在我现在的地方。让我把这些波动安定下来，让幻想平静下来，让理智完全麻木，让心变成石头，眼睛不流泪水，嘴唇上没有了笑——那时，过上一年两年，我再到您这儿来，就有完全经得起一切的考验了；那时候您就用不着花多大的气力来唤醒了，可是现在……”

他做了一个绝望的表情。

“瞧，亚历山大，”婶母赶紧插进来说，“您一下子就会改变的：在您的眼睛里有着泪水，您总是这样的，别悲伤吧，别抑制自己的情感，让它自然……”

“为了什么？这对我又不会有什么好处的。这会让我更痛苦。今儿这一晚上我自己也看不上我自己了。我看得清清楚楚我的痛苦不能归罪于任何人。是我自己弄得成为自我生活中的牺牲的。我梦想光荣，上帝才明白是为了什么，我却忽视了自己的工作；在我的低微的职业中间我干失败了，而现在我又补救不了过去的一切；这是太迟了！我避开了大众，我看不起它；可是那个德国人，他有那么高贵而深沉的灵魂和诗人的性格，却并不曾抛弃世界离群索居；他对群众的喝彩是感觉到骄傲的。他很清楚他是这无尽的人性的连锁中间不易发现的一个环节，我的所作所为他也全部明了，苦难对他并不是一件奇怪的事。你是听见了的，他是怎样把整个的生活放进他的音乐中间去的，它的欢乐和它的痛苦，灵魂的幸福与折磨。他明白这个。今儿个我在自己眼中突然变得多么微不足道，我，加上我的忧愁，我的痛苦！……他唤醒了我的苦痛的自觉，我原来是骄傲而脆弱的。啊！你为什么要请我来？再会，让我去吧。”

“那么是我的不是了，亚历山大？我能不能唤醒什么苦痛的自觉呢——我？”

“是的，这就是为什么如此可怕的道理！你的纯洁的天使一般的面庞，我的婶婶，你的温柔的话语和爱抚的双手……这一切都刺激着我。我真想哭，我真想再活下去，我多么盼望着呀——可是又有什么用?”

“为什么要问这有什么用呢?来跟我们永远待在一起，如果你觉得我只值得占有你部分的情爱，那么也许你可以从别的人身上获得安慰；不只是我一个人这样……您会受到尊重的。”

“啊！您以为这个能经常给我安慰吗?您以为，我真的相信这种刹那间的情感激动吗?您正像一个说着冠冕堂皇的话语的贵妇人，您是完全依靠男子的幸福生活的，可是这种幸福是可以指望的吗?能保证它持久吗?今天，明天，这种幸福的生活都不会颠覆吗?——问题就在这里！能够对任何事、任何人，甚至是自己加以信任吗?没有了一切的希望和波动，什么也不期待，也不找快乐，因此也就再也不会为丧失什么而悲痛，这样生活下去岂不更好?……”

“无论什么地方您都离不开命运，亚历山大，就连您现在待的地方，它也会追着您的……”

“是的，完全不错；不过命运不能够消磨别的什么，我倒能够更多地消磨它：瞧，当手已经伸了出去去拿鱼的时候，鱼就挣脱了钓钩，刚打算出城，就下起雨来了，不然天气倒挺好，可是自己却没有兴致……唔，可笑……”

丽莎威塔·亚历姗德罗芙娜找不出更多的话来反驳了。

“您会结婚的……会恋爱的……”她犹豫不决地说。

“我去结婚！这是什么想法?你能想象我会将自己的幸福

托付给一个女人吗，即使我对她有点情感，这也是不可能的！要么你会想象我能使一个女人幸福吗？不，我明白我们一定会彼此欺骗也都欺骗了自己。我的叔父，彼得·伊凡尼奇，还加上经验使我明白了这个。”

“彼得·伊凡尼奇！啊，他犯了不少错误！”丽莎威塔·亚历姗德罗芙娜叹了一口气说，“可是您完全可以不听他的话的……你就会在婚姻生活中感到幸福了。”

“是的，在乡下，当然；不过现在……不，我的婶婶，婚姻不是为我预备的。我现在不能再装假了，当我抛弃了恋爱，不再快乐的时候；我也不能不看出来，当妻子掩饰她自己的情感的时候；这样，我们彼此都要彼此做戏，正好像，举个例子，您同叔父在串戏一样……”

“我们？”丽莎威塔·亚历姗德罗芙娜吃惊而狼狈地说。

“是的，你们！告诉我，你们是不是像你们从前所梦想的那么幸福？”

“并不像我所梦想的那样子，而是出于我的梦想以外另外一种方式的幸福，更合乎情理，可能真是这样——这还不是一样的吗？”丽莎威塔·亚历姗德罗芙娜陷入了迷惘地回答，“而你，同样地——”

“更合情入理地！啊，我的婶婶，你真不该说这个：让人家瞧透了我叔父的为人了！我知道这是合乎他那一套原则的所谓幸福：更合情理，我敢说；可是更幸福些吗？哎，要知道他事事随心，就没有一点儿不幸福的时候。真该死！不！我的生命给耗尽了，我可乏了，我算活腻了……”

两个人都沉默下来。亚历山大望着他的帽子，他婶母在想另外的方法来多留他坐一会儿。

“可是你的天才！”她突然生动地说。

“嗷，我的婶婶，你是要寻我们的开心啊！您忘了俄国的俗语，别打落水狗。我没有天才，真的一点都没有。我只有情感，我有一个丰富的脑子；我把我的梦想当作了天才就写起来，不久以前我又翻到一篇我从前乱涂的稿子，我读了一次，连我自己也觉得可笑。我叔叔让我把那些一起烧掉真是不错。啊，如果我能够挽回过去的话！我就不会用这种方式生活了。”

“别这么一个劲儿地悲观！”她说，“我们每一个人都得扛一副重重的十字架的。”

“谁背上了十字架了？”彼得·伊凡尼奇问，踏进屋来，“你好啊？亚历山大！你怎么啦？”

彼得·伊凡尼奇弯着腰，艰难地移动着腿脚。

“是的，可是却不是你所想象的那种十字架，”丽莎威塔·亚历姗德罗芙娜说，“我说的是亚历山大带着的沉重的十字架。……”

“他到底还带着什么呢？”彼得·伊凡尼奇问，小心翼翼地倒进躺椅里去，“哟！这份疼！这算哪份罪过！”

丽莎威塔·亚历姗德罗芙娜搀着他坐了下来，在他背后垫上了一个垫子，在他脚底下安好了一个脚凳。

“你怎么了，叔叔？”亚历山大问。

“你瞧这就是我要背的一副重重的十字架！哟，我的腰！

一副十字架，是的，一副十字架；我总是要替它服务的！啊，我的天！"

"你是坐得太久了；你知道这里的天气。"丽莎威塔·亚历姗德罗芙娜说，"医生嘱咐你多走动走动，可是不；早晨他坐着写字，晚上坐下来打牌。"

"什么，让我张着嘴沿街去走，浪费我的时间吗？"

"你就得受这份罪。"

"你在这里就躲不开这个，要是你是工作的话。这里有哪一个不腰痛的？这简直成了公务员的显著的标记了；啊，一个人却直不起他的脊梁骨来！唔，你现在在干什么，亚历山大。"

"还是老样子。"

"啊，是了，你的腰不会痛了。这倒可怪，真的！"

"你有什么可奇怪的，他弄成这种样子你不还得负一部分责任——"丽莎威塔·亚历姗德罗芙娜说。

"我吗？我就喜欢这个！是我教他什么事都不干的！"

"自然啦，叔叔，你真不该有什么可奇怪的，"亚历山大说，"您对把原来的我弄成现在的样儿是尽了一份力的，可是我并不怪您。我自己错了，说得更清楚些，或者我不能很好地按照您的教训去做，因为我没有准备。您，可能，一了解了我的本性就想不顾一切地去改造它，得多少负点责任；像您这种有经验的人，应该看得出来，这是不可能的……您在我的内心里引起了两种不同的人生观的斗争，又不能使它们调和：结果怎么样呢？我内心的一切都变成了疑问，成了一种混乱状态。”

“哟！我的腰！”彼得·伊凡尼奇呻吟着，“混乱状态！——哎，我是想从混乱中做点什么的！”

“是啊，可是您做了些什么呢？你揭露了人生的最丑恶的真相让我看，在我那种只应该了解光明的一面的年纪。”

“我就是想尽力把人生的本来面貌介绍给你，为的是让你不至于蒙蔽了自己空虚的头脑。我还记得，你从乡下来的时候，是怎样的一个小伙子：应该警告你，在这儿这样可不行。我警告过你，留心躲过很多错误和愚蠢：如果不是我，你还不知道会惹出多少事来呢！”

“可能是的。可是您忽略了一件事，叔叔，就是幸福。您忘记了，人是把迷妄、幻想、希望当作幸福的，而现实倒并不是……”

“你这简直是胡说！你这种意见简直是从亚洲边境传过来的：在欧洲，老早就没有人相信这个了。幻想、玩偶、欺骗——这些只对女人和小孩子才有用，可是男人却必须明白这是怎么回事。照你的说法，这难道比欺骗更坏？”

“是的，叔叔，不论您怎么说，可是幸福却总是由幻想、希望、对别人的信赖，和对自己的信任组合而成的，然后再加上爱情和友谊……可是您对我强调说，爱情——是荒谬、空虚的情感，没有它反而能够更容易更好地生活；激情的爱——不能算是伟大的和体面的，比起牲畜来也强不了多少……”

“可是你来回忆一下，你是怎样恋爱的：你作了些歪诗，说了些莫名其妙的话，弄得临死都觉得讨厌你的那个……格鲁娜什么的？你就想拿这个来勾引女人？”

“拿什么？”丽沙威塔·亚历姗德罗芙娜冷冷地问着丈夫。

“啾，腰好疼！”彼得·伊凡尼奇呻吟着。

“后来您就强调着说，”亚历山大继续下去，“绝没有深刻的同情和留恋，这只是一种习惯……”

丽莎威塔·亚历姗德罗芙娜沉默着深沉地望着丈夫。

“唉，你瞧，我对你说这个为的是……你……啾，啾，腰！”

“您对一个二十岁的男孩子，”亚历山大继续着说，“说过这样的话，爱，对一个男孩子来说——是一切，是唯一的标的——一切都围绕着这种情感打转：因为它可以使他获救，也可以招致死亡。”

“你正像是出生在二百年前的人！”彼得·伊凡尼奇嘟囔着说，“你是活在沙皇哥罗赫的时代的。”

“您跟我解释，”亚历山大说，“恋爱、欺骗，变成了冷淡的理论……为什么？在我开始恋爱之前这些我都明白；可是在恋爱当中我已经对恋爱进行了分析，好像学生在教授的指导之下进行人体解剖，看不见外形的美丽而只看见筋肉，神经……”

“可是，我想，这并不妨碍你对这个……她叫什么？……达申卡什么的发疯。”

“是的，可是您不让我受骗的：我亲眼看到娜亭卡变心的不幸，一直等到我不再需要恋爱的时候；而您马上就用理论来教导我，这是一般的方式——我，二十五岁，就失去了对幸福和生活的信心，心情变得衰老了。您否认友情，说这是习惯；大概是，随随便便地就自以为是我最好的朋友，除非您能证明友情是不存在的，我就不能同意您的意见。”

彼得·伊凡尼奇听着，一只手摸着背脊。他满不在乎地反驳着，好像只要一句话就能把全部归罪于他的控诉者给消灭掉似的。

“你对友情的了解很透彻，”他说，“你所需要的是这种滑稽剧里的朋友，据说，这两个傻瓜的表演倒很有点古风……他们叫什么名字？有一个给拘留下来作质，另外一个朋友这时候就去看他……如果大家全这样做，那么全世界就成了疯人院了！”

“我爱别人，”亚历山大继续说着，“我相信他们的品格，我待他们像自己兄弟一样，我张开手臂热烈地拥抱他们……”

“是的，这很必要！我又记起你的拥抱来了，”彼得·伊凡尼奇插进来说，“那时候你的拥抱是相当使我讨厌的。”

“可是您已经给我指出来，拥抱的价值。您要我不动情感，而要辨别、留心，提防着别人，不让我的心陷入依恋：既然仔细留心着旁人——就不能再爱他们了！”

“谁知道你！你瞧，你多么机灵；我想，你只要对他们更宽厚一些。我明白他们，可是我却不恨他们。”

“什么，这么说，你爱你的同事们吗？”丽莎威塔·亚历姗德罗芙娜问。

“我可以跟他们合得来。”

“跟他们合得来!”她单调地复述了一遍。

“他原也该可以跟他们合得来的,”彼得·伊凡尼奇说,“可是他在乡下的时候却早已给他的姨母和黄花儿弄糟了;这就是为什么他这么难以出头的原因。”

“后来我就相信着自己,”亚历山大又开始说,“你指出来我不如别人——我就痛恨自己。”

“假如你对事观察得更冷静一些,你就会看出,你并不比别人坏,也不比我所希望你的更好:那么你就既不会痛恨旁人也不痛恨自己了,只是更冷漠地忍受着别人的、更留心地对待着自己的愚蠢。我是知道自己的价值的,我看得出什么是不好的,可是我承认我很偏爱自己。”

“啊!你爱,可是你又不习惯!”丽莎威塔·亚历姗德罗芙娜冷酷地指出来说。

“啾,腰!”

“最后,没有预先警告,也没有同情,只是一下打击,你撕破了我的美丽的梦境;我本来想我是有一份诗人天才的闪烁的,你却让我得了一个痛苦的教训,我原来不宜于献身于文学;你撕去了我心灵上的幻想,给我留下了苦闷,然后给了我一份使我反感的工作。要不是为了你的缘故,我会一直写作下去的。”

“是啊,也成了大家都知道的没有才能的作家了。”彼得·伊凡尼奇插进来说。

“我跟公众又有什么关系?自己的事应该让我自己来负

责，开始时我会将几次失败的原因归罪于怨恨，嫉妒，恶意，而后渐渐地我会明白再写下去也是枉然，这么也许就会替自己选择另一条路走了。你怎么会奇怪，当我什么都明白了以后，却失去了心灵？”

“唔，你说什么？”丽莎威塔·亚历姗德罗芙娜问。

“我不想说什么：这种荒谬的话可让我怎么回答呢？这难道说要怪我吗，你刚到这里的时候你以为这里的一切都是黄花儿，爱情和友谊，人们什么事都不做，有的人写写诗另外的人就听他们读诗，也许有时候变变花样弄弄散文？……我是想让你明白这儿一般的人的情形，随便哪里的人，特别是这里的，都必须工作，而且还得努力地工作，甚至要工作得腰疼……没有黄花，而有职衔和金钱：这是非常好的！这就是我要向你证明的！我总不灰心，最后你一定会明白什么是生活，尤其是现在人们怎样来了解它。你明白了，并且看出来生活当中很少有花和诗的时候，你就明白了生活是个大大的错误，你明白这个，所以你就该当烦闷了；旁人没有留心这个，于是就过着优裕的生活。唔，你还有什么不称心的呢？你还缺少什么呢？如果旁人在你这种地位，可就要称赞自己的命运了。既不是贫困又不是疾病，又没有任何愁虑。你还缺少什么呢？爱情，还是什么？你还没有够吗？你恋爱了两次，而且也被人爱过。她们对你变了心，你也报复过了。可以这么说，你有的朋友别人是不大容易碰得到的：不假，为了你赴汤蹈火都不推脱，也并不是喜欢拥抱的人；可是要知道，这真是愚蠢极了；最后你总会明白的！可是为了请求帮助，甚至是金钱——你经常去找……这难道还不算是朋友吗？将来你要结婚，事业正好在你面前：你只要动手去做，幸运女神就会跟你在一起的。像旁人一样地工作吧——命运不会扔开你的。还没有爬到那种地位就自以为了不起的伟大的人物是可笑的！唔，你到底有些什么值得悲伤的呢？”

“我并不怪你，叔叔，正巧相反。我很心领你的盛意，还从心底里对你表示感谢。一个人既然失败了还能做些什么呢？也不要怨我。我们彼此并不了解，这就是我们出毛病的地方！让你，也许还有别人觉得合适而幸福的，对我却是不堪忍受的。”

“‘让我，也许还有别人觉得幸福的’……满不是像你说的这么回事，我的好人！你以为只有我才是这种人吗，照着我教你的那样思想行动的人吗？你向四周看看，瞧瞧所有的人，就像你所说的那一群，这不是一群乡下人——让他们接受任何事物都需要长长的时间——而是文明人，现时代的会思想而机动的人们；他们所需要的是什么，他们努力争取的又是什么，他们的看法是怎样的？然后你就会明白这正跟我所教给你的是一式一样的。我对你的要求其实倒并不全是出诸我自己的呀。”

“那么又是谁的意思呢？”丽莎威塔·亚历姗德罗芙娜问。

“时代的要求。”

“那么是不是每一个人必须整个地和他的时代意识全部吻合呢？”她问，“难道他们全都是如此正确如此真实的吗？”

“全都正确!”彼得·伊凡尼奇回答。

“什么!难道说这是真的，一个人应该多相信理智而少服从情感?应该不听从心灵的指使，必须要抑制所有的情感的发泄，不使情感冲动，也决不加以信赖吗?”

“是的。”彼得·伊凡尼奇说。

“任何人都得按照一定的方式做事，少相信别人，把所有的事都当作是靠不住的，只为自己而生活?”

“是的。”

“难道这些又是真的，爱情并非人生大事，少关心爱人而多留心事业，蔑视别人的爱护，而必须相信爱情的结局是冷漠，疏远或者是变成了一种俗套?难道这些都是真的不成?”

“这些永远是真理，”彼得·伊凡尼奇说，“只不过在过去人们不肯相信，可是现在这都成了常识成了真理了。”

“是不是一个人对任何事件都要加以考虑，计算，筹划，而必须避免遗忘，梦想，和为耻辱所引诱，即使这些能够使他幸福也必须避免呢?”

“因为这是合理的所以这是应该的。”彼得·伊凡尼奇说。

“是不是对于你最亲近的人，比方说你的妻子也得处处小心呢?”

“我的腰从来没有这么疼过——啊!”彼得·伊凡尼奇说着，在椅子里蜷曲起身体来。

“啊!腰!上了年纪，没什么可说的。”

“很好，亲爱的，马马虎虎绝不会成功的；一举一动都出于谨慎，理智，经验，慢慢地进步，最后则是成功；一切都是向了改良和进步的方向努力的。”

“也许你的话里包含着真理，叔叔，”亚历山大说，“可是真理并不能给我安慰。我按照你的理论来了解一切，用你的眼光品量一切；我是你的指导之下的一个小学生；可是同时生活对我是一种苦痛——悲苦，不堪忍受。这又是什么道理?”

“而是因为你对于新的事物还不习惯。并不是你一个人这样，还有别的人呢；这都是受苦的人。他们的确可怜，可是怎么办呢？不能为了少数人而留在多数人的后面，对于目前你指责我的一切，”彼得 · 伊凡尼奇说，接着他想了一下，“我有一个很重要的解释，你还记得你刚到这里的时候，我跟你谈了五分钟话，就马上劝你回家吗？你当时不肯听我的话。那么，现在你为什么又来攻击我呢？我预先就告诉过你你跟一切现实的事物是合不来的，而你却相信了我的指示，求我的指教，高谈阔论地讲到现代科学上的成功，人性的斗争，和时代的趋势——好啦，你瞧！我是不可能像一个保姆一样从早到晚地看着你，我为什么要这样呢？我既不能晚上盖一块手绢在你嘴上防苍蝇，又不能替你画十字。因为你问我，所以我才告诉你事实的真相；至于这会引起什么后果却是与我无关的。你已经不是个吃奶的孩子，也不是白痴，你可以用自己的理智判断呀。后来，放着正事不干，你开头先是对几位小姐的薄情唠叨，接着就是为与一位朋友的离别而哭泣，先是受不了你内心的空虚，后来就又苦于它的充溢；这是一种什么生活呀？为什么，这简直是痛苦！瞧瞧现在的青年，他们才是有存在价值的青年，他们全都好像是洋溢着灵机和精力。他们的应付种种无聊事物是来得多么熟练而如意，这些事——照你的口头禅——就是所谓‘激情的冲动’，‘精神的痛苦’，鬼才明白这是说的些什么！”

“你说得倒容易！”丽莎威塔·亚历姗德罗芙娜说，“你真的一点也不可怜亚历山大吗？”

“不。如果他也害腰痛，我是会可怜他的；那并不是一种意念，也不是梦想，不是作诗，而是一种真实的痛苦……哟！”

“告诉我，至少，叔叔，我现在怎样才好？你用了你的清楚的头脑会怎样解决这个问题呢？”

“你该怎么样？哎，回到乡下去呀。”

“回乡下去！”丽莎威塔·亚历姗德罗芙娜重复了一遍，“你发疯了，彼得·伊凡尼奇？他在那里又有什么事可做呢？”

“回乡下去！”亚历山大也复述了一遍，两人同时都向彼得·伊凡尼奇望着。

“是啊，回乡下去；在那儿你可以陪着你的母亲，这对她是一种安慰。现在你是在设法寻求一种安静的生活，可是这里却没有一件事不刺激你，而且除了在湖边上陪着你的姨母哪里还找得出更安全的地方。照我说，我是一定回去的！谁知道呢？也许你会……哟！”

他紧紧按住了他的脊骨。

两星期后亚历山大递进了辞呈，到他叔父婶母那里去辞行。亚历山大和他的婶母都挺伤心地沉默着。泪珠在丽莎威塔·亚历姗德罗芙娜的眼睛里闪烁着。只有彼得·伊凡尼奇一个人在说话。

“既没有事业也没有幸运!”他说，摇着他的头，“岂不是白跑一趟?你简直丢尽了阿都耶夫家的脸!”

“够了，彼得·伊凡尼奇，”丽莎威塔·亚历姗德罗芙娜说，“我们真听厌了事业这种字眼了。”

“唔，亲爱的，七年中间什么事也没有做成!”

“再会了，叔叔，”亚历山大说，“谢谢你的一切关照，一切的关照。”

“不，一点也没有什么。再会，亚历山大!你旅行中要不要钱用?”

“不，谢谢你，我还有点钱。”

“这算什么意思!他从来不肯拿一点钱的，这到底真让我不高兴。好，再会吧再会吧。”

“你不为跟他分别难过吗?”丽莎威塔·亚历姗德罗芙娜喃喃地说。

“哼!”彼得·伊凡尼奇悄悄地说，“我跟他真混得够熟的了。记住，亚历山大，你有一个叔父还有一位朋友——你听见了没有?要是你需要找一个职业，或者是找点事做，或者是小小的帮助之类，就找我来吧，我这儿全都有的。”

“如果你需要同情，”丽莎威塔·亚历姗德罗芙娜说，“烦恼中的安慰，可信赖的温情——”

“还有真诚的情感发泄。”彼得·伊凡尼奇添上说。

“那时候你就记住了，”丽莎威塔·亚历姗德罗芙娜接下去说，“你还有一位婶母一位友人。”

“来，我的亲爱的，他在乡下是不会缺乏这些的；它们全有在那里：花儿，爱情，情感的发泄，甚至于还有一位姨母呢。”

亚历山大受了很大的刺激，他说不出一句话来。在跟他叔父道别时，他曾经想去拥抱他一下，可是不像七年前的那样灵活。彼得·伊凡尼奇并没有拥抱他，只不过握住了他的双手摇撼得比七年前来得还热烈一些。丽莎威塔·亚历姗德罗芙娜则掉下了眼泪。

“啊，这下我可轻松了，谢谢上帝！”彼得·伊凡尼奇说，当亚历山大走了以后，“我觉得好像我的腰也好了点了！”

“他对你怎么了？”他的妻子一边哭一边抽抽噎噎地说。

“哎，一直给我添不痛快，比工厂里的那些家伙还难弄。如果他们要狗脾气，你可以赏他们几鞭子；可是对他又有什么法子想呢？”

他的婶母哭了整整一天，彼得·伊凡尼奇想要吃饭的时候，才知道什么都没有预备，因为主妇自己关在房间里没有给过厨子一点吩咐。

“这全是亚历山大！”彼得·伊凡尼奇说，“这家伙真是个大累赘！”

他走来走去，后来出去到英国俱乐部吃午饭去了。

马车一清早载着亚历山大·斐德里枢和叶夫赛慢慢地出了城。

亚历山大从马车窗里伸出头来想大声地哭喊，可是终于只激起了一阵心上默默的独语。

他们走过了理发师、牙医生和出卖妇女衣饰的店铺、贵族的邸宅。

“再见，”他说，摇着头，揪着自己有点稀疏了的头发，“再见吧，装着假头发的，镶着假牙的、在橱窗里用棉花堆着雪景的，充满了一个个圆顶建筑的城市，文雅傲慢、情感虚伪、死气沉沉的混乱的城市！再见吧，你这个埋葬了深切有力的温暖的心的活动的壮丽的陵墓。我在这儿面对着现代的生活而且跟它生活在一起，可是我却背向着大自然，而且它也躲避了我，我丧失了生命力，我老了，已经二十九岁了，可是时光……

“再见，再见，城市，是
我受苦的地方，我恋爱的地方，
我埋葬了自己的心的地方。

“我向您张开双手，广阔的田野，欢迎您，
故乡的肥沃的田园和牧场：
把我收容在您的怀抱里，我的心就会复活、苏醒。”①

他读着普希金的诗句：“画家是残忍的人，使用着没有生气的画笔。”……他擦着润湿的眼睛，深深地躲进马车里。

① 普希金的《欧提 · 奥涅金》第一章里的诗句。

第十二章

这是一个可爱的早晨。早经读者熟知了的格拉契村里的小湖的湖面上在飘拂着轻微的涟漪。阳光照在水面上反射出钻石和翠玉的闪光来，眼睛望上去会不由地给照耀得一瞬一瞬。赤杨树的枝条垂拂在湖水中间，岸侧茂草丛生，草丛中是才开放的大黄花，下面是阔大的摇动着的叶子。时时有轻云掠过太阳，于是突然地好像它对格拉契村背过了脸去；这时小湖，森林和村庄——刹那间全都罩上了一层暗影；只在远远的地方看见有一条斜射下来的日光柱。浮云掠过——湖面又在闪烁着亮光，麦田上面好像罩着一层金子。

安娜·巴甫洛芙娜从五点钟起就一直坐在阳台上。是什么将她引诱出来的：日出，清新的晨风，还是云雀的歌声呢？不，她就从未将她的眼睛离开过那条穿过森林的小路。阿格拉芬娜走上来向她要钥匙。安娜·巴甫洛芙娜没有看她，眼睛还是不离开那条小路，也没有问作什么用就把钥匙递给她了。厨子上来了，也没有看他一眼，她给了他一大堆吩咐。餐桌上排下了够十个人吃的盛宴。

安娜·巴甫洛芙娜又孤零地只剩下了一个人。突然她的眼睛发亮了，她的全部精神与体力都紧张起来在望着，路上出现了个黑暗的影子。是什么人来了，不过却很慢，很从容。啊！是从山上下来的一部马车。安娜·巴甫洛芙娜皱起了眉峰。

“鬼差使他来的！”她说，“说不定他们又要上这儿来了，随便什么人都要赶了来。”

她又失望地坐进她的躺椅里去，又带了震动的期待向森林望去，对身旁的一切一点都不注意。不过她身旁倒真有了值得注意的光景，四周的景物突然起了转变。给中午的太阳照得灼热的空气慢慢地变得沉重而抑塞。这时太阳给云影罩住。天气变暗。那森林，那远处的村庄，草原都显出了一种风雨欲来的神色。

安娜·巴甫洛芙娜振作起来向天上望着。老天爷！西边的天空上一大片没有轮廓的黑云，像一个活动的怪物似的，边上镶着黄铜颜色的闪光，飞快地向森林和村落袭来，两边伸出去两片巨大的翅翼。一切都像在恐怖地向着它威胁着。牛低着头，马摇着尾巴，鼻孔里大声地哼着气，摇着鬃毛：他们脚下的灰尘并不飞扬，而像车轮经过的沙地一般地给划出一条线来。风起处云层更密了。一会儿远处传来了隐隐的雷声。

一切都陷入了沉寂，像在等待着不可知的什么。在日光下面飞来飞去快乐地叫着的鸟儿们怎样了？在草丛里叫着的那些草虫又到什么地方去了？一切都隐藏起来一声不响，无生物群也像是在分有着恶魔降临的预感。树木停止了摇撼，并且，枝条也卷了在一起；只偶尔树巅微侧，好像彼此低声警告当心未来的危险。乌云布满天空，形成了一片穿不透的铅幕。村落里，每一个人都在希望及时赶回家去。有一刻宇宙一体的静寂。接着，像是从森林中钻出来的先驱者，一阵清风带来一阵新凉吹在行人的脸上；它在树叶中间吹得沙沙作响，在吹过一座小草房时碰上了门，更吹起了街上的灰尘散布在灌木丛里去。最后它变成一股旋风慢慢地在路上吹起一阵烟尘；散入了村落，吹掉了一些围墙上面的腐朽木块，卷起了一个正在提水的农妇的围裙，把公鸡母鸡赶得沿街张起了翅子直飞。

风暴掠过。跟着又是一阵寂静。大家都慌张地在寻找隐蔽的处所，只有一只愚蠢的羊似乎什么都没有感觉到，它还是照旧在咀嚼着，站在街道中间动也不动地悠然自若；从屋顶吹了下来的一根稻草则顺了路边飞，紧跟着掠过的旋风。

两三滴大雨点落了下来，突地又是一个闪电。一个老人在墙边探出身来叫喊着孙儿快进屋去，一个老妇人画了一个十字以后急急地关上了窗户。

震雷的声音压抑了所有的人间的声响，带着绝对的严威从天上滚过去。一匹受了惊的马挣断了缰绳，跑进草地里去；一个农夫想去捉住它却没有成功。最初雨点是疏疏地飘洒着，然后逐渐加快了降落的速度，更凶猛地打在房顶和窗子上。一只小小的白手伸出阳台去移动花盆，显出了这是它最所关怀的东西。

风暴初起时安娜·巴甫洛芙娜画了个十字就离开了阳台。

“不，今天分明是用不着盼他到家的了，”她叹了口气说，“他一定是在什么地方停了下来躲避这场风雨，或许还得有一夜耽搁的。”

突然又听见了一阵车轮响声，不过不是从森林那边而是从另一面传来的。有人到天井里来了。阿都耶夫太太的心跳停了下来。

“这是谁呢？”她想，“难道他是会不期而来的吗？可是不可能，那一面是并不通大路的。”

她不知道怎么想才好，不过马上一切就都明白了。一分钟以后安东·伊凡尼奇走了进来。他的头发有些斑白，身体也显得更胖；由于怠惰和优裕的生活，他的双颊也变得更为肥满。他还是穿着那件外套，那条宽松的裤子。

“我正在念叨又念叨你，安东·伊凡尼奇，”安娜·巴甫洛芙娜先开口说，“我想你该不会再来的。我已经不再盼你了。”

“你这种想法可真是罪过了！你一定是在说别人，太太，我敢说！您可不用想我会上别人家去拜访，不过对您那又是另外一件事！今儿个晚了可并不怨我，我是驾着剩下来的一匹马赶到这儿来的。”

“那是怎么回事呢？”安娜·巴甫洛芙娜心不在焉地问，说着一面向窗边走去。

“是因为，太太，在保罗·赛维奇教堂附近我的小花马跛了脚，神差鬼使那个马车夫在仓房前的壕沟上面安了一块旧门板；他们真是些可怜的人，您瞧！他们就没有一块新的木板！在那块门板上面又带着钩子和刺出来的什么别的东西，于是马儿一绊就摔到了一边去，而我则差一点点摔断了脖子——真吃了一吓！于是从此它就跛了脚了。他们这批守财奴，真格的。您真不会相信的，太太，他们的屋子是一种什么样子，真还不如住在济贫院里好些呢。可是在莫斯科，在古司尼次桥上，一年就得花上一万！”

安娜·巴甫洛芙娜心不在焉地听着，当他说完以后轻轻地摇了摇头。

“你知道我接到萨申卡一封信，安东·伊凡尼奇！”她插进来说，“他的信上说二十左右他就要到家了，我真是不知道怎样高兴的好。”

“我也听说了，太太；普罗希卡告诉我的，可是一开头我却不明白他是在说些什么；我以为他早就到家了呢；真让我高兴得直流汗！”

“上帝保佑你，安东·伊凡尼奇，为了你对我们如此的挚爱。”

“还有什么别的人能更爱你们吗？哎，我是从小把亚历山大·斐德里枢抱大了的；他就跟我自己亲生的孩子一样。”

“谢谢你，安东·伊凡尼奇；上帝会给你善报的！前两晚上我简直就没有睡觉，也没有让下人们安歇；你想想要是他到了家我们却都在睡觉——这像什么话！昨天和前天我都一直走到了森林边上，今天本来也想去的，可是到底上了年纪我可真受不住了。一晚上睡不着觉让我疲倦得要命。请坐，吃点早点心还喝点什么吗？午饭很可能要延迟的，我们要等着我们的亲爱的客人。”

“唔，那么，就多少吃一点吧！虽然我得承认我是已经吃过早餐了的。”

“您在什么地方赶上吃早餐的？”

“我半路上在玛利亚·卡尔波芙娜那儿停了一下。我是路过那儿的，你知道，于是就停下来了，与其说为自己倒还不如说是为了我的马儿；我给了它一点喘息的时间。这种热天跑上十二哩路可不是开玩笑的事！在他那儿我只吃了一点儿点心。同时我也没有听他们的话，即使他们留我我也没有待下来；要是多坐一会，这场风雨可就要把我在他那儿留上一天了。”

“唔，玛利亚·卡尔波芙娜这一阵子好吗？”

“挺好，谢谢上帝；她给您问好。”

“真谢谢你；还有关于她的女儿索菲亚·瓦西里耶芙娜，她丈夫，有什么消息吗？”

“没有听见什么，太太；第六个孩子又快生了。还有两星期光景就该养了。他们邀我到那时候去做伴儿，可是他们家里的那种穷相可让人看了不舒服。人家都以为他们不会再要小孩了，可是呀，简直就养起来没完！”

“你说的这是真的！”

“真的！窗户一直就是歪斜的，地板就这样在脚底下摇动着，屋顶漏着水。他们又没有修理的家伙，他们放在你前面的就只是汤、乳酪点心和羊肉——你就只能吃这个！还有，他们劝你吃起来可多殷勤呀！”

“她还转过我的萨申卡的念头呢，这样的乌鸦!”

“就想想象她那种德行，太太，还想笼络他这一只鹰呢!我一看见他就忍不住了，多漂亮的一个小伙子，我得说！我自己有一种念头，安娜·巴甫洛芙娜，要是他订了婚该是怎么一种情形，在那边向什么公主还是郡主求的婚，这回回来是向您请求祝福还请您去参加婚礼?”

“你这是怎么说的，安东·伊凡尼奇!”安娜·巴甫洛芙娜说，忍不住的喜欢。

“我敢保险!”

“啊，我的好朋友，上帝保佑你！哟！我可真把它给忘了，我正想告诉你可是给忘了；我一直在想这到底是怎么一回事而且已经到了舌头尖上了，可是你瞧我就全给忘记了。可是你还是先吃点早点，还是现在就让我来告诉你呢?”

“反正全是一样的，太太，就是在我吃点心的时候告诉我也不要紧；我不会少吃一口的——少听一个字，我是说?”

“唔，那么，”安娜·巴甫洛芙娜开始说了，这时早点已经送了进来而安东·伊凡尼奇也已经在桌子边上坐了下来，“我瞧见了——”

“可是你自己为什么不也吃一点呢?”安东·伊凡尼奇说。

“嗽，你以为我现在能吃得下去吗?我是一口也吞不下去的，直到现在我连一口茶都没有喝过呢。唔，我在睡梦中梦见我像现在这样地坐着，在我前面站着的是阿格拉芬娜端着盘子。我想我是跟她说的‘你的盘子怎么会空了，请问，’

我说,‘阿格拉芬娜?’可是她并没有回答只是向门口望着。‘嗳呀!’我在睡梦里自己在想,‘她为什么眼睛一直望着那上面呢?’于是我就开始看了。我一看,突然萨申卡走了进来,一脸的难过,他走近了我说,清清楚楚就好像我并不是在梦中,‘再会,妈妈,’他说,‘我要远远地向那面去了,’他指着那个湖,‘我再也不会回来了,’他说。‘你要到哪里去,我的亲爱的?’我问他,可是我的心可真碎了。他没有回答,不过却那么奇怪而可怜地望了我。‘你这是打哪儿来呢,亲爱的?’我记得我又再问了他一遍。他就深深地呼了一口气又向湖边指了一指,‘打深渊里来,’他喃喃地说,听不大出来,‘从水神那儿来。’我打了一个全身的冷战于是醒了转来。我的枕头全给泪水打湿了,我糊里糊涂地不能清醒;我坐在床上,痛哭着。我马上起来,在圣母像前面点起了灯;请求她,发发慈悲替我们禳解,保佑他无灾无忧。这真把我弄得神智糊涂了,我的老天,我真弄不懂这是什么意思。他一定有了什么不幸,你想是吗?像现在这么一场雷雨——”

“这是好事,太太,在睡梦里哭泣;这是个好兆头!”安东说,在碟子边上敲碎了一枚鸡蛋,“明天他准可以平平安安到家的。”

“我本来想吃完早点以后要不要出去到森林边上去接他;这样我们可以挨过一会儿时间,可是你瞧这一下路上是变得多么泥泞了!”

“不,今儿个他是不会来的了;我已经有一种预感了!”

这时远处忽然随风飘来了远处的铃声,可是又突然地消逝了。安娜·巴甫洛芙娜屏住了呼吸。

“啊!”她说，叹了一口气，松了她的喉咙，“我猜想——”

突然铃声又来了。

“我的上帝！怎么不是铃声呢?”她说，赶到阳台上去。

“不,”安东·伊凡尼奇回答，“这是一匹带着铃铛的马在附近吃草的，我在路上看见它的。我刚把它赶开，不然它是会跑进麦田里去的。你为什么不把它拴起来呢。”

突然铃声响得好像就在阳台下面似的而且越来声音越清楚了。

“啊，我的爹！这是了；来了，他来了。这是他，他!”安娜·巴甫洛芙娜喊起来，“嗷，嗷！跑呀，安东·伊凡尼奇！下人们都上哪儿去了？阿格拉芬娜在哪儿？一个人都没有……真好像他到了陌生人的家里，我的天!”

她简直是不知所措了。而这时铃声就像是已经在房里响似的了。

安东·伊凡尼奇从桌子边上跳起来。

“这是他！这是他!”安东·伊凡尼奇尖声地叫着，“叶夫赛就在马车顶座上！画像在哪儿，还有面包和盐？快递给我！我拿什么到楼梯边递给他呢？没有面包和盐可怎么成？这是多坏的兆头。你们怎么弄得这么乱七八糟的！没有一个人想到过！可是你自己为什么还呆呆地站在那里呢，安娜·巴甫洛芙娜；你为什么不去接他？快跑呀!”

“我不能,”她好不容易地回答，“我的脚麻痹了。”

她说了以后就坐进椅子里去。安东·伊凡尼奇从桌子上抓起一叠面包，放在一只盘子上，旁边放了一个盐瓶子，赶到了门口去。

“什么都没有预备!”他生气地唠叨着。

可是他在门口就碰上了赶了进来的三个男仆和两个女仆。

“他来了！他来了！他到了!”他们轻声地喊，面孔苍白就好像刚有盗贼上门吃了惊吓似的。

马上在他们后面出现了亚历山大自己。

“萨申卡！我的最亲爱的宝贝!”安娜·巴甫洛芙娜叫着，突然，她停下来惶惑地向亚历山大望着。

“可是萨申卡在哪儿呢?”她问。

“为什么，就是我呀，妈。”他说，亲着她的手。

“你?”

她向他注视了好一会。

“你，真的是你，我的亲爱的?”她说，把他拥在胸前。然后又突然地向他打量。

“可是你这是怎么了？你生病了吗?”她不自然地问，紧紧拥着不让他离开。

“我挺好的，妈。”

“挺好的！你碰上了些什么事，我的亲爱的？我放你走的时候你难道就是这个神气的吗?”

她紧紧地将他拥在怀里然后开始痛哭了。她亲着他的眉，眼和双颊。

“你的鬓发上哪儿去了？它们本来是多么光滑又多么柔软?”她涕泗交流地说，“你的眼睛一径亮得像一对星星，你的双颊有红有白，你本来是跟一只干干净净的发亮的苹果一样的。一定是什么恶魔嫉妒着你的美貌和我的幸福才把你给迷上了的！可是你的叔叔干什么来着？我把你交到他手里，一个多么能干的人！他真的不能保护我的宝贝？我的最亲爱的！”

这位老太太一边啜泣一边热情地抚慰着亚历山大。

“这么说梦里哭泣不是一个好兆头了！”安东·伊凡尼奇想。

“你为什么一直对他哭，太太，就像他是已经死了的一样呢？”他轻轻地说，“这可不大好！这是坏兆头。”

“你好吗，亚历山大·斐德里枢？”他说，“上帝让我能在这个世界里再见你一面。”

亚历山大无言地把他的手递给他。安东·伊凡尼奇走出去看是否所有的行李都已经卸了下来，然后就去召集仆人们进来参见他们的主人。可是他们早已都挤在大厅和过道里了。他把他们排得好好的，然后教导每一个人在参见的时候应该说些什么；什么人应该吻主人的手，什么人吻他的肩部，什么人只能吻吻他的外衣的边缘，同时在参见的时候应该说些什么话。他全然拒绝了一个小孩进去参见，跟他说，“你先去把脸洗洗，把鼻子擦擦”。

叶夫赛，紧紧地缠着一条皮带，满身泥土，正跟仆人们交换着问候；他们将他围成了一个圈子。他将从彼得堡带来的礼物分给他们；给这个一个银戒指，给那个一个桦木鼻烟匣。他一看见阿格拉芬娜，就僵僵地站在那里好像变成了石头人似的了，无言地向她注视着，一片傻开心。她向他怀疑地白了一眼，可是突然地，她禁不住自己，变了态度；她高兴地笑，又轻轻地哭泣，可是突然扭到一边去就皱起眉来。

“你为什么不说话呀?”她说，“你这个傻瓜，你连你好吗都没有说!”

可是他一个字都说不出来。他带着同样的傻笑向她走去，她没有让他拥抱。

“魔鬼把他给迷上了，”她生气地说着，不时偷偷地向他看两眼；可是从她的眼睛和笑容里却露出了无限的高兴，“我问问你，那些彼得堡的女人有没有……扭转了你和你的主人的头? 瞧瞧，他生出了这种连鬓胡子!”

他从衣袋里掏出了一个厚纸匣子递了给她。里面是一些铜耳环。接着他又从袋子里拿出来一个小包，里边是一条叠起来的大手帕。

她抓住了这些东西，敏捷地，一眼都不看，把两样礼物都塞到衣橱里去了。

“让我们看看你的礼物，阿格拉芬娜 · 伊凡诺芙娜。”仆人中间有一个说。

“呃，你们在这儿瞧些什么? 你们想要看什么? 去! 你们为什么要挤在这里?”她尖声地向他们嚷着。

“瞧呀，还有呢!”叶夫赛说，又给了她一个小包。

“给我们瞧，给我们瞧!”不少人坚持着要看。阿格拉芬娜把纸包扯开来，里面跳出来几张已经用过可是依旧满新的牌。

“呃，他这是有用意的!”阿格拉芬娜说，“你以为我什么事都不干就只是玩牌的吗？还有什么用意！我明白了。要我陪你一起玩牌!”

她把牌也收了起来。一小时之内叶夫赛就又坐在那桌子火炉中间的老地方了。

“好上帝！多安静呀!”他说，腿一会儿蜷着一会儿又伸出来，“在这里可显着大两样了！我们在彼得堡过的那些日子简直就是奴隶生活！有没有什么可吃的，阿格拉芬娜·伊凡诺芙娜？离开了末一站以后我们一点什么都还没有吃过呢。”

“这么看起来你是还没有去掉你的老脾气的？瞧，我说什么来着，可不都应验了；就好像在那里他们饿着你似的。”

亚历山大走过所有的房间，然后穿过花园，在每一株花木每一丛花草前面都流连一下。他母亲伴着他。她望着他苍白的面容而叹息，不过她却并没有敢啜泣；安东·伊凡尼奇吓着她不许如此的。她问她的孩子的生活情形，不过怎样也搭不上他的消瘦苍白头发变样的原因。她拼命劝他吃喝，可是他，什么都不要，说他旅行得疲倦了，只需要睡眠。

安娜·巴甫洛芙娜自己去看床铺的铺陈，把使女凶凶地骂了一顿，亲眼看着要她把床铺重新铺过，站在那里一直看着亚历山大睡下去才离开。她蹑手蹑脚地走了出去，警告全家不得高声说话甚至呼吸，走过时要脱掉鞋子。然后她又将叶夫赛叫了来。阿格拉芬娜也跟了他一起过来。叶夫赛给太太鞠躬吻了她的手。

“萨申卡怎么了?”她用了一种恐吓的语调发问，“他怎么会弄成了这副神气——我问你!”

叶夫赛没有回答。

“你为什么不回话?”阿格拉芬娜说,“你听见了太太问你的话了吗?”

“他怎么会弄得这么瘦?”安娜·巴甫洛芙娜说,“他的头发怎么了?”

“我不能说,太太!”叶夫赛说,“这是少爷的事。”

“你不能说!可是你一直在想些什么呢?”

叶夫赛不知道说什么才好,老是不作声。

“您在这儿找到了可靠的人了,太太!”阿格拉芬娜喃喃地说,含情脉脉地望着叶夫赛。“您真不该信托这种家伙,他是可以相信的吗?你在那边干了些什么?跟太太讲!慢慢地你就会说出来的!”

“我,没有能够好好地干事!太太!”叶夫赛说,怯怯地,先看了看他的女主人,然后再看看阿格拉芬娜,“我是一个真诚的忠心的仆人,要是您不嫌麻烦问问阿希比奇就可以知道了。”

“什么!阿希比奇?”

“那边的一个门房。”

“你瞧他在说的是什么废话!”阿格拉芬娜说,“您还听他的废话干吗,太太?您该把他锁起来……那么他就会说出来了!”

“我情愿就死在这里——要是任何时候,少爷吩咐了我,而我没有快快答应下来去做的话!”叶夫赛接下去说,“我要把墙上的神像摘下来而后——”

“你的话总是说得这么好听！”安娜·巴甫洛芙娜说，“可是有什么事了，可就找不着你了！好像你对你的主人真的招呼得挺周到似的；你竟自让他，我的宝贝，弄得失去了健康！你照顾他来着！你就瞧着我的吧……”

她威逼着他。

“我没有照顾他吗，太太？八年当中主人的衬衫只遗失了一件，除了赏给我的以外，其余的都是穿破了的。”

“那么是丢在什么地方去了的呢？”安娜·巴甫洛芙娜生气地问。

“在洗衣女人那儿。那时候我告诉过亚历山大·斐德里枢从账里面扣掉她的，可是他却什么话都没有讲。”

“只要想一下，这个坏坯子，”安娜·巴甫洛芙娜说，“她看见好衣服就眼红了。”

“我哪点儿没有照顾他！”叶夫赛接下去说，“随便什么人像我这么尽责的上帝都会赐福的。有时候主人睡得迟一点，我就要赶紧到面包房里去一下。”

“他吃的是什么面包？”

“白面包，上好的。”

“我知道那是白的，可是是不是奶油面包呢？”

“真格的，是一块死木头！”阿格拉芬娜说，“他简直就不知道说一句有意义的话，而现在他倒算是个彼得堡人了！”

“不，一点都不！”叶夫赛说，“素面包。”

“素面包！嗽，你这个坏坯子！凶手！强盗！”安娜·巴甫洛芙娜说，气得脸都红了。

“你就没有想起来给他买奶油面包吗？这就是你所说的对他的照顾！”

“可是他，太太，没有吩咐……”

“没有吩咐！他，可怜的宝贝，随便你放什么在他面前他也不管的，他一样地都吃。你就从来没有想到过？你忘了他在家总是吃奶油面包的？去买素面包！我想你是把钱弄到别的地方去了？我得让你明白明白！好，还有什么？告诉我。”

“他喝了点茶以后，”叶夫赛接下去说，失去了勇气，“他就去做事了，而我就去搽我的靴子去；我整整搽上一个早晨，我常常是一次二次的搽的，有时候还搽上三次；在晚上主人把靴子脱下来，我就再搽一遍，这怎么能说我没有照顾他呢，太太；为什么，我就从来没有看到别的先生们穿过那样的靴子。彼得 · 伊凡尼奇的靴子就搽得一塌糊涂，虽然他雇了三个用人。”

“他怎么会弄成这种神气的呢？”安娜 · 巴甫洛芙娜的语气似乎多少和缓下来以后说。

“那一定是因为写作的缘故，太太。”

“他写得很多吗？”

“很多，每天都在写。”

“他写些什么呢？哪一类的，公文什么的吗？”

“准是公文。”

“那么你，你为什么不阻止他呢？”

“我真的曾经想阻止过他，太太，‘别老那么坐着，’我说，‘亚历山大 · 斐德里枢，去蹓蹓马路罢；天气挺好的，很多位先生都出去散步了。写作又有什么好处？弄得你自己挺吃力的，你的妈妈该生气了。'”

“那他又说些什么呢？”

“‘滚开，’他说，‘你这个傻瓜！’”

“你就正是这么一种——傻瓜！”阿格拉芬娜添上了说。

听了这个以后叶夫赛就向她望望。然后就又望着他的女主人去了。

“嗯，那么他的叔叔也不曾阻止过他吗？”安娜·巴甫洛芙娜问。

“他又怎么能够呢，太太！他走了来要是他看见主人不在工作，那就会找着他了。‘怎么啦，’他会说的，‘你什么事都不干吗？在这里，’他说，‘你可不是在乡下，你非工作不可的，’他说，‘不能游手好闲的！你一天到晚做梦。’他说！也许他还骂他一顿呢。”

“怎样地骂一顿呢？”

“‘乡下人！’他要骂，他还会一直地骂下去，骂下去……他会骂得我的耳朵都聋了。”

“啾，这个坏蛋！”安娜·巴甫洛芙娜带了厌恶地说。“他应该找他自己的孩子来骂！不但不约束他，他还……啾上帝老天，慈悲的沙皇！”她叫起来，“在这种年头，连你自己的亲人都比野蛮人还要坏，更还有什么人可以相信呢？就算野兽吧，也还护子的，可是现在，叔叔倒成了侄儿的祸害！而你，这个顶愚蠢的白痴，你就不会对他叔叔说句话，求他别那样对付你的主人，他准会立刻停止的。他应该对付他的妻子，她是那么坏！他又不是没有呼斥的对象，‘工作，工作！’你自己去累死吧！狗，真是条狗，上帝饶恕！找农奴去工作吧！”

这以后是一段沉寂。

“萨申卡很久以前就已经这么瘦了吗？”最后她就问。

“到现在已经三年了，”叶夫赛回答，“自从亚历山大·斐德里枢开始神志沮丧饭量锐减以来，他就突然开始瘦下来，更瘦了，他就像一根蜡烛一样地销蚀下去。”

“他是为了什么神情沮丧的呢？”

“上帝才知道为了什么，太太。为了这件事彼得·伊凡尼奇很高兴地跟他谈过话；碰巧我听见过，可是莫名其妙，我听不懂。”

“可是他说了些什么呢？”

叶夫赛想了一会，他的嘴唇一动一动很明显地是想努力记起点什么来。

“他们叫他什么来着，可是给我忘记了。”

安娜·巴甫洛芙娜和阿格拉芬娜望着他，不耐地等候着他的回答。

“嗯？”安娜·巴甫洛芙娜说。

叶夫赛没有说话。

“唔，呆子，说呀，”阿格拉芬娜加上一句，“太太等着哪。”

“醒醒……我想是……醒醒头罢。”叶夫赛终于说出来了。

安娜·巴甫洛芙娜困惑地望着阿格拉芬娜，阿格拉芬娜望着叶夫赛，而叶夫赛则望着她们俩，三个人都沉默起来。

“什么?”安娜·巴甫洛芙娜问。

“醒醒头罢，就正是这个字，我记得的。”叶夫赛用了决定的语气回答。

“是有什么不幸的事吗?老天爷，是生了一场病吗?”安娜·巴甫洛芙娜焦急地说。

“啊，是不是他给别人蛊惑了；是不是这个意思，太太?”阿格拉芬娜慌张地插进来说

安娜·巴甫洛芙娜脸都白了，显出大吃一惊的神气。

“你少说话!”她说，“他到教堂里去的吗?”

叶夫赛有点为难了。

“这很难说，太太，他常到教堂去，”他嗫嚅着回答，“简直可以说他是不去的……在那边先生们是不大上教堂去的。”

“啊，这就是了!”安娜·巴甫洛芙娜说，叹了口气替自己画着十字，“看起来只由我来祷告上帝是看不上的。我的梦不是没有因由的，你真是在深渊里面逃了出来的，我的宝贝!”

这时安东·伊凡尼奇走了进来。

“饭都快冷了，安娜·巴甫洛芙娜，”他说，“是不是该叫醒亚历山大·斐德里柩了?”

“不，不，千万不要!”她回答，“他吩咐不许叫醒他。‘你可以自己吃’，他说过，‘我不想吃，我还是睡一会；睡睡我是会歇过来的，也许晚上还有事。’于是你只有照着这个

话办了，安东·伊凡尼奇；别跟我这老太婆生气，我要去点灯，在萨申卡睡着的当儿做会儿祷告；我也吃不下去，你自己去吃吧。”

“很好，太太，很好，我就这么办；你都交给我吧。”

“再替我做一件事，”她接下去说，“你是我们的朋友，你那么爱我们，把叶夫赛叫过去好好地套他的话，萨申卡是怎么会弄得那么沮丧精瘦的，他的头发怎么会成了那种样子？你是男人，这对你更合适些……他在那边是不是有过什么困难。你知道那边是有那种社会上的渣滓的……仔细地把一切都向他问清楚。”

“很好，太太，很好；我会弄清楚的，我会把整个的秘密都弄清楚。让叶夫赛跟我来，我在吃饭的时候……一切就都可以办好了！”

“你好呀，叶夫赛！”他说着，在桌旁坐了下来，把餐巾围在颔下。“你一向过得好？”

“您好，老爷。我过的是什么日子呀？怎么，是一种可怜的生活呀。瞧，您在这儿都长胖了。”

安东·伊凡尼奇吐子口吐沫。

“别说败兆话，兄弟：这还不够糟的了吗？”他说，开始喝了点白菜汤。

“嗯，你在那边过得怎么样？”他问。

“噉！可不大好。”

“告诉我，伙食还过得去吗？你都是吃点什么？”

“哎呀，你只能在铺子里买点肉冻和冷饼子，这就是你的午饭了！”

“从铺子里买？你们自己就没有个厨房？”

“他们不在家里烧饭的。在那边没有结婚的先生们是不在家里开伙的。”

“你这是怎么说！”安东·伊凡尼奇说，放下了他的汤匙。

“是这样的，我不说谎；主人的午饭也都是从饭馆里送了来的。”

“这种流浪生活！嗷！难怪他要瘦下去了！来，来一杯！”

“真谢谢您，老爷！祝您健康！”

接着是一会儿沉默。安东·伊凡尼奇吃着。

“那边胡瓜卖什么价钱？”他问，捡了一块胡瓜放在碟子里。

“四十戈比十根。”

“够了吗？”

“我的天，是呀；还有，真不好意思提，老爷，有时候他们还从莫斯科带咸胡瓜来呢。”

“嗷老天爷！是啦！难怪他要瘦了！”

“在城里你哪儿去找这种胡瓜去？”叶夫赛接下去说，指着一块胡瓜，“你做梦也看不见这么样的一块呀。那多小多坏呀——在那边你真是看都不要看一眼的。可是就连先生们也居然吃得下去。只有在很少的家庭里，先生，是自己烤面包的。可是那边倒储藏着白菜，腌着咸牛肉，腌着蘑菇——在工厂里可是什么都没有。”

安东·伊凡尼奇摇着他的头，不过因为他的嘴里是塞得满满的，所以什么话也没有说。

“那他们怎么办呢?”他一面咀嚼一面说。

“样样都得上杂货铺；杂货铺里买不着的在肉铺里有，再没有就上糖果店去；要是糖果店里再没有，那你就只好上英国店里去了；那帮法国人是样样都卖的。”

停了一下。

“嗯，乳猪是什么价钱?”安东·伊凡尼奇问，切了差不多一大半乳猪放在自己的盘子里去。

“我不知道，我们没有买过；挺贵的，两个卢布，我敢说。”

“啾，啾，啾！难怪他要瘦了！什么价钱呀！”

“那儿体面的先生们吃得不多，官员们吃得总要比较多些。”

又来了沉默。

“呶，在那边究竟什么地方使人不舒服呢?”

“天晓得有多么不舒服！瞧瞧我们这儿的麦酒，可是在那边连啤酒也都那么淡；那种麦酒会喝得你一天到晚好像胃里起泡似的！只有一样东西是好的，黑靴油——啊，那儿的黑靴油，您再瞧！那种香味儿；简直都把它吃下肚子去了！”

“你说什么！”

“是的，良心话呀。”

一会儿沉默。

“嗯，原来是这么一回事?”安东·伊凡尼奇一面咀嚼着问。

“是的，就是这样。”

“你吃得挺苦的？”

“是的，苦极了。亚历山大·斐德里枢胃口小极了，他简直不能好好地吃了。中饭连一磅面包都吃不下去。”

“难怪他这么瘦，”安东·伊凡尼奇说，“只因为样样都贵，是吗？”

“是的，真是贵，更加上，他不习惯天天吃得饱饱的。先生们吃饭都好像是偷偷摸摸的，每天只吃一顿，要不然他们空下来，五点，有时候是六点钟再吃一次；不然就随便什么吃一点就算了。对这点他们是最不关心的，随便什么事都放在前面，只有吃饭却放在最后。”

“这算是怎么个活法！”安东·伊凡尼奇说，“难怪他要瘦了！你们没有死在那儿倒是奇迹了！一直都是这样的吗？”

“不，有时候放假的日子先生们聚在一起，我的天，他们是怎样地大吃一顿呀！他们上德国饭店，听说要吃上一百卢布呢。他们还喝酒——上帝保佑我们！——比我们弟兄们还凶！有时候彼得·伊凡尼奇家里举行宴会，六点钟他们就坐下来。直到第二天清早四点钟才站起来。”

安东·伊凡尼奇张开了他的眼睛。

“你怎么说！”他说，“他们是一直不断地在吃？”

“他们一直不断地吃！”

“我倒想见识见识，这跟我们大大地两样！他们都吃些什么？”

“嗷，没有什么看得上眼的，老爷！你不知道你自己在吃些什么。天知道那些倒霉的德国人菜里放些什么；我就不愿意往嘴里送。还有他们的胡椒也跟这个不同，他们从小洋瓶里倒出点什么到调味汁里去。有一次彼得·伊凡尼奇的厨子请我吃他们主人桌上的菜，我吃完以后难过了三天。我一看，碟子里有橄榄，我想这一定跟此地的橄榄一样的。我咬碎了——再看看，出来了一条小鱼。讨厌，我吐了出来，另拣了一个……还是一样，都是一样的……啊，你们这些该死的！……”

“可是他们是不是故意放进去的？”

“天知道。我问过他们；这帮家伙大笑起来，还说，是的，生来就是这样的。那是些什么菜呀？本来应该先上带馅饼的热食，可是却只有馅饼：像顶针一样大，一口可以吞进六个去，去嚼嚼罢——不等嚼就都不见了，都化了。热食以后他们突然就上了什么甜的，接着就是牛肉，下面是冰激凌，接着是一道生菜，下面是热炒……于是你吃不下去了！”

“这么说你们的炉子是不生火的？是啦，难怪他要瘦了！”安东·伊凡尼奇说，从桌边站了起来。

“谢谢你，我的上帝，”他长长地叹息了一声以后说，“谢谢您的天上的祝福——我这是说些什么！我的舌头在乱转——人间的祝福，和您的天国的幸福。”

“收拾桌子吧，主要和主母不吃饭了。晚饭再预备一只乳猪，不然就来一只火鸡？亚历山大·斐德里枢爱吃火鸡；他一定要饿了，我敢说。这会从楼顶上给我拿一个新鲜的草垫来，我要睡一小时午觉，吃茶的时候叫我。如果亚历山大·

斐德里枢醒了，就叫醒我。”

他睡醒午觉以后就去找安娜·巴甫洛芙娜去。

“嗯，是怎么一回事，安东·伊凡尼奇?”她说。

“没有什么，太太，我得真正谢谢您的款待……我这一觉睡得多美；草垫那么干净，那么香。”

“对健康有好处，安东·伊凡尼奇。好啦，叶夫赛说了些什么！你问过他了吗?”

“怎能能不问！我全都弄明白啦，不重要的事，都会纠正的。毛病全出在他们那儿的饮食，那真是，好坏。”

“吃的?”

“是的，您自己想想，胡瓜要四十戈比十根，一个乳猪要两卢布，吃食物品都是点心铺的——吃不饱。无怪他是瘦了！别担心，太太，我们可以在这里重新让他再胖起来！我们来医他。您吩咐他们去多预备一点白桦酒。我告诉您个方子；我是从普罗可夫·阿史簪费许那儿得了来的；可是一早一晚给他一杯或者两杯，最好是午饭前；可以跟圣水放在一起……您有吗?”

“有的，有的；你早给我拿了些来了。”

“啊，是了，我是拿来过。多给他预备点滋补的食物。我已经吩咐过他们晚饭烧一只乳猪或者一只火鸡了。”

“谢谢你，安东·伊凡尼奇。”

“嗽，这没有什么；太太。我们要不要叫点加白调味汁的童子鸡?”

“我来吩咐。”

“为什么要您来？我就一点也不中用吗？我得去亲自瞧着……让我去。”

“张罗张罗吧，帮帮忙，亲爸爸。”

他走了开去，她陷入了沉思。

她的女性的直觉和她的母性的心肠都告诉她饮食并不是亚历山大的愁闷的主要原因。她用了间接的暗示向他探问，不过亚历山大没有了解这些暗示什么也没有说。这样过去了两个星期，三个星期。乳猪，童子鸡，火鸡给安东·伊凡尼奇吃得不亦乐乎，可是亚历山大却依然愁闷而瘦削，头发也没有长起来。

于是安娜·巴甫洛芙娜准备爽直地和他谈一下了。

“听着，我的朋友，萨申卡，”有一天她说，“从你回家到现在已经有一个月了，而我却还没有看见你笑过一次；你就像一片乌云似的走着，望着地面，满面的忧愁。是不是在老家里有什么地方惹你厌恶？好像你在陌生地方倒还觉得快乐些；你是想着要回去，还是有什么别的原因？我一见你我的心就碎了。你到底碰上了什么事？告诉我，你有什么不如意的事？我决不埋怨你的。是不是有什么人伤害了你？这我也是要报复的。”

“别担心，妈，”亚历山大说，“这没有什么！我已经到了懂事的岁数了，于是我有时候就难免对事认真。”

“不过你为什么瘦了呢？可是头发到哪儿去了？”

“我不能告诉你这原因……八年以来要想每一件事都对付得好了的是不可能的……也许，自然了，我的健康是有点不大对。”

“你觉得什么地方痛吗?”

“是的，这儿我觉得痛，还有这儿。”他指着他的头部和心上。

安娜·巴甫洛芙娜把手按着他的前额。

“并没有寒热呀，”她说，“这是怎么回事？你觉得脑子里跳动吗?”

“不……只是……”

“萨申卡！我们打发人去请伊凡·安得里枢。”

“伊凡·安得里枢是谁呀?”

“新来的医生，他来到这里有两年了。多聪明的人，他简直了不起！他难得开方子，他自己做了些小药丸……很灵验。我们家的福马，肚子难过，他一直呻吟了三天三夜；医生给了他三小粒丸药，立刻就把他给治好了！你得瞧瞧你自己的毛病，亲爱的!”

“不，妈，他对我不会有什么好处的；这就会好的。”

“可是你为什么烦闷呢？到底是为了什么?”

“嗽……”

“你想要怎么样?”

“我自己也不知道，我是这么烦闷。”

“这多奇怪，我说!”安娜·巴甫洛芙娜说，“你说过你对饮食方面还觉得满意，一切都还舒服，有个好差使……那还有什么不如意的呢？可是你却闷闷不乐，萨申卡!”她婉转地说着，停了一下，“是不是你……该要结婚了?”

“您想到哪儿去了！不，我不要结婚了。”

“不过我心里倒有个姑娘——就跟洋娃娃一样，玫瑰花似的娇艳，而且还是活活泼泼的。腰身多么纤细、匀称；她在城里的学校里面住读过。她有七十五个农奴还有两万五千卢布的财产，一份好嫁妆，是莫斯科做的，是好亲戚……呃？萨申卡？我老早在一次吃咖啡的时候和她母亲谈得差不多了，可是我只不过当说笑话似的透了一点口风；她，好像，高兴地耸起耳朵来听着……”

“我不要结婚。”亚历山大又重复了一遍。

“怎么样，永远不吗？”

“永远不。”

“上帝可怜可怜我们吧！那怎么成呢？人总是跟旁人一样的，只有你一个，天晓得，这么个别！而且这会让我多么高兴呀！如果上帝保佑让我能抱孙子的话！真的，跟她结婚吧，你会爱上她的。”

“我不会再爱起别人来的，妈；我已经不再恋爱了。”

“还没有结婚就不能再恋爱了吗？在那边你都爱过什么人？”

“一个女孩子。”

“为什么你不跟她结婚？”

“她把我给扔了。”

“怎么回事，扔了你？为什么，你不是还没有娶她吗？”

亚历山大没有回答。

“在那边你一定有好妞儿，我敢说。在结婚之前恋爱！扔了你！这坏东西！好运气掉到她手里，她倒不知道珍重，贱货！要是我看见她，我一定得唾她的丑脸。你叔叔有什么意见？他觉得那一个好些？要是我就能让她回心转意了！好了，可是世界上就只有她这一个吗？你会再恋爱的。”

“我是再恋爱过了的。”

“跟谁？”

“一个寡妇。”

“是啦，为什么你不跟她结婚呢！”

“她吗，是让我给扔了的。”

安娜·巴甫洛芙娜望着亚历山大不知道说什么好了。

“扔了！”她重复了一遍，“我猜她该是个不要脸的东西！”她后来添上说，“真是个深坑，上帝饶恕：结婚之前恋爱，没有教堂的认可；遗弃……社会上居然允许这种事存在！世界末日一定不远了！好，好，告诉我，你现在真的没有任何想望了吗？也许饭菜不对你的胃口？我写信到城里去请个厨子来。”

“不，谢谢你，一切都挺好的。”

“也许你一个人闷得慌，我去请邻居们来。”

“不，不。别给您自己添麻烦了，妈！我安安静静的一切都挺好的，过得去的。我还并不太替自己担心呢。”

安娜·巴甫洛芙娜可以从他嘴里探听出来的就只有这些。

“不，”她想，“没有上帝的帮助，我们不会再有什么进展了。”她向亚历山大提议跟她一起坐车到最近的村镇上去做弥撒，不过两次他都睡过了头，而她又没有下决心去叫醒他。

有一天傍晚她到底逼了他去参加晚祷。“也好”，亚历山大说，然后他们就出发了。他的母亲走进了教堂拣靠近唱诗班的地方站住了，可是亚历山大还是停在门口的地方。

已经沉落了的夕阳的斜晖照耀在神像的金镜框上，照亮了诸神的黑暗而粗粝的面影，显得那些微弱而摇晃的烛光黯然无色了。教堂不多是空的；农夫们还在田里工作，只有一些老妇人聚在进门处的角落里，他们头上都包着白布。有的坐在门口的石阶上，两手托着下颌，不时高声地叹息，只有上帝知道这叹息是为了她们自己的罪过还是为了家务事。还有的俯在地上做着长长的祈祷。

一阵清风从铁窗棂里吹了进来，首先揭起了祭坛上的布幔，随后又吹动了教士们的灰发，掀动了书页，吹熄了烛光。教士和执事们的脚步，在这空落落的教堂的石板上有着响亮的回声；他们的语声从弧形的天花板上发出了微微的回响。在高处的塔顶上，寒鸦在叫，麻雀在窗子中间飞来飞去，叽叽喳喳。它们的翅膀掠过的声音和铃声有时掩蔽了教堂中的仪式……

“当一个人的生命力旺盛的时候，”亚历山大想，“当一个人给欲念和激情所缠住了的时候，他就浸入了情感中间，躲避着宗教所指引的孤寂，坟墓，和肃穆的沉默……当他的力量已经破碎了浪费了，他的希望就动摇了，加上时间的重载，他只得亟于寻求宗教的慰藉，于是——”

渐渐，因为看到了熟悉的事物，记忆唤醒了亚历山大的心灵。他陷入了童年和青春一直到他到彼得堡去之前的回忆里；他记起，当他还是孩子的时候，他怎样向母亲背诵祈祷的话语，他母亲又怎样告诉他天使是怎样地保卫着人类的心灵，时时和魔鬼战斗；她怎样指着夜星，说这是天上的安琪儿的眼睛，俯视着地面，记数着人类的善恶，当看到恶行多于善事的时候，她们又是怎样地哭泣，善事压倒了恶行时，她们又是怎样地高兴。指着远处蓝色的天际，她就说那是塞昂……亚历山大叹息了，给这些回忆撼动了。

“啊！假使我还能相信这个的话！”他想，“幼稚的宗教信念丧失了，可是我又了解什么新的正确的呢？……没有什么：我找到了怀疑，教义，理论……而且离开真理比以前要更远……宗教为什么要有那么许多派别，是自作聪明吗？……天哪！……当信仰的热情不能使心灵温暖的时候，难道能够幸福？我还能更幸福？”

夜祷做完了。亚历山大回到家里，比他动身之前还要沮丧。安娜·巴甫洛芙娜简直不知道怎样才好了。有一天，他比平常醒得早些，听见枕边有什么声音，他四下一望，瞧见一个老妇人正站在他身边喃喃自语。等她知道自己已被别人发现就立刻避去了。亚历山大从枕头下面找到了一束某种香草，脖子上挂着一道护身符。

“这是什么意思？”亚历山大问他的母亲，“在我房里的那个老太婆是谁？”

安娜·巴甫洛芙娜给问得十分尴尬。

“这……是尼契梯史娜。”她说。

“什么？尼契梯史娜？”

“她，你知道，我的宝贝……你不会生气的吧？”

“可是这都是怎样一回事？告诉我。”

“她，人家说，很有本领的……只要她在水面上嘘一口气，在睡着的人的脸上吹吹，随便什么就都给赶掉了。”

“前年，在寡妇雪特维夏那儿，”阿格拉芬娜插进来说，“每天晚上飞来一条火蛇从烟筒里钻进来……”

安娜·巴甫洛芙娜做了个嫌恶的表情。

“尼契梯史娜，”阿格拉芬娜接下去说，“一念咒就把蛇给镇压住了，它就不再飞了……”

“是啦，雪特维夏后来怎么样了呢？”亚历山大问。

“她生产了，小孩多瘦多黑！第二天，孩子就死了。”

亚历山大笑了起来，可能这是他回到乡下以后的第一次笑。

“你在哪儿把她找来的？”他问。

“安东·伊凡尼奇带她来的。”安娜·巴甫洛芙娜回答。

“你真会听那个笨鸟的话吗！”

“笨鸟！啾，萨申卡，你怎么啦？不罪过吗？安东·伊凡尼奇是个笨鸟！你怎么会说得出这种话来？安东·伊凡尼奇——他是我们的朋友，我们的保护者呀！”

“好啦，现在，把那护身符拿掉，妈，送给我们的朋友兼保护者去吧，让他去戴在脖子上去。”

这以后晚上他就总是把门锁了起来。

两个三个月过去了。这种孤寂的生活，这种安静，这种家居的生涯，加上随以俱来的物质上的舒适，对亚历山大身体的恢复，都有着很大的帮助。可是怠惰、淡漠和精神上的全然麻痹却占据了亚历山大的心，建立了他白白在彼得堡苦心寻求的天地。在那里，他躲掉了思想和艺术上的领域，把自己关在严密的围墙当中，他想要安静地沉睡，可是嫉妒的波动和无力的愿望不断地唤醒了他。一切科学界和艺术界的现象，一切新的声望，都向他提醒一个新的问题："为什么这不是我？为了什么这不是我呢？"在那里，他步步遇到人群当中于己不利的比较，在那里，他时常如此消沉，在那里，他像在镜子里似的看到了自己的弱点……那里有着给他的思想方式以打击的严厉的叔父，怠惰完全不是雄心壮志的基础；那里有着美好的天地和一群天才，他在他们中间没有能够起任何作用。最后，在一定的条件之下他在那里努力打下了生活的基础，看清了生活当中黑暗和难以索解的处所，不寄怀于激情和幻想和它的诗的诱惑的放纵，要它激发一种烦闷、枯燥沉闷的姿态……

可是在这里，多么自由自在呀！他比任何人都好，都聪明！在这里，他成了周围数俄里中被崇拜的人物。同时，由于对大自然的感受，他的灵魂也一步步地趋向于平静与柔和。溪流的絮语，树叶的微声，荫凉，有时候那种大自然的沉寂——都给他带来了沉思与情感上的欢欣。在花园里，在田野里，家里，他时时记起了儿时的旧事。安娜·巴甫洛芙娜，有时挨着他坐一会，像在帮助澄清他的思路。她帮助他重温那些亲切的生活中的琐屑，或者告诉他一些为他所全然忘怀了的事。

“你瞧那些菩提树，”她说，指着花园，“你爸爸种的。在你出生以前不久的时候。我那时是坐在阳台上看着他种的。他一直在工作着，有时望望我，汗水就从他的身上流下来了。‘啊，你在那儿？’他说，‘所以我才工作得这么高兴。’于是他就又开始工作了。那边是你常和小孩们一起玩的小场子；你那时候脾气可够大的，有一点点不高兴就拼命地哭。有一天，亚介史卡，现在是考士米的妻子了——她的茅草房子就是从围场数过去的那第三家——推了你一把，给你的鼻子划破了，流了血；你父亲给了她好一顿打，我好容易才把她给救出来。”

亚历山大心里面充满了儿时的回忆。“就在那棵树下面的座位里，”他想，“我总是跟索菲亚坐在一起，那时我是挺快活的。在那边的两棵丁香花中间，她给了我她的初吻。”这一切都在他眼前出现了。他想着这些旧事笑了出来，常常在阳台上一坐几小时，晒着太阳回忆往事，听听鸟声，听听湖水的微响，和看不出的昆虫的鸣声。

“我的天！这里多么好啊！”他受了这些柔和的回忆影响说，“远离了虚荣，远离了这种琐碎的生活，远离了人群。”

…………

那里的人要成堆，
四面围着了堡垒，
朝晨也没有爽快的气息，

没有青春的草地的气息。[1]

“在那里，你生活得多么厌倦，在这里，你的心神多么安静，在这个单纯、不复杂也不古怪的生活里！心复活了，胸怀呼吸得更自由，可是理智却不因痛苦的思虑和无穷的心头的责备而苦恼：一切都是融洽的，不再思虑着什么。不必关心，没有思虑的拖累，带着欲睡的心情和轻微的战栗，目光从丛林到田野、从田野到丘岗不住地瞭望着，最后落入了无际的碧蓝色的天空。”

有时候他走到向天井和街道开着的窗口去。这里就又是另外一幅景色了，像节尼埃[2]的画笔，充满着匆忙而喧嚣的家庭生活味儿。巴波斯热得伸直了身体睡在狗房旁边，把嘴脸放在脚爪上面。几十只鸡雏用一片嗓声迎迓着清晨，公鸡们彼此斗在一起。街上面走着被赶到田野里去的畜群。偶或有一只落了队的牛焦急地叫着，站在街道中间向四下里张望。农家男女肩上扛着锄头镰刀走出去工作。他们的谈话中偶尔有两三个字眼给风吹到窗口上来。远处，一辆农夫的双轮小车辚辚地在桥上推过，后面慢慢地跟随着一车干草。金头发和一头乱发的小孩子提着衬衫沿了水塘走来走去，掀动着他们的裙子。看了这一幅风景，亚历山大开始了解灰色的天空，断裂的篱垣，小门，污秽的水池和农家舞蹈这一切所含的诗

① 这里是普希金的《茨冈》里的诗句。引自《瞿秋白文集》第八卷。

② 节尼埃（Teniers，1610—1694）：比利时画家，十六七世纪时极盛的 Flanders 画派的一人。

意。他脱去了紧身的豪华的燕尾服，换上了宽松的家常的工作袍。他的这种平静的生活中间所发生的任何小事件，早上晚间，吃饭睡觉，无时无地不弥漫了他母亲的关切和爱抚。

当她发现亚历山大长胖了一些，双颊也恢复了血色，眼睛里也闪烁着一片平静的光彩的时候，真不知怎样感谢才好了。“只有他的鬈发是再不能长出来的了，”她说，“那正是像丝一样光亮的呢。”

亚历山大时常到邻近地方去散步。有一天他遇见了一队农妇和乡女，正在树林里采菌子，于是他就参加了她们一伙，消磨了整日的光阴。他回家以后，就夸赞着一个叫玛霞的少女，赞她手脚灵便利落，于是玛霞就在家里被选了出来“伺候主人”了。他有时候也出去看看田里的农作，对他在报纸上的译作所常常遇到的种种做一番实地的体验。“我从前曾经说了多少谎话呢。”他想，摇着头，他于是就开始更深入而透彻地研究着这些事了。

有一天天气很坏，他想用工作来消磨这日子，于是就坐下来写作，同时也为他这种尝试的开始而感到了深深的喜悦。他需要一些参考应用的书籍，就写信到彼得堡去买，书后来也寄到了。他热心地坐下来工作。他又写信去买更多的书。安娜·巴甫洛芙娜想阻止他不要工作，可是没有用，“别累出胸痛来”，他却并不肯听她的话。她要安东·伊凡尼奇去劝，亚历山大也不肯听他的话，还是继续地写作。三四个月以后，他不但不曾因为写作而瘦下来，倒更强壮了，安娜·巴甫洛芙娜才安下了心。

这样过了一年又半。一切都可以说过得很如意。可是到了后来，亚历山大却又变得忧郁起来了。他对任何事都没有指望，至少也可以说他所期望的都是极微末而易于满足的小事，这些大抵总不出乎家庭生活的范围。任何事都不能使他动心，什么都不关怀，什么都不怀疑，可是他却沮丧起来了！家居生活的小圈子使他渐生反感，他母亲的殷勤也使他感到厌烦，而安东·伊凡尼奇尤其惹他厌恶，他的工作也让他头痛了，自然风物对他也失去了引诱力。

他常是在窗前无言静坐，对了他父亲所手植的菩提树呆呆地望着，听着小湖的水声也不禁要发躁。这种新生的不安的因由逐渐显明，他发现，自己有了忧郁的感觉——都是为了彼得堡?！现在他是给安置在和过去脱节了一大段的处所，他开始后悔起来。他的血还热，他的心还在跳，精神肉体都需要活动……又是一次失败！啊！他几乎为他的这个新的发现哭了出来。他原想这一度情感的低潮总会过去，可以慢慢惯于乡居，一切如常的，可是不；他在这里住得愈久，他的心就愈往下沉，又要沉到现在对他如此熟悉的深渊里去了。

他不能不和过去妥协，过去使他觉得可爱。他的悲哀，他的灰色的人生观，他的愤懑和厌世，在他的意念中都为了他对独处沉思的喜爱而轻减了。过去在一种神圣的光耀中间再度涌现，即使是那个负心的娜亭卡也变得光彩照人了。“在这里我又能做些什么呢?”他愤怒地自问，“为什么我要退缩，为什么要辜负掉自己的天赋？是什么阻止了我，让我不能在那边用自己的努力获取成功？我现在是变得更为敏感了。

我的叔叔哪一点比我强？我就不能替自己打出一条出路来？虽然到目前为止我并未成功，我努力的方向没有选得好——那么怎样呢？现在我明白了，多好的时机！不过我要是一走可就伤透了我母亲的心了！可是又不能不走，我不能烂在这里！在那边，某人，某人——都混得不错了……可是我的事业我的财富呢？……只把我一个人甩在了后面……可是为了什么呢？什么原因？”他焦急地想来想去，不知道怎样向他母亲说明他想离去的打算。

不过不久母亲把他从这种困难中间解救出来：她死了。

下面是他终于写给在彼得堡的叔叔和婶母的信。致婶母：

“在我离开彼得堡之前，我的婶婶，你眼睛里含着眼泪送我上路，还给了我一些始终深深印在我的记忆里的珍贵的话语。你说：‘假使我有一天需要着温情与怜惜，在你的心里总会为我保留着一块地位的。’让我完全了解这些话语的价值的时候终于到来了。你从心里给了我的这份宝贵的提示对我是一种安稳，平静，慰藉，休止——甚至是终身快乐的保证。三个月以前我的母亲逝世了，我不想再多说什么。你从她的信里可以知道她对我怎样，而这对我又是怎样的损失。现在我要永远离开这个地方了。我现在正如一个孤独的游子，如果不是到你所住的城市里去，我还有什么地方可去呢？……我只想请你告诉我一件事情：在一年半以前我所丢下的一切现在还可以从你那里找得回来吗？你有没有把我从你的记忆里抹去？你肯不肯同意这种可怕的任务，用你的温情做治疗的工具——这已经不止一次给过我以苦痛中的援手了——来医一种更新而深的创痛？我将所有的期望寄托在你和另外一个有力的助手上面——那就是工作。

“你会奇怪，你不吗？你接到我这样的一封信会不会觉得奇怪——在你读这封我在一种极不习惯的宁静过后的紧张中写成的信的时候？不必奇怪，也不必担心我的归来；你会看到，这不是一个说梦话的空想者，也不是一个感情冲动的人，不是一个迷梦初醒的讽世者，不是一个乡下佬，而是一个平平凡凡的人，就跟彼得堡的那些人一样，跟我很久以前就应该如此的那类人一样。在这一点，应该特别使我叔父安心。当我对过去的生活偶做回顾的时候，我替别人也替我自己不安和害羞。不过这不会更有别的枝节的了，既在我认识了我自己的错误——在我三十岁的时候！我经过了在彼得堡所受的痛苦的磨炼和在家乡所做的沉思以后已经清楚地决定了我的道路。这里，离开我叔父的教训和我自己的经验都已相当辽远，我更清楚地冷静地做过了考虑，然后发现——很久以前的当时，这会导引我到怎样的地方去；我看出来我是如何可悲而不正常地弄错了正当的目标。现在我很沉静，没有变态也没有反常，不过我却并不因为这个而觉得自己了不起。也许这种沉静正是利己主义的结果；我觉得，无论如何，不久以后我的对人生的更加透彻的认识会为我启发另外一个宁静的本源——一个比较更为纯化的。目前我还不能不悔恨我现在是已经落到这样的一种境界了，唉！青春已逝，现在已经到了反省自制，抑止任何情感上的冲动的时候——大彻大悟的时候了。

“虽然我对于旁人和人生的观念或许也有了小小的变动，我的无穷的愿望已经丧失了大部分，我的不少企图也都变得淡漠了；简单地说，我的幻景是消失了，这结论应该是，在对人对事中的许多错误与失败责任并不在我，而用某一种观点看来，倒是值得安慰的！我却要展望着一个光明的远景，最痛苦的一部分已过去；我并不怕我的激情，因为它已经没有剩下多少了；最重要的都已经过去了，我充满了感谢向它们回顾。我一记起我曾经以牺牲者自居就感到羞耻：我诅咒生活，诅咒我自己的命运——我诅咒它！多可怜的幼稚和负恩呀！有多长一段时间，我只是看着灵魂为痛苦所净化，看着它弄得一个人能为别人和自己忍受下来，它们长养了他。……我现在知道了一个人如果没有尝到他自己的那一份苦痛就等于没有能过整个的生活；这里面还含了多少问题，至于问题的解答我们是可以看到的，也许，不是在这里。我在这些困窘中间看到了上帝的手，好像它给人们安排下了无尽的工作——向前奋斗，时时刻刻都要跟虚诈的愿望和痛苦的障碍搏斗，向着比了他自己所预定更高的标的走去。是的，我看出来这种搏斗是怎样地躲不开，人生又是如何的免不掉这些情感；生活如果缺少了这些就会怎样地不成其为生活，而只是沉迷，昏睡……斗争过去了，人生也就从而终止；人们在忙碌，恋爱，欢乐，愁苦，沮丧了，尽着他的本分；于是他就如此这般地生活了下来！

“你瞧我的理解力；我已经走出了黑暗，并且我觉得到目前为止我的全部生活都是为了真实的道路的辛劳的准备，是人生的一种困苦的学习阶段。好像是有什么在给我启示，剩下来的道路该是比较容易，安静平坦的了……黑暗的地方现出了光明，困难的症结也自动解开了，人生开始显现得可爱而不再是可怕的了。不久我就会再说，生活是多么美丽的呀！不过这并不是像一个小孩子在赞颂俄顷的愉悦，而是深切地了解了其中的哀乐以后的说法。再进一步，死亡本身并不可怕；它并不是作为一种可怕的经验而出现，而是光荣的。而现在我的灵魂中间有着一种说不出来的平安的感觉，幼稚的扰乱，受了损害的虚荣心的刺痛，稚气的暴躁，对社会对旁人的莫名其妙的愤怒，就像是小狗对大象发的那种脾气——若无其事似的。

“我慢慢地和疏远了很久的人们重新恢复了友情——关于这些同辈，我想顺便提一下，在这里的和在彼得堡的并没有两样，只不过比较粗鲁些，生野些；更可笑一些而已。不过即使对这些乡下人我也没有发过脾气，而对那些城里人，就更不会了。这里就是一个说明我的君子风度的例证：一个可笑的人物，一个叫作安东 · 伊凡尼奇的人，坐着车到我家来同我做伴，好像是同我一起分担忧愁似的。明天他要去参加一个邻居的婚礼——分享他们的欢乐，然后就再到别人家去——代理收生婆的职务去了。不过无论是忧愁还是欢乐都不能阻止他在人家家里一天吃上四顿。照我看不论是死了人或是添了小孩，或是结婚对他都没有什么分别，而我瞧他也并不讨厌；这并不使我苦痛。我能够和他相处，并没有谢绝了他。……这是一种很好的现象，不是吗，我的婶婶？你读了我的这一片自吹自捧的话以后保会怎样说呢？”

致叔父：

“最亲爱的，最仁慈的叔父大人！

“当我听到了您的事业已经有了如此的成功，我是多么高兴！您真的已经做了国会议员了——您，大理院的院长！我大胆地提醒您在我告辞时候给我的诺言。‘在你需要差使、职位、金钱的时候，找我来’，您说过的。而现在我正需要着差使和职位；金钱，自然了，我也是需要的。这个可怜的乡下人冒渎地乞求一个工作的地方。等候着我的请求的将是怎样的答案呢？这是不是会像萨意谢洛夫写信麻烦您替他了结一桩案件的那一次的结果一样？……至于您在一封信里曾经无情地提醒我的那‘创造的天才’，唉！……您真不该重新提起这种陈年的愚蠢的旧事，当我自己想来也要为之羞惭无地的时候。……唉，叔叔！可羞呀。大人！谁没有年轻过，而且有某些地方，愚蠢过呢？谁不曾有过一些奇怪的，所谓‘神圣不可侵犯’，永远不会有什么结果的梦境呢？住在我们右面有一位邻居，自命是个英雄，一个巨人，在上帝面前的一个渔人。他想用自己的丰功伟业使世界震惊，可是他做到准尉就退役了，就这样完了，并没有参加过战争。而他却安静地掘着土豆种着萝卜。我们左面另外有一位想着依照他自己的方式改造俄国改造整个的世界，而他，在院部里抄写了一个时期的公文以后，也退休回家了，直至目前为止连他自己家里的破旧的篱笆也没有整治好。过去我以为上帝给了我创造的天赋，我自己希望能揭发新奇的秘密于世人之前，一点都不曾怀疑到现在世界上已经更无新事，我自己也并非一个先知。我们都是很可笑的人物；可是请您告诉我，有什么人能全无内疚，敢于诬蔑这些年轻、勇敢、热烈虽非全属正常的理想整个地要不得的呢？有什么人不曾有过一段时期，珍重着无望的幻想，自命为一种光荣事业中的英雄，一首胜利之歌，一种新生的光宠？有什么人的幻觉没有和故事中的英雄时代相联系？有什么人不曾哭泣过，自己意识着自己的伟大而崇高？要是真能找到这样的人，就让他拿石头向我的身上掷过来。我不会嫉妒他。我为我自己年轻时候的理想脸红，可是我珍重着它们；这是心灵纯洁的保证，向善的勇敢的灵魂的标识。

“我知道，这些理由不能说服您，您是需要真确、实际的论证的。好吧，这里就是：请您告诉我，天才是怎样判明和形成的？如果青年人都抑制住自己过早的意向，假如不任意自由幻想，而自不量力地奴隶般地遵循着被指定的方向？最后这些青年人一定会惊惶失措，暴躁起来，甚至有时变得蛮横而愚蠢，并且所有的幻想一时平静下来，就跟我目前的情形一样，这难道就是一般的天然法则吗？想一下，搜索您的记忆。就是在此地我也可以想象得出您是带着怎样的一种冷静的，从无困惑的表情，摇着您的头，说，没有什么！让我来揭穿您，譬如，在恋爱当中……您有没有背弃过谁？如果说没有，那证据就在我手里……您要明白我已经将事件发生的经过有了整个的认识。您的恋爱的地方背景就正在我眼前——小湖。湖边上依旧长着黄花；有一朵，保存得很好的我无限光荣地附在信里呈献大人作为一种甜蜜的纪念品。可是我还有一件厉害的法宝足以招架您对一般的爱情特别是对我的爱情的攻击——一个证明文件！……您皱眉了吧！而是怎样一种文件呀！！！您脸色苍白了吗？我是从我的姨母那儿偷到这件珍贵的古董的，从她的也够古旧的胸衣里弄到的，我要将它带在身边作为一种永远的证据，来对付您，也算作我自己的一种保护。发抖了吧，叔叔！尚不仅此。我还知道您的恋爱始末详情；每天吃早茶吃晚饭的时候我的姨母都向我提起这事，每一个有趣的地方都提到的。并且我已经将这些无价的资料写进我所特别准备了的备忘录里去了。我一定会将它和我近一年来努力研究的有关农业经济的论文一起交给您。在我这是一种责任，来证明您对我的姨母的‘深情’，照她的说法。如果我有幸能从大人那里获得对我的请求的一种满意的答复，我会自动带上作为和解的礼物干草莓和蜂蜜，另外还有一些邻居们托我带上的信件，提到他们的一些请求，不过这里面不会有萨意谢洛夫的信，因为他在讼案结束以前就死去了。”

尾声

这是在亚历山大回到彼得堡四年以后，本书主要人物的现状。

一天早晨，彼得·伊凡尼奇在他的书斋里来回地踱着。这已经不是从前的那个强健、矮胖、脊骨挺直、表情冷静、傲然直视、步履严整的彼得·伊凡尼奇了。年龄和环境的影响，使他变得更为衰弱。他的举止不再有当年的活力，眼神也不再像以前的那样坚定和充满自信了。连鬓胡子和鬓角上已经有了不少雪白的须发。显然他已经过了五十大庆，走起路来身体微躬。从这个没有情感的冷静人物——过去我们对他的认识如此——的脸上看到一种超乎焦急与困恼以外的表情，即使这分明是彼得·伊凡尼奇的特性之一，也足够使人觉得奇妙了。

看来他好像正是处于一种困窘中间。他有时走上两步，然后突然在房子中间停了下来。或者从房间尽头向对面急走两三步。好像他心里又有了什么不寻常的思虑似的。

靠桌的椅上坐着一位中等身材身体结实的人，胸前挂着勋绶，穿着扣得紧紧的燕尾服，两腿交叉着。他只要再有一根金顶的，漂亮的古典的手杖，读者马上就可以辨识出这就是小说传奇中间的医生了。这东西对一个医生是很合适的，当他无事可做时，他可以扶杖外出，陪病人坐上半天，安慰他们，在他自己的身份中间掺上些药剂师，星相家，家庭之友，一类的特性。这在人们生活得平安而舒适，难得有些病痛，医生并非必需而是一种奢侈品的情形之下自然是很不坏的。不过彼得·伊凡尼奇的医生是个彼得堡的医师。虽然他常常命令他的病人运动可是他却不了解散步的意义。他是什么委员会的委员，又是某会社的秘书，一位教授，不少社会机关的医师，在每一次诊断中间参加；同时他又有着广阔的实习的机会。他连左手的手套都不肯脱下来，如果不是把脉，右手上的手套是也不肯脱下来的；他从来不肯解开燕尾服的纽扣，也很少坐下来。这位医生露出十分不耐的神气，早已不止一次地将右腿移到左腿上来，然后又把左腿换到右腿上去。他早应该离开了，可是彼得·伊凡尼奇仍旧一句话也不说，最后！

“应该怎么办呢？医生？”彼得·伊凡尼奇问，突然在他面前站定了。

“到启与根去，”医生回答，“这是一种治疗的办法，你的病更要不断地常犯了。”

“啊，你一个劲地只是讲我！”彼得·伊凡尼奇插进来说，“我是问你关于我太太的病。我已经五十多了，可是她还正在青春；她应当活下去：如果她的健康从现在就开始衰退下去的话——”

“这就是已经衰退下去了!”医生指出来说。“我只是告诉你将来的危险，到目前为止还没有关系。……我的意思只是说她的健康，或者不是指她的健康，只不过她现在并不十分正常。”

“这还不是一样?你只是粗粗地诊断了一下，然后就给忘掉了；可是我从那回以后就一直当心她，一天一天我都发现她有新的不好的变化。到现在已经有三个月我的心就没有能定下来。我真不懂我怎么事前没有能够看出来。公事私事夺去了我的时间和健康，而现在，也许，连我的太太也要给夺去了。”

他又前前后后地踱起步子来。

“今天你盘问过她了?”他停了一会以后问。

“是的，不过她倒并觉不出自己身子有什么毛病来。最初我以为这可以有一种生理学上的原因：她没有生过小孩……不过好像又并非如此！或许往往是心理上的关系。”

“那还是比较轻微的!”彼得·伊凡尼奇说。

“不过也许什么事都没有。可疑的症候就一点都看不出来！只不过……你们在这个潮湿的气候里住得太久了。到南方去，你们会恢复健康的，看看新鲜的事物，那时候你再看。在启与根过夏，再在海上旅行一下，在意大利过个秋天，在巴黎过冬：我敢保险，黏液的瘀积和肝火旺盛这些毛病就都没有了。”

彼得·伊凡尼奇几乎就没有注意听他的话。

“心理上的关系。”他小声地说着摇着头。

“这是说，你明白我为什么说这是心理上的关系呢，”医生说，“换一个别人，跟你不熟，可能怀疑这里面有某种不安的情感存在……或者不是不安的情感，而是某种未能满足的欲望……有时候是会有某种需要的，缺少了点什么……我是想引你往这方面去想。”

“某种需要——欲望?”彼得·伊凡尼奇插进来说，“她所有的欲望都满足了。我明白她的口味，她的习惯。可是又有某种缺陷——哼！你瞧瞧我们的家，你知道，我们是怎么生活的?……”

“一所高贵的邸宅，了不起的邸宅，”医生说，“一个高手的厨师，还有多精彩的雪茄烟！可是你那个住在伦敦的朋友为什么不给你带白葡萄酒来了呢？为什么今年我们没有见到——”

“命运多么残酷，大夫，是不是我看顾得她不够周到?”彼得·伊凡尼奇带着一份难得的激动开始说。“我估量过，我想过，我样样都试过了……不，一定有地方没有弄好。而这又是什么当口——在我的事业顺利开展的当口！啊!”

他做了一个手势以后就又踱起步子来。

“你为什么这么担心呢?”医生说，“明明白白这并没有什么值得大惊小怪的。我再重复一遍开始时我所说的话：她的元气并没有什么破坏，并没有什么决定性的症候。贫血，有点儿乏力——如此而已。”

“小毛病，真的!”彼得·伊凡尼奇说。

“她的病只是消极而并非积极的，”医生解释着说，“你以为她是一个例外吗？瞧瞧住在这里的外乡人。他们都是怎么个情景？离开吧，离开这个地方吧。要是离不开的话，就想法振作她的精神，别让她老是坐着。逗她发笑；带她出去走走，头脑，身体，都有足够的运动：她现在精神身体都好像是在一种不正常的昏睡状态里似的。当然，这慢慢地会影响到肺部的，或者——”

“再见，大夫，我要到她那儿去了。”彼得·伊凡尼奇说着，快步地向他妻子的房里走去。他在门口停了下来，轻轻地掀起了门帘，焦急不安地向他的妻望了一眼。

医生看出了她有什么特异的症象呢？初次见她的人一定会觉得她和一般彼得堡的女人们一个样子。苍白，这是真的；她的眼睛没有神采，她的罩衫从她的瘦削的双肩和平坦的胸部上垂下来，她的动作迟缓，恹无生气……可是玫瑰色的面颊，光亮的眸子，活泼的举止就算我们的美人的特点了吗？至于论及优美的身段……斐底亚①和普拉克息忒②都无法在这里为委纳斯选取素材。

不，你不能从北方的女性身上寻求雕塑的美；她们并不是雕像，她们没有那种古典的姿态，像希腊妇女的那种终古常新的姿态；她们连那种姿态的外表也都没有，她们没有那种完美无疵的线条……她们的眼睛中没有那种如水的姿媚；在她们半张开的嘴唇中，没有南方女人嘴边的那种动人的激

① 斐底亚(Phidias)：希腊雕刻家，约当纪元前五世纪。

② 普拉克息忒(Praxitiles)：希腊雕刻家，约当纪元前七世纪。

情溢露的笑。我们的女性有着天赋的另外更好的美丽作为补偿。她们的容颜意志与激情的激荡，说不出来的情感的波动与多少微妙的奇怪的幻想的影子的游戏，分明的单纯，愤怒与柔婉，隐伏着的欢悦与痛苦……没有一个雕刻家能从这中间捕捉灵感的启示。这些全都像是从她们情感中心投掷出来的飞迸的火花……

一个初见丽莎威塔·亚历姗德罗芙娜的人不论由于任何理由也看不出她有什么病态来。只有跟她相识的人，还能记得她脸上新鲜的气色，记得她光彩照人的眼神，有时使人简直看不清楚她的眸子的颜色——它们看来好像是泳浴于重重闪烁着的光波中间——还记得她的腴美的双肩和丰满的胸部的人，这次重逢才会用了痛苦而惊诧的眼光向她注视，而且，如果不是与她漠不相关的人，是会心情沉重，就像现在的彼得·伊凡尼奇一样，充满了畏怯的同情与忧郁的。

他轻轻地走进房中靠她坐了下来。

“你在做些什么?”他问。

“我看了一遍账目，”她回答，“你想，彼得·伊凡尼奇，在过去的一个月中间，只是伙食就用了快一千五百卢布；这比任何什么开销都来得大!”

他一言不发地从她手里拿过了账册放在桌子上面。

“你听我说，”他开始说，“医生说过我的病在这种地方是会更严重下去的，他劝我们找个国外的临水的地方去旅行。你觉得怎么样?”

“我的意见怎么样？在这种情况之下医生的意见比我的当

然重要得多了，我想。如果他有这种建议，那我们就非离开不可。”

“可是你呢？你愿意来这样的一次旅行吗？”

“也许。”

“可是也许你倒情愿留在这里呢？”

“很好，我就留下好了。”

“我们俩中间谁留下呢？”彼得·伊凡尼奇有点不安地问。

“替你自己也替我打算一下，再随你来决定，”她心不在焉地回答，“你吩咐我去我就去，不然我就留在这里好了。”

“你不能留在这里的，”彼得·伊凡尼奇说，“医生说你的健康在这种气候下面是有坏影响的。”

“他是根据了什么理由的呢？”丽莎威塔·亚丽姗德罗芙娜说，“我挺好的，我并不觉得有什么不舒服。”

“继续不断的旅行，”彼得·伊凡尼奇说，“也许对你又太吃力了，那么我出国的时候你是不是愿意到莫斯科去跟你的姑母住在一起？”

“很好，那么我就到莫斯科去。”

“要不然我们就一起到克里米亚过夏去？”

“很好，那么就到克里米亚去。”

彼得·伊凡尼奇没有坚持下去；他从沙发里站起，跟在书房里一样踱起步来，随后就在她面前站了下来。

“随便到哪儿去你都不在乎？”他问。

“这都是一样的。”她回答。

“这，是什么原因呢？”

她，对这一点没有回答，又从桌上拿起账簿来。

“你要怎么说就怎么说，彼得·伊凡尼奇，”她说，“我们一定要减省浪费，只是伙食就用了一千五百卢布了！”

他从她手里把账册拿过来扔在桌子下面。

“你为什么在这种事上面费那么些精神？”他问，“你心疼钱吗？”

“可是我还有什么别的可做呢？哎，我是你的太太呀！你自己教我的……而现在你却怪我在这上面费心了……我这是尽我自己的责任！”

“听着，丽莎！”经过一小会沉默以后彼得·伊凡尼奇说，“你这是想改换你自己的本性，征服你自己……这是不对的。我从来没有让你这么做过，你可不能让我觉得这些倒霉东西（他指着那账本）真的占住了你的心思。你为什么强迫你自己呢？我给你完全的自由。”

“老天！我要自由做什么？”丽莎威塔·亚历姗德罗芙娜说，“这对我有什么用？到目前为止，你一直是那么高明而巧妙地使我也使你自己离开了对独立自由的需要，将来也还是要这么下去的，自由对我已经没有什么用处了。”

两个人都沉默了下来。

“已经有很长一段时期，丽莎，”彼得·伊凡尼奇又开始说了，“我没有听见你有过什么请求，有过任何愿望或是幻想了。”

“没有什么是我所需要的。”她说。

“你不曾有过什么特殊的……秘密的愿望吗?”他同情地问，一面静静地望着她。

她迟疑有顷不知道说还是不说好。

彼得·伊凡尼奇注意了这一点。

“告诉我，为了上帝的缘故，告诉我!”他接下去说，“你的愿心就是我的愿心，我是会看作法律一样地遵从的。”

“很好，那么，”她回答，“如果你能为我着想而做得到的话……放弃了那些星期五的聚会吧……那种娱乐简直把我给累坏了。”

彼得·伊凡尼奇沉思起来。

“即使在目前你还是像一个囚犯一样的在生活着，”他说，停了一下以后，“如果朋友们在星期五再不来看望你，那你就要完全陷在沙漠里了。虽然，就这样吧，既然你有这种希望……那就这么办。你还想要做些什么活动呢?”

“把那本账册递给我，你还有些账目要登上去，还有些别的事……让我来办……”她说，把手伸到桌子下面去拿那本簿子。

在彼得·伊凡尼奇看来，这简直就是一种掩饰的做作。

“丽莎!”他生气地说。

账簿子还是留在桌子底下没有动。

“我不知道你是不是要把一些我们完全疏远了的朋友再亲近一下?我的意思是，因此而举行一个舞会，为的是给你散散心，你自己出去……”

“啾，不，不!”丽莎威塔·亚历姗德罗芙娜吃惊地说，

“为了上帝的缘故，不，这用不着……这怎么可能……一个舞会!”

“这有什么可以使你吃惊的?像你这种年纪，对一个舞会说是还不会失去吸引力的，你还能跳舞呢。”

“不，彼得·伊凡尼奇，我求求你，别乱出花样了!”她诚恳地说，“还得费脑筋设计服装，挣扎起来，接待一大群人，走出去……上帝不许的!”

“你好像是这辈子就只打算穿一件罩衫算了?”

“是的，如果你不反对的话，我倒是不想换它。打扮起来又为些什么?这只不过是浪费金钱添些无用的麻烦，没有一点儿好处。”

“你知道这个消息吗?”彼得·伊凡尼奇突然想起来了说，“他们说罗比尼①今年冬天被邀到这儿来，我们要有一些意大利歌剧可听了;我们订一个包厢……你觉得怎么样?”

她没有说话。

“丽莎!”

“这不会有什么用的，”她怯怯地说，“这我也想过了，这会使我更吃力……我已经累得很了。”

彼得·伊凡尼奇垂下了头，踱到壁炉旁边靠墙站着用了一种——我们怎样称呼它呢——沮丧的神情望着她，不，不仅是沮丧，还带着畏惧，不安和惊怖。

“为什么，丽莎，要这样……”他开始说，不过却没有

① 意大利歌唱家，一八四〇年初曾在彼得堡演出。

说完，“漠然”这个字眼没有能从他的舌尖上吐出来。

他沉默着望了她好一会。从她的无生气的，没有光彩的眼睛里，在她的看不出一点点明显的情感和思想的脸上，从她的软弱的举止迟缓的动作中间，他看出了这种淡漠的原因，他不敢对这点有所询问；在医生只对这种危机给了他一点暗示的时候，他就早已猜到这个答案了。他随即恍然大悟而开始怀疑当他在对他的妻的偶然“逸出常轨”可能危及他们的婚姻生活的利益时所做的防御，同时在他那一方面却并未给她任何补偿，用以弥补她在这种暗淡的婚姻生活以外所可能遇到的“不正当”的快乐——家庭的小天地对她不啻是一所堡垒，谢谢他的作风，对一切引诱加以隔离，不允许做任何正常的情感上的表示，她是步步荆棘，到处都会碰到防守和隔离。

他的有条不紊处处计算的习惯在不知不觉中，对她成了一种冷酷而偏狭的虐待，而这虐待的对象是什么？是一个女人的心！为了挽救弥补这种虐待，他曾经在她身上不惜花费金钱，珍饰，一切身外之物，还有他所认为达成快乐的条件——真是一种可怕的错误，而更可怕的是，不是出于无知，出于他缺乏对心情的了解——他明白这个——而是由于轻漠，由于自私！他忘记了她没有服务过，不玩牌，也没有工厂，而盛筵美酒在一个女人看来可以说就没有一些重要性，同时他却给她安排定了这样的生活。

彼得·伊凡尼奇有一副好心肠；即使这并不是为了对他妻子的爱，只要有点正义感他也会力求校正自己所造成的错误的；可是又怎样去校正呢？自从医生警告了他关于他妻子的病症的危机以后，他曾经失眠了不只一夜，苦思怎样使她恢复正常恢复衰颓了下去的体力。而现在，站在壁炉前面，他还是在咀嚼着这个问题。他忽然想起也许这种严重的病症的萌芽早已在她身体中间潜伏着了，她是被她的暗淡而空虚的生活所杀害了的。

他的前额出着冷汗。他实在想不出有什么治疗的方法，他觉得要思索出一个办法来内心比头脑还要重要。可是他到哪儿去找到内心呢？好像有什么在启示着他，如果他能够拜倒在她的脚下，热情地将她拥在怀中，用激情的调子告诉她他是为了她一个人才活着的，他的努力，关心，行动，收获的目的是——她；他对她的那一套做法只不过是由于一种衰颓顽固嫉妒的欲望的启示，想把她的心拉向自己……他知道这种语句有起死回生的妙用，她会因此而立刻恢复健康和快乐。

不过空言与实行到底是截然两事。要证明这个，势必非要体验一下激情不可，而且，试将他的灵魂探索一下，彼得·伊凡尼奇在那里找不到一点点激情的影子。他只觉得他的妻对他是不可缺少的，不过这正如其余的人生不可或缺的事物一般，只是由于习惯才觉得如此而已，即使他要准备制造虚伪的情感，做出一个情人的姿态，无论如何到了五十岁才说起激情的话语来总是可笑的，不过当没有激情的时候，你能借它欺骗女人吗？而这以后，他是不是又有这份勇气和力量来维持这种姿态一直达到使心灵的要求得到满足的程度？

而当她明白了几年前对她只不过是一种魔术神方的、现在却要当作药剂来用在她的身上的时候，对她会不会成为一种致命的自尊心的伤害？不，根据了他的一贯方式，他着实地斟酌考虑了这一最后的行动，他到底没有能决定。他想他也许能用另外一种目前可能的方式来达成同一目的。一直有三月之久，他心里在转着一个念头，在从前他会认为荒诞无稽的念头，可是现在——却大大两样了！他一直保留着它当作一种最后的应变的手段；现在这最后已经到来了，他决定要把这计划付诸实施。

“如果这个再没有用，”他想，“那可就没有办法了，要来的只好听它来了！”

彼得·伊凡尼奇踏着坚定的脚步走到妻子面前。拉着她的手。

“你明白，丽莎，”他说，“我在社会上的地位是怎样的，在部里我被认为最能干的秘书。今年我要请求调往枢密院，没有问题我一定能获得一个职位的。不要以为我的事业就此终止了，我还可能再度升迁……一直升到——”

她迷惘地望着他，等候着底下的话。

“我从来没有对你的能干有过怀疑，”她说，“我十分相信你绝不会半途而废，终会达到最高的地位的。”

“不，我不会的；不久我就要提出辞职了。”

“辞职？”她吃惊地问。直挺着身子。

“是的。”

“为了什么？”

“说来话长，你知道我已经跟我的合作者有了协议，现在工厂是属于我个人的了。毫无问题我可以获得四万净利。这事进行起来就像是一部开足了发条的机器一样。”

“我明白。这又怎么样呢？”丽莎威塔·亚历姗德罗芙娜问。

“我把它放弃了。”

“你这是在说些什么？彼得·伊凡尼奇？你是怎样了？”丽莎威塔·亚历姗德罗芙娜显得更为不安地问，带着不愉快的眼色望着他，“这是什么缘故呢？我简直弄不懂，我不明白。”

“你真的不明白吗？”

“不！”丽莎威塔·亚历姗德罗芙娜困惑地说。

“你真的不懂，瞧你够多么沮丧，你的健康受了多大的影响……那是给这种气候弄的，我不大关心我的事业和我的工厂，如果我不能带了你离开这里而把我的余年奉献给你的话……丽莎！你真以为我不能牺牲？”他添上说，生着气。

“这么说起来都是为了我！”丽莎威塔·亚历姗德罗芙娜说，依旧迷惑不解，“不，彼得·伊凡尼奇！”她深深地感动了，诚恳地说，“为了上帝的缘故，别为了我而牺牲！我不接受的——你听见了吗？我绝对不接受！让你放弃了工作，致富和出名——都为了我！上帝不许的！我受不住这种牺牲！原谅我，我对于你是太不重要，太无价值，而且太不能了解欣赏你的崇高的志向和可贵的努力了……你真不应该有这样一个妻子。”

“太重要了!”彼得·伊凡尼奇说，耸着他的肩膀，“我的志向不会改变的，丽莎!”

“天哪，天哪，我惹下了什么?像一块石头一样我给扔在你的路上，我妨碍着你……多奇怪的命运!”她添上说，差不多有些失望了。“要是我这个人真的没有什么重要了，生活里没了我的份……上帝怎么不开开恩，他怎么不把我给叫了去?妨碍你……”

“你要是认为这种牺牲对我是难以负担的话那就错了。我这种死板生活可过够了!我需要休息一下，安静一下；而不是和你待在一起我又到哪儿去休息呢?……我们上意大利去吧。”

“彼得·伊凡尼奇!”她说，差不多落泪了，“你的为人太好太可敬了。……我知道你是能够不惜牺牲的。……不过也许这种牺牲是无用的呢，也许早就……这太迟了，你又丢开了你的事业——”

“可怜可怜我，丽莎，别让我相信那个，”彼得·伊凡尼奇反驳着说，“不然，你就会看到我不是一个铁做的人。我再向你重复一遍，我不情愿只靠了头脑活着；现在我还不曾完全僵死。”

她怀疑地凝望着他。

“这是不是……真的?”她问，停了一会以后，“你真的需要安静，你不是只为了我才离开的?”

“不，也为了我自己。”

“不过要是为了我的缘故，我却没有必要，不，一点也没有必要。”

“不，不！我身体不大好，累坏了……我需要休息。”

她把手递给他，他热热地亲着它。

“这么说我们是要上意大利去了？”他问。

“很好，我们就去。”她单调地回答。

彼得·伊凡尼奇感觉到从他肩上挪去了一座山。“总会有点什么！”他想。

他们在一起坐了好半天，不知道彼此说些什么的好。他们就是在一起更多坐一会也不会有谁说些什么来打破这种沉寂。可是从隔壁房间里听到了急促的脚步声。亚历山大出现了。

他变得好厉害！他多发福，头发脱得好光，他养得好结实，面色好红润！他多么神气地挺着挂了勋绶的胸膛！他的眼色充满了欢愉、光彩。他亲热地吻着婶婶的手紧紧地握了叔叔的手。

“你从哪儿来？”彼得·伊凡尼奇问。

“猜猜。”亚历山大像煞有介事地回答。

“今天你好像特别高兴。”彼得·伊凡尼奇说，带了问讯的神色向他望着。

“我肯打赌你猜不着的！”亚历山大说。

“十年还是十二年以前，我记得你有一次也是这样地闯了进来，”彼得·伊凡尼奇说，“你还把我的什么东西打碎了的——当时我马上就猜出来你是在恋爱了，可是现在……还可能如此吗？不，这不会的；你太聪明……”

他向他的妻望了一下就停止不说了。

“你要不要猜上一猜?”亚历山大说。

他的叔叔向他望望，依旧在想着什么。

“这回不会了——你是要结婚了?”他吞吞吐吐地说。

“你猜着了!”亚历山大得胜似的叫了起来——“给我道喜吧。”

“可是真的?跟谁?”他的叔叔和婶母同时问着。

“跟亚历山大·史节潘尼奇的小姐。”

“真的?哟，她是位阔新娘呀，”彼得·伊凡尼奇说，“那么她父亲——没什么吗?”

“我刚从他那儿来。她父亲又怎么会不赞成?正好相反，他眼睛里充满了眼泪听着我的求婚，拥抱着我，还说现在他可以高高兴兴地死去了，因为他已经知道了向什么人付托他女儿的幸福了……‘只要走进来就得，’他说，‘顺着您叔父的足迹!’”

“他真说这个来着?你瞧，就连这种地方也不能缺了叔叔!”

“可是女儿又怎么说呢?”丽莎威塔·亚历姗德罗芙娜问。

“可是……她……是这样，您知道像别的女孩子一个样的，”亚历山大回答，“她什么都不说，只是红了脸；等我握了她的手，她的手指在我掌心里正像弹钢琴……仿佛在发抖。”

“她没有说什么吗?”丽莎威塔·亚历姗德罗芙娜说，

“这难道说是可能的，你没有弄清楚她的感情就提出了请求？这难道对你不算一回事？你又为什么要结婚呢？”

“怎么为什么？不能一直这么闲荡下去！我烦透了孤独了；时候到了，我的婶婶，要安定下来了，组织一个家庭，布置一间属于我自己的房子，尽一个人的天职……我的未婚妻又美又有钱。我叔叔可以替我说明结婚的理由，他一径是那么详详细细地教导着我的。”

彼得·伊凡尼奇，避免了他妻子的注意，向他做了一个手势，让他住口不要把他也缠上，不过亚历山大却不曾看见。

“不过也许她不喜欢您？”丽莎威塔·亚历姗德罗芙娜说，“可能，她不能爱您……那你又怎么说呢？”

“叔叔，你怎么说？你比我解释得好……不过我只要引用你自己的话就行了，”亚历山大一点都没有注意到他叔叔在椅子里不安地转来转去，频频咳嗽来打住他的话，“如果你是为了爱情而结婚，爱情终会过去，你的生活就落入了俗套；如果你不是为了爱情而结婚，那你的结果也是一样；你总会对你的妻子习惯了的。爱情是爱情，结婚是结婚；这两件事并不永远一起发生，而且还是它们不发生在一起的好些……对不对，叔叔？你一径是这样教导我的，你知道。”

他望了彼得·伊凡尼奇一眼马上就停了下来，他瞧见他叔叔正向他怒目而视。他张着嘴迷惑地望着他的婶婶，然后再望他的叔叔，就不曾再说下去。丽莎威塔·亚历姗德罗芙娜沉思地摇着头。

“这么，你就要结婚了？”彼得·伊凡尼奇说，“现在正是

时候了，正格的！可是你在二十又三岁的时候就已经有结婚的需要了。”

“年轻，叔叔，年轻!”

“是的，是年轻。”

亚历山大沉思起来，接着就又笑了。

“笑什么?”彼得·伊凡尼奇问。

“呶，我感到了一种不调和。”

“什么不调和?”

“在我恋爱着的时候，”亚历山大沉思着回答，“我结不了婚。”

“而现在你要结婚了，可是你却不能再恋爱。”他叔叔添上了一句，两人都笑了。

“由这个可以推出来，叔叔，你的那个合适第一的理论是不错的。”

彼得·伊凡尼奇又对他做了一个盛怒的脸色。亚历山大沉默了下来，不知道应该怎样想了。

“你在三十又五的年纪要结婚了，”彼得·伊凡尼奇说，“这倒挺合适，可是你记得你当时曾经多么神经失常过，你曾经胡乱喊过些什么，你为了不调和的婚礼义愤填胸，新娘给拖了出来，像是一个用鲜花珍宝装饰了的牺牲者，给推到一个大岁数的男人的怀里给他拥抱，这大抵是一点都不可亲而且是秃顶的。露出脑袋来看看。”

“年轻，年轻，叔叔！那时候我还不懂世事的现实性。”亚历山大说，用手拢着他自己的头发。

“世事的现实性，”彼得·伊凡尼奇接下去说，“可是你还记得过去你对那个是多么绝望——她叫什么名字？娜泰霞——是吗？‘疯狂的嫉妒，狂欢，极度的欢悦’……这一切都到哪儿了？”

“现在，现在，叔叔，别提了！”亚历山大说，脸红了。

“伟大的激情，眼泪都到哪儿去了？”

“叔叔！”

“什么？你曾经做过忠诚的表露，你还干过‘采集黄花’。你是厌倦于独居的生活了。”

“啾，如此说来，叔叔，我倒并不是唯一的恋爱，发过狂，嫉妒过，哭过的人了。等一下，我倒有一份文件。”

他从衣袋里抽出了一个皮夹子，在纸张里乱翻了一阵以后，抽出了一张古旧的、差不多揉烂了的黄纸。

“这儿，我的婶婶，”他说，“就是证据，证明我叔叔并非永远如此正常，好说反话，而且非常实际的人。他也懂一点忠诚的表露，而且并不用公文纸和特制墨水来抒写它。足足有四年我一直带着这张纸，一直在等候一个机会用它来对付我的叔叔。我真差不多把它完全忘记了，可是你自己却提醒了我。”

“什么混话？我一点儿都不懂。”彼得·伊凡尼奇望着那张纸说。

“这儿，现在，瞧瞧吧。”

亚历山大把那张纸递到他叔叔面前。突然彼得·伊凡尼奇的面色暗淡下来了。

“扔掉它，扔掉它，亚历山大!”他忙着喊还想要抢它过来。可是亚历山大很快地把手伸回去了。丽莎威塔·亚历姗德罗芙娜奇怪地望着他。

“不，叔叔，我不肯扔掉它的，”亚历山大说，“非要等您在这里承认，当着婶婶面前，您也曾经恋爱过一次，跟我一样，跟所有的人一样……不然这张纸就要到她的手里使您终生痛苦。”

“残忍的东西!”彼得·伊凡尼奇喊起来，“你在掉我什么枪花?”

“您不愿意吗?”

“来，来，我恋爱过；扔掉它。”

“不，请您说明您发狂过，嫉妒过!”

“好了，我是发狂过，嫉妒过。”彼得·伊凡尼奇说，满面怒容。

“您哭过吗?”

“不，我没有哭过。”

“这不是真的！我的姨母告诉过我的，承认吧。”

“我说不出口来，亚历山大。那么我现在哭一下。”

“我的婶婶，拿这张文件去吧。”

“给我瞧瞧，是什么?”她要求着，伸出了她的手。

“我哭过，我哭过！扔掉它!”彼得·伊凡尼奇绝望地喊着。

“在湖上?”

“在湖上。”

“你还采过黄花?”

“我采过。这你可够了吧。扔掉它!”

“不,还没有完;你得保证,你永远不许再提起我所做过的傻事,不许再拿这个来讽刺我。”

“我向你保证。”

亚历山大把纸片递了给他。彼得·伊凡尼奇一把抢来,点起了一根火柴,把这纸片烧掉了。

“至少告诉我这是怎么一回事?”丽莎威塔·亚历姗德罗芙娜问。

“不,我的亲爱的,在最后审判的时候我也不肯说的,”彼得·伊凡尼奇回答,“可是我可能写这种东西吗?这会吗?”

“你写的,叔叔!”亚历山大插进来说,“我还背得出来,如果你愿意的话,上面所写的话,我记在心里了:‘安琪儿,为我所崇拜的——’”

“亚历山大!我们要争吵一辈子了!”彼得·伊凡尼奇发怒地喊。

“这成了可羞的了,就好像是一桩罪恶一般,是什么罪恶呢!”丽莎威塔·亚历姗德罗芙娜说,“是关于初恋,纯洁的初恋。”

她耸着肩膀背过了脸去。

“在那场恋爱中间有那么多愚蠢的地方,”彼得·伊凡尼奇大方地,直截了当地说,“现在在我们中间,已经没有了忠诚的表露,黄花,月下散步之类的问题了……可是你是爱我的，你明白。”

“是的，我是完全地……对你习惯了。”丽莎威塔·亚历姗德罗芙娜漠然地回答。

彼得·伊凡尼奇在沉思中间抚摸起他颊上的胡须来。

“那么，叔叔，”亚历山大问，用了一种压低了的调子，“这是不是就是你所需要的？”

彼得·伊凡尼奇向他做了一个手势说明着：“别出声。”

“彼得·伊凡尼奇的这种言行是可以原谅的，”丽莎威塔·亚历姗德罗芙娜说，“他这样惯了，而且没有一个人，我猜，看到他两样过；可是在你身上，亚历山大，我却没有料到会有这种变化。”

她叹息了。

“你为什么叹气，我的婶婶？”他问。

“为了从前的那个亚历山大。”她回答。

“你真的会期望我，我的婶婶，保持着十年前的我的原样吗？”亚历山大说，“叔叔称之为愚蠢的妄想是正确的。”

彼得·伊凡尼奇脸上现出了怒色。亚历山大住了口。

“不，不是指的你十年前的原样，”丽莎威塔·亚历姗德罗芙娜说，“而是指的四年以前的你，你还记得你从乡下写给我的那封信吗？那时候你多了不起！”

“我，似乎，也在那儿幻想。”亚历山大说。

“不，你没有幻想。那时候你自己弄清楚了人生；于是你才了不起，潇洒，聪明……为什么你不保持着那种状态呢！为什么只是说在口里，写在纸上而不见诸行事呢？这种透露出来的光明正像钻出云层的日影——只是一刹那。”

“你的意思是说，我的婶婶，我现在是……不聪明……不潇洒了吗?”

“上帝不许，不！不过你现在是另一种方式的潇洒聪明，而不是照了我的那方式的而已——”

“这有什么办法呢，我的婶婶，”亚历山大长叹了一声说，“这都是岁数。我跟着时间在进化，一个人不能留在后面。你瞧，我是跟从着我叔叔的后尘，我引用着他的语句。”

“亚历山大!”彼得·伊凡尼奇狠狠地说，“我们到书房里去一下，我要跟你说句话。”

他们到书房里去了。

“什么缘故使你今天总是跟我作对?”彼得·伊凡尼奇说，“你没有瞧出来我的妻子是怎么一种神情。”

“怎么啦!”亚历山大惊讶地问。

“你一点都没有瞧出来?现在已经弄得让我不得不放弃官位，商业——一切，陪她到意大利去了!”

“你在说什么，叔叔!”亚历山大喊起来，莫名其妙地，“今年你是要进枢密院了的。”

“是的，可是枢密院大人的太太却不大好……”

他沉思地在房里前后走了三个来回。

“不，”他说，“我的事业是完了！我的责任已经尽了，命运不允许再进一步了——那就让它去吧!”他挥了挥手。

“还是谈谈你自己吧，”他说，“看来你是在走着我过去的路了。”

“那倒不错，叔叔！”亚历山大添上说。

“啊！”彼得接了下去。“三十刚刚出头……就是一个议员了，够高的官俸，同时业余工作的进益也很好。并且还及时娶一位有钱的……是的，阿都耶夫家的子弟到底不凡！除了腰痛以外你简直处处都是在走着我过去的路的。”

“可是我早已有时候害腰痛了。”亚历山大说，捶着他的脊骨。

“这完全是了不起的，自然，除了腰痛以外，”彼得·伊凡尼奇接下去说，“你刚来的时候我就不曾想过，我承认，你会有什么前途，你一脑子神经，一心以为有鸿鹄将至。不过这一切现在都过去了。真该感谢上帝！我得跟你说：继续我的步伍，只除了——”

“除了什么，叔叔？”

“啾，关于你的未来的新夫人，我想给你一点建议。”

“是什么呢？这倒很奇怪。”

“但是不，”稍稍停了一下以后彼得·伊凡尼奇说，“我是怕事情更恶化下去。你自己看着办吧，也许你能猜得出，我们还是谈谈你的婚姻吧，他们说你的未婚妻有二十万的嫁妆——真的吗？”

“是的，她父亲给了她二十万，她自己还有母亲留下来的十万。”

“这么说就是三十万了！”彼得·伊凡尼奇几乎吃惊地喊起来。

“还有，今天他说过他还要把他的五百个农奴给我们，全属我们支配了，只要每年付给他八千。他要跟我们住在一起。”

彼得 · 伊凡尼奇带了一种他罕有的敏捷从椅子里跳了起来。

“停下来，停下来!”他说，“你把我给震聋了。你怎样讲？再说一遍。多少?”

“五百个农奴和三十万现钱。”亚历山大重复了一遍。

“你……不是开玩笑?”

“什么笑话，叔叔!”

“还有这些产业……没有抵押出去吧?”彼得 · 伊凡尼奇低声地问，动都不曾动。

“没有。”

这位叔叔，抱拢了双臂，带了钦佩的眼光向侄儿看了几分钟。

“又是前程又是福气!”他说，几乎是自言自语，佩服不已，“好福气！又这么快！都有了，都有了！……亚历山大!”他骄傲庄严地添上说，“你真是我的亲人，你真是一个阿都耶夫！就这个样子。拥抱我!”

于是他们彼此拥抱了。

“这是第一次，叔叔!”亚历山大说。

“也是最后一次!”彼得 · 伊凡尼奇应和着，“这可实在并非偶然，在目前你还要不要些龌龊钱用？向我讨一次。”

“啊！我需要的，叔叔！有数不尽的开销。要是你能给我一万——一万五千的话!”

“到底——第一次!”彼得 · 伊凡尼奇说。

“也是最后一次，叔叔。这可实在并非偶然!”亚历山大说。

图书在版编目（CIP）数据

平凡的故事/（俄罗斯）冈察洛夫著；黄裳译.--济南：山东人民出版社，2022.1

（黄裳集.译文卷.Ⅱ）

ISBN 978-7-209-12051-7

Ⅰ.①平… Ⅱ.①冈… ②黄… Ⅲ.①长篇小说—俄罗斯—近代 Ⅳ.①I512.44

中国版本图书馆CIP数据核字（2021）第024561号

平凡的故事

PINGFAN DE GUSHI

（俄罗斯）冈察洛夫　著

主管单位　山东出版传媒股份有限公司
出版发行　山东人民出版社
出 版 人　胡长青
社　　址　济南市市中区舜耕路517号
邮　　编　250003
电　　话　总编室（0531）82098914
　　　　　市场部（0531）82098027
网　　址　http：//www.sd-book.com.cn
印　　装　天津图文方嘉印刷有限公司
经　　销　新华书店

规　　格　16开（160mm×230mm）
印　　张　32
字　　数　310千字
版　　次　2022年1月第1版
印　　次　2022年1月第1次
ISBN 978-7-209-12051-7
定　　价　88.00元